imaginist

想象另一种可能

理
想
国
imaginist

许子东文集 4

许子东 著

当代小说中的现代史

九州出版社
JIUZHOUPRESS

《当代文学印象》

许子东　著

上海三联书店 1987 年版

《当代小说阅读笔记》
许子东　著
华东师范大学出版社 1997 年版

编者的话

《许子东文集》共十卷。前三卷均为作家论；四至六卷，包括两项专题研究和一本论文集；七至九卷，都是以文本细读为中心的文学史论述。卷一至卷九只收学术文章，有文体分类，也按时序编排。最后一卷是自传。

关于作家论，研究中国现代文学的同行，大都从此起步，后来或进入文学史、思想史或文化研究。一再耕耘作家论的学者不多。作者却在几十年间，陆续写了三本（卷一《郁达夫新论》、卷二《细读张爱玲》、卷三《重读鲁迅》）。何以如此执着这种在今天学术生产工业中已不那么为人重视的研究方法和出版体例呢？作者意在探索，如何走进中国现代文学研究最重要的基础课题。

关于专题研究及论文集，起因是探讨小说如何研究历史。卷四《当代小说中的现代史》，开始把更多精力投入中国当代文学批评，介入文学现场。卷五是一项借用俄国形式主义理论的专题研究，题目里的"集体记忆"，并非研究 1966—1976 年的文学，而是考察 20 世纪 80 年代中国小说如何叙述"十年"。卷六，到了 90 年代，尤其作者到香港任教以后，同时也打开了一个新的研究领域。

关于文学史的论述，最早其实来自课堂讲述。卷七《许子东现代文学课》(《文集》收入的是增订本）是作者在岭南大学本科一年级课程的课堂实录，当时有腾讯新闻现场直播，保留了教学现场的气氛、效果和局限。卷八《重读 20 世纪中国小说》(上下册）及续篇卷九《21 世纪中国小说选读》是作者近些年的学术工作，以代表作文本细读为主体，但不按传统的以时代为中心，或以作家类型排序梳理。这些研究既是声音也是文字,始终重视文本，也正视一些复杂的文学史课题。

卷十作者自传，有感于时代循环迅速，过去也不会消失。人有可能两次进入同一河流？自传见证神奇的时代。《文集》记录作者几十年的文学批评实践。

目　录

第三辑　批　评

原 序

李欧梵

许子东先生的论文集即将出版，约我为序，我乐于答应为之。因为许先生是我的朋友，也曾随我在芝加哥大学和加州大学洛杉矶分校研读过，现在香港岭南学院任教，是海峡两岸及香港现代文学领域中的佼佼者，更是少数大陆（内地）学者中真正关心港台及海外华文文学的人。

当然，这本论文集的着眼点，和作者的真正功力，还是在中国大陆的文学，内中对当代几位作家（如贾平凹、阿城、韩少功、王安忆）及文学现象（如革命小说、新时期文学及知青心态和红卫兵文学）的分析，都是内行人的真知灼见。而我最欣赏的一篇文章是《一个故事的三种讲法》，作者把三个完全不同的文本——曹禺的《日出》、张恨水的《啼笑因缘》和张爱玲的《第一炉香》——并置在一起阅读，非但使人一新耳目，而且也使我们体会到张爱玲的文学技巧中独特的女性眼光。这篇文章的英文原稿，是当年在加大洛杉矶分校的一门“女性文学”（主要研究张爱玲）的研究生课上提交的论文，中文改写以后，内容更见充实，启发良多。

许子东先生受业于上海华东师大，是钱谷融教授的得意门生，20 世纪 80 年代曾以《郁达夫新论》一书震撼中国学术界。因为他发人之未发，直接面对郁达夫的个人感情和艺术面，触动了当年很多学者不敢多碰的“禁区”。也因此书的盛誉，许子东被校方破格升级，成为当时全国大学中文系中最年轻的副教授。然而他并不热衷名利。来美以后，先在芝大做访问学者，后来更再自降一级，随我到加大洛杉矶分校做研究生，这是一般人不愿为的“下地狱”做法。记得我曾警告他学英文之苦及美国学院压力之重，但他毅然决然地咬紧牙关苦下功夫，在短短的两三年中便已完成学位课程，而在英文写作上更是突飞猛进，目前可以用双语写作。在香港这个学术环境中，这是不可或缺的。然而，因多一种语言的助力，也使得许子东开阔了视野和方法，无形中使他的中文书写语言也增加了一份深度和距离，没有卖弄，也毫不自鸣得意，娓娓道来，使得一般海外读者可能仍感陌生的题材读来生动有趣。这是许子东不同于有些大陆学者长篇大论或往往滥用大字眼的长处。他的研究方法，仍以小说人物的分析为主，将之布于论文的“前景”，然后再放在历史文化的范畴中。这种方法，看似“保守”，但却能勾画出一个生动的轮廓，不像一部分纯以西方理论为依据的学者把活生生的文学写成死板的抽象语言。

我喜见这本面目一新的论文集的出版，也更乐意向海内外的读者同行介绍这位优秀的大陆学者。

[本文原系《当代小说阅读笔记》
（上海：华东师范大学出版社，1997 年）一书序言]

第一辑

思潮

新时期的三种文学

我所谓的新时期的“三种文学”是指：一、以经世致用改良社会为崇高使命的“教化型”的“社会文学”；二、以娱乐性趣味为审美追求的“宣泄型”的“现代通俗文学”；三、以文学自身为目的的“实验探索型”的“纯文学”（在中国当代文学的特定范畴内，也可简称为“探索文学”）。虽然这三种文学多元并存同时满足社会审美需求的局面直到1984—1985年才逐渐明朗，但作为文学倾向看，三种文学间的差异、矛盾、分化、互渗及消长，却贯穿甚至支撑了整个新时期文学十年发展的全过程。

一 “社会文学”主流的内在矛盾及其分化

“社会文学”和“文学的社会性”当然是两个概念。一切文学无疑都有社会性，都会有意无意形态不同地表现出一定时代社会的某些特征，都会以各种方式、途径、功能、效果，或直接或曲折地影响人的精神世界，同时也作用于社会政治生活。而所谓“社会文学”的特点只是：第一，作家明确意识到（读者也清楚认识到）文学对社会政治的影响力，且视之为文学的基本功能；第二，作家自觉地以改造社会为创作目的（读者也有意在美学接受中获得教益），而且期望作品能直接参与乃至推动社会政治变革。社会文学的美感属性本质上是功利的，“目的论”又使得审美判断经常伦理化，而伦理判断又每每政治化。“群体归属感”是社会文学最基本的审美心理特征。比如伤痕文学，种种控诉、哭泣、愤懑、呻吟，一方面从理性上加重人们的伤痛：“瞧，你的伤痕连着国家、民族的灾难”；另一方面又从心理上减轻了人们的伤痛：“你看，受苦受伤的也不只是你一个，人家也在流泪淌血……”前者正面强化了人们憎恨“浩劫”的社会姿态，后者又从后面帮助人们恢复去向明天所必需的心理力量。显然，这种群体归属感及其动态心理效应，是伤痕文学能以牢骚、呻吟等宣泄形式达到“解决思想”的理性启蒙效果的一个关键。事实上，1980 年以前社会文学能够成为新时期文学的主流，这同当时人们的政治意念、伦理判断与审美倾向的某种一致性有关。时至今日，当分量凝重、封面严肃的《收获》《十月》在报刊亭玻璃窗里越来越遭到明星头像、武林高手或模特儿大腿的排挤挑战之时，人们怎会不怀着骄傲和光荣的心情留恋满城争说乔厂长、街谈巷议《伤痕》、文学刊物因而也热销几十万、上百万份的昔日繁荣！眼见今天“黄钟大吕”罕见，《东方美女案》却到处泛滥，评论家们又只是围着艰涩古怪的探索新作叫好，人们自然要怅然缅怀 20 世纪 70 年代末期文学自身追求与社会政治变革和大众审美趣味高度融洽契合的局面……是的，我们越是充分评价社会文学曾经取得的创作实绩，也就越会对社会文学的发展现状及其未来感到困惑。正是这种困惑敦促我们进一步考察新时期社会文学得以繁荣的三个原因。

原因之一是刚摆脱动乱的社会迫切需要文学来帮助它走向安定。“文革”以后，社会精神结构中的诸领域，在从混乱走向秩序的“拨乱反正”之际，都纷纷热切希望得到文学（这一似乎可以“百搭”的精神力量）的帮助。于是，文学就在既自愿又被迫地侵（请）入政治、法律、道德、经济、教育等领地后显得声势大振，好像力量强大。今天看来，“伤痕文学”当初之所以能轰动社会、激动民心，相当程度上就是因为作品中有比政论更尖锐的批判（《枫》），有比教材更有效的教育（《班主任》），有对法院无法受理的道德难题的解答（《杜鹃啼归》），甚至还有奖金分配方案，或告知青年们：可以烫发、可以跳舞、可以听“列宁喜爱的贝多芬的交响曲”[1]，车尔尼雪夫斯基曾把这种文学承担的“百科全书使命”同缺乏教养的不发达的社会形态联系起来考察[2]，而我更进一步相信，只要社会陷入相对的动乱，文学背负“非文学负载”的机会和义务就必然会增加。正因为如此，正因为1978—1979年社会文学的繁荣与当时其他精神文化领域及整个社会结构的“百废待兴”“百兴待举”有关，那么，随着社会政治秩序与文化结构的恢复和发展（恐怕没有几个作家不在盼望和争取这一点），随着法律、政治、经济、教育及武术、健美、娱乐等种种非文学杂志分门别类地大量涌现，文学，或被迫从“侵占”别人的地盘里退出来一些，或自觉地把肩上非文学的负荷卸下来一点，这不也是正常、合理甚至是必然的吗？社会文学曾经在我国人民的政治生活中占据那么显眼的位

1　见白桦的诗作：《我歌唱如期归来的秋天》。

2　“在我们这里，文学到现在为止，还拥有一种百科全书的意义，而这却是更有教养的民族所已经失去的。狄更斯所说的东西，在英国，除了他以及其他小说家以外，还有哲学家、法学家、政论家、经济学家等在说。在我们这里，除了小说家以外，就没有人来谈论组成他们短篇小说底内容的那些题目了。因此，即使狄更斯可能没有感觉到自己作为一个小说家，有做一个时代追求底表达者的直接责任，从而这种追求可能在随便哪一篇小说中都找不到表现——但在我们的小说中，就不会有这种辩解。假如狄更斯和萨克莱还是认为小说家的直接责任就是要接触到一切引起社会注意的问题，那么我们的小说家和诗人对于这种责任的感觉，就应当更加强烈一千倍……对我们来说，这个时代还没有过去（对我们来说，这个时代也还没有完全过去——笔者注）。”见［俄］车尔尼雪夫斯基：《俄国文学果戈理时期概观》，引自《车尔尼雪夫斯基论文学》（上卷），上海：新文艺出版社，1958年。

置，对思想解放运动和社会政治改革起过那么直接、重要（甚至是不可或缺）的推动作用，这无疑是文学的光荣；但今天，文学的社会效用、社会影响变得更间接、更复杂、更曲折、更独特，在我看来，这也并非文学的失败或羞耻。

显然，上述特定历史社会条件对文学的制约带有某种阶段性、过渡性和暂时性。如果看不到这种暂时性，以为文学永远只能像社会文学那样“干预政治”甚至“作战”，那就必然会对今天文学的多元发展倾向感到失望和迷惘（“我们奋斗了这么多年，怎么走到了这一步？！”）；但如果只强调社会文学繁荣的暂时性，以为十年历程已经使文学丢开了“政治包袱”从而“回到自身”，那也会陷入另一个角度的“天真”。文学回到自身，谁也没有异议，问题在于什么才是“文学自身”？再进而考察当代中国社会文学得以存在和繁荣的社会形态依据和历史文化原因，我们恐怕就会对调整“文学与政治”关系这一课题的长期性和艰巨性，有一层更充分的心理准备。

原因之二，社会主义社会形态尤其需要文学作为一种建设性、功利性的意识形态力量而存在。这是因为社会主义国家机器、上层建筑的确立先于经济结构、生产关系的形成（据社会主义政治经济学理论说，这并不违反唯物史观基本原理，而是生产方式决定社会形态的一种特殊表现）。政治制度先于经济秩序，思想革命先于物质革命，必然导致上层建筑、意识形态对经济基础和社会发展的反作用力大大加强，而文学在其中自然义不容辞也要承担一些帮助社会建设、完善社会秩序的责任——这是社会主义文学的重要特点，也是社会文学在当代中国不仅一时繁荣而且会长久存在、长久影响文学主流的根本原因。相比之下，日本、美国或法国文学所具有的直接改造社会（直接影响经济、教育、法律、政治）的力量似乎就微弱得多。国家机器固然支配不了文学，大众也好像“用文学做梦”多于“以文学为枪”，更重要的是，大多数西方作家并不认为文学直接影响社会政治就等于文学自身的发展，在探索情感实验形式的纯文学与精制梦幻、热销流行的通俗文学的分化并存之中，像《金环蚀》《大饭店》《一个警察局长的自白》等揭露社会弊病的作品，通常都被归入后者，即排在通俗文学（或曰“大众文学”）之列。而在中国恐怕还有苏联、东欧诸国创作界，虽然近年来所谓“严肃文学”与“通俗文学”的分野也日趋明显，但类似的社会文学不仅被看作是纯文学的正宗，而且多少年来一直代表着革命文学的主流（一度甚至淹没其他“支流”）。社会文学在不同社会形态、不同文学结构中所处的不同位置，其实正说明了它是既不同于纯文学又有别于通俗文学的第三种文学规范。

然而比起同样也重视文学的社会作用，也曾有过动乱（如卫国战争、工会运动等）的苏联、东欧国家，我们的“社会文学”似乎还是显得更为兴盛发达，这里的原因（即原因之三），恐怕就要上溯到中国文人历史悠久的“感时忧国”精神，上溯到中国文学源远流长的“文以载道”——文政、文史不分家的传统，以及这种忧国忧民、文以载道精神传统与18世纪欧洲理性主义、与19世纪俄国民主主义启蒙意识的无意却又有机的结合。“先天下之忧而忧”的士大夫使命感与“百科全书派”启蒙主义的背景虽然不同，但他们都确信理性力量至上，因而都自感有“先知先觉”的救世救民之责。车氏的“生活教科书”理论听来格外入耳，关键还是渗透骨髓的“所谓文者，务为有补于世而已矣”（王安石语）的古训在起作用，“文所以载道，犹车所以载物”，是啊，倘若文学不负载社会政治使命——“况不载物之车，不载道之文，虽美其饰，亦何为乎？”（朱熹语）……显而易见，这些来自精神传统、文化背景的影响，比来自动乱环境和社会体制的制约更为重要。我们看新时期社会文学所面临的基本矛盾，并不只是“哭诉伤痕”与“向前看”之间如何消除动乱后遗症的方法之争，也不只是“歌德与缺德”“歌颂与暴露”之间如何维护或改造社会的态度之争，而是更内在更尖锐的冲突形式，在作家自身的文学责任与社会政治责任之间展开。类似的矛盾至少可以追溯到“十七年”和20世纪30年代。半个多世纪以来，许多既热爱艺术又关注社会的作家，都曾在诸如人力车夫之类的典型意象面前被迫进行艰难的选择并陷入痛苦的内心挣扎。依照巴尔扎克、契诃夫或卢梭的文学法则，若只是解剖和同情车夫的畸形躯体和麻木灵魂吧，作家们感到没能直接帮助社会革命因而问心有愧；若听从“左联”及自身政治使命感的召唤，用笔驱使车夫马上提高觉悟，上街游行、飞撒传单甚至巷战吧，作家们又觉得有违生活真实，有损艺术使命，因而也于心不安……类似的矛盾苦闷后来并未像人们在20世纪40年代和60年代所乐观估计的那样逐渐消失，而是一直延续至今，一直延续在冯幺爸的扬眉吐气与陈奂生可怜的狡黠之间，延续在明姑娘的透明心灵与刘思佳、高加林的“浑浊”性格之间……直至1983年为止的整个新时期文学基本发展轨迹，包括各种文学现象的张弛消长以及几次引人注目的文艺论争（关于《伤痕》、关于《假如，我是真的》、关于《苦恋》等），显然都和“文学与政治”关系的复杂矛盾及其紧张协调有关。但这种矛盾和协调，不仅热闹地碰撞在报刊上和会议上，更无声地展开于作家内心——作家们对文学责任与社会政治责任的矛盾的三种不同态度，后来就导致了三类社会文学的分化演变。

一开始，《伤痕》时期，作家们大都确信自身的文学使命即自己的政治责任，不觉得也不认为两者间必然会有差异和矛盾。只要这“政治”是人民的，是改革的，只要这“文学”是大众的，是战斗的，那么作家一拿起笔，不就既创造了美好艺术又锻造了批判、改革社会的利器吗？这种“批判型”的社会文学好像也是“拿起笔来作刀枪”，而“刀枪”是对着罪恶（《阴影》《枫》），对着官僚主义（《说客盈门》《骗子》），对着党内某些腐败现象（《曙光》《祸起萧墙》）……然而不多久人们就发现了，“笔”毕竟不是“刀枪”。观照同一事物，文学目光与政治视角总有差异，那些积极干预时事、坚决干预生活、热情干预政治者，殊不知他们那种激情化、理想化的政治，也难免要被别种理智化、功利化或策略化的政治所“干预”（几经曲折人们才有点弄懂，这里不只是，或者说主要并不是一个谁对谁错的问题）。其他许多作家如果不是忧虑“以笔为枪”以后紧张的作战气氛，便是对“以笔为枪”究竟有多少战斗力表示怀疑：单靠文学，就能改变社会、消除弊病、匡正党风、堵塞后门？不少人观看反对开后门的话剧《骗子》内部试演时，戏票就是“开后门”搞来的呢！这种对文学“战斗功能”的疑惑虽然还不深刻，但足以促使社会文学同时向两个方向转化：或从批判转向歌颂和教育，着眼于理想；或从揭露转向回顾与反思，着眼于历史。“教育型”和“反思型”的社会文学其实都承认了作家的文学追求与社会政治责任之间存在着矛盾，当然协调矛盾的方法不同——前者从社会政治责任出发尽量使文学“寓教于乐”，后者则坚持只有强化文学特性才能更好地履行社会政治使命。“教育型”社会文学的代表作家与其说是呼唤胜利的蒋子龙，不如说是因讴歌光明而接连得奖的航鹰。因为比起风风火火的开拓者来，明姑娘的“纯净”更能启发人们在诸如国家义务与爱情、个人利害与美德之间做出符合道理的选择。以直接的社会教益为半径画一不规则圆：“简单”到宣传“只生一个好”“谨防火灾”，“复杂”到东方女性忍痛行善；“保守”到一味歌颂“传统美德”，“开放”到怂恿“大龄男女”海滩嬉闹；“粗糙”到山村丫头能用“不要沉沦”之类的书面语劝慰知青，“精巧”到豪华蓝屋能自然而然教人安贫；“浪漫”到铁甲车里有少女踮起双脚，“神圣”到高尚心灵非拐腿、失明或烧伤不足以体现……应该看到，所有这些“心灵美”作品不仅在整个创作界（尤其是影视界）数量比重极大，而且已构成精神文明建设的一个有机环节，已成为新时期文学结构中一个不可或缺的层次。当然，文学一味“劝善”“教诲”，尽管道理正确、观念美好，读者还是容易疲乏。于是，“大众审美需求”的力量便悄悄出现了，迫使“教育型”社会文学去加强文学的娱乐性、趣味性，去追求情节、色彩、节奏画面的“可读性”。不知不觉地，这里便产生了社会文学向通俗文学的某种渗透和转化——同样的“目的”向“过程”的不自觉转化，也出现在“反思型”社会文学与“纯文学”探索之间，反思历史、审视国民性，原意仍在于疗救社会，但真正坚持文学特性以后，“过程”的价值上升，手段和动机之间就会呈现裂痕。“反思文学”的意义，究竟在于“反思”所得出的社会结论呢，还是就在于“反思”的文学过程本身？当作家（还有读者）对“以笔为枪”缺乏战斗力的忧虑逐渐发展到怀疑“笔”是否只能用以当“枪”，再发展到思考“笔”的自身目的和价值——这种观念变化无可挽回地导致了社会文学在 1980 年“剧本创作座谈会”以后的分化：典型的社会文学依然坚持批判锋芒勇往直前，而从事理想教育和深入反思历史的两类社会文学，则分别自然而然向通俗文学与纯文学倾向靠拢乃至转化。新时期最初的娱乐性和探索性作品，均出现于这种转化之中。

二 “社会文学”与“现代通俗文学”

何为“通俗文学”？尽管人们近年来被迫越来越频繁地面对和使用这个概念，但基本理解其实并不一致。

与“雅文学”相对时，“俗文学”被理解为一种低层次的文学，主要满足文化程度不高的“引车卖浆者”之流的审美需求；与“严肃文学”相对时，“通俗文学”则每每与“庸俗文学”相混淆，仿佛注定不够严肃，格调不高；与“大众文学”等同时，“通俗文学”又似乎神圣地联系着“工农兵喜闻乐见”的政治意义……

其实“现代通俗文学”的全部核心就是“娱乐”两字。在现代社会结构中，“娱乐”已不再专属于较低的文化层次，小泽征尔以跳迪斯科为休息，丁肇中工作之余也看《三侠五义》，国内“探索派”文人学者中迷恋武侠小说、甲壳虫音乐的大有人在。更重要的是，娱乐作为一种文学功能，其本体属性也是严肃的，因而没有理由在“通俗文学”与“庸俗文学”之间简单画等号。至于通俗文学的“大众性”，也主要不是言其政治内涵，而是就覆盖面、可读性而论。“娱乐文学”与传统意义上的“下里巴人”已有重要区别：倘说后者好似山村里的说书艺人，艺术层次虽低，认识、娱乐、审美及至教育等功能却一应俱全，那前者更像“电子游戏机”。处在卡夫卡哲理与国际新闻、微积分与法律条文与厂长经理分别包围中的现代人，谁还会天真地期待在“游戏屏幕”前了解世界、学会生活或升华灵魂呢？但谁又不认真地希望“游戏屏幕”能帮助他在艰难了解世界、辛劳适应生活和痛苦升华灵魂之余，获得哪怕是暂时的（但必须是轻松、痛快的）休息、调剂和娱乐呢？——当“娱乐”被作为文学合理属性之一而得到单独强调和高度重视以后，我们看到，通俗文学与其他文学的差别，就主要不在层次高下、水平深浅而更在功能不同、各有侧重了。

当然，对中国新时期文学来说，意识到这一点，费了很多时间和曲折，明确承认这一点则更加困难。

一度，人们觉得通俗小说现代传奇拥有大量读者只是畸形、反常的现象。这种“畸形”现象的产生，可以归咎为“文革”降低了不止一代青年的文化素质和审美水准，可以解释为人们对社会文学长期以来的说教面孔、枯燥表情持逆反心理，也可以认为是青年人的官能美感需求遭漠视受压抑过久，一旦“开禁”便“饥不择食”“良莠不分”……这些与“文革”后遗症有关的原因当然带有暂时性，据此人们有理由相信“通俗文学热”会逐渐“降温”。但重要的是，街头小报不再泛滥并不等于现代通俗文学不再发展、不再繁荣。通俗文学比纯文学乃至社会文学更畅销的现象，恐怕有着更长久、更必然的社会和人性依据。经济发达国家（美国、日本甚至东欧）的侦探小说和西部牛仔片（以及“仿西部片”）长盛不衰的事实也仿佛在提醒我们：不要期望现代化程度和社会教育水准的提高会必然导致通俗文学的消亡；相反，社会文化结构分门别类的高度发达，有时反而会更容纳、更刺激文学娱乐功能的“畸形”发展。因此，文学与大众审美趣味的矛盾，看来也和文学与政治的关系一样，是一个需要人们做长期探索的严峻课题。

新时期的通俗文学最初是作为社会文学增加趣味吸引读者的“手段”而出现的，以通俗手法解答社会问题的传统似乎可以追溯到赵树理（以及大部分“十七年文学”），但《小二黑结婚》能够协调大众趣味与文学的政治使命，《彩云归》《庐山恋》的叫座恰恰证实了大众趣味与文学政治使命已出现不尽如人意的裂痕。随着秧歌点缀变成迪斯科主旋律，随着快板、唱本变为连续剧、大奖赛，随着明白易懂的“通俗”变成炫目刺激的“通俗”……我们看到，手段和目的在悄悄转化。转化的标志说来有趣，乃是理念主题的绝对正确。正因为理性规范正确到无须讨论的地步，变为一个“保险壳”，趣味性、动作性、娱乐性才能得到真正尽情的发挥，进而支撑作品内涵。不过起初跨过这条社会文学与通俗文学的微妙界线的作家并不都是自觉的。直到 1983 年以后，既是因为香港现代传奇与国外电视连续剧的冲击，也是由于社会安定容许和促使了大众娱乐需求的觉醒，通俗文学才明显地单独“崛起”并与社会文学、探索文学“分庭抗礼”。尽管不少人在理智上很讨厌现代通俗文学凭借大众传播媒介的无所不在的渗透，很讨厌那些武侠片、明星月历、流行音响和“肥皂泡”式的连续剧，但与此同时，恐怕又很少有人未曾有过这样的审美经历：放下书本走出剧院，你很明白自己并未得到多少深刻的思想启迪和艺术感悟，但又觉得阅读和看电影的过程不无乐趣。徒“乐”无益地看什么呢？借用一句对舞蹈移情效果的谷鲁斯式的概括，那就是“看他（或她，即演员）怎样替我的感官精力在运动”，比如“力量型”通俗文学，少林和尚或西部牛仔难道不正是在替那些斜靠在松软沙发上体内却隐有些发热的人们挥拳拔枪、受伤淌血吗？这是否意味着人们在努力寻找舒适安逸的同时，又总有某种显示“体能”（说得好听是“勇敢强悍”，说得难听是虐待狂与被虐狂倾向）的潜在欲望存在？又如“好奇型”作品，福尔摩斯、波洛们难道不正是在替那些生活有序、安分守己的人们窥探隐私、追逐悬念甚至排遣无意识的犯罪感吗？这是否证实好奇乃人之天性，而“智力”永远渴望证明，道德操守也总是需要考验。再如“梦幻型”作品，幸运的美女（很可能是哪位伯爵丢失的私生女）难道不正是在替那些挤车买菜、睡阁楼说梦话的纺织女工们出入别墅宫廷巧遇“白马王子”吗？这是否证实人们的生活越是紧张单调也就越需要“白日梦”来润滑调剂？……如果在深邃的探索文学或群体倾向鲜明的社会文学中也想寄托梦境，宣泄精神欲念的话，人们难免要被迫付出思想矛盾、道德迷乱、灵魂受审之类的心理代价，所以尽管明知武侠、侦探和言情小说带来的审美快感肤浅短暂、转瞬即逝，人们还是愿意不断接受这种不仅比较容易取得而且也比较轻松即能解脱的心理陶醉。我们注意到，上述三种通俗文学的基本类型，在新时期文学中均已逐渐成形——随着“少林文艺”在“助忠良锄奸恶”的历史（伦理）框架下越来越讲究拳脚细节，随着歌颂侦察科长废寝忘食、奋不顾身的“反特小说”逐步演变为详录强奸过程、展览犯罪心理的“法制文学”，随着“心灵美”作品中对青春、艳遇、洋房、出国、伦巴、紫罗兰的渲染更加传神……娱乐性和趣味性，已悄悄从文学的思想意义和教育功能中羞答答地分离出来了；虽然站在“严肃”的社会文学和“高雅”的探索新作旁边，我们的通俗文学仍不免有些举止拘束，“自惭形秽”。

难道文学可以只提供娱乐？如此玩闹宣泄的文学又有什么社会意义呢？——社会文学所表示的这种“严肃的忧虑”甚至“愤怒”都是不难理解的。但我想说的却是，“革命”的社会文学与“玩闹”的通俗文学在美感特征和功能效应上，不仅有其异，也有其同。

康德曾把带有官能意义的“快适”与含有“善”的目的价值的愉快都排除在“自由美”范畴之外，而现代通俗文学与社会文学区别于“纯文学”的美感特征恰恰便是官能方面的利害感和理性方面的功利感。前者的核心是“宣泄”，美感中带有个体（及人类）意义的生理因素（无休止的“迪斯科”节奏，不正合着脉搏律动与血液运行吗？），后者的要点是“教化”，美感中渗透群体（及阶级）意义的理性判断（“望不尽的麦浪闪金光”，不正含着丰收的讯息，不正联系着经济增长、社会繁荣、政治昌明吗？）。相比之下，“宣泄”更依据于人的欲念、本能与潜意识，“教化”更依托于人的伦理规范、政治观念与社会利益。当然，在具体作品中，无论“教”还是“乐”，均难以单独出现。当代中国仍有不少作家在有意无意地寻求贺拉斯式的古典统一：“既劝谕读者，又使他喜爱。”但“寓教于乐”的框架可以导向两种不同的动态审美心理模式，其间微妙的差异就在于“宣泄功能”与“教育功能”在对立渗透组合中的互为目的与手段。

试比较《新星》和《蓝屋》，虽然两篇作品都兼有理性意向（“教”）与情绪宣泄（“乐”）的成分（对梦幻欲念的宣泄固然是“乐”，对牢骚怨气的宣泄也不无快感），但《新星》的宣泄具有某种群体归属指向，因而种种抱怨、不满、愤慨和期待都会在倾吐发泄中自然而然导向如何改造社会的理性思考，于是“宣泄”只是手段，“教化”才构成目的。而在《蓝屋》对离奇“好运”吊灯别墅的津津乐道中，在对“沙勿来”、保龄球、探戈舞步的浓墨重彩渲染中，读者（恐怕还有作者）所得到的那种不自觉的潜在欲念宣泄主要并不是从群体意向出发的（更非基于个性化的独特精神渴望），而是暗示假定“我有了人人喜爱的好运”。这种对“趣味宣泄”在人性乃至官能意义上的普遍性的认同（这正是通俗文学的基本美感特征），使得上述好奇、晕眩和妒羡感事实上构成了作品的主要魅力，而“人不可贪财”“要靠自己劳动争取社会荣誉”之类绝对正确永不过时的理念，只是在“白日梦”可望而不可即令人心焦气馁之时，才作为趣味宣泄的“安全栏杆”而出现，寓乐于教，止欲于理。此时理念的重要性就在于它作为娱乐性趣味的逆态制约，能保障人们既得宣泄快感又维持心理平衡——也就是说，趣味支撑作品内涵，理念构成辅助性框架。

虽然《新星》和《蓝屋》在可读性和社会意义两方面均受到好评，但出于“教—乐”和“理—趣”的组合方式的差异，实际上前者可称为“通俗的政治小说”，而后者则是“社会性的通俗小说”。对这两种不同的动态审美心理模式的比较，一方面能使我们正视“宣泄”在理性教育型社会文学中的重要作用——没有“宣泄”因素的介入，审美中的群体归属感便难以实现；另一方面也可帮助我们辨析理念与娱乐效果在通俗文学中的微妙关系。有不少爱吃甜食的批评家曾对批判锋芒尖锐或“牢骚太盛”的作品的

“社会效果”表示过严肃的忧虑，殊不知《祸起萧墙》《新星》在帮助人们排遣“怨气”的同时，其理性教育意义实在不会逊色于那些画面“纯净”的“心灵美”作品。从《班主任》中的老师、家长式语气，到公共汽车里充满抱怨、发泄牢骚的咏叹调，刘心武创作中心的变化轨迹颇能说明新时期社会文学发展中“宣泄功能”如何得到逐步加强。类似的对“社会效果”的忧虑也表现在对通俗文学“刺激”画面和恐怖场景的晕眩、害怕之中。其实青少年学敢死队上嵩山之类的“效果”永远不会绝迹，但也永远只是“特例”。因为在大众趣味需求与理性承受力的双重制约下，各种通俗文学均有其功能调节机制。吆五喝六的武打片自有“昏睡百年”的爱国旋律伴奏，多角恋爱剧必有“她比你先到”之类的道德逻辑做“栏杆”，渲染强奸过程的“法制文学”最后肯定要惩恶扬善（借用“拍案惊奇”之语，即“有诗为证：美色从来藏杀机，血污游魂怎得归？”）……通俗文学的基本格局颇似香港电视中的香烟广告——大部分画面腾烟吐雾，尽情渲染“万宝路”豪放、“登喜路”气派，荧屏下方却打出字幕：“政府忠告市民，吸烟有害。”大多数人迷恋通俗文学的原意恐怕并不在接受那些很正确但不新鲜的道理，但正因为有“爱情永恒”“善恶报应”之类的理念规范在起着“老虎笼子”式的作用，所以人们在惊魂未定地放下书本走出影院时才会每每有逃出噩梦之“幸”，“未来世界”或其他离奇梦境的冒险恐怖，反使人们感到眼前现实安宁，身旁情侣可爱——所以从“社会效果”看，文学对社会尽职，以理性意向直接表现社会思潮固然是有效途径，以趣味宣泄间接调节社会心理亦不失为一种积极功能。西方商业化文艺过分强调恐怖“刺激”的宣泄价值致使荧（银）幕总比街道或舞厅更“脏”更可怕，这自然不足取；但我们过去一味只讲文艺的“教科书”作用以致文艺画面非得比现实生活更“干净”更高尚，这也同样可能局限文艺的多层次社会功能——显然，对这一课题的重新思考，实际上也就是新时期文学在社会政治要求与大众审美趣味之间重新确定自己的位置和作用。其后果，便是直接导致了1983年以后三种文学多元并存格局的出现。

三　在“社会文学”与“探索文学”之间

当然，新时期文学最重要、最有影响的作品，还是大都出现在“社会文学”与“探索文学”之间。

中国当前的“探索文学”（或者说“纯文学”探索）其实有两种：一种是具有明确“探索”意识的“实验型”作品群，另一种是自觉不自觉坚持、维护和张扬文学特性的创作倾向。前者有宣言，有旗号（“朦胧诗”“意识流小说”“寻根派”等），新奇“怪异”的作品与热闹的评论乃至争议汇在一起，构成了一种“先锋派”文学现象；而后者则以各种复杂的形态，和社会文学搅拌在一起，决定着新时期文学的基本走向。“探索文学”的概念容易使人们注意前者，其实后者同样重要。当我们不仅在不同流派、不同群体的作品中，更在同一作家的不同作品甚至同一作品中辨察探索文学与社会文学的界线时，事实上我们也就是在讨论中国的“纯文学探索”的某些基本特征。我想这种讨论可以从以下三个层次逐步展开：首先，探索文学对形式技巧、情感表现与哲理思索的独特追求通常具有哪些形态特征？其次，这种独特追求的内在出发点（或曰“参照系”）是什么？最后，这种独特性的价值评判依据（目的、功能、意义）又在哪里？

从现象上看，无论是不自觉的“纯文学”倾向，还是实验型的“探索文学”，大都具有“形式奇特”（技巧手法上的反规范）、“情绪朦胧”（失却明晰的情感秩序）和“哲理困惑”（找不到清楚的理性答案）等外在形态特征。这三种形态特征的一个共同点便是其探索属性——从打破确定性到寻求新的确定性之间的不确切形态的一种过程。

形式创新，无疑是探索文学的第一要素。有趣的是，新时期作家们的形式探索最初似乎只是从“如何更好地表达内容”的意义上展开的。然而诸如宗璞对技巧语调的精细试验，林斤澜对结构、语言的“惨淡经营”，诸如茹志鹃对“时空”的大胆切割，汪曾祺对小说风韵的从容玩味，难道只是更准确更传神地表达了他们（已有的）对“文革”，对“大跃进”，对乡情民俗、历史风尘的严肃“反思”吗？抑或这种“反思”正是在那些新奇的“个人形式”中才趋向独特和深刻？更能说明问题的是王蒙小说中的“意识流”，这种出现于1980年的“实验”最初不无功利考虑，是一种企图更含蓄、更曲折、更隐蔽地从事社会批判历史反思，进而协调文学追求与政治使命的矛盾的尝试。然而过程制约目的，话怎么说也会直接决定说出些什么话——同样对官僚主义反感，《说客盈门》里的辛辣锋芒怎么会在《夜的眼》中化为迷惘的感慨？同样是传统怀念，《最宝贵的》信念道理如何变为兴奋怅然、令人心悸的《海的梦》？……显然，形式创新很快就超越了“借鉴现代派”的意义，而是提醒着探索者们反思自己的“形式感”。为什么本来用以更好表达内容的形式创新，结果却创造了新的内容呢？看来，“形式”在纯文学中，不仅只是表达工具，更是表达本身；不仅是思想的外衣、情感的载体，而且是思想的逻辑构成和情感的生命组织。如果现代语言学能确认人没有语言便没有理性思维（而不仅是无法说话），那探索文学也有足够的理由认为，缺乏了艺术形式，人也就丧失了艺术意义上的感觉和意念（而不仅是有感觉有意念却无法表达）。社会文学甚至通俗文学有时也注重形式，但目的只在加强社会影响力和增添趣味，只有探索文学才不得不从文学本体属性上来考虑“形式”。开始于《波动》成潮流于《春之声》，“朦胧诗”发展于《受戒》《我们这个年纪的梦》热闹于《你别无选择》，以及《棋王》的一系列“探索作品”，无一不是首先从“形式”入手。当这些形式探索主要不是以共时态接受因素为参照而转以历时态文学积累为创作背景以后，它们以削弱战斗力量、减少读者为代价赢得了某种文学的“先锋”性。

探索文学的第二个形态特征也同“先锋性”有关，那就是困惑朦胧的情感探索（而不是明确清晰的情感执着）。在艺术中，当作家把自身情感客体化或将人类情感心理化之时，他们总感到某些情感比较能够确定而另有一些情感难以捉摸。表现前者即为“告白”，把握后者便是“探索”，微妙在两者之间的，也就是“探索文学”与“社会文学”的界线。比如爱谈哲理、好发议论但实际上总是以抒情为艺术中轴的张洁，她笔下最明朗活泼也最扁平苍白的人物（如电车售票员、青工等当代青年形象），恰恰出现在她自以为最清醒最能明确教育别人“谁生活得更美好”的时候。幸亏张洁并非一直如此“清醒”，当她痴迷沉醉自己“生活得不太好”时，当她迷惑、焦灼而又痛苦地呼唤那“不能忘记的爱”，虽然缺乏理想答案，她的自我感情迷乱无疑更有魅力也更有深度了。科林伍德曾经从文学本体属性的角度来谈论这种困惑的情感探索过程：“在一个人表现了他的情感，他仍然不知道它是什么样的一种情感，因此表现的活动是他自己情感的一种勘探活动。他试图去查明这些情感究竟是什么。”[1]这里最重要的是“试图去查明”的过程，至于是否一定能够查明，也很难说。从独异个性出发的情感探索每每始于困惑，终于新的困惑，而群体意向的考察更容易

1　［英］罗宾·乔治·科林伍德：《艺术原理》，王至元、陈华中译，北京：中国社会科学出版社，1985 年，第 118 页。

导向确定的情感秩序。在《迷人的海》的明朗结局与《北方的河》的迷惘尾声之间，同样灼热多彩的浪漫激情不是分明呈现了不同流向吗？在《北极光》清晰的理想指引和《在同一地平线上》的朦胧失落感之间，同样淡紫色的少女憧憬不是也有着不同的漂浮轨迹吗？人们或许很难明鉴究竟是大小海碰子的交接班或北极的绚丽光环更鼓舞人心，还是张承志和张辛欣的梦更激动人心，但两种文学态度及其或清晰或困惑的形态差异之间的区别，已经十分明显。关于这种“区别”，我们还可以联系探索文学的第三个形态特征（即理性困惑）一起加以考察。高晓声对李顺大辛劳几十年难以造屋的社会原因早有清晰的理性把握，于是小说只是十分精彩感人地表达了作家那深刻（但不独特）的社会政治见解而已。然而对陈奂生上城经历的悲、喜剧意义，作家更多地怀着探究的好奇，探究过程随文学过程同步展开，于是作品直到最后，仍未完全摆脱对农民历史命运和对国人文化心理结构的某种理性困惑。何士光既有正确有力的政治理由让冯幺爸在乡场上挺直腰杆，又有难以名状的历史心理直感让“种苞谷的老人”默然倒下，何以同一支笔，表达社会见解时语气明确，触探到哲理层次时线条就模糊了呢？再如陆文夫，《围墙》闹剧是非易辨，其推动改革的意向也很鲜明（所以某省委曾组织各级干部观摩学习），而《美食家》中朱自冶与经理同志几十年来到底谁对谁错，谁恶谁善呢？对这种公私恩怨难下政治和伦理判断时，“历史感”反而有所深化，这是否正如歌德所言：“人只是在他无法把正在想的东西想清楚的时候，才是在思考？”[1]

这种过程意义上的“思考”，也就是探索文学中的哲理困惑。

1 ［德］歌德：《歌德的格言和感想集》，程代熙、张惠民译，北京：中国社会科学出版社，1982 年，第 71 页。

一旦觉得“想清楚”了，人就要清晰告白，明确界定，那便是社会文学中的理性判断。犹如矿工掘井至500米处（假定这是创作时作家对某一事物某种情感的认识深度），把500米内已经踩在脚下的矿石运出来交给人们（判断、告白、阐释）是一种工作，再向500米外的不可知的深处继续勘察（探索、寻找、发现……）也是一种工作。作为人类把握世界的不同方式，我不认为张扬理性一定比探索“暗区”更有意义，或困惑迷惘必然比明晰确定更有价值。探索文学和社会文学各自的认识论依据和功能效应或许是无可厚非的。在现实中，一方面，人总要归属群体，总要维系于某种理性与价值的确定性，再加上社会政治责任（许多人在等着“用煤”），所以高晓声也要写《水东流》《拣珍珠》，王蒙也要赞叹一番《温暖》；另一方面，人又总要探究“自我”，总想冲破理性、确定性，哪怕走向困惑，再加上文学使命感（前面神秘的“黑洞”在召唤），所以高晓声又有了《鱼钓》《钱包》《绳子》，王蒙更有了《活动变人形》……毫无办法，大多数中国作家都被迫在这两种力量、两种倾向之间摇晃前进。毫无办法，社会文学要发展就必须坚持文学性，而纯文学在中国又不得不关注社会，所以在这两者之间，必然存在着一个充满抗衡、制约渗透和转化的“矛盾场”。

当然，种种形态特征上的区别，实际上都和文学内在的“出发点”（或曰“参照系”）有关。明确的理性、情感告白总是面向众人，根植于群体意识；而困惑的哲理和心绪探究则更多地面对内心，依据于独异个性，因此清晰表现和困惑探索后面，实际上有着“共创”与“独创”的内在差异。

我们不难证明，社会文学和通俗文学事实上都是由作家和读者有意无意共创的。前者既以表现社会思潮为职责，当然关注作品对群众的影响力，这种关注必然会反过来影响创作；后者既以追求娱乐性趣味为己任，自然视销量上座率为生命线，这种对读者趣味的协调也势必反过来参与创作过程。相比之下，只有探索文学，才似乎只管倾泻表现作家一己的忧闷苦痛、感兴玄想而置共时态接受因素于不顾。透过这种“共创”与“独创”的差异，我们看到的其实是文学中人的三种身份——在社会文学中，作家主要以“群体”（阶级、集团、阶层等）身份发言，读者也无意识地从“我们”的立场接受；在通俗文学中，作家一般总是表现“人们”需要的官能美感，而读者也假定自己得到的是人人皆喜爱的趣味愉悦；而在探索文学中，作家更多从“我”、从个人精神独异性出发，面向人类精神，探索其间异同，读者感兴趣的也只是这种独异甚至奇特的精神表现同“我”的关系。这种分别从“我们”“人们”和“我”出发的艺术口吻、审美态度的不同，决定了三种文学在“参照系”上的根本区别。当然，出色的社会文学及通俗文学也追求“独特”，因为太顺从社会思潮或太迁就大众趣味，读者们也会失望不满，最有战斗力和最畅销的作品应能在社会性主题上稍稍超前于群体意向（因而能更大胆更有力地道出“我们”的心声），应能使情节色彩趣味稍稍偏离公众的心理预期（因而更能激发和满足人们的好奇和快感）。显然，这种对“独特性”的追求是以“共创”为前提，以“共时态接受需求”为参照的。一旦紧要关头作家对人物的理解与社会群体意向、与大众情趣口味发生矛盾，那么社会文学的作者每每是要“大公无私”的（刘心武自己恐怕也不怎么信服“那老头”奇特的眼神，却还是为了乘客们的需要把他推上公共汽车融化了一片牢骚）；通俗文学的作者这时也主动“先人后己”（否则读者会拿起手枪警告柯南·道尔：“你无权擅自让福尔摩斯牺牲，人们都要他活下去……”）；而只有探索文学的作家在这种情况下才会理直气壮地“自行其是”，依然按“个人形式”去解析人物，去构筑那首先是“我”然后才可能是“我们”

或“人们”的世界。只有在“纯文学探索”中,有时越是无目的(甚至“目中无人”)的个性情绪表现,往往越是能够“合目的”地“介入”人类精神活动;有时越是无规律的(甚至变态的、无序的)心理奥秘,往往越是能够“合规律”地通向艺术探索的人性深度。因为说到底,探索文学的使命就在于表现人的精神独异性。

那么,文学究竟为什么要表现人的精神独异性呢?看来讨论到这个层次,“文学自身目的性”的问题已无法回避。不过这个问题过于敏感,过于复杂,最简略的说明也必然分开几个层面来谈。

第一,从目的论看,纯文学探索其实就是既以“表现人的精神独异性”为手段为过程,又同时以此为目的为功能,这同社会文学艺术地表现社会思潮以达到改良社会的目的,同通俗文学以表现娱乐性趣味为过程来调节社会心理为功能的情况是有区别的。后两者的过程与目的只有在理想状态下才能统一,而探索文学的过程即目的,在本体意义上便具有同一性。其实在中国一向不能理直气壮而且屡遭误解的“纯文学”的概念,也就是“文学从自身出发又以自身为目的”的意思。我们大可不必怀疑这种表现人的精神独异性的文学在人类精神生活和社会实践中究竟具有什么意义,因为人类的精神活动方式虽然五花八门,但人在个体意义上表现精神独异性的机会并不很多。在科学中,人是以“人类”名义面向自然面对物质的,所以一切真理属于一切人;在政治中,人是以“群体”方式行动或思考的,因而一切从“我们”出发;在道德伦理领域,人既是“人类”又是“群体”,再勇敢的狂人标出新的道德尺度时也总是自以为代表“人们”或“我们”;好不容易在宗教里,人才在“人类形式”之下有点个人忏悔的余地,“作为上帝的子孙,我……”,然而这种忏悔也总是导向认同而不是趋于独异……唯有在文学艺术中,人才能尽情地表现个体与众不同的复杂情绪(通过最能容纳“独异性”的方式:想象、形象、虚构等)。无数“独异性”合在一起，反而构成了人类精神不可或缺的一面。只要人（个体的人类）总有其精神独异性需要表现，那么“以自身为目的”的文学艺术也总有其存在价值，所以艺术也和科学、政治一样，是人类最基本的精神行为方式之一——能够具有这种意义和功能的文学，我们还有必要穷究它“到底为了什么而创作”吗?

第二，再从价值评判依据看，同“参与政治变革”“调节社会心理”等外在目的有关，对社会文学和通俗文学的价值评判也主要依据其共时态的社会效果：影响力战斗力强的社会文学自然见佳，趣味浓能叫座又不“出格”的通俗文学当然就出色。而探索文学既以自身为目的，其价值评判依据主要也就来自文学本身了——具体地说，就是历时态的文学积累（文学史）在评判新的文学现象。即使直接评论某探索新作情感表现是否真实，心理解析是否深刻，实际上我们还是有意无意依据着以往的文学，参照了前人（或别人）的情感如何表现心理，如何解析，等等。探索文学有理由暂时置社会影响、读者反应于不顾，但面对文学史而创新其实更艰难。虽然在理论上任何创新均可能“介入”由以往各种文学所复杂构成的“大系统”，但实际上只有真正根植于人的精神独异性，真正面对古今中外文学积累的“探索”，才能介入、影响和改变文学史，才能具有真正的“文学意义”。我不敢说探索文学一定会比其他文学取得更大的成功，但我敢断言探索文学的创作一定会比其他文学更容易失败。理解了这一点，接下去我们再考察新时期探索文学的实绩和缺陷，就不至于太失望了。

第三，从当前的创作实践看，中国的“探索文学”，似乎并没有那么“纯粹”地“以文学自身为目的”。或者像谌容、张弦那样从清醒探讨社会问题入手，随着文学过程的展开不自觉地转向对社会历史的个人困惑和独特把握；或者像《爸爸爸》《小鲍庄》,

虽然有意坚持奇特古怪的个人形式，但所讨论的，还是“国民心理模式”“传统文化积淀”等“我们”的课题；还有或严肃或匆忙或痛苦或飘忽的“主题及情绪横移”，同是借用别人（海明威、福克纳或川端康成）的方式口吻，既可以认同（乃至附和）“群体的孤独”，也可以真的宣泄独异的忧闷……在我看来，对新时期探索文学继续深化的阻碍因素有两个：一是趋时求新，以“进化论”等理性主义逻辑张扬“现代意识”，以为思潮、技巧、情感均越新越好，殊不知离开内在情感去寻找“独异”其实恰恰是在“求同”；二是在自身目的、价值尺度、功能意义上，探索文学仍然没有同社会文学划清分工界限，不是自尊自傲、自以为是“高层次”的“正宗”的文学，进而在社会意义上也想贬低社会文学，就是自轻自贱，对“探索”的功能作用缺乏理解，进而总要“夸饰”自己的社会意义。其实“探索文学”“社会文学”和“通俗文学”，都只是文学的一种。它们应有自己的领域、特长和价值，也同样有着自己的局限和弱点。行文至此，我一直避免在“三种文学”之间使用“层次”这个概念。第四部分的讨论将证实，为什么在多元并存的文学格局中，必然的“高下”之分是没有意义的。

四　三种文学的分化、互渗和并存

从十年历程看，新时期文学发展到今天三种文学多元并存的局面，并非偶然。新时期文学的第一个阶段（1977—1979），主要是社会文学的繁荣，其标志便是文学自身追求与其社会政治责任基本统一，又和大众审美要求完全一致（即使有矛盾有纷争，也是在“文学和政治如何统一”或“雅俗应该共赏”的前提下的矛盾纷争）。从1980年（极为关键的一年）开始的新时期文学的第二阶段，是由社会文学与探索文学的融汇和矛盾构成其主流的。

“剧本创作座谈会”标志着文学与政治关系的一次重要协调，一方面直接导致文学对社会的干预更多地从批判转向歌颂，另一方面又间接帮助了文学向自身回归，促使“探索”倾向的出现（从此，对文学自身追求与文学政治使命的各种协调，都是在确认两者不能等同的前提下进行的，一系列至今仍代表十年文学水准的力作也大都产生于这种协调之中）。1983 年以后，通俗文学的“崛起”，使人们被迫意识到文学追求不仅要协调与社会政治要求的关系，而且和大众审美要求之间也存在着矛盾；当后一种矛盾逐渐上升到与前者同样重要并同时复杂制约文学发展潮流时，新时期文学便进入了第三个阶段，即三种文学多元并存的阶段。

在理论上考察，三种文学并存发展的格局，更有其深刻的社会依据和人性心理依据。先从社会需求的结构看，如果说通俗文学是经济背景上的文学（供求关系是其内在张力），社会文学是政治背景上的文学（功利目的是其内在能源），那么探索文学就是文化背景上的文学（精神独异性是其内在核心）。在革命或“文革”中，政治背景无疑是淹没一切的，但随着社会安定和经济发展，“商品化”因素也会自然向文学渗透，文化参照系的重要影响更与现代化程度成正比增长，于是我们仿佛看到现代社会形态对文学的需求也越来越趋向多元：“娱乐、战斗或审美，三种文学都需要，缺一不可！”再从人的精神表现与审美需求的层次看，如果说通俗文学更多地依据人的官能美感，主要根植于人的感官欲念和“唯乐原则”，那么社会文学就更多地依据人的功利美感，主要依托于人的政治观念、道德规范、社会利害等理性意识，而探索文学则更多地依据纯粹的审美观照，主要维系于人的“自我”，维系于人的情感矛盾、灵肉冲突及心理困惑过程。美感性质决定审美途径，前两者分别导向不无生理意义的“感官宣泄”与指向理性的“群体归属感”，后者则更偏重情感探索和心理净化[1]，美感性质也决定了文学功能：通俗文学为人们提供一种生活意义上的休息和娱乐的机会，社会文学为人们提供一种政治意义上的战斗和工作的权利，探索文学则为人们提供一种纯文学意义上的表现个人精神独异性的可能。战争和动乱曾使人们或自觉或被迫地首先用文学来“战斗”和“工作”，战斗疲劳或文化匮乏时人也会拼命想通过文学获得“休息”和“娱乐”，但也是随着社会安定、经济发展、文化进步、现代化程度逐步提高，我们仿佛听到人们（是每一个人，而不是合在一起）对文学的需求也越来越趋于多元：“休息、工作或个性表现，我都需要，缺一不可！”三种文学多元并存格局的出现，为文学与政治那一向纠缠不清的矛盾关系提供了多种协调形态。因为在坚持各自的文学规范以后，实际上三种文学都有可能达到其自身追求与社会政治职责的相对统一：社会文学的理性批判锋芒与理想教育力量均能直接影响社会思潮，进而给予社会变革以“助力”；通俗文学的娱乐“宣泄”功能也能间接调节社会心理，进而履行其疏导趣味、丰富生活、维护安定的社会政治责任；而探索文学越首先忠实于艺术才越有益于社会（犹如科学家只有忠实于科学而后才能造福人类）。所以在“功能”意义上，我们没有理由断言“游戏形态”或貌似“象牙之塔”的作品必然比社会文学要缺乏社会价值。同样，既然三种文学的存在不仅是基于不同社会群体、不同文化层次的分别需求，更是依据着每一个人的不同审美需求，那么我们也没有理由断言探索文学在精神“层次”

1 需要说明的是，一切美感都不能完全排除官能与理性的成分。因此在我看来，通俗文学的要点，就在于将官能美感作为审美目的，而不是把它仅作为导向理性美感的手段（社会文学）或伴随整个审美过程的中介（探索文学）；社会文学的要点也就在于将理性升华作为审美目的，而不是像通俗文学那样，把理性作为审美宣泄的辅助框架，或像探索文学那样始终把理性视为纯粹审美观照中的一个有机但不能独立的因素。

上必然比他种文学更高级、更重要、更神圣或更严肃（就像人无法简单判定究竟是自己的情感还是感官、无意识还是理性更高级、更重要、更神圣、更严肃一样）。归根到底，三种文学都将以不同形态助益人类精神生活：或给人提供直接精神享受，或加强人的精神力量，或提高人的精神境界。由于功能、使命不同，在三种文学各自的艺术原则、价值取向、批评尺度和美学规范之间强行判断其优劣高下并无意义，我们甚至也很难用某一种文学的准则、尺度来“框范”“裁剪”和“切割”别种文学。有时在这种文学中显得极为重要的艺术手段，在他种文学中却只是点缀甚至还会成为累赘（比如探索文学很乐意详尽剖析叛徒的心理裂变过程，但社会文学中此类笔墨过多便会模糊“倾向性”甚至削弱“战斗力”）。有时一种美学规范中的精彩细节乃至道具，换一个价值坐标后就会变得可笑（如果把通俗文学中常见的维纳斯雕像、火烧冰淇淋之类与“寻根派”笔下的陶罐土风对换一下，恐怕两者皆会失去读者）。隔开一个领域作家们也会“旁观者清”，没有人会硬性比较李谷一和胡晓平谁的音色更美，或去简单判定《义勇军进行曲》《蓝色的多瑙河》及《未完成交响曲》哪部作品更动听。但为什么在文学界，人们还是忍不住要判定《高山下的花环》与《透明的红萝卜》的艺术优劣，甚至还有人奇怪《花环》或“朦胧诗”怎么没能挡住《射雕英雄传》和“琼瑶热”……既然三种文学在题材选择、倾向表达、形式处理和技巧锤炼上皆应该而且必然有各自不同的追求，人们何以还要担心《超国界行动》的政治影响或批评“谢晋模式”缺乏哲学深度或指责《黄土地》未能展示老区人民革命风貌呢？是的，在客观上，三种文学都反映社会现实，在主观上也势必皆“以现实生活为最大的参照系”；然而重要的是，不同文学规范有着不同的“参照”方式，因而也就会“参照”出不同的“现实生活”。比如通俗文学是以娱乐功能体现其认识作用的，它只能以趣味结构的“白日梦”来折射社会心理；社会文学是以教育功能实现其认识作用的,它只能以“群体”的“理性意向”来构筑社会政治现实；而探索文学更坚持在“纯粹”的审美观照中认识世界，所以人们也势必只有透过独特的个人心理视角才能曲析辨察时代精神。能说哪种文学更“真实”吗？或许文学本来就容纳着不同的“真实”，就像社会能容纳不同的文学一样。

在三种文学多元并存的格局中，“分化”与“互渗”是既相对又互补的两种发展趋向。在理论上讲，“互相渗透”的内在依据就在于三种文学之间不仅有其“异”，也有其“同”。严格意义上，我们今天所面对的，其实是“三元一体”的文学格局——尽管三种文学的功能、目的不同且形态各异，但在本体属性（即“文学性”）上却是同一的。归根到底，它们都是文学。正是这种本体意义上的“文学性”，使得社会文学虽全力干预政治却终究不同于社论、工作报告，使得通俗文学虽表现“官能美感”却总是微妙地有别于诉诸“直接生理快感”的游艺娱乐和体育，也使得探索文学虽钻研解剖、透析发现，但毕竟又不是科学、医学或心理学（艺术的无穷奥秘恐怕也就在这钻研与表现、解剖与宣泄、透析与忏悔、发现与净化以及观照与麻醉、介入与逃避、感悟与痴迷、升华与亵渎的复杂关系和同一过程之中）。文学的多元形态通常只有在特定的时空意义里才能确定，如果跨越时空范围，形态属性就可能变化，比如《红楼梦》曾作为通俗手抄本而流传，甲壳虫趣味也可能在第三世界变为“高雅”“奢侈”的文艺……但只有“文学性”，是可以相对无视时空界限的。只有真正具有“文学意义”的作品才能成为经典名作，才能进入文学史。或者反过来说，“文学性”的纵向价值坐标正维系于历时态的文学积累。在共时态社会文化结构中，“文学性”的标志便是三种区别于游戏、政治和科学的统一特征（即文学区别于人类其他精神行为方式的独特性），以想象、形象、情感、虚构等方式表现人的精神独异性的探索文学，当然其“文学性”很强很“纯”，但意在提供娱乐性趣味和旨在干预社会政治的创作，只要也是诉诸想象、形象、情感、虚构等“非现实”方式，应该说同样也是具有“文学性”的。就创作宗旨而言，探索文学似乎更接近于文学的本体属性，但这只是一种理论逻辑上的可能。从功能和效益看，由于前面论及的我们的探索新潮的自身缺陷，也由于中国社会对文学的特殊制约，至少在新时期文学十年中，社会文学的实绩是同样令人瞩目的。重要的是，“娱乐”“批判”和“审美”一样，均是文学的题中应有之义，所以三种文学倾向在分化发展的同时仍有“互相渗透”的可能性和必然性，自觉地运用武侠、市井小说样式进行“国民性”的理性思考的《神鞭》《三寸金莲》是一种“互渗”方法；自然而然以俗文字、俗画面越过社会批判层次而从容步入哲理意境的《棋王》也是一种“互渗”途径；同时贯穿通俗细节（窥妇人野地沐浴）与社会性主题（反思知识分子历史命运）与畸形人性探索（性心理解析）的《男人的一半是女人》，又是一种“三合一”的“融合”形式；以具有“现场效果”的口述实录文体来考察社会现象，进而声色不露给予理性和情感超越的《北京人》，同样也有着三种文学形态的“融合”迹象。不过应该指出，作家们目下这种对不同文学倾向自觉或无意的“兼容”综合，和以往那种不觉察文学形态差异、不承认多元性的创作态度是有区别的。如果说后者是无视多元形态时“一统”，那前者便是在正视多种规范差异后的“统一”。

出现这种分化和统一的迹象，我以为是新时期的一种进步。诚然，文学史上不乏既有趣可读又干预社会又独特探索人的精神独异性的经典名作，我们今天的文学，也最好能熔娱乐效果与政治锋芒与审美价值于一炉，但这种综合和统一，只有建立在正视文学可以（甚至必然）具有不同功能、目的和使命的信念基础上，只有建立在明辨三种文学的形态、规范、效果差异的前提之上，才能真正促进（而不是有碍）文学的发展。正是在这层意义上，我以为至少在目前，正视“分化”比强调“互渗”更为重要——只有毫无愧色地首先以趣味宣泄为创作宗旨，我们的推理小说、武侠片和青春喜剧才能不必总戴着“表现地下斗争”“进行理想教育”等大帽子而情节僵硬、画面干巴；只有在充满文学自信地干预社会政治以后，我们的揭露、批判或歌颂型作品才不必东张西望——时而为了读者装点趣味，时而又朝着评论家故作哲理沉思状。如果《新星》对老农想赚钱修龙王庙之类的心理也依照“寻根派”笔法精细探究下去，那么李向南还能风风火火迅速旋起改革热风赢得一片掌声吗？同《李顺大造屋》《乔厂长上任记》相比，《新星》《唐山大地震》及新近一大批出自青年人手笔的探讨乞丐“群落”、独生子女、“文革”风云、学大寨运动等敏感社会政治问题的报告文学和小说，一方面艺术上更加粗糙了，另一方面批判锋芒更加尖锐更加富有挑战性了。这既说明文学新潮并未忘却对社会的“干预”，同时也证实了社会文学特性的进一步独立发展。同样道理，也只有理直气壮以文学自身为目的而“探索”，实验性作品的“先锋”意义才会真正实现。再古怪生涩的“先锋”技巧，再朦胧奇特的“先锋”意念及心态，只要是真正的反传统反常规，自会有别种文学来加以推广、发展和完善，来加以证实、阐发和完美表现，而“先锋”文学只管自己往前走。在多元并存的文学格局中，一般说来，社会文学共时态影响最大，通俗文学拥有读者最多，而“先锋”文学推动文学发展的作用最明显。只有真正确立功能分工意识（即多元意识），我们对新时期文学的复杂现状及其走向才不致过分迷惑。既然三种文学同样都面对社会需要，同样都背倚人性，既然它们之间功能意义不同，各司其职，各尽其能，谁也没有完全取代谁的能力和仰视或贬斥谁的权利，那么在我们的评论中，更具体化形式化一点，比如我们的文学评奖，为什么不能也像电影评奖（或日本文学界的芥川奖、直木奖，以及菊池宽奖）那样，有一个或侧重社会影响或侧重大众趣味或侧重艺术创新的多元的价值评判呢？——我用这样一个随想式的动议来匆忙带住本文远不充分的讨论，当然我也知道，真正要实现这一动议，是很困难的。

1986 年 11 月 17 日于上海重华新村

（收入《当代文学印象》，上海：上海三联书店，1987 年）

现代主义与中国新时期文学

西方现代主义文艺及文化思潮，近十年来对“文革”以后的中国文学界的影响，一方面表现为一连串热闹起伏的文艺论争，另一方面则诱发了一种静悄悄踪迹难辨的文学技巧、情趣和观念革命。前一种论争，宣言醒目，口号刺耳，针锋相对中每每还伴有或显或隐的特定政治背景，所以比较引人注目。有关“现代派”的话题，遂成为新时期中国评论界的“热点”之一。而那些学术水准相当参差不齐的论争文章，也确实能作为一种迹象姿态和见证，颇能反映十年来中国文学如何“被迫应对”和“主动借用”西方现代主义的整个文化过程。围绕后一种静悄悄发展的现代主义创作倾向，评论界的态度在 1985 年前后有戏剧性的变化，在那之前，是力图“批评现代主义”，在那以后，则是力图作“现代主义的批评”，后者催生、助长、介入甚至直接构成了中国文学中现代主义倾向的发展。一些比较能摆脱“爱憎”情绪的专业性评论的出现，主要还是最近一两年的事。

虽然前后仅七八年，时序已经显示它的意义：从 1982 年徐迟短文遭批判，冯骥才、李陀、刘心武在《上海文学》上放出几只引起争议的“小风筝”，到 1985 年何新在《读书》上发难谴责“当代文学中的荒谬感与多余者”，从而又引发一场论争，再到 1988 年《北京文学》辟专栏讨论黄子平提出的“伪现代派”概念……把这三次相对比较集中热闹的“现代主义”讨论放在时序及“文革后”文化背景变迁的逻辑轨道上考察，看上去好像一直重复类似的有关“现代派”的话题，其实每次讨论的文化意义均不相同，且呈现了一个极有意思的发展脉络——开始是文艺政策和文化心理的调整，后来是借文学精神价值的讨论来关注当代青年文化心态，再后来才出现对新时期文学自身的文化性质的质疑。倘用最简单的方式来概括这三次论争，那就是：“我们要不要现代派？”“我们文学中的现代派好不好？”“我们究竟有没有真正的现代派？”

一　我们要不要“现代派”？

中国评论界通常所谈论的“西方现代派”，与欧美文学史家所谓的“现代主义”（Modernism）在概念上有所不同。一是外延范围明显扩大：“中国人现在用‘现代派’这个名词，似乎指的是从 19 世纪法国象征派诗歌一直到目前流行在欧美的荒诞派、黑色幽默小说。”[1] 二是以“派”替代“主义”，隐隐有强调其同忽略其异的意思：“现代主义这个名词含义很多，它不可能只有一个‘派’。”[2] 近十年来中国的作家、评论家，哪怕是“中国的现代派”，也很少考察比如美国黑色幽默小说与法国新小说派之间的质的差别，而更关心广义的“现代派”与我们的关系。

其实世界上哪一种文化流派会和“我们”无关？认识研究和

1　施蛰存：《关于“现代派”一席谈》，《文汇报》（上海），1983 年 10 月 18 日。
2　同上。

考虑关系协调理应是两种工作。首先考虑研究对象与“我们”的利害关系的功利主义评论态度，实质上是种有意无意的防卫性的文化姿态——尽管防卫手段可以是“以攻为守”大胆出击，将萨特、伍尔芙统统批倒[1]，也可以是一厢情愿夸大东方文化对西方现代派缘起的影响作用[2]。总体来说，1840 年以来整个中国文化一直处在被西方文化冲击和“侵略”的位置上。现代主义进入“文革”后的中国文学，并不例外也取了文化上的进攻姿态（虽然这“进攻”是被中国当代的文化危机所“邀请”的，虽然进攻者“绝望”“荒诞”而防守方反而神情亢奋）。不论欣喜还是恐慌，中国的评论家起初基本上是将“什么是现代派”与“我们要不要现代派”这两个课题混在一起同时考察的，而且后一个课题紧逼着前一个课题，制约和影响了前一个课题的从容研讨。

在徐迟的短文《现代化与现代派》[3]发表以前，有关西方现代派的文章大都出自外国文学研究家之手，比较重要的有陈焜的专著《西方现代派文学研究》、汤永宽的《当代美国短篇小说集·序》、柳鸣九编的《萨特研究》、李文俊编选的《福克纳评论集》、董衡巽编选的《海明威评论集》，以及袁可嘉 1979 年为上海文艺出版社出版的四册八本《外国现代派作品选》所写的前言。其中袁文最有代表性地体现了研究者们既想科学评析现代主义又要考虑现实文化对策的为难处境。寓评于介，态度平和。“前言”一开始就将众多西方现代派作家按“左”“中”“右”匆忙排队，详细理解评析现代主义以后又尾随一批“错误思想”的“帽子”——“诸如虚无主义、悲观主义、个人中心、和平主义、色情主义等”，以提醒“我们”“进口”时注意防毒，很难说这是袁可嘉行文立论的

1　陈燊：《也谈现代派文学》，《文艺报》1983 年第 9 期。

2　陈思和：《中国文学发展中的现代主义》，《上海文学》1985 年第 7 期。

3　《外国文学研究》1982 年第 1 期。

策略，还是他基本理论框架的必然局限。总的说来，袁文是从“我们”既有理论框架出发评析现代主义的佼佼者。整个“前言”把“什么是现代派”和“要不要现代派”两个课题折中为“我们怎么看待现代派”，虽有“我们”的立场在，但主要篇幅还是心平气和用来“看”，用来分析具体现象、具体理论的。应该特别指出的是，有不少后来被称为“中国的现代派”的青年诗人、作家，他们对现代主义的最初理解便来自袁的“前言”。当然，这些年轻人大都本能地绕过了“左”“中”“右”排队段落，而更注意袁文中的具体分析。

比起袁文来，徐迟名噪一时的《现代化与现代派》与其说是论文，不如说是随感。可偏偏这样一篇热情天真夹点小策略的三千字短文，在发表后一二年间，接受了全国各地报纸杂志几百篇共计百余万字的批判文章，引发了从 1982 年到 1984 年前后持续近三年的第一次“现代派”论争。同时被批判的还有谢冕、孙绍振和徐敬亚论述“朦胧诗”“崛起”的三篇文章，以及发表在《上海文学》（1982 年第 7 期）上的冯骥才、李陀和刘心武放的“三只小风筝”[1]。我最近耐心地翻看了 1982—1984 年间几十上百篇从各种角度批判现代派的文章，并从中选出较有学术性的钱中文、夏

1　高行健的《现代小说技巧初探》其实并没太多内容涉及现代主义。谈论高行健小册子的李陀等人的三封信，也只有冯骥才一信在醒目的标题下对现代主义做了热情的宣传（有趣的是冯本人后来一系列作品都很少现代主义气味），李陀的信从民族文化的角度对现代派持若干保留看法（这一姿态后来被证明是很重要的），刘心武的信则几乎给现代派泼了冷水。这几封信为《上海文学》采用后，北京《文艺报》负责人当时曾紧急致电上海，说是“上面”的意思，要求压下这“几只风筝”，但稿件已送厂，没有及时扣下。这以后一年内，《文艺报》和《上海文学 · 理论版》围绕现代派问题形成论战之势。《文艺报》专门组织有很多中国现代文学研究专家参加的座谈会，为证明现代派在中国行不通而回顾 20 世纪 30 年代施蛰存、刘呐鸥、戴望舒、李金发等人如何“失败”。《上海文学》则接连发表巴金、夏衍的长文。其实巴金、夏衍也不会怎么偏爱现代主义，他们主张的是一种“开放”的姿态。第一次“现代派”论争大致到 1984 年“清除精神污染”全面展开时暂告一段落。

仲翼的两篇论文及较有代表性的陈燊的文章。纵观两边不同的意见，争论的焦点直接是“我们要不要现代派”。至于“现代派是什么”和“应该怎么看”等论题，都已成了争论的手段和论据。徐迟说：中国以后“将出现我们现代派思想感情的文学艺术”，原因是“我们将实现社会主义的四个现代化”。[1] 陈燊则认为中国文学“如果进一步深中现代派的流毒……我们无论在创作实践或理论探索上，都将走入一条死胡同”，“死胡同”的论据便是在现代派与没落资产阶级之间画上等号，“列宁明确地指出：‘绝望是行将灭亡的阶级所特有的……’现代派表现的正是这种思想情绪”。[2] 冯骥才热情呼唤“中国文学需要‘现代派’”的理由也是称现代派为“时代的产物”，“本世纪来，社会发展，科学倡达，工业革命，生活内容的变化，影响到人们的意识、思维、审美，以及生存方式；也自然影响到文学艺术中来”。[3] 在冯骥才看来，乔伊斯、福克纳、伍尔芙等人的艺术实验，“实际是文学上的一场革命”。“革命”两字，岂能让现代派用去？于是钱中文发问：“在我国，要现代主义文学，还是要社会主义文学？这是一些文章中提出来的一个重要问题。”[4] 这真是问题的提法决定了它的答案；如果顺着钱中文的思路，在中国没有哪个论敌会不失败。

今天重新回顾这次学术价值很低，政治色彩很浓，文化意义很深远的文艺论争，我在一片“需要”和“不要”的激动争辩中，特别注意主语“我们”的复杂内涵。大家都说“我们”，似乎群体意识很强，但“我们”究竟是什么？

---

1 徐迟：《现代化与现代派》，《外国文学研究》1982 年第 1 期。

2 陈燊：《也谈现代派文学》，《文艺报》1983 年第 9 期。

3 冯骥才：《中国文学需要“现代派”》，《上海文学》1982 年第 8 期。

4 钱中文：《论当前文艺理论中的现代主义思潮：评〈崛起的诗群〉兼论现实主义创作原则》，《文学评论》1984 年第 1 期。

“我们无产阶级文学”“我们社会主义文学”“我们革命文学”——这基本是一种政治阶级的角度。

“我们现代人的文学”或“我们现实主义文学”——这种出发点里较多时代文化背景的因素（虽然依托不同）。

“我们中国的文学”“我们民族的文学”——这里强调了汉民族文化的立场。

显然，同一个“我们”的主语，至少包含政治、时代、民族三个层面的内涵指向。

余光中教授认为中国知识分子在承受现代主义思潮冲击时，心理上的失落感要比西方人更严重。因为欧美是“机器喧嚣盖过了教堂的钟声”，18、19 世纪“人的自信”、情感尊严和传统中产阶级道德价值系统今天受到了几乎毁灭性的冲击，这固然是令人遗憾的，但冲击的力量，即 20 世纪现代主义，也同样是欧洲知识分子的精神成果，所以他们觉得是“我们今天的文明令人感慨但又无可挽回地在击溃我们昔日的文明”，这里的失落感，只是“时代”意义上的。而在中国则是“外国的黑烟竟搅乱了我们的田园农家乐”，是人家今天的文化在“冲击我们旧日的文明”——这里的失落感是时代和民族双重意义的。[1] 到了 1949 年以后尤其是“文革”以后的大陆，我以为情况又有了新的变化：这时的西方现代主义影响，第一，意味着时代的冲击（20 世纪文明无可避免在冲击 19 世纪或传统农业文明）；第二，意味着民族文化危机（西方文化对东方文化取“进攻”姿态）；第三，意味着政治的对抗（资本主义与社会主义的文化斗争）。所以这时中国知识分子，中国文学界的失落感、危机感和抗争意识也同时有三层内涵：既是时代的，也是政治的，更是民族的。

1　见《中国现代文学大系 · 总序》，台北：巨人出版社，1972 年。

所以徐迟、陈燊、李陀、钱中文等人论争“要不要现代派”时，“我们”的主语里也同时包含上述三种立场——不过他们都各有侧重，各有隐藏。其间的侧重隐显，构成了极微妙的文化景观。

因为是论争，所以总有策略，讲究“有利、有理、有节”。在“文革后”中国特定的人文环境里，有几条“胜负规则”必然有效：一是在政治概念上，“资产阶级文学”总不是“社会主义文学”的对手；二是由于“五四”以来进化论的影响，人们总觉得“新的”“现代的”“20 世纪”等概念比“传统”“18、19 世纪”更响亮；三是以民族文化为本位的意识总是非常重要，或表现为政治层面的“民族自尊”，或体现为“中学为体，西学为用”的心理愿望，或反映了深层的民族文化失落感及复兴使命。

明白了规则，我们就不难理解 1982—1984 年间“现代派”论争的文化性质了。那些反对“现代派”的“我们”，主要持阶级、党派、政治的立场。但“无产阶级情感”“社会主义现实主义”下面其实隐含着自觉的 19 世纪时代趣味和不自觉的传统文化意识。实际上是从强调文学的社会教化作用的传统出发，以托尔斯泰、罗曼·罗兰来批判萨特、加缪。因为“过时的趣味”（时代局限）是个“软档”，所以才需充分发挥“阶级分析”的政治优势。而主张“中国需要‘现代派’”的那些“我们”，则主要依据时代变迁、文明进化的有利出发点，尽量（同时也是策略地）强调现代派与 20 世纪人类文明科技进步的必然联系，在政治层面则只能“取守势”（现代派中也有些人参加革命；可以抛弃荒诞思想剥下其技巧为我所用；等等）。一重政治一倚时代，在这种微妙的文化对峙中，民族文化意识的作用就举足轻重了。陈燊担心中国文学如果“深中现代派流毒”，后果便是“离开人民和民族的土壤，否定古典文学的艺术成就，摈弃无产阶级文学的创作经验”，这三条后果恰恰从反面说明了现代主义影响进入“文革后”中国的实际意义，那就是促使新时期文学怀疑“讲话”（甚至“左联”）以来“无产阶级文学”为政治辛苦服务的种种“经验”（孙绍振：我们不屑于做时代精神的简单传声筒）；怀疑巴尔扎克、契诃夫等19世纪作家是否是我们唯一的艺术典范（李陀：《各种各样的小说》）；也怀疑民族文化（甚至“五四”文化）规定于文学的感时忧国、理性教化的传统角色（吴亮：作为一个现代人，对自我的关心，应当甚于对自然的兴趣……世界的本质……是无从知晓的……）。这样同时从政治功能、时代趣味和民族传统三层意义上显示“挑战”姿态，无疑太困难了，仅仅依靠时代进步的理由还显得不够。李陀凭直觉很早就意识到了这一点，所以他在赞同冯骥才热情呼唤现代派的同时特地将“我们”的“现代小说”与“洋人”的现代派画了条界线，目的是希望“我们的现代主义”与民族文化更多结缘——于是这“我们”里面除“现代人”的自豪外又多了“中国人”的文化危机感和使命感（艺术感觉很“现代”的中国知识分子，其民族文化危机感反而比酷爱屠格涅夫的“社会主义现实主义”理论家更强烈，这一现象颇耐人寻味）。殊途同归，一些作家如贾平凹、阿城等，也在1982—1984年间试图寻找西方现代派与中国传统艺术神韵相通的可能性。李陀等人的考虑在有意无意间，其实不无现实功利因素；面对“文以载道”民族传统与19世纪欧洲俄罗斯文学趣味在“社会主义现实主义”旗帜下的神圣同盟，现代主义要想进入中国，除依据时代进步背景外，还应在“政治需要”和“民族文化需要”两者中至少再找一位“盟友”。徐迟热情提倡“社会主义现代化需要现代派”，正是现代主义在中国寻找政治依据的一次暂时失败的理论尝试；而陈思和颇有影响的《中国新文学发展中的现代主义》[1]一文，

1 《上海文学》1985年第7期。

则可视为替现代主义在中国寻找民族文化依据的一次暂时成功的“学术冒险”。

陈文第一章集中记述了“五四”文化如何及时接受当时刚刚兴起的西方现代主义思潮影响的一些史实（比如《民铎》早在1921年便介绍柏格森哲学，引进“意识流”概念，同年朱光潜便全面评述弗洛伊德学说等）。“五四”思潮中的现代主义因素向来为国内各种新文学史所避而不谈，所以陈的历史回顾使今天很多热心现代派却又不能理直气壮的青年作家们深受鼓舞。正是为了替当代的勇敢探索者找几位“拿得出”的榜样，陈文故意不谈“五四”文化中现代主义因素、理性启蒙主导倾向及浪漫思潮的关系，也不提茅盾等人赞赏“新浪漫主义”的思想启蒙理由和鲁迅接受尼采影响的进化论框架，而是着重强调茅盾当初热情提倡现代主义的言论并认为《阿Q正传》也“反映了人与人之间的冷漠、隔阂、孤独，以及彼此间的无法理解”，可以联想到存在主义与加缪的《局外人》。在第二章里陈思和更大胆地描绘了一幅20世纪初东西方文化的戏剧性对流图：在中国人否定传统接受西方近代文化影响的同时，东方神秘主义文化则促成了现代派的产生——“双方都在抛弃传统，又都在向被对方所抛弃的传统靠拢。这种文化的对逆现象是历史上空前绝后的。中国人获得了西方科学精神与理性主义，促使他们从传统文化的虚玄中挣扎出来，在旧文化的废墟中谋求新生。西方人获得了东方的神秘主义与物我合一的思想，有助于他们克服传统文化的局限，进一步推动现代科学的发展。”前面说过，李陀等人不是正希望在现代派与民族文化之间找到联系吗？陈文显然提供了这种联系的历史和理论依据。激动兴奋之余，人们也来不及细想“五四”文化所受西方影响与老庄玄学于现代派产生的若干启发作用在规模、性质上能否并提，以及现代主义是否系西方文明自身的必然发展等问题。或许不是来不及，而是不愿细想（近十年中国评论界，既匆忙缺乏耐心，又充满情感愿望）。学以致用——“现代派原来和我们的老庄有关，今天我们要用，有何不可？”这里的“我们”，同时有了时代、民族两层内涵，再面对“我们现实主义”，信心充足多了。在更深的文化意义上，虚构一幅东西文化对等交流“没有赤字”的图景，对热心现代派的中国知识分子的深层文化失落感来说，也是一种微妙弥补。陈文为现实需要而谈史立论，虽然在学术性方面付出若干代价，却成功地为现代主义进入当代中国文学暂时找到一块理论上的“滩头阵地”，放在文学论争过程中看，其重要性尤其明显。

二　我们文学中的现代派好不好？

何新发表在 1985 年第 11 期《读书》头条上的《当代文学中的荒谬感与多余者》一文，使得似乎已平静下来的现代主义讨论重新热闹起来。与第一次论争不同之处在于，这次不是“要不要”的问题（由于王蒙、宗璞、茹志鹃、高行健、李陀、北岛、杨炼、舒婷、顾城、张辛欣、张承志、陈村、曹冠龙、韩少功、刘索拉、谭甫成、徐星等人有意无意的努力，现代主义因素已经实实在在而且引人注目地进入了新时期的诗歌、小说、戏剧创作），而是如何评价“我们”文学发展中的现代主义倾向问题了。倘说第一次论争是文艺政策和文化心理的匆忙调整，那么第二次讨论便是从社会文化思潮角度对引进“异质”文学的后果做政治和伦理价值评判。话题围绕作品中表现的某种青年文化心态而展开，指归仍在文学扮演的社会和政治角色（我们的创作该不该表现那种“荒诞感觉”“失望情绪”，应该如何批判、引导等）。出现何新那种奇特混合多种文化尺度的论文或许是偶然的，但在 1985 年前后现代主义影响越来越细密渗透入中国文学之际，重新出现精神价值角度的批判，乃是必然现象。这也反证了现代派影响虽从技巧趣味突破，作用面却主要在思想文化方面，直接后果便是文学的社会角色的改变。

从文章看，何新理应比陈燊等人更能领会西方现代主义的精神实质："从总体来看，现代主义体现了19世纪末以及20世纪以来，西方工业科技文明的自我危机意识……是西方人对西方文明的一种危机意识，也是价值的危机意识。而在哲学和文学中的表现，就是生命的荒谬意识以及死亡的迫近意识。"[1] 何以这样一种西方文明的自我危机意识会和徐星《无主题变奏》里当代中国青年的戏谑冷嘲式愤世嫉俗情绪完全等同起来呢？看来也是现实政治需要牵的线吧。何文颇潇洒地创造性地转述了《无主题变奏》中的"一种对存在、对人生、对青春以至对自身的整体荒谬感"，并将它与存在主义"局外人"态度、19世纪"多余人"心态及非英雄化平庸文学趣味，还有庄周、刘伶、济癫及拉摩之侄等古代"嬉皮士"精神联系起来，认为在20世纪80年代中叶的中国，这"不是一个孤立的文学现象"。为分析批评这种文学现象（其实也是青年思潮也是文化政治现象），何新调动了多种文化武器，既以冉·阿让、约翰·克利斯朵夫等19世纪灵魂来批评写"凡人琐事"的非英雄化趣味倾向，认为当代文学"从文学形象的转变来说，就是由神圣回归平庸，由英雄主义回归于虚无"，又以"爱国主义"的道义责任来批评"迷失自己"的当代青年的荒谬感："我们可以理解他们。但是这种文学倾向不值得鼓励，不值得提倡……今天的中国青年没有玩世不恭的权利。试看我们面临的是一个什么样的历史环境？十几亿人口，要吃饭，要生存，要发展，要繁荣！"还以金庸、梁羽生小说中的大侠精神来批评当代多余人的忧郁孤

1　何新：《当代文学中的荒谬感与多余者》，《读书》1985年第11期。

独："《无主题变奏》……它的气质很高……那种内向的沉思和忧郁，显示了一种优雅的风度和旨趣。这种忧郁症，在某种意义上也表现了一种病态的美感。……但是，我一点也不喜欢这位主人公……我宁可喜欢金庸作品中的大侠胡斐和袁承志，因为他们不仅武功高超，而且更重要的，是他们还具有一种舍生取义、兼济天下的崇高精神。"也许每一局部的批判逻辑可以成立，但合在一起便混乱了：约翰·克利斯朵夫精神与"多余人"奥涅金、毕巧林其实气质相通，如果徐星、刘索拉等人的主人公也有类似"多余人"的玩世不恭姿态，他们是否也应属"当代英雄"之列呢？（"文革"后"迷惘的一代"，不正是"我们这个时代的主角"吗？）而被推崇的武侠"白日梦"与被批评的市民平庸趣味之间是否有联系呢？

诸如"多余人"与"局外人"基本文化性质差异等问题，当时便有不少商榷文章尖锐指出了。我以为更有意思的，乃是何文中三种基本文化武器（政治道义责任、19 世纪欧洲趣味和"武侠梦"里凝结的复杂的传统意识）的颇有代表性的不协调合作。在文化性质上，这也和"我们现实主义"论者一样，以"载道""教化"传统与巴尔扎克模式合起来化为文学的当前政治功用。不同之处在于陈燊、钱中文等人至多只在政治责任感下面自豪而不自觉地显示些 19 世纪欧洲、俄罗斯趣味，至于深藏其间的传统文化心理一般是羞于露面的，而何新却真诚大胆得多，将金庸、梁羽生笔下的大侠与精神文明建设使命一起拿了出来，于是，现代主义进入当代中国文学的主要障碍，或者说必然要和现代主义在表层冲撞的所谓当代中国既有文化规范的主要原素，都显得十分清楚了。

何文的另一不同之处在于，他的几种文化武器互相之间配合不太融洽，不仅大侠精神与约翰·克利斯朵夫气质格格不入，那些对“嬉皮士”情调的精辟理解也无法和“这难道是当代中国人所应当追求和模仿的吗”之类的政治使命感完全协调，有时读来竟仿佛不似出自一人手笔。这是否也意味着“既有规范”在1985年已显露了不可克服、无法掩饰的内在矛盾呢?

正如何新认为徐星《无主题变奏》中的迷惘情调荒诞感“不是一个孤立的文学现象”一样，人们也并不认为何新多种文化武器并用的文章是一个孤立的批评现象。何文虽然为了论证现代主义对当代中国文学的严重（甚至有害）影响，故意简单化地在“文革”后青年人的迷惘情绪和失落感与存在主义观念之间画上“危险的”（不同角度看，均很“危险”的）等号，但他抓住青年文化心态这个焦点，尖锐地从政治文化思潮角度提出问题，还是显示了足够的文化敏感。这敏感有意无意地代表了某些政治力量的长期习惯性过敏。可是对于抓文学典型进行政治文化批判的方法，评论界同人们是持有条件反射性警惕的，加上1985年特定政治文化背景的制约，何文并未引发一场持久的论争。不过是年探索小说繁荣新潮批评崛起，有关现代主义的精彩评论不少，人们偏偏特别注意（反感也是一种注意）何新的“随想录”,这也反证了“中国的现代派”自觉不自觉地意识到他们的“荒诞”工作，实际上是具有政治意义的。

在我看来，进入“文革后”中国文学的现代主义影响，虽然高举时代进步（20世纪现代文化）的旗帜，虽然力图寻找民族文化依据，但实际上它的文化意义，主要还是对现有政治文化环境的一种冲击。这种政治文化意义上的冲击作用具体表现在两个方面：一是帮助中国“新时期文学”解脱政治宣传功能的束缚，帮助文学向政治“申请自主权”，争取文学的独立性；二是帮助中国青年宣泄他们的精神文化危机感。显然，后一种精神宣泄带有争取个性自由（乃至社会变革）的思想启蒙意义，这种新的政治负载与前一种想丢弃政治包袱的“纯文学”倾向构成矛盾，这种矛盾正意味着中国的现代派所面临的两难文化处境。也就是说中国的新潮文学，是以“纯文学”倾向来显示其非文学性的政治文化影响的。身处其间的人们，可能会比局外人更珍视1985年的转折意义。这一年以“方法论研讨”为突破口的种种文学观念变化，如强调情人手帕落地与“降半旗”在题材意义上的平等价值，论证在“典型环境”“典型性格”外也可有典型情绪、典型心态，从“非情节化”“非故事化”走到强调生活的非因果关系乃至提出“非理性化”的合理性（另一悖论），以音乐感取代结构章法，在崇高、优美之外还执着于发现病态美……所有这些被总结为“向内转”的文学观念转变，其实都是在强调文学的独立性，以争取与政治“离婚”。

与此同时我们看“探索文学”的具体的“现代主义表现”，如玩世不恭状的荒诞嘲弄，反礼教、反传统、反规范、反秩序的粗野口吻，隐晦丑恶的病态意象，满含社会内容的个人迷惘失落情绪等，哪一种不是对现有政治环境及其文化背景的猛烈反叛和挑战？哪一种不构成对“文化化了的僵化制度”和“制度化了的僵化文化”的双重冲击？反对者如何新等，从伦理道义角度提出批评，赞成者也从精神价值（而不是纯粹从文学性）角度提出辩护。在辩论“玩世不恭”是否“怯懦”（好或不好）时，大家都肯定了现代主义影响已切实进入了我们的创作这一事实前提，大家也都忽略了在现代主义观点看来“怯懦”并不等于“不好”这样一个理论前提。或者说他们都认为，在“文革后”中国的特定环境里，连现代主义也没有“怯懦”的权利，连卡夫卡、福克纳也必须“上战场”（如宗璞的《我是谁》，如残雪的《苍老的浮云》）。徐星和刘索拉、张辛欣等人的作品，其实在文学性意义上差异很大，但人们多见其同不论其异，说明连文学评论家也主要将《无主题变奏》

等放在政治文化思潮层面（而不是纯文学层面）考察。现代主义影响对“传统规范”（准确地说是当代中国的僵化文化规范）的“有”情冲击，使绝大部分持社会改革立场的作家评论家感到兴奋。不过这是一种充满内在矛盾的兴奋，也是一种不无痛苦的兴奋。

内在矛盾是由于支持现代派的人们其实依据不同理由：同样肯定“我们创作中的‘现代派’倾向，并不怯懦颓唐”，有人是因为“不怯懦颓唐”的情感能起思想启蒙作用而接纳、欢迎“现代派倾向”，有人则是因为从趣味、观念上认同“现代派”而策略地强调其“不怯懦颓唐”的伦理道义价值。换言之，有人是因为相信卡夫卡对中国有用才欢迎他，有人是因为喜爱卡夫卡才说他对中国有用。面对文艺政策上的简单拒绝（我们不要）和政治道义上的粗暴批判（不好，有害）时，不同理由的“现代派”支持者会自觉不自觉地携手“作战”，彼此做策略性让步协调。但假如反对势力逐渐消退，这种“统一战线”立刻会呈现“内部矛盾”。1985年以后，这种支持现代主义倾向的不同理由之间的论争，逐渐成为有关现代主义的主要话题。

对新时期中国文学中现代主义倾向的发展，持不无痛苦的兴奋态度，这是由于现实政治文化意义上的功利考虑（兴奋）与民族文化危机导致的文化心理失落感（痛苦）复杂混合的结果。当时一些比较全面、比较冷静评述现代主义影响的论文（如宋耀良的《意识流文学东方化过程》，如邹平的《新时期文学中的现代主义渐进》等），行文立论中都有那种“不无痛苦的兴奋”。在兴奋肯定现代主义影响帮助当代中国文学摆脱“文革”文化阴影的同时，论者总要有意无意想方设法消除弥补面对“异质”文化的失落感，方法多是：第一，发掘祖先联系（李商隐早用过“意识流”，老庄与现代派气质相通）；第二，强调主动“引进”（是我们要“你们”来……）；第三，说明“引进”的多数是技巧手法（我们自己来“剥离”)；第四，则声明进来后已被“同化”（已成为社会主义文学的有机部分）。无论是“祖宗渊源说”“主动引进说”，还是“剥离技巧说”和“已被同化说”，种种理论声明其实都说明了现代主义影响当代中国文化后，给中国文化人带来的巨大的心理不平衡。“现代主义来中国，是因为对我们有用！”这里的“我们”，时代、阶级色彩均很淡，民族文化的本位立场才最重要。而这种凡事从“有用”出发的文化态度，也和民族传统有关，并非“20世纪文明”或“无产阶级文化”的特点。“中国知识分子对于再生本民族文化的热切的使命感……竟成了他们在吸收西方文化时的不自觉的标准尺码。”这是陈思和论现代主义一文中最精彩的一段话，如果把“吸收”两字改成“理解”和“评判”，这段话也颇能说明包括陈文在内的同一时期很多中国“现代主义评论”的基本特点。

三　我们究竟有没有真正的现代派？

在论争了数年“我们要不要现代派”和讨论了数月“我们创作中的现代派好不好”以后，结果又重新回到“我们究竟有没有现代派”的问题的起点，这看似是学术研究层次的倒退，其实倒是中国文化在进步：终于暂时稍稍离开自身情感愿望，先来考察现象本身，先来考察“中国的现代派”的文化性质了。

颇有意思的是引入了“真与伪”这对概念。动因起初是“斥伪”。一旦反对现代派“登陆”的政治防线松动，新潮创作便势如决堤，1985年后现代主义顿时成为时髦文化，确实精芜杂存，瑕瑜互见。但要“斥伪”必同时“存真”，于是“什么是真正的或曰严格意义的现代主义”，这个问题便无法回避了。

然而中国的“先锋派”作家和新潮批评家，他们对西方现代主义的理解和研究，并未随着新时期文学中现代主义倾向的迅速发展而同步深入。到1985年后，朦胧诗人和“探索小说”作者们对西方现代派的理性认识，大致仍停留在几年前陈焜、袁可嘉等学者的评介程度，但他们笔下的具体创作却早已突破袁可嘉等人划出的借鉴范围。热心支持现代主义进入中国的青年评论家们，对当前种种文学实验的体味感悟，也比他们对西方现代派名作译本的理解把握更实在、更细致、更“投入”。于是我们看到被作家和评论家所“斥”的，均是作为文学现象的实实在在的“伪”，为他们所向往尊崇的，却往往是作为文学经典、理想的虚拟的“真”。

但虚悬什么样的“真”，决定着人们对实际文学现象的“伪”持何种批评态度。

季红真在1987年秋天写了专文全面探讨西方现代主义与中国近年文学的关系[1]，视野广阔，思路清晰，虽然牵涉问题较多，未能一一足够深入，然而核心观点是十分醒目的，那就是新时期文学尽管受到西方现代主义的广泛甚至深刻的影响，但中国并没有出现严格意义上的现代主义文学。季文从物质生活水平的限制、缺乏现代主义产生的哲学土壤以及文化心理机制的障碍三个层面详尽论证她的观点，也花了不少篇幅指出中国文学中的现代主义倾向与“严格意义上的现代主义”之间的诸多实质性差异。在季红真之前，已有很多论者再三指出过这种“中／外”现代派之间的差异。一般说来，对现代主义影响进入中国持保留和反对态度的论者，更愿意强调（甚至夸张）北岛、张辛欣、刘索拉们与萨特、加缪、“垮掉的一代”之间的精神联系，因为后者的“阶级身份”比较确凿，于是前者的“危险倾向”也较明显。与此相反，从各种不同角度对现代主义影响进入中国持赞许、支持或通达容忍态度的人们，都有意无意想帮助北岛、张辛欣、刘索拉们与“真

1　季红真:《中国近年小说与西方现代主义文学》,《文艺报》, 1988年1月2日、1月9日。

正的现代派”划清界限。这里的原因：一是因为该界线有助于保障“中国的现代派”作家们的政治安全；二是因为该界线也有助于强调（或者说发现）中国的现代派探索的现实社会理由和民族文化依据。

应该说，只要不带太强政治偏见和“学术意气”，中国文学中的现代派倾向与西方现代主义之间的差异，就像后者对前者的影响一样容易发现：第一，同样是“意识流”，王蒙、茹志鹃是剥下“人家的”技巧，由自己的理性剪切拼贴成一种现实政治的错乱感，而没有像普鲁斯特、詹姆斯、乔伊斯那样沿心理时间线索探究人的潜意识领域的兴趣；第二，同样是隐喻象征，韩少功、残雪的意象显然更多政治批判、民族自审的社会内容，更少对人类命运的形而上的哲理思考；第三，同样是“荒谬感”、玩世不恭或“黑色幽默”式的嘲弄姿态，刘索拉、徐星表达的其实是一种在社会中找不到理想位置的“多余人”迷惘愤世情绪，而不是冷漠旁观人类危机的“局外人”姿态；第四，同样写“性意识”，中国作家更侧重社会礼教压抑下的性苦闷及性变态，而不是以性冷漠和性厌倦来洞察人的生存危机；第五，同样是价值系统崩溃后的悲观，“文革”后的人们是对当代中国“革命传统”的崩溃表示失望，丧失信心，而不像战后欧洲知识分子那样在科技文明高度发展后反而对人类前途表示怀疑……诸如此类的差异，第六、第七，我们还可以不断往下列举，在具体作品中找些论据也不是难事。但问题在于，从什么角度来看待这些差异？这些差异的存在，能否说明中国并没有“真正的”现代主义文学？

看来季红真所说的“严格意义的现代主义”，意即西方意义的现代主义。别的很多论者所说“真正的现代派”，心目中也同样依据他们所理解的西方现代主义。如果说 1985 年以前人们说“中国的现实文化土壤并不会产生西方意义的现代主义”，常常还带着一种为中国文学辩护的庆幸语气（我们永远不会中毒），那么1985年后的微妙变化就是同一个“我们没有真正的现代派”的结论，评论家们好像更多的是带着遗憾甚至抱怨反省的语气来谈论（我们的现代派作品怎么“不伦不类”），换言之，围着同一条“真／伪”界线，以前人们庆幸“亏得我们不是真正的现代派”，后来则变为“我们为什么没有真正的现代派”？当然，细心的人们不难发现，这里“我们”的内涵，又有了微妙的变化。

黄子平发在《北京文学》1988年第2期上的《关于“伪现代派”及其批评》一文，虽然不长却很重要。这种重要性不在于提出令人误解的“伪现代派”概念并又引发一场不太热闹的讨论，而在于标志着中国评论界对现代主义问题的一种冷静的专业研究态度的出现（而不再像过去那样每种意见首先意味某种情感愿望）。黄文颇有启发性地将批评“伪现代派”的两种意见放在一起，使我们看到中国的现代派在初步冲破政治阻碍以后，结果又受到来自不同方向的新的批评，或者也可以说这是新时期文学中的现代主义倾向，如何在不同的文化侧面做自我反省。

黄文中提到，一些评论家显然是从西方的现代主义才是真正的现代派这一理论前提出发，认为现代派名作如贝克特《等待戈多》、戈尔丁《蝇王》是“将从生活中体验到的苦难提升到一种形而上的、人类痛苦的高度去品味”。在黄子平看来，这些要求“纯现代派”的作家、批评家，“是试图‘剥离’自身的体验和文化，以迁就或达到”西方现代主义的“完整性”。这样的概括方式，应该说也包含着“不满”。

事实上，1985年以后“探索文学”的作者们，一直不断听到类似的“还不够现代派”的抱怨批评和激励，这种来自同一阵线的抱怨和激励又加强了“先锋作家群”持续不断创新的紧迫感，以至于短短两三年，“新潮”几乎泛滥。殊不知大家凑在一起抢话简诉孤独，实乃追求个性价值的社会群体意向；凡新必好，越新越好的“创新欲望”也更多地联系着“进化论”观念。中国的现代派“先锋”，实际上每每以20世纪艺术武器（荒诞、孤独、黑色幽默……）来追求19世纪的文化目的（自由与个人解放），这是他们始料未及且不愿承认的情况，但也正是他们工作的价值所在。

另一种对“伪现代派”的批评，出发点完全不同。陈冲认为徐星等人创作中吟咏的痛苦“没有实际生活中的对应物”，“西方的一些现代意识，是在高度工业化以后或后工业化社会中产生的，而我国还没有实现完全的工业化，更不要说工业的现代化，工业文明则远没有取得对农业文明的优势”，因此，陈冲觉得某些新潮创作中的“这类冒牌的‘现代意识’不是从中国现实生活中产生的，而是从国外（主要是发达国家）的书本上横移过来的。这是一种理念的甚至概念的横移，把一些外国才会有的意识，硬套在中国现实头上”（着重号系笔者所加）。问题的微妙性在于，“把一些外国才会有的意识，硬套在中国现实头上”这一种文化现象，是否发生在当代中国的现实中，对西方现代主义的“理念的甚至概念的横移”（如果确有的话），这一种文化行为及其深层文化心理，是否是从中国现实生活中产生的？是否也依据和表现了“文革”后中国人的某种精神状态？看来，依照陈文的逻辑，并不能导致对“伪现代派”的否定。不过值得注意的是这一逻辑后面的出发点，既然“不是从中国现实生活中产生的”观念情趣是“伪现代派”，那么“真正的现代派”是否就是深刻表现当代中国人精神痛苦文化危机的作品呢？这显然与很多论者对“真正的”“严格意义的”现代主义的理解不同。应该指出，像陈冲这种批评“现代派观念横移”的意见也很有代表性，近几年来这种“不够中国化”的批评也加强了“先锋作家群”持续不断“寻根”的紧迫感，有关“嬉皮士情调有贵族气息”的议论也在某种程度上促使了现代主义怀疑精神与平民（有时也有贫民）反叛姿态在新潮创作中的结合。

还有一种对“伪现代派”的议论，来自一贯对现代主义进入中国持保守态度的政治文化力量。“这一类人可以说是最坚定、最认真的现代派的反对派。他们始终认为只有现实主义（社会主义的现实主义或革命现实主义）才是中国文学的唯一正确的道路，因此他们始终坚持在两条战线上开展斗争：一方面批判西方的现代派，一方面批评中国的现代派。然而这两方面的批判和斗争在这几年都遇到了麻烦。在前一方面，由于批判者对西方现代主义并不熟悉，敌情不明，所以很多批判没有说服力，那些严峻的判断和严厉的措辞都不服人；在后一方面，尽管严重的警告和苦口婆心的劝说这两手不断交替使用，但是自愿做‘现代派’的人却越来越多，批评界还声称‘中国的当代文学中已经存在着一个现代主义运动’。在这种情况下，听说中国的现代派不过是‘伪现代派’，他们自然大喜过望，闹了半天你们全是冒牌货！”[1]这“大喜过望”其实是误会了，倘若中国的现代派创作全是“冒牌货”，与西方现代主义有实质差别，那矛盾性质岂不变化了（从“中／外”“无／资”矛盾向中国文学内部矛盾转化）？接下来再如何抵抗斗争呢？倘若“冒牌”一说美言为“现代主义思潮与‘文革’后中国文化具体实践相结合”，中国文学中的现代主义倾向岂不更加顺理成章？看来，这是坚定的反对派在“幸灾乐祸”情绪中自身文化立场的暂时迷失。

曾几何时，勇于探索的中国作家都尽量否认或“低调处理”他们作品中“意识流”或“荒诞感”的“舶来身份”，但到了后来，

1　李陀：《也谈“伪现代派”及其批评》，《北京文学》1988 年第 4 期。

已经恐惧和抱怨中国现代派的“海外关系”不够“正宗”了。形成有趣对照的是，当初被徐迟用来为现代主义进入中国做辩护的现代科技发展和时代进步理论，现在反而成了人们（如陈冲）批评现代派观念横移的逻辑依据了。短短几年，政治文化背景变化迅速，受其制约的“我们”这一主体概念的文化内涵，也在不断飘移之中：一贯对现代派持阶级分析态度的“我们”，在逐渐显露其对俄罗斯贵族及武侠英雄的文化兴趣；留意考察中西现代派精神差异的“我们”，政治立场慢慢向时代文化角度转移；一直注意时代制约作用的“我们”，则由“进化论”观念向强调当代社会需要的政治文化立场过渡……不过纷乱变化中也有最重要的不变因素存在，那就是中国的现代派作家寻求民族文化依据的不懈努力，正视汉民族文化失落的心理危机感与企图复兴民族文化的传统使命感，是“我们文学中的真正的现代派”所持的深层立场。这种民族文化本位立场既使现代主义切实扎根于“文革”以后混乱松动的中国现实文化土壤，又使这种中国的现代派文学确实有别于西方意义的现代主义。

中国文化的近代失落，与西方传统文化为现代主义冲击取代的情形很不相同。现代主义是西方文化自我否定自我发展的必然结果，其间某些局部虽有东方文化（包括中国老庄思想等）的刺激启发，但倘无这种刺激启发，西方现代主义以其主流而言，依然会有后来的发展和衰落。这与汉民族文化如不遭到“五四”前后西方文化冲击便不会有今日之振兴与失落的情况，不可同日而语。我不认为汉文化在“五四”时期已经断裂，由于“异质”文化的“进入”，汉民族文化既获新生又遭失落，外表面目全非，基本要素却一直在持久延续。不管中国的知识分子是否愿意正视，是否敢于承认，其实汉民族文化在20世纪是被欧洲文化（包括18、19世纪人道主义、马克思主义和现代主义）强迫改变其外貌（甚至在某些局部上也改变其性质）的。不过中国知识分子不自觉地从家族宗法制传统文化心理出发，更愿意把这种东西方文化碰撞解释为中国文化积极、愉快地回归或进入世界文化（大家庭）。

真正的文学大都是比较感情用事，比较“怀旧”，更愿意“向后看”的一种文化活动。“五四”时期西方文化影响冲击改变着中国人的语法结构、思维材料、生产工具及社会形态，既导致令人振奋的思想革命社会变化，也带来令人伤感的文化失落心理危机。中国现代文学中一些政治目的明确的急功近利性作品，大都着重描写前一种令人兴奋的社会革命浪潮（如郭沫若《一只手》、蒋光慈《短裤党》、周立波《暴风骤雨》等）；另一些文学性较强的作品，则大都在表现社会剧烈的变动的同时，透露并体味更深一层的文化失落的惆怅悲凉（如鲁迅《野草》、曹禺《北京人》、郁达夫《过去》、老舍《四世同堂》、沈从文《边城》、张爱玲《金锁记》等）。虽然后一类创作艺术价值显然更高更持久，但20世纪30年代以后中国文学里前一类作品却越来越多，渐渐成为主要的发展方向。这里除了30年代普遍左倾的国际文化环境影响、抗日救亡运动的接踵而来以及1949年以后政府对文学宣传作用和政治功能的进一步要求等外在社会政治条件制约以外，汉民族文化在意识深层不甘心（甚至不承认）失落，焦灼希冀（最好能在一夜间）涅槃再生的民族心理愿望，也是必须加以考虑的一个因素。

20世纪三四十年代民族危机更加深重，中国作家们的精神失落感反见平缓（深刻的迷惘转化为明朗的愤懑），这是因为汉民族文化很快找到了（或自认为找到了）消化“异质文化”从而振兴传统的某种可能。“五四”的人们虽过激地全盘反传统，精神实质仍是传统的忧世救民使命感。眼见东方文化一味被外来文化强行碰撞，理智上可以赞同鼓掌，心理上着实承受不了。于是就像政治上迅速找到“我们马克思主义”一样，文学上很快便有了“我们现实主义”。“左联”的贡献就在于将19世纪欧洲现实主义文学榜样与重“载道”讲“教化”、讽世救民、文政不分家且温柔敦厚的民族文化传统结合起来，并服务于当代社会革命的政治文化需要（首先是政治，然后才是文化需要）。“现实主义”这个外来的“异质”文化概念，从库尔贝画展宣言走到延安鲁艺讲堂，先后经过了“数典认祖”（我们从《国风》起，数千年一直有现实主义）、“主动邀请”（强调社会功利的别、车、杜理论和同情民众苦难的俄罗斯东欧文学，优先“进来”）、“剥离技巧”（我们要巴尔扎克的创作方法，但不要他的“贵族世界观”）以及“证实同化”（“我们也有《子夜》那样真正的现实主义杰作”）等四道程序——这和几十年后现代主义进入中国时的情况颇为相似。整个消解“异质”文化的过程不能说没有痛苦曲折，但现实主义“我们化”的过程终于完成。不少作家至今仍留恋延安文艺的气氛是有道理的，因为那确实是近百年来汉民族文化最少失落感、最扬眉吐气（哪怕是暂时而且虚幻地扬眉吐气）的一个阶段。直到“文革”以后人们才惊骇地发现，汉民族文化的真正复兴其实未曾出现。

现代主义正是在“文革”后政治秩序和道德观念价值系统全面松动，怀疑情绪普遍存在，文化失落感亦到处弥漫的情况下，首先作为“我们现实主义”的文化对立面而进入中国的。这一背景制约了现代主义进入中国后所必然扮演的文化角色。第一，现代主义在创作观念上，将首先冲击“我们现实主义”的种种传统（“十七年”传统？）规范；第二，现代主义在思想趣味上，将极大刺激和影响以迷惘、失望、愤世嫉俗为基调的当代青年文化思潮；第三，在审美方式以及基本文化性质方面，现代主义将与已经失落又不能承受失落的汉民族文化传统发生不可避免的碰撞，并在碰撞中谋求协调。

看来，新时期中国文学评论界先是出现“我们现实主义”与“人家现代主义”之争，后有关于当代青年迷惘情绪“荒谬感”的讨论，近来又出现对“真”“伪”现代派文化性质的质疑，这种种文学论争的出现甚至先后次序，都不是偶然现象。

在创作实践方面，我们也可以看到现代主义在“文革”后中国的三种功能、三重身份及其递进发展过程：20 世纪 80 年代初王蒙、茹志鹃、宗璞等人较早的“意识流小说”实验，虽然精神内涵仍是社会政治的理性思考，但大胆剥离“人家”的技巧，已构成对“我们现实主义”创作规范的挑战。后来 1983 年到 1985 年间，张辛欣、张承志、陈村、刘索拉、徐星等人作品中“胡涂乱抹”式的“伪嬉皮士情调”，主要表现的便是“文革”后中国青年的那一种迷惘焦灼愤世情绪。而那些真正引起海内外评论家关注，被认为是比较趋于成熟的中国的带现代主义倾向的创作，确实包含了更深广的文化意识，有对“文革”文化的传统基因的审判（韩少功《爸爸爸》、王安忆《小鲍庄》），有对民族文化失落的感慨（阿城《孩子王》），也有民族文化屈辱感的宣泄（莫言《红高粱演义》）以及现代人在传统文化包围下的屈辱感（残雪《苍老的浮云》）等。

现代主义影响在与“我们现实主义”抗争时，最不利因素便是现代主义的“异质”文化属性（好像总是“人家”的）。所以前面说过，中国的新潮作家评论家一直很注意寻找、发掘现代主义与民族传统文化之间的“当代联系”。青年文学的迷惘情绪“荒谬感”之所以被批评遭排斥，理由也是这种“荒谬感”不来自当代中国青年现实生活或不符合当代中国青年的政治使命。所以要“荒谬”得既“现代”又渗透“文革”后的文化气氛，正是“胡涂乱抹派”要做的工作。看来，能否将现代主义“我们化”，越来越被认为是问题的关键。能否在现代主义的形式中表现或改善民族文化的当代困境，也越来越被认为是中国的现代派文学所面临的最艰巨任务。上述现代主义在当代中国的三重身份，大概第三种身份（刺激汉民族文化变化再生的“异质”文化身份）最为重要。由此推论，把“根”深扎在“黄土地”里，也应是现代主义在中国最宽广的道路。

实际上，近十年来关心“现代主义”的人们，无论持保留、反对态度或热情支持乃至身体力行，也无论是作家、诗人或评论家及文艺政策制定者，大家其实都从不同角度在共同参预“现代主义‘我们’化”的文化过程。不过“现代主义进入中国后必须或必然会‘我们化’”，这一共识的自觉出现比较迟。

但是，现代主义的“我们化”，也完全可以向不同方向发展。关键恐怕还是“我们”的内涵。如果能正视“我们”汉民族文化的当代困境，能正视承认并表现汉文化与西方现代主义在“文革后”条件下的接触碰撞所必然带来的新的失落、新的刺激、新的痛苦和新的蜕变，那么这种现代主义的“我们化”是可能促进中国文学发展的。近年不少引人注目的新潮创作和对新潮作家作品的具体分析评论，都可看作是上述发展趋向已经出现的佐证。融现代主义精神、社会政治热情与民族文化传统三位一体的拉美“魔幻现实主义”的崛起（接下来还有东欧抗议文学），对“文革”后作家力图写出表现当代中国人深层精神危机的“真正”具有现代主义品格的作品，是一种及时的鼓舞。西方现代主义的经典性问题——“我是谁？我从哪里来？我到哪里去？”——到了残雪的笔下，创造性地转变为“我”被人们（群体）的问号所包围：“你是谁？你从哪里来？你到哪里去？……”被这种问号围困而发疯而异化，不就是“中国的”现代主义情绪吗？季红真将莫言小说的两套语汇系统拆开分析，更使人们举一反三地看到家族宗法文化背景的乡土血缘称谓与依托现代时空的文明概念术语组接以后出现的极为精彩、极为典型的文化裂变。再比如叶之蓁的《牛报》里现代主义品味与乡土氛围的互渗，再比如阿城小说里那带道家气味的现代荒谬感，等等。显然我们已有不少证据，可说明现代主义深刻地进入“黄土地”，并不只是一种情感愿望。

不只是情感愿望，说明“情感愿望”的成分依然存在。如果“我们”的内涵还只是狭义的、与全世界资本主义文化抗争的“我们无产阶级文学”，那么这时的“现代主义‘我们化’”，便意味着将“异质”文化坚拒门外或“引进来歼灭”。这种文化斗争战略其实说明了“我们”不敢正视自己文化的失落挫折，正体现了传统文化的当代形式的虚弱。如果“我们”的内涵是更坚定更热忱的民族文化本位立场，那么更普遍存在的“情感愿望”则是在对“革命现实主义”失望（“没用”）以后，希冀新来的“异质”文化现代主义能帮助中国文化（最好也在一夜之间）涅槃再生，无论如何，这是一种更顺应人心的情感愿望。复兴汉文化的使命确实重要，“我们”的当代需要也总是最迫切的任务。种种传统文化心理机制又一直在人们（包括现今热心现代主义的人们）的政治文化行为中有意无意地延续着。人们已找到过“李商隐诗中的意识流”，也曾“剥离”下“人家”的部分血肉为“我们”的“……体”所用。近年来又出现了不无“贫民抢粮心态”的“争话筒诉悲观”现象，又出现了由“进化论”驱动的创新机器（每周发现若干名作与学说业已“过时”），又出现了借现代主义技巧的象牙塔享受名士隐逸乐趣（内心却等待“出山”），也出现了种种首先从“用”字出发，为了“需要”而研究探索的现代主义兴趣……我在前面有过回顾，“我们”当初曾经那么急切地消化改造了西方现实主义这种“异质”文化，要求立刻“为我所用”，结果19世纪现实主义的精髓既未能在当代中国（从“左联”到“文革”）扎根，而民族文化失落感也未真正消除。有不少人都认为现在又出现了第二次复兴汉民族文化的良好契机，机会与 20 世纪 20 年代颇相似。正当现代主义确实正越来越深刻地影响着“文革”后中国文学的发展之时，我想应冷静观察下去：看看这种“我们的现代主义”，是否又会变为一种新的“我们现实主义”？

我非常希望我的担心是多余的。

1989 年 1 月 3 日—16 日

（本文原为《中国新时期文学理论大系 · 现代主义与中国文学》分卷导言，收入《当代小说阅读笔记》）

当代中国青年文学中的三个外来偶像

本文试图讨论三个互不相关（艺术价值很不相同，文学史意义也相去甚远）的外国文学形象，如何对中国当代青年文学（乃至青年文化）产生特殊的影响——不仅直接制约中国青年作家的创作状态，而且还灵魂附体似的在许多中国小说人物身上复活，并且还从不同方向吸引、熏陶和改造无数中国青年的文学乃至文化趣味。这三个文学形象分别是苏联作家尼·奥斯特洛夫斯基（1904—1936）的长篇小说《钢铁是怎样炼成的》中的男主人公保尔·柯察金；法国作家司汤达（1783—1842）的小说《红与黑》中的男主人公于连·索黑尔；美国作家塞林格（1919—2010）的小说《麦田里的守望者》中的男主人公霍尔顿·考菲尔德。

需要说明，所谓“当代中国青年文学”的概念，泛指1949年以后（主要是“文革”以后）中国年轻作家的作品和表现青年人生活的作品，以及青年读者特别感兴趣的作品。

一

旧话重提。

现在 30 岁至 50 岁的受过教育的中国人，很少有人没读过《钢铁是怎样炼成的》。如果有数量统计，阅读这部小说的人次一定可与其他任何译成汉语的外国小说相比。[1]尤其在 20 世纪五六十年代，保尔 · 柯察金这个经过特殊社会处理的文学人物，其荣耀类似于雷锋、卓娅等经过特殊文学处理的社会人物，其知名度甚至超过哈姆雷特、罗亭或者卡拉马佐夫。不止一代的青年都伴着青春热血，在日记本上虔诚地记录下保尔的名言："当你回首往事的时候，既不因虚度年华而悔恨，也不因碌碌无为而羞愧，那么……"一部在俄苏文学史上几乎无法列名的"准文学作品"，居然在另一文化传统悠久的国度产生如此广泛的影响，这里是否也提出了一个比较文学的课题？

究其原因，首先当然是特定社会政治条件导致特殊的文学接受。第一，政治领导力量一直十分迫切地要求文学能够教育青年献身革命，"真人假事"式的现身说法又有特别强烈的宣传效果；第二，来自"苏联老大哥"的榜样当时显然更有说服力，比"土产"的高玉宝、吴运铎（《把一切献给党》）更具"正宗"的布尔什维克色彩。以上政治上的因素比较好解释，但我更关心第三、第四个原因。第三，保尔 · 柯察金这个"少年布尔什维克"身上

1　据《中国大百科全书 · 外国文学分卷》（北京：中国大百科全书出版社，1982 年）记载，《钢铁是怎样炼成的》"早在 1942 年就由梅益翻译成中文出版，保尔 · 柯察金的形象鼓舞了我国青年读者"。但后来流行的北京青年出版社的版本却是 1952 年初版的。迄今此书已印行 96 万余册，包括最近一次重印 5 万册（1994 年 4 月）。译者梅益后来成为《中国大百科全书》主编。颇值得注意的是，这本宣传苏联英雄的小说，却主要是从 Alee Brown 的英译本（*The Making of a Hero*，International Publishers，New York，1937）转译而来的。

有着浓重的“小布尔乔亚”情调。在硝烟中，在监狱里，在工地上，他不断使自己坚强起来，但所有这些对“坚强”的刻意追求其实正是对纤敏情感、柔弱气质的默认与克服。革命意志稍一松懈，忧伤善感的情绪就会不自觉地流露，三次恋爱中的前两次便是保尔“小布”气味的集中体现。这种被称为“小资产阶级情调”的精神状态，在20世纪五六十年代的中国是受政治原则社会舆论谴责的。但在我看来，或许正是在优秀共青团员与贵族女儿冬妮亚、与团干部丽达恋爱时，正是在“布尔什维克精神”与所谓“小布尔乔亚气味”融合时，中国的青年人才格外兴奋，亲切地视保尔为他们的偶像。“五四”以来的新文学，一直在寻求“革命”“救世”责任感与个人情感价值之间的平衡统一，但不是因为“革命”内容不断更新（不断趋“左”）而使得个性情感一再失落（如丁玲作品客观揭示的那样），就是由于“小资”本性难改、个人情感泛滥而使“革命”“爱国”成了热情的空话（比如郁达夫的部分作品），或者便是革命时想爱情、恋爱时又谈革命，两者生硬结合导致两败俱伤（如蒋光慈作品）。求师于外国文学时，中国青年也一直未能摆脱上述困境：屠格涅夫、卢梭的抒情忏悔确实真率委婉、淋漓尽致，但这种个性主义伤感似乎又于世（尤其于中国这个乱世）无补；《母亲》《铁流》的战斗姿态确实荡气回肠，但荡涤了书生气、洗净了纤敏柔肠又使人们感到可敬而不可亲……联系这些背景看，五六十年代中国既追求革命又热爱青春的年轻人，向保尔·柯察金这个有“小布”气味的“少共”形象表示认同，绝非偶然现象。而且理解了这一点，再辨析保尔精神在“新时期文学”中的继续存在，就会感到更有意思。第四，保尔在中国拥有众多崇拜者，还因为他是一个来自社会下层的贫民造反者。“五四”以来文学中的革命者，多是背叛有产家庭的着长衫的书生，下层工农形象不是点缀便是由于概念化而苍白无血肉。即使看欧洲、俄国文学，中国青年也发现反叛社会的都是乘马车仰天长啸的浪漫主义英雄或同情马车夫的“贵族逆子”，而不是驾马车麻木无语的车夫自己。相比之下，保尔的革命经历，在红军身份和“小布”情调下面，更实质的内涵是从下层反叛既定社会秩序。起初似顽童捣乱，但不是因为好玩而是有切肤之痛。后来这种反叛取了群体归属的方式，变为不断吃苦、克己、忍耐，变为一种集体主义的牺牲行为（就像五六十年代中国青年人的社会命运一样），但“少年反叛”的这一精神实质仍在——这恐怕也是为什么保尔的少年精神今天仍然会浮荡在王蒙的《海的梦》中，仍然会搅动在张承志《金牧场》的“红卫兵心态”里。

指出保尔形象在“文革”后中国文学中的继续存在是很有必要的。“小布”情调与革命色彩相结合的最佳范例便是保尔·柯察金与共青团领导丽达的微妙的爱情。这一恋爱模式已经无形地渗透在许多中国小说人物的罗曼蒂克形态之中。从叶辛《蹉跎岁月》中柯碧舟对干部家庭出身的杜见春的压抑的爱，到孔捷生《大林莽》中男主人公简和平对女指导员谢晴的复杂情感；从梁晓声《这是一片神奇的土地》中“我”对李晓燕的困惑迷恋，到蒋子龙《赤橙黄绿青蓝紫》中刘思佳与女领导解净的微妙关系……我们看到，男主人公总是有思想有才能、心理感觉敏锐，但才能难以施展、社会处境较差，而女主人公则都是出身优越、处在领导位置、聪明强干、表面十分严肃但内心绝不平静。窥探、搅动和欣赏女领导内心的这种“不平静”似乎是男主角们对自身价值与能力的某种证实。因为恋人同时是上司，所以在深层行为动机上，不得志的忧郁的男主人公的这种恋爱也是其政治能力（抱负）的一种变态转移（或者说潜意识里也是对政治逆境的一种反叛和报复）。而这时，在心理意象上，恋人与其说像“妹妹”，不如说更似“姐姐”。温暖多于蜜意，柔情多于风情，这种有“母爱化”倾向（而非典型“性爱”）的恋爱模式也从反面证实男主人公们归根结底只是“少年”：甚至连他的爱也只是“挑战”“反叛”而非“占有”“控制”，更遑论他的其他社会政治行为？尼·奥斯特洛夫斯基在写保尔和丽达之恋时着笔很有分寸，发乎情止于“革命之理”，因而使上述有政治内蕴和“母爱”心理倾向的爱情模式能为中国青年人所欣然接受而不察其“味”。能够证实保尔影响至今且仍然广泛但又不知不觉地存在的一个事实是，上面提及的梁晓声等人的作品，近年来都曾产生很大社会影响，有的男主人公身上不自觉地流着保尔·柯察金的血液，却在《中国青年》杂志举办的有几十万人投票的“我最喜爱的青年形象”中名列前茅。

当然，“下层反叛角度”与“群体归属感”的问题同样值得讨论。或者也可以说，许多中国的来自下层的造反者，身上都具有保尔式的叛逆与忠诚的结合、捣乱与信仰的统一。从社会下层角度出发的原本有人性依据的对旧有社会秩序的反叛，在自觉地寻求群体归属的过程中，其反叛初恋与反叛结果有时会产生矛盾甚至自我否定。保尔的革命经历对这种现象做了通达的理解：反叛者在群体行动中不断牺牲自己的青春、爱情、热血和幸福，但只要这群体行动的目的是高尚神圣的（这是第一层次的理解），或者只要这追求和牺牲的过程是真诚充实、自觉自愿的（这是第二层次的理解），那么这种“牺牲”（乃至被革命队伍自身的流弹所伤）也仍是有意义有价值的。保尔·柯察金的“我对青春无悔”的主题在 20 世纪五六十年代的中国青年听来只有快乐高尚的贡献感，而到了“文革”后的作家笔下才体现出严峻的牺牲意味，才有了两个不同旋律的变奏。王蒙小说《布礼》中的钟亦成（以及鲁彦周、从维熙等人笔下的“右派英雄”）的遭遇，大致上就是保尔在 50 年代中国所可能有的经历，张承志、晓剑、严婷婷、梁晓声等人讴歌的红卫兵和知青征途大致上也就是保尔在六七十年代所必然要走的道路。而《布礼》和《金牧场》就意味着王蒙和张承志这两代“青年”今天仍然有意无意地在重申、在坚持保尔的信念：因为革命是神圣的（这主要是王蒙的理由），也因为青春是神圣的（这主要是张承志的理由），所以我虽然在革命征途上遍体鳞伤，今日却依然对青春无悔！——如果无视上述保尔式主题的存在，那么我们就无法理解“文革”后整个中国青年文学和文化思潮的基本发展线索，以及这种青年文学怎么会走到你别无选择只能“他妈的”跟着愤世玩世的地步。

二

《金牧场》里的“红卫兵心态”，便是苏联共青团员保尔·柯察金的革命精神与美国大学生霍尔顿·考菲尔德的反叛姿态相结合的产物。但在理解这种奇特结合之前，我们先要讨论处在这两者之间的一种精神状态，一种被上述两者共同排斥但实际上又都有文化联系的精神气质。

我无力也不想讨论于连形象在法国文学乃至世界文学史上的意义，我只关心中国青年所理解、接受、欣赏或者所厌恶的“于连”。照社会进化的秩序，于连在中国青年心目中应是保尔的革命对象。这不仅因为前者的奋斗追求都是以个人幸福和个性价值为目的为旨归，而后者则每每牺牲个人幸福归属群体利益，而且还因为在许多中国文学青年的理解里，于连·索黑尔为了实现自己有充分人性依据的个性理想，在反叛社会秩序的过程中往往“不择手段”以恶抗恶（比方说以爱情为武器，或以欺骗来对付虚伪等），而在保尔·柯察金那里，在假定群体奋斗目标神圣高尚的同时，也相信反叛社会的手段光明正大。“文革”前夕有部题为《大学春秋》的长篇小说，详尽地描写了当时中国的大学生怎样以保尔式的革命意识来批判于连的资产阶级个人主义。很可惜，1966年以后中国纷乱的现实，给保尔式的英雄主义以绝大讽刺和打击，与此同时又给于连式的“以恶抗恶”的个性主义抗争以合适的温床。于是在“文革”后的青年文学中，我们不仅看到保尔精神与于连气质的共存和互相批判，而且也发现后者居然渐占上风。具体来说，就是对诸如高加林（路遥《人生》）、顾志达（陈建功《迷乱的星空》）、金国庆（王安忆《广阔天地的一角》）、“孟加拉虎”（张辛欣《在同一地平线上》）、李乔林（徐明旭《调动》）、章永璘（张贤亮《男人的一半是女人》）之类的人物，人们的批判、谴责、厌恶越来越乏力，人们的同情、理解乃至赞赏越来越普遍。

可以说，这是当代中国青年文化思潮发展的第二阶段，是以人道主义和个性解放观念，检讨反思集体主义和牺牲精神的一个阶段，是从信仰古典主义英雄走向模仿现代主义的一个中间阶段。

自幼受保尔精神熏陶长大的红卫兵一代，在“文革”混乱中看到于连式“以恶抗恶”行为在他人甚至自己身上出现，其心理感觉和理性态度是复杂的。一方面他们感到害怕，觉得以欺骗来抗拒侮辱或以恋爱谋求政治进步等都是不正当不可取的手法（哪怕目的合理）；另一方面他们又感到兴奋，发现面对失却理性的社会似乎只有这种以恶抗恶才能最有效地维护人的尊严，维护个性乃至生存的权利。同样表现“前红卫兵”与社会逆境抗衡，20世纪70年代末有两篇小说，陈建功的《迷乱的星空》和徐明旭的《调动》，分别代表了当代青年的上述两种感觉。在陈建功提醒个人奋斗者的道德意识的同时，徐明旭让他的主人公为从贵州调回江南而用烟酒来协助官僚主义者“研究”工作，甚至不惜违心与局长老婆发生性关系以谋求帮助。以人格受损的代价赢来相对自由的生存权利，这种个人奋斗得失何在？其实用不着社会舆论围攻，李乔林自己也已像莱蒙托夫笔下的毕乔林一样陷入精神痛苦了。

类似的保尔精神与于连气质的差异也同样出现在“文革”前一代“中年作”的作品下。如前所述，王蒙笔下的钟亦成虽然饱受极左路线的伤害却始终只是苦苦解释、哀求，披肝沥胆地争取革命的权利，而从未想到要以“不正当”手段来抵抗“不公正”的命运；相比之下，张贤亮的主人公章永磷就很会“以恶抗恶”了，小到以几何知识骗100cc饭或以小诡计糊弄老农多换粮食（《绿化树》），大到为了自己合理的生存而背叛朋友（《土牢情话》），或为了自己的政治理想而伤害恋人的情感（《男人的一半是女人》）……尽管章永磷在以邪恶手法做正当反抗时心里也不断忏悔，甚至以《资本论》来谴责自己，但这种真假混合的马克思主义理性批判较之于他的“来自布尔乔亚血统”（其实是来自人道主义个性意识）的本能行动来说，如果不是点缀掩护，至少也软弱无力得多。不管人们对张贤亮的观念、格调如何议论纷纷，然而那“恶得实在”的章永磷确实显得比“忠得可怜”的钟亦成更有魅力。怎么不是保尔批判于连，反而是个性奋斗姿态竟比革命精神更得青年人认同？这是历史在中国的倒退吗？

有更多的作品，在同时容纳保尔精神和于连气质，且真实地铺开两者的矛盾。比如王安忆的知青小说《广阔天地的一角》，既揭示了一个前红卫兵在下乡以后到处“鬼混”的图景，又给予这种“鬼混”以同情、理解甚至欣赏。又如路遥轰动一时的《人生》，主人公高加林一度成为全国大学生讨论的热门话题。在抛弃善良温顺的乡村情人另求活泼开朗的城市少女的“陈世美式”的道德“劣迹”后面，人们不难发现高加林为改变自身社会地位、争取个性自由而做的反叛传统秩序的努力。一个有才能、有天资、有抱负的青年身处下层无法施展才华，难道不该想方设法向环境挑战乃至反叛社会吗？——“是的，当然应该！”绝大多数中国青年都会高声作答；可是，这种挑战和反叛就可以不管想什么方设什么法了吗？——“唔，这个，这个……”大多数中国青年又支支吾吾无法作答了。显而易见，处在这种困惑中的中国青年，很自然很容易会到于连、拉斯蒂涅（巴尔扎克《高老头》）等人物身上寻找先例和榜样。不过需要特别指出，高加林、李乔林们一般只学习于连乘夜幕偷握德·瑞那夫人的纤手的勇气和设诡计占有玛特儿的本领，而缺乏于连进神学院、开枪射杀情人乃至深沉忏悔的气质和疯狂。于连的文化背景里有宗教感，而中国青年却将于连气质完全放在人与人的世俗社会关系中展开。所以个性价值与社会秩序的矛盾最后只能靠外力来解决，被简单化、片面化地创造性地误解了的于连，也就只能在中国忍受官僚主义和封建道德的围攻。在这种围攻中，高加林令人感慨地走向真实的失败，李向南（柯云路《新星》《夜与昼》）却令人振奋地取得虚幻的胜利。钟亦成和章永磷面对类似遭遇的不同心态反应，证明保尔精神与于连气质（在象征意义上，也可以是 20 世纪 30 年代苏联文化与 19 世纪西欧文化）是有差异、有矛盾、互相抵触的，可李向南形象却奇迹般地糅合了上述两者，既坚持保尔的革命精神、忍耐性、刻苦能力、战士风格及群体归属原则，又发挥于连气质，用权术从事改革，不择手段，甚至利用爱情、裙带关系达到政治目的。这个艺术上十分粗糙的形象通过小说和荧屏大受当代中国民众（其中很多是青年）的欢迎，说明上述糅合是一种很值得分析的社会文化现象。

我们至少可以从中思考以下几点：第一：高喊“我不相信”夸张自身“信仰危机”的当代中国青年，有意无意在其入世姿态中依然渗透保尔·柯察金式的革命精神（否则我们无法解释前红卫兵和前知识青年们，何以至今仍留恋讴歌当初被烈火燃烧的青春，并像李向南那样时刻准备做出新的牺牲……）；第二，与此同时，这代青年又被迫正视自我与社会的对抗、个人与群体的不统一，在维护、崇尚和扩张个性价值并向畸形社会现实和庸俗氛围挑战时，他们有意无意地又以于连·索黑尔（以及马丁·伊登、牛虻）为榜样，着重学习他的“以恶抗恶”姿态（而无视他的道德危机）；第三，下层反叛的社会角度使得原本矛盾冲突的保尔精神与于连气质，在当代中国青年的心目中得以协调。同样都以爱情表现政治姿态只是一个方面，更重要的是，这代青年企图以于连的办法来达到保尔的目的（比如李向南便有如此想法），而结果往往是在保尔的失败中实现于连式的精神价值（改革奋斗胜负未明，青年闯将内心已现危机，但奋斗的过程是那么充实而有意义，难怪李向南在被调职时那么表情严肃神圣地听《命运交响曲》）。

不过也有人怀疑这种奋斗过程的意义。礼平在《晚霞消失的时候》里将这种怀疑表现得过于抽象玄乎，真正诉诸感觉的倒是《在同一地平线上》女主人公对“孟加拉虎”的情绪观照：一切世俗关系、人的智慧、尊严乃至情感都可以用作争取个性价值的工具，那么反过来讲，个性价值的内涵又是什么呢？放弃温情格局争取事业拼搏的女人在理解和欣赏“孟加拉虎”的社会竞争姿态的同时，出自本能地在情感上有些犹豫、迷惘和失落：盲从群体贡献自我固然无意义，为扩张个性而不顾一切是否也会“迷失自我”？——显然，这是一种对保尔精神和于连气质同时都表示困惑的情绪，但又是一种与上述两者皆有精神血缘的情绪。在1985年前后，这种情绪在中国青年文学中有了十分引人注目的发展。“瞧瞧那些伪君子，假模假式还学雷锋？个人奋斗？名利，又有什么意思？哎，生活就是没意思，没劲！没劲！”这种融愤世玩世与厌世为一体的“流行病”风靡一时，其典型症状就是模仿“麦田守望者”霍尔顿的语气风度来一连串“他妈的”……

三

1985年，中国的青年文学开始走向相对成熟的阶段，这是因为年轻一代的作家（特指在“文革”中当过红卫兵或知青，在“文革”后开始写作的现在30—40岁的一代作家）的创作已开始支撑甚至“领导”整个当代中国文学的发展潮流，也是因为文学作品中的青年形象已不再只被当作“青年”来描写而开始作为“人”被研究，还因为广大青年读者通过作品所感兴趣的问题（比如“我是谁？”“‘文革’从哪里来？”“我们无法不承受的中国文化究竟是怎样一种文化？”等），也正是整个时代文化思潮中比较重要的一些课题。在1985年显示创作实绩的青年作家中，韩少功、王安忆、阿城、李杭育、贾平凹等所从事的文化“寻根”工作最艰苦、最费力；史铁生、朱晓平、陈建功、张炜、莫言等人对中国现实土壤的严峻正视最平实、最深沉；而刘索拉、徐星等人的“伪嬉皮士”愤世情绪咏叹最喧哗、最刺耳触目、令人争议。其实青年文学的这三种趋向都是力图否定权威、反叛传统、打碎偶像，但第二种“冷峻正视”，是在定性定量的考察解析中不事声张地漠视权威，承受传统拆掉了偶像，第一种寻根“考古”，则好像在用现代方法（西方现代主义？）对已碎偶像的陶瓷或玉石碎片进行化验，而本文重点讨论的第三种“他妈的”式的牢骚咏叹调，看似横扫权威，唾弃传统，乒乒乓乓把偶像打翻在地，可实际上寻觅新的理想偶像的无意识动因比前两种作品强烈急迫得多。因此可以说这第三种看到什么都忍不住要骂要发牢骚然后做玩世不恭状的文字，也是当代中国青年文学中最富“青春”气息的一派。甚至那种“他妈的”式的青春情绪宣泄模式，也来自一个新的偶像，即“麦田守望者”霍尔顿（而非加缪的“局外人”，更不是屠格涅夫的“多余人”）。

霍尔顿也是个少年，是个青春热量过人与平庸现实格格不入的少年。霍尔顿厌恶的主要理由是讨厌“假模假式”，说明他实际上极其渴望“真”的东西，比如“真”的理想，“真”的爱，“真”的七情六欲。从作品外部特征看，人们很容易将刘索拉、徐星、马原、陈村、谭甫成等人的创作同西方现代主义文学比如卡夫卡、萨特、加缪等联系起来（更何况这些作家有时也流露出对上述现代派大师的敬意——有人据此断言无法划清他们之间的界限，殊不知即使作家主观上有意模仿，也并不等于其作品必然就具有他想学到的那些精神特点）。首先，卡夫卡也好，萨特、加缪也好，他们忧虑的是人类课题，是人所营造的社会的根本出路以及人如何陷入哲学意义上的困境。而拼命渲染“荒诞”气氛、孤独感和失望情绪的刘索拉们，焦灼的却实在是社会问题，是青年人精神追求的失落感以及人如何陷入文化意义上的危机。其次，西方现代主义作家大多是从知识分子角度理性地观察透视人的“非理性”和人类的危机，卡夫卡可以一直做卑微的小职员，萨特可以是社会名流，他们笔下的“形而上”的绝望感与他们具体的生活处境关系并不太直接；而他们在中国的年轻追随者们，却是一群可将生活牢骚和艺术感觉和思想方式用一句“他妈的”加以贯通的下层反叛者，孤傲、荒诞、无法摆脱的困惑和“无家可归感”，与其说是形而上的观念，不如说是依据于“青春热血”的情绪本能和生活实感。理性的与其说是精英文化，不如说是贫民造反的情绪。最为重要的是，卡夫卡、萨特关心人和他们所营造的社会之间的根本矛盾，而中国青年作家宣泄的是人被社会所压抑的愤怒——在这个意义上，霍尔顿式精神上“无家可归”的愤怒也是从于连个人奋斗受挫的愤怒和保尔贫民反叛的愤怒发展过来的。

在 1985 年以前，中国小说中已有类似的“伪嬉皮士”情调出现。较深沉的玩世姿态如赵振开《波动》中的“流氓”，较有代表性的因过度愤世嫉俗而苍白憔悴的表情在陈村、张辛欣等人作品中很常见，较浅露的作迷惘惶惑状的理想寻找则更为普遍（连张抗抗、黄蓓佳、铁凝等女青年有时也似乎很“失望”）。刘索拉、徐星超过同代人的地方，一是语调，二是结构。这是一种夸张嘲讽、故意粗俗但又忍不住炫耀高雅（比如莫扎特）的情绪型叙述语调，一种有现代音乐节奏，快速跳跃，融愤世玩世厌恶于“他妈的”的恶作剧式的自白。语调当然不纯是技巧，语调意味着一种观世姿态和表达方式。在结构上，刘索拉等人的无中心人物、无秩序无主次情节、无故事、“无结构”的结构，与其他“前卫”作家的小说“非情节化”、“散文化”、诗化有所不同。阿城、贾平凹是漫不经心地说个故事，何立伟、马原是精心构思地不说故事，而刘索拉等人则是漫不经心地不说故事——于是漫不经心的语调在这种“无结构”的结构里便更加突出，有时似乎情绪性的乐感成了一切，而“他妈的”（或隐蔽的“他妈的”式的牢骚）便成了节拍。很明显，这种语调、这种结构，都受到了《麦田里的守望者》的启发鼓舞。说得更准确些，语调后面的观世姿态，结构中理解社会的方法，都是这部分中国青年已经有的，《麦田里的守望者》只是告诉他们：可以这样写小说，美国大学生也曾这样对待生活！《你别无选择》发表前，《麦田里的守望者》的中译本已在文科大学生中广为流传，当然，刘索拉等人的创造性模仿，又使霍尔顿的风度带上了中国色彩而进一步普及。对假模假式的假雷锋骂一句“他妈的”，这是真诚的愤慨；在不无痛苦又不无困惑的个人奋斗中喊一声“他妈的”，可以故作玩世不恭；睡觉吃饭什么也不干时也来一句“他妈的”，则可以自嘲，拉开与生活的距离，间接又透出入世而不能的焦灼感……难怪有些大学生读了《麦田里的守望者》后只觉得特别痛快，还不是因为霍尔顿把中国青年面对社会要放的屁要打的嗝都放出来打出来了吗？

具体分析一下霍尔顿式的情绪宣泄在中国的现实内涵：一是对假模假式的“群体革命精神”的反感。显然，牢骚太盛时，对保尔·柯察金也有反感。二是对个人奋斗追求名利以及庸俗化手段（钻营门路、搞情感关系、趋时逐利等）也表示不屑一顾。显然，这里又有对于连气质的某种厌烦。这两重否定自然使得刘索拉、徐星等人作品里的主人公在满腹牢骚中有了一种精神优越感。什么都不要，什么都不干，因此对什么都不在乎，因此可以嘲笑一切——且慢，这些青年人当真什么都不要？当真什么也不干？“……从头到尾，我没有一件事是认真干的。轻而易举、不伦不类。像一只病鸟，一忽飞高，一忽飞低，冲着太阳打嗝，冲着星星放屁，全是为了开心。”（刘索拉《寻找歌王》）就是在这种趋于极端的玩世不恭之中，第一，他还是确认了事本来是应该认真干的这样一个前提；第二，他清醒意识到自己是“病鸟”。孟野、森森、蛮子等人何曾放弃过理想的光柱，看他们谈起巴赫、莫扎特时的表情便可见他们的放浪形骸在精神实质上实在只是浪漫主义的憧憬，同这种个性解放的文化依据相联系，难怪厌世的歌手为了达到高尚的目的（比如帮助寻找歌王的英雄开个人音乐会）也会“不择手段”唱通俗歌曲赚钱，而且也会在不择手段追求高尚目的时心里充满痛苦——在中国表面上处身“荒诞”世界格外孤独的“局外人”，内心其实涌动着19世纪的人文主义激情。

四

1+1+1，不仅仅等于3。

现在我们可以有几点简短的归纳了。

保尔·柯察金虽说是社会主义意识形态下产生的文学形象，但在文化意义上，这个人物的行为特征和作家的艺术处理方法，大致属于欧洲17世纪布瓦洛时代的古典主义英雄类型，是一个情感服从理智且情理平衡、个性归属群体且心理平衡的典型形象。于连·索黑尔在欧洲文学史上自然是个反古典主义规范而出现的浪漫主义英雄，是一个尊崇个人情感价值奋力与世抗争且充满心理矛盾的典型的19世纪人物。而霍尔顿则是第二次世界大战以后在美国影响极大的一个愤世玩世遁世的激烈反叛传统的青年形象，身上自然带有20世纪现代主义的若干文化特征：对社会乃至人类秩序的相对怀疑，理性支配不了情感，情感也控制不了潜意识，内心充满紧张的孤独和惶惑，焦灼地执着信念却又被称为“垮掉的一代”……在整个世界文化发展中，从古典主义英雄规范，到浪漫主义个性扩张，再到现代主义的怀疑（乃至否定）自我，其间经历了三百年之久。而保尔、于连和霍尔顿在不同阶段分别成为中国青年的偶像和榜样，前后近三十年。这是历史的一种重演和浓缩吗?

将三个中国青年心目中的外来形象排在一起，我们可发现若干有意思的共同点，也可梳理出一些青年文化思潮变化的轨迹。

最明显的共同点是反叛社会，反叛传统。甚至其他一些最为中国青年所熟悉喜爱的外国文学形象如马丁·伊登（杰克·伦敦）、牛虻（伏尼契）、《忏悔录》中的卢梭、罗亭（屠格涅夫）、约翰·克利斯朵夫（罗曼·罗兰）等，也都具备这一精神特征。苏联“社会主义现实主义”文学和中国1949年至1976年间的文学中，大多数主人公均模仿古典主义英雄类型，其间保尔·柯察金之所以是佼佼者，是因为他的性格较有真血肉，也因为他“造反起家”。在20世纪50年代建设时期的中国青年仍崇拜“乱世英雄”（又如林道静、成岗等），这说明“五四”文学传统即使在50年代仍未完全中断。当然我们看到青年人喜欢、认可和参与的反叛方法在不断变化。开始是希望大家（群体）一起反抗，一起胜利，后来被迫以寡敌众，以恶抗恶，为个性自由而搞政治手腕，再到厌弃争夺，不屑于谈政治，以孤独以超脱为荣——殊不知故意不屑于谈政治本身也是一个新的反叛社会的政治姿态，很多人同时凑在一起以孤独为荣，这里不又出现了精神上的群体归属吗？

第二个问题是“下层视角”。相比之下，保尔·柯察金是贫民造反，虽然在群体中行动，但贫民造反心态在反叛社会、破坏秩序时有很大盲目性（我们看到，无数保尔合在一起的群体很可能是盲目的）；而于连则是平民向贵族挑战，是下层平民要改变秩序以使自己进入乃至改变上层，是要夺取宝石玫瑰而不是贫民那样只知砸碎践踏；霍尔顿是个中产阶级子弟，因此他的反叛更少物质因素，视角也不完全由下而上，而是在平视中用精神超越社会各个文化层面。刘索拉及许多中国青年作家笔下的人物都常爱谈贝多芬、巴赫、维纳斯之类，看上去几乎有点“贵族气息”，但实际上莫扎特、巴赫等“洋传统”，是既被借来反中国土传统土贵族（即某种压抑的文化氛围），又被用以抵制土暴发户式的庸俗市侩。就像霍尔顿也要借老庄等东方传统来反西方世俗一样。在以上社会视角变化中我们注意到，同样强调反叛精神，“阶级”“阶层”的意识一方面逐渐淡化，另一方面也还是存在，但更趋复杂化，更具文化意味（现在创作界、评论界常有人谈论所谓“贵族化倾向”的问题，殊不知从“平民精神”或“贫民精神”出发，对“贵族化”的理解是不一样的，这方面的论争今后还会继续展开）。

第三个应讨论的现象是三个外来形象几乎都有浓重的“学生腔”。保尔虽是贫民出身的战士，但他的恋爱模式与人生格言里皆有很浓的“小布”味；于连出身平民，但以聪明有才能自恃，知识是他的财富，也是他叛世的武器；霍尔顿虽然痛恨僵化墨守成规的教育甚至“逃课”“休学”，但精神超越中仍有文化的优越感存在，要守卫在麦田旁帮助迷途的孩子们，“世人皆醉我独醒”……

总之，将以上三个共同点联系起来，我们就看到了一个几十年来在中国青年（不止一代青年）文化—心理结构中的不变偶像：来自下层的有知识有才华且多愁善感的反叛者。

可惜三个外来形象不肯安分地让我们如此排队：历史远不如我们所归纳的那样有秩序。在本文的考察中，我们已经看到了三个外来偶像代表着他们各自所象征的文学趣味、价值观念及文化潮流，在中国青年文学几十年的发展中逐一替代、否定和转移——在“文革”后变化尤其迅速，于连气质很快压倒保尔精神而为很多中国青年认同，不久模仿“现代派”的前卫分子又对于连式的苦斗表示厌烦……不过更为有趣的是，这三个外来偶像（或者说是三种文学和文化趣味，三种社会价值观念系统）在“新时期”不仅转移替代，而且还引人注目、令人费解地共存并结合。作为中国青年文学（及中国青年精神状态）的最新发展动向来看，有两种结合方式（本来几十年来就有很多种结合方式）尤其值得注意，那就是大众拥戴的青年改革家李向南形象与《金牧场》中张承志的寂寞孤独寻找。前者令人联想到青年人最普遍的社会意向，联想到从上到下无数改革实践者；而后者使人看到部分青年学生目前情绪的深处，是一种保尔精神与霍尔顿风度的结合。

看起来，保尔、于连和霍尔顿（以及这三个名字所象征所意味的三种不同文化）在中国当代青年文学中，还会有相当长的一个历史阶段要长期共存、长期斗争，且互相渗透、互相瓦解。

1987 年 11 月于香港大学

（收入《当代小说阅读笔记》）

当代小说中的现代史：论《红旗谱》《灵旗》《大年》和《白鹿原》

首先解释题目。这里所谓的“当代小说”，指的是 1949 年以后中国大陆的小说。而“现代史”，则始于 1911 年，止于 1949 年。所以，本文将讨论的，其实是“共和国小说中的民国史”。

《红旗谱》是一部在 20 世纪 50 年代末和 60 年代十分畅销[1]的“革命历史小说”[2]。《灵旗》是空军政治部创作员乔良写于 1986 年的中篇，描述红军在长征途中受挫及乡丁村民为何互相残杀的故事。《大年》的作者格非被视为 80 年代后期崛起的探索派作家，小说写的也是三四十年代的农村阶级斗争。《白鹿原》则是近年来国内最重要而且也颇引起争议的一部长篇，1993 年 6 月由人民文学出版社出版后，不仅“正式”发行了几十万册，街头巷尾

1 《红旗谱》在 1957 年 11 月由中国青年出版社初版，到次年 8 月第 3 次印刷，已发行 25.2 万册，这以后，直到 1978 年，又前后印刷、再版 18 次。郭沫若曾为该书封面题词。据作者在 1978 年的“再版后记”里说，作品出版后“那几年里，每天接到读者来信”。根据读者们提出的意见，作者又将小说反复修改，1966 年前已有三个不同的改本，满足当时读者不断发展着的解释革命历史的需求。

2 “革命历史小说”这个概念通常泛指 1949 年到 1966 年这十七年间描述党夺取政权的历史过程的作品。黄子平近年来，则将此概念一分为三并分析“革命”与“历史”与“小说”三者之间的复杂关系。可参见黄子平：《革命 · 历史 · 小说》，香港：牛津大学出版社，1996 年。

还出现了很多“盗印本”。批评家雷达曾将1993年的长篇小说出版盛况与1959年相比，认为是1949年以来国内长篇小说出版、发行、热销最集中的两个时期。前一时期的代表，自然是“三红”（《红日》《红岩》《红旗谱》），而后一时期中最著名的，除了《废都》，便是《白鹿原》了。

将以上四部中、长篇小说联系起来考察，我们可以看到：第一，这几部作品都在描述农村乡民生活与国共几十年纷争之关系，但其间的“历史画面”和“革命景象”却很不相同；第二，这种“革命历史故事”在当代小说中不断被修订、改写的现象，不仅说明作家们政治理念、历史眼光的某种改变，更显示出当代小说在叙事方式、叙述结构上的微妙而又重要的转变。如何把握小说与历史、叙述与事实、文章与事件的关系，从《红旗谱》，经过《灵旗》《大年》，再到《白鹿原》，这里有一条否定和再否定的变化曲线。

一 《红旗谱》：“两家农民三代人与一家地主两代人”

20世纪五六十年代的“革命历史小说”对当时主流意识形态的建设和维修曾有过很大的贡献。这是因为新政权的法理基础，在相当程度上是建立在一种对近代史的诠释之上：1840年以来，历史证明，除了共产党以外，没有其他的政治文化力量能够拯救中国于苦难衰亡……而民众接受这一历史诠释，主要并不是靠读历史研究的书籍[1]，更多的是通过《毛选》及其注释，以及革命历史题材的文艺作品。近年来国内出版的几种当代文学史，多把“三红”誉为“十七年文学”之精华。[2]“三红”其实都写国共之争。《红日》

1 新中国最出色的历史学家之一范文澜，倒是一直致力于以学术形式肯定上述的历史结论，但他只写了《中国近代史》和半部《中国通史》。

2 比如汪名凡主编：《中国当代小说史》，南宁：广西人民出版社，1991年。

写的是共产党对国民党的军事胜利（“三野”如何在山东孟良崮歼灭国军精锐七十四师），《红岩》写的是共产党人和国民党人道德意志品格上的优劣高下（狱中环境最能考验人的品格情操），而《红旗谱》则写北方乡村里的一些家仇族恨如何演化为贫富阶级对抗，进而汇入国共政治斗争。毛泽东说过：“中国的革命实质上是农民革命。”[1] 如果说“三红”是从军事、道德及农民社会基础等三个不同角度共同创造了一个中国共产党人如何夺取政权的“革命历史故事”，那么《红旗谱》就是这一“故事”中最基础也是最重要的组成部分。所以直至今日，《红旗谱》依然拥有读者[2]，影响依然深远。

《红旗谱》的革命历史故事模式大致由六个要素所组成：三类不同身份的人（乡绅、贫农及教书人）如何在三种不同的政治文化势力（国民党、共产党以及以村、族长为代表，以村社祠堂为象征的乡村民间宗法组织）之间做选择或被制约。关键当然不在这六种要素本身（其他现当代小说凡写中国现代农村社会，总会涉及以上三种人和三种势力），而在于这六种要素之间的排列组合关系。《红旗谱》据说是“通过对冀中平原锁井镇两家农民三代人和一家地主两代人的尖锐矛盾和斗争过程的描写，对大革命前后中国北方农村和城市的阶级斗争和革命活动，进行了历史性的艺术概括”[3]。概括这种“历史性的艺术概括”，简而言之便是：贫农、读书人与共产党联手，对抗地主、国民党及村社宗法组织的同盟。

---

1 毛泽东：《新民主主义论》，引自《毛泽东选集》第4卷，北京：人民出版社，1991年，第652页。

2 《红旗谱》的第二部《播火记》在1962年出版，销量虽不及第一部，到1979年为止却也先后印了16万册。而1983年出版的第三部《烽烟图》，只印了5万册。

3 雷敢、齐振平主编：《中国当代文学》，西安：陕西师范大学出版社，1990年，第61页。

"两家农民"的第一代，朱老巩和严老祥，曾在清末年间为保护村民的公地（及其象征物古铜钟）而与当地富豪冯兰池交恶。朱老巩死后其子朱老忠被迫闯关东。二十五年以后朱老忠回乡，与严家第二代严志和联手对抗村、族长冯兰池及其子——国民党军校毕业的冯贵堂。冯家父子，有钱有地，又占据祠堂，且有官府支持，这就使得朱、严两家的第三代运涛、江涛、大贵、二贵等，必须通过学校教员贾湘农的介绍，接近和参加了共产党。《红旗谱》第一部结束时，乡绅、官府勾结的"割头税"虽被反掉，朱、严两家几个参加革命的儿子却也入狱或被抓丁。斗争胜负仍未见出，国民党加地主加"祠堂文化"对抗共产党加教书人加贫农的两条阵线却已分明。

对以上公式，应作几点说明和补充：一是小说中的国共之争，依据于乡间贫富对立；而贫富对立，又始终和不同族姓之间的冲突有关。于是家仇族恨演变为政治斗争后，便出现了朱家严家皆赤、冯家皆白的局面。二是小说中的读书人原有两个。不过比起地下党贾湘农来，乡绅家庭背景的严知孝就"软弱无能"得多了。三是小说中的地主冯兰池虽有村长之名亦有拆祠堂改学校之权，却在村民中缺乏道德威望。反而是"肯为朋友两肋插刀"的朱老忠，时时关照乡亲们的疾苦冷暖，颇做了些原本应是族长该做之事。于是，家族宗法制的形式（祠堂、庙宇、村长族长的名义），与其内容（忠、孝、节、义）在《红旗谱》里被分离了。前者（宗法形式）依附官府，后者（传统美德）属于共产党。

《红旗谱》中的很多人物，过去都曾在梁斌早期的中、短篇及剧本里出现过。可以说这些人物形象，也经过了作者的反复改造，才能胜任他们在革命历史故事中的角色。作者自己说："我在酝酿、创作《红旗谱》和《播火记》的整个过程中，反复学习了毛主席的《湖南农民运动考察报告》《中国革命战争的战略问题》《新民主主义论》《论持久战》《论联合政府》等著作，认真学习了党的各个历史时期的政策和文件。”[1] 尽管如此,《红旗谱》从 1942 年开始酝酿，到 1953 年重列提纲，再到 1954 年动笔，1956 年改写，1958 年出版，前后历时十几年，说明作者家乡那一堆乡仇族恨的素材被整理改造的过程也不容易。从作者的回忆看，改写过程中主题倒变化不大，最重要的改变却是故事的叙述方法。小说初稿是先写朱、严两家的第三代运涛、大贵等已加入共产党游击队，然后再倒叙他们的父辈、祖父辈当年如何同乡绅冯兰池结仇。整个清末民初乡村的家仇族恨史，是从一个后来的革命者的视角去讲述的——这倒很像小说写作的实际情况。然而作者最后终于砍去了所有的倒叙。这一改动才使《红旗谱》真正符合了复制革命历史故事的意识形态需求。

《红旗谱》的叙述方式有三个特点：一是叙述者在空间上完全不受限制，自由出入各色人物的内心，全知全能；二是叙述者在时间上完全受限制，只能随事件的发展作顺时态叙事；三是叙述者在小说中是隐形的。这里的第一点很清楚，不必多议。第二和第三点则比较值得注意。那种常以“那时候”“当时”起首的叙事，由于在今日之言语与昨日之事件之间留出了心理时间的空隙，便使得整个叙述获得了一种类似“球赛重播”的事后审视角度。但《红旗谱》在叙事层面上完全没有给读者这样一个事后审视的角度，反而是尽量制造“现场直播”感。梁斌知道他的小说“是写给有文化的农民和干部看的”，与其让这些农民干部去回顾革命史，还不如让他们“身临其境”地去现场体会革命的必然性。所以,《红旗谱》中所有情节均顺时态发展，叙述者、人物及读者，都严格受到叙述中的时间的限制。加上叙述者从不显形，而是继承《左传》

1 梁斌：《谈创作准备》，引自《笔耕余录》，北京：中国青年出版社，1984 年，第 311 页。

遗风，只是隐蔽地选择、摆弄、安排着种种历史事件的必然性与偶然性，而让小说中的人物和广大读者充分享受着参与和创造“历史”的艰辛与快感。不仅是《红旗谱》，当时绝大多数的革命历史故事，如《红日》《铁道游击队》《青春之歌》《林海雪原》等，也都采用了顺时态隐形叙述的方法，这绝非偶然。《红旗谱》的这种讲述革命历史故事的方法，包括其三对三两条阵线故事框架，后来延续了几十年，直到 20 世纪 80 年代中期才为《灵旗》《红高粱》等作品打破。

二 《灵旗》：一条汉子的五十年

在讨论《灵旗》之前，有必要先看看莫言著名的《红高粱》。

《红高粱》发表后，雷达在北京《文艺报》刊文称赞说是“救活了革命历史题材”。言下之意，革命历史题材当时已奄奄一息。“枪杆子里面出政权”，革命历史题材的重心总在军队。所以《灵旗》和《红高粱》分别出自空军和总政专业创作员之手，亦非偶然。不过乔良和莫言都出生于 1949 年以后，并没经历过内战。他们用来“救活”革命历史题材的“药方”主要有两个：一是将顺时态的故事发展置于一种“后设叙述”之中；二是在《红旗谱》模式的六要素“国”“共”“祠堂”和“富”“贫”“士”之外，再加上第七个：“匪”。

我们可以以《红高粱》为例来界定一下所谓“后设叙述”这个概念。在《红高粱》里，有两种“后设叙述”，一是叙述时间上的“后设”，即在讲述往事历史时处处有意凸显今天（或“后来”）的叙事角度，或干脆打断故事的顺时态进程，突然插入一段加西亚·马尔克斯式的句型：“多年以后，当主人公回想起那一瞬间……”[1]这种提前出现的结局就逼使读者的兴趣从故事“后来怎么发展”转到“怎么会发展到这样”。二是叙述态度上的“后设”，即在叙述者叙述故事的同时或前后，另有一个叙述的声音在旁边解释和评判叙述者的叙述行为。在《红高粱》里，这两个叙述者都是“我”，于是我们一面看到“我”在讲述“我父亲”当年目睹的高粱地伏击战，一面又看到“我”怎么去家乡查县志访老人找寻史料，以及为什么“我愿扒出我的被酱油腌透了的心”去祭奠先人英灵。

从叙述时间的角度考察，《红高粱》其实有两个层次的叙事视角：一是当年在高粱地“现场”目睹事件“实况”的“我父亲”和“我奶奶”的视角，二是今日讲起“我父亲”“我奶奶”和余司令的故事的小说叙述者“我”的视角。前者是小说中人物的视角，是受该人物眼见耳闻、心思情感限制的视角。作者要“我父亲”在现场作证，也要“我奶奶”的临场反应，但又总要用第二个层次的叙述视角，即全知全解的“我”的现代语言来打断当年的故事，提前（或者说从“事后”角度）告诉读者哪一个时刻决定一个人物的命运。比如小说中余占鳌和戴凤莲还仅仅初次见面，作者已在交代结局：“余占鳌就是因为握了一下我奶奶的脚，唤醒了他心中伟大的创造新生活的灵感，从此彻底改变了他的一生，也彻底改变了我奶奶的一生。”[2]所以，在这里，“我”的叙述相对于“我

1 “多年以后，奥瑞里亚诺·布思迪亚上校面对行刑队，想起那个遥远的下午，他的父亲带他第一次找到冰块。”这是加西亚·马尔克斯的小说《一百年的孤寂》（后译成《百年孤独》）的第一句。李欧梵教授1985年初在《知识分子》杂志上刊文推荐马尔克斯（及米兰·昆德拉）时，特别在篇首引用了这一个句子。（李欧梵：《世界文学的两个见证：南美和东欧文学对中国现代文学的启发》，引自《中西文学的徊想》，香港：三联书店，1986年，第105页）“多年以后”，马尔克斯和米兰·昆德拉都成了中国当代作家（尤其是先锋派作家）们所乐于认同的作家，“过去将来完成式”的句式虽无法改变寻根派的文笔，却的确影响了他们的叙述结构。

2 莫言：《红高粱》，转引自冬晓、黄子平、李陀、李子云编：《中国小说：一九八六》，香港：三联书店，1988年，第142页。

父亲”“我奶奶”的视角来说，就有一种“后设”的关系：“父亲就这样奔向了耸立在故乡通红的高粱地里属于他的那块无字的青石墓碑。”[1]

叙述者视角高于、“后”于人物叙述视角的情况其实并不罕见（虽然在《红旗谱》及其他20世纪50年代的小说里并不存在），《红高粱》的特点在于其人物视角的名称，不是某个昔日的人名，而是一个“后”人对长辈的称谓。为什么不简单地用人名称呼而要叫“我奶奶”“我父亲”呢？作者在这里的“别有用心”可以解释为着意突出叙述者“我”的无处不在，也强调正是“我”辈与长辈们的关系、差异、对照，构成了小说的英雄主义主题。像“奶奶一把撕开胸衣，露出粉团一样的胸脯……”这类牺牲了“性感”的性爱描写，迫使读者与“故事”拉开心理距离。季红真曾经很精辟地分析过《红高粱》的典型句型，如“我奶奶是个性解放的先驱”其实由两套不同语言符号系统所组成：“我奶奶”代表家族乡土宗法文化血缘，“个性解放”则是现代城市语言和西化的观念。当然，再分析一下，“我奶奶”这个称谓亦由后设叙述者“我”和历史当事人“奶奶”所组成。于是，两套语言文化符号系统之奇特“并置”，不仅显示城乡之异、今昔之别，也是基于叙述与被叙述之间的话语关系：正因为有“我”的观照在，“奶奶”才成其为“个性解放”的英雄；而“我”们这些“不肖子孙”却只会讲述，远不如“奶奶”那样是真的英雄。

以上讨论的是“时间”上的“后设”。同样值得注意的是在小说的第一章，以及首尾部分显示的另一种后设叙述，即空间上和叙述态度上的“后设”——一个“我”在讲过去的故事，另一个“我”在一旁解释“我”讲故事的行为本身：讲述的动机、态度、方法

---

1 莫言：《红高粱》，转引自冬晓、黄子平、李陀、李子云编：《中国小说：一九八六》，香港：三联书店，1988年，第104页。

和操作过程。"我"为什么要写家族史，为什么要翻县志，采访老乡，在有限的史料中想象和创造先人的伟绩：

> 高密东北乡无疑是地球上最美丽最丑陋、最超脱最世俗、最圣洁最龌龊、最英雄好汉最王八蛋、最能喝酒最能爱的地方。……一队队暗红色的人在高粱棵子里穿梭拉网，几十年如一日。他们杀人越货，精忠报国，他们演出过一幕幕英勇悲壮的舞剧，使我们这些活着的不肖子孙相形见绌，在进步的同时，我真切感到种的退化。[1]

虚拟作者身份的"我"的偏激感慨和叙述者"我"所讲的故事之间，有一种张力的关系。一方面"我"骂自己不肖，自惭形秽，一方面"我"又歌颂英雄，并相信自己的故事有神力能"召唤英魂"。与其认为莫言真的持有退化的历史观，我们不如把他对昔日"土匪"在革命历史中的作用的重新评价，与他关于"不肖子孙"的自责联系起来考察。革命者，不是应该一代更比一代强吗？什么原因，造成了"种的退化"？

《灵旗》比《红高粱》更能说明"后设叙述"如何改写革命历史故事。《灵旗》中共有三个叙述者：一是隐形的全知全能的叙述视角；二是主人公青果老爹（五十年前被称作"那汉子"），大部分故事叙述都受这个主人公的感知视角限制；三是小说里又有一个关于讲故事的故事。故事叙述人是二拐子，当年目睹"红军死得好惨"受了刺激，几十年来一直坐在树下同乡亲们讲故事。讲故事的背景是这样被布置的：

---

1 莫言:《红高粱》，转引自冬晓、黄子平、李陀、李子云编:《中国小说：一九八六》，香港：三联书店，1988 年，第 104 页。

> 他们搬个树墩或者垫块石头坐在树下，从老辈人嘴里把许许多多真真假假奇里古怪添油加醋的故事听过来，又许许多多真真假假奇里古怪添油加醋地传下去。有些故事很古老，比老皂角还老。像牛郎织女。像孟姜女哭长城。有些故事不太古老，甚至比老皂角还年轻。像太平天国。像红军过广西。[1]

既然，小说在暗示不同时期，同一故事会有不同讲法，二拐子自身经历便是一例：

> 现在那伤兵脑壳开花的地方真长出一棵夹竹桃，并且正在爆开一树新花苞。香气不浓。是二拐子种的。他半夜上山把那红军埋了，又在上面播了一枝夹竹桃。他想不起当时为哪样要这么做。大概只想做个记号。这棵树眼下被人叫作红军树。成了一方小小的圣地。二拐子为这事被当成杀害红军伤员的凶手关过，审查过。后来又成了不畏白色恐怖，掩埋红军遗体的英雄。有些地方还请他去做报告。他不会做，只管讲他那些讲了不知多少遍的红军勾魂鬼的故事，照样话尾拖着哨音，听得人毛骨悚然。于是又有人说他宣扬迷信，诬蔑红军，从此也就不再有哪个地方请他去讲。他依旧回到老皂角下来找他的听众。[2]

虽然在故事的不同讲法后面，青果老爹还是相信有一个“事实真相”存在，但回到当年临场看“真相”，与几十年后再回首，历史风貌似已不同。所以小说坚持将主人公一分为二，想方设法将当年“那汉子”的行动与今日青果老爹的思想混在一起。五十

1 乔良：《灵旗》，转引自《中国小说：一九八六》，第180页。

2 同上，第200页。

年历史，不仅在章节、段落间穿插，不仅在行与行之间并置，甚至可以合成一个句式，比如“给那汉子开门的是现今已死去四十多年的杜小爪子……”，这种叙述者时间支点在同一句子里的移动，既保持了“现场效果”，又透出“事后”角度。主人公“那汉子”曾当过白军、红军、盐贩子和“独行侠”。他曾眼见红军在湘江一役如何溃败血流成河，他曾目睹红军伤兵如何被民团以及趁火打劫的乡民们残杀。于是“那汉子”便暗杀了很多“作孽”的富绅乡丁，手段奇特，血溅了他满头满脑。从当年角度替“那汉子”的行为解释，所有这些血腥都是“历史前进”的代价。然而，几十年后青果老爹仍然面对穷山恶水世道不公：“除了电灯，界首镇五十年里没多大变化。关帝庙还是关帝庙，只是更加残破。三官堂还是三官堂，只是另起了个名称叫红军堂。……五十年前是这样，五十年后又是这样。”那么，这么多血到底流到哪里去了呢？！一个当年被他惩罚过的地痞因吃喝嫖赌用光家产，“土改”时反成贫农，“文革”时更是耀武扬威；另一个被恶霸欺侮的女人因“那汉子”帮助保留了几亩水田，后来倒被划成“地主婆”吃尽苦头……所以最后，“青果老爹理不清这沧桑人事中的善恶忠邪，是非曲直，前因后果”。有这么一个很“糊涂”的“事后”角度在，原本应该清清楚楚由“红旗”来“谱”成的故事，现在也要撑起“灵旗”作题而且面目全非了。

叙述模式、审视角度的改变自然导致了小说中的“农村社会结构图”的改变。从《红旗谱》到《灵旗》，“敌对阵营”大致不变，地主廖百钧仍然身兼本乡乡长和民团大队长。可“我方阵容”却有了重大变化。《红高粱》和《灵旗》中的贫雇农主人公虽然也曾遇到过带书生气的共产党员，但最终却都是在成为土匪以后才“精忠报国”，尽显其男子汉英雄本色。《红高粱》是有一个秀气、有文化的任副官，“我父亲”猜他“八成是个共产党”。任副官乐于教“兄弟们”革命歌曲，也很成功地训练了余司令土匪大队的纪律性（迫使余占鳌枪毙了强奸妇女的余的叔叔）。反讽的是，这样一位兼有书生气和英雄气的任副官，最后被自己的勃朗宁手枪走火打死。这一象征性的细节在《灵旗》里演成了党内路线斗争。“那汉子”参加红军是受到了一个“笑眯眯”的党代表的鼓励。尽管一路打败仗，“那汉子”还是“信任这笑”，从不抱怨。可是这党代表不久便死了，“是被自己人当作敌人活活打死的”。

于是，“那汉子”逃离了红军，开始用“土匪”的方式锄奸铲恶去了。小说里的民间“土匪”，似乎比红军和白军更能体现和伸张正义。我们不会忘记，《红高粱》里冷支队长带领的正规抗日军队，也是在余司令率“匪”独力歼灭日军战车以后才赶到战场的。和《红旗谱》及很多其他20世纪五六十年代革命历史故事将“土匪”等同于国民党恶霸地主，或设计收编改造不同，在80年代中期，“土匪”俨然成了革命历史故事中的高大主人公。

“土匪”角色能“救活”革命历史题材的原因至少有两个：第一，土匪强盗精忠报国的故事，上接《水浒传》英雄传统，下合民众广泛的侠义趣味，既有行为的传奇性，又确保能维护道德正义。这样一种“土匪英雄文学”其实远比“社会主义现实主义”的革命历史故事拥有更深厚的“群众基础”。（即使在《红旗谱》中，最令人难忘的形象，也是较带匪气的朱老巩和朱老忠。）陈思和近来有文，颇有见地地指出何以杨子荣的土匪形象甚至在样板戏里也是最受欢迎的[1]。“文革”后意识形态宣传的规范略一松动，《红高粱》等便迅速抢走了一般革命历史题材小说的读者了。第二，土匪英雄角色，既不必像党的干部等正面形象那么言行有规范，也不会如知识分子般文质彬彬，所以他们的“为所欲为”，正

1 陈思和：《民间的沉浮》，《今天》1994年第1期。

为帮助当代中国的先锋派作家们去宣泄对荒诞、血腥、粗鄙等“丑怪美”的现代主义审美欲望。于是,我们看到罗汉大爷被活活剥皮,余司令在《红高粱》续编中对酒撒尿,《灵旗》中的廖百钧也被碎尸十余块，而“那汉子”甚至当众生吞了一条毒蛇“竹叶青”。

不过，虽然《红旗谱》与《红高粱》《灵旗》之间有那么多不同，但有一个细节却是共通的，那就是参加共产党或当土匪的贫雇农，与身兼族长、乡长、民团大队长的土豪，总是共爱着同一个女子。这个女子在《红旗谱》中叫春兰，冯兰池曾想买她做妾，未成；后来运涛和她定情，大贵也想娶她。在《红高粱》中，“我奶奶”先嫁了有钱的麻风病人，后跟随土匪司令。在《灵旗》里，“青果老爹”一生都恋着的杜九翠，正是民团大队长廖百钧的第四房太太。在种种不同的革命历史小说的农村社会结构图中，这个女性角色并不属于国、共、宗祠、贫、富、士、匪等七要素中的任何一个,却又牵连和卷曲着以上所有的人和势力,成为种种流血、恩怨、争斗、妥协的焦点。这个细节，在本文将要讨论的《大年》和《白鹿原》中，还有着更令人眼花缭乱的变奏发展。

三 《大年》:一个女人与三种政治力量

这个女人在《大年》中是乡绅丁伯高的二姨太。“二姨太是一个美丽的女人。”围着她的男人有三个:一个是她丈夫丁老太爷。“玫刚刚嫁过来的时候还时常梳着女学生模样的短发，看上去还像个孩子”（一些年轻的探索作家常喜欢描写学生出身的姨太太，苏童《妻妾成群》里有更出名的例子），两年后，“她颀长的身材，长发中散发出来的松脂一般的少妇气息使他沉醉”。直到丁伯高被共产党组织的农民游击队抄家抓走时，他还记着玫的松脂气息并询问她的下落。第二个男人叫豹子，穷人，惯偷。腊月初二曾潜入丁家大院盗粮被擒，剥光衣服被吊打时被二姨太看到了他的裸体，“他的目光接触到她的脖颈上的肌肤，腑脏里聚集了一种模糊的欲望……她走开的时候，这个妖艳的狐狸精的模样在豹子眼前并未消失”。被丁伯高释放后，豹子通过教书人的介绍投了新四军，腊月三十晚上豹子率众攻入丁家大院并在年初一亲手枪毙了丁老太爷。可豹子仍然找不到二姨太玫。第三个男人便是唐济尧，身份颇似《红旗谱》中的贾湘农，教书人，还会行医，实际上却是地下党。唐济尧答应丁伯高去疏通新四军方面的关系，但要丁家多捐给新四军些粮款。他还负责替二姨太玫搭脉开方。唐济尧介绍豹子参加了新四军，并暗中指示豹子等人打劫丁家大院。但最后也是唐济尧代表新四军暗杀了豹子，并贴出一张布告，全文都值得转录：

> 徐福贵，乳名豹子。民国十五年生。属牛。民国三十四年二月参加新四军。据查实徐福贵犯有下述罪行：
>
> 一、民国三十四年二月十五日（大年三十）子时率暴民洗劫开明绅士丁伯高家院，并于次日傍晚将丁枪杀。
>
> 二、惯偷。
>
> 三、公然抗拒新四军挺进中队赵副专员让其于民国三十四年二月十五日（大年三十）去江北集训的密令。
>
> 鉴于所列罪行，徐福贵已于民国三十四年二月十七日被处决，此布。[1]

小说的结尾比布告更出人意料：许多天以后，原先躲藏在尼姑庵里的二姨太玫和地下党唐济尧一起失踪了。

---

1 格非：《大年》，转引自黄子平、李陀编：《中国小说：一九八八》，香港：三联书店，1990 年，第 35 页。

如果说《红旗谱》是叙述历史以教育青年人相信革命的必然性和合理性，那么《灵旗》就是回顾历史以使人们反思革命的代价与得失，而《大年》则是以故事形式解析胜利的革命者如何“创造”历史的过程。如果说梁斌相信“小说”可以“叙述”“历史”，那么乔良则是以他的“叙述”来怀疑“小说”是否可以反映“历史”，而格非就是用“小说”的形式在研究“历史”与“叙述”之间的关系。

《大年》发表于1988年，比《灵旗》和《红高粱》迟了两年。在这两年之中，中国当代小说在叙事模式上已有了重要的改变。马原、苏童、余华、格非、残雪、孙甘露、叶兆言等一批“寻根”后新起的先锋作家，纷纷从各种角度试验不同的小说形式。其中尤其是马原，他的《虚构》和《错误》，着力探索语言、文学叙述与事件秩序的关系。《大年》可以说也属于这一批实验作品之列。关于这些实验小说在艺术上的得失，批评界至今仍有争议。但在我看来有一点可以肯定，没有《灵旗》《大年》之类作品在叙述模式转变上所做的努力，“革命历史题材”的文学是很难从《红旗谱》发展到《白鹿原》的。

《大年》的叙述结构看上去比《红高粱》《灵旗》简单一些，其实不然。在空间上，叙述者也是有限制地全知全能，尽量客观描述，一点也不展开两个关键人物——唐济尧与玫的心理活动。几个至关紧要的细节，如唐济尧如何做手脚利用豹子文盲而让他误得军令，以及唐与玫何时传情等，都写得很略，留下空白让读者去连接。但对于“时间”，叙述者却精心布置。前后才一个月，并无太大时空跳跃余地，每一章必以具体日期开始，基本顺时序，但腊月初七豹子投军却排在腊月二十四之后。腊月二十二豹子母亲见做贼的儿子回家，想到两日后要雇人杀他（老母知道自己快要饿死，不愿让败家子在她死后再作孽），“她觉得时间仿佛突然出了问题，后天，腊月二十四正悄悄向今夜延伸”。比起《红旗谱》的“叙述随时间而延伸”，《灵旗》和《大年》都追求一种“时间随叙述而卷缩伸展”的效果。换言之，前者叙述“历史”的发展，而后两者则让“历史”在叙述中发展。

比起《灵旗》来，《大年》在排列组合民国时期农村社会结构方面，对“红旗谱”模式做出了更进一步的修改和挑战。首先，在“敌方阵营”中，国民党的势力被隐去了，丁伯高是富有乡绅但却不是恶霸（他曾开仓济贫，捐给新四军粮款，还放了惯偷豹子等）。这样一来，丁老太爷之被“革”命，仅仅只是因为他有钱。所以新四军最后的布告，也要为他平反称他为“开明绅士”了。于是，革命的“对象”在《大年》里是没有了。其次，再看“革命的阵容”，豹子倒是一个人身兼贫、士、党、匪四个角色，他是赤贫，又是胆小的土匪，惯偷，又通过教书人找到了党投了新四军，最后被处决时在文告上又成为“匪”。小说的叙述者在豹子身上用笔最多，大概是因为农民是中国革命的主力的缘故。豹子的生平不仅搞乱了朱老忠他们的阶级阵线，而且对余占鳌式的土匪英雄角色也构成一种反讽。第三，唐济尧这个角色，更值得琢磨。看上去，整个《大年》里的革命是由他一手策划的；更关键的是，“革命的历史”，大概也是由他执笔形成文字的。然而，接下来的问题是，这一切都只是因为他在尽一个知识分子和职业革命者的职责吗？还是因为他想得到二姨太玫因而设计先后除去两个情敌？或者，他本人也一直受到玫的控制？他最后失踪，是否也是逃离革命呢？……如果说《红高粱》和《灵旗》是在改写《红旗谱》的革命历史故事模式，那么《大年》则是颠覆了这一模式。不过《大年》篇幅短，材料单薄，没有充分展开农村画面，加上又是“探索小说”，读者有限。所以，《大年》在解构现代史方面的一些突破，在国内评论界并没有引起足够重视。

四 《白鹿原》：两家地主两代人与一家雇农两代人

这个女子在《白鹿原》里叫田小娥，一出场时被唤作“小女人”，因为她本是财主郭举人家的二房。《白鹿原》里第二、三、四号主角，后来都和这小女人“有染”。其中黑娃是长工、农运积极分子、土匪头目和地下党，鹿子霖是当地富绅兼乡、保长，而白孝文则是族长白嘉轩之子，后来做了国民党的县保安团长和共产党的县长。长工狂恋地主小老婆的情节，很像余占鳌和“我奶奶”的故事。恶霸乘人之危欺侮贫家女，也可以从冯兰池当年垂涎春兰的细节里找到蓝本。可是接下去鹿子霖指使小娥引诱孝文以打击白族长一家的道德名声，以及小娥皮肉身心吃尽苦头仍能应付不同男人且不揭穿鹿乡长的阴谋，这却是在当代中国小说中前所未见的细节。对这个女人身体各部位及各种床上姿势的详尽描写，当然是《白鹿原》颇受争议也十分畅销的原因之一，但我觉得对这女子内心描写的空白，或许更值得注意。无论国共、贫富、老幼、官匪，无论是礼教世家之子或粗犷乡野小痞子，各式各样的男人，各种各样的政治、文化力量，都只是围着她的身体转，而谁（包括作家）也不在乎她的想法。从女性主义文学批评角度看，《白鹿原》好像并没有比《红旗谱》“进步”多少。但小说里另有一个男人，却一直鄙视“那烂货”并一贯反对黑娃的造反、鹿子霖的荒淫和白孝文的堕落，他便是黑娃的东家、鹿子霖的“老友”兼对手和孝文的父亲——白嘉轩。从白嘉轩的主角身份看，《白鹿原》所诠释的现代史，却是和《红旗谱》大不相同了。

《灵旗》和《大年》都在怀疑革命历史故事的既有写作模式，也在怀疑小说究竟能否叙述历史。所以乔良和格非笔下的革命历史小说，是破坏而非创造，是颠覆而非建设。但陈忠实的《白鹿原》却和几十年前的《红旗谱》一样，是有意写史诗的。在扉页上，作者引了巴尔扎克的一段话："小说被认为是一个民族的秘史。"这段引言表示了作者的三重信念：一、小说是可以用来写"史"的；二、这"史"必须是写全民族的；三、这不是"正史"，而是"秘史"。从《红旗谱》被誉为"壮丽的史诗"，到《灵旗》对红军的非英雄化处理，再到《大年》的"反史诗"，现在又有《白鹿原》式的"民族的秘史"，这里有从长篇到中篇到"小中篇"再到长篇的体裁变化；有从顺时态到倒叙穿插，再到顺时描述"叙述"的后设性，再到顺时态加后设角度的叙述方式的改变。这里当然也有"中国农村社会结构"在小说叙述中从清楚完整到残缺破碎再到重新整合的"正反正"的过程。

在叙述方式上，《白鹿原》大部分像《红旗谱》，小部分似《灵旗》。但这小部分"多年以后……"式的后设叙述，根本性地改变了那大部分顺时态"现场直播"的性质。小说开始部分，颇似韩少功、郑万隆或刘恒的"寻根"作品，那些粗鄙荒蛮的乡风土俗，都不仅是作为历史意义上的原始落后来描写，更多的还是被渲染成乡野大地的神秘性和生命力。但"寻根"作品中的民俗图景、山野秩序往往是被抽掉时间因素的（《爸爸爸》是没有年代的，每个意象都联系着远古；《伏羲伏羲》的时间背景是可以随意更换的，小说写到"文革"，电影拍回 20 世纪 20 年代，故事结构相同）。所以，树和井、鸡头寨和丙崽、祠堂和械斗、撒尿与吞蛇等，就被凝固成一个抽象的"乡土山林"的空间，来对照和对抗"虚假"的城市文明（或正统的北方儒教秩序，或"被酱油腌透了的"现代人的心）。而《白鹿原》恰恰是重新把这被寻根派发现的荒蛮乡土放回到十二分具体的《红旗谱》式的历史日程表中，于是，种种乡规土俗英雄王八蛋，都必须一一面对辛亥革命、北伐、农民运动、清党、剿共、抗日、内战等具体事件去表态，去参与，去出生入死。所有这些事件又都和种鸦片、大旱求雨、流行瘟疫等混在一起，逃也无处逃，躲也躲不了。《白鹿原》重新采用全知全能的顺时态叙述，使得上述事件逐一展开，十分从容。每章结尾时，还有些“章回体”的痕迹，都卖个关子留个悬念。在被“寻”过“根”的乡野土壤上，人物后来的命运自然就和50年代“农村神话”里的不同了。最大的不同就是主人公们，会在不同政治社会势力之间“几变其色”。如族长之幼女白灵，家教甚严，她却在和鹿子霖次子鹿兆海热恋时，因掷币而加入了共产党。后来她又爱上情人的哥哥鹿兆鹏。顺时态的叙述，将该人物性格转变写得极合情理。然而，正当小说详尽描述白灵如何为革命奋不顾身工作之时，突然跳出一段“后话”，说二十年后白嘉轩被人民政府授予“烈属”称号时方知其女早死。然后又后设地介绍作家鹿鸣如何在80年代考证出白灵原是屈死于内部肃反。小说立刻又转回30年代，这时读者再看白灵的革命活动，自然在倾慕佩服之余，又别有一番感慨了。类似的“后设叙述”，瓦解了顺时态描写的“戏剧”效果，却又共同合成了一种新的“历史”意义。

《白鹿原》中的“农村社会结构”，虽然也还是国、共、宗祠、贫、富、士、匪七种要素，但其排列组合关系却比以往所有的革命历史小说都更复杂。我们要分三个层次才能把它理得清楚一些。

首先是白嘉轩这一代人。前面讨论过，《红旗谱》写了“两家农民三代人与一家地主两代人”之间持久几十年的争斗。但因为朱、严两家农民三代人之间都并无矛盾冲突，所以实际上是朱、严两家联合对抗冯家，再导致贫富之对立再卷入国共之争。在《白鹿原》中，唯一得到重力描写的穷人是黑娃的父亲鹿三，可鹿三几十年做白族长的雇农，忠心耿耿，备受关照，毫无对立之意。倒是两家地主白嘉轩与鹿子霖之间几十年来的明争暗斗，构成了小说情节发展的主线。据说白鹿村原名侯家村，因种“土”（鸦片）而繁荣，视传说中的“白鹿”为吉祥物。老族长便将老大一系全改姓白，老二一系均改姓鹿，于是后世两族合一祠堂。小说里属于老一辈的重要角色还有中医冷先生与“关中学者”朱先生。冷先生同时与两家交好，人情练达。朱先生则超然于国共纷争之外但料事如神。白、鹿两家几十年恩怨，在小说里被写成“仁义”与“不仁义”之争。前者的阵容包括一生关心乡民福祉又维护道德的族长白嘉轩，一生善良苦干忠诚勤恳的老农鹿三及一生高风亮节世事洞明的士大夫朱先生（富绅 + 家法 + 贫农 + 士大夫 = 仁义？）；而后者的主要代表是能干、荒淫、诡计多端又不屈不挠的乡长鹿子霖（富绅 + 国民党）。值得注意的是，在这老一代人的仁与不仁之纷争中，贫富对立似不重要，共产党和土匪的力量也没出现。

其次是白鹿两家的儿女一代。在《红旗谱》模式里，农家子女都参加革命，地主儿子必依靠官府。《白鹿原》的故事则要复杂得多。恶霸乡约鹿子霖的长子鹿兆鹏是中学教员兼共产党领导；次子鹿兆海掷币加入国民党后在抗战中光荣“牺牲”。白嘉轩的长子白孝文因与田小娥通奸而失却族长继承权，但他发愤图强，逐渐执掌了国民党的县武装力量保安团；其妹白灵掷币投共，先后爱上鹿家两兄弟，亦为其共产主义理想而奋不顾身。穷人子弟黑娃，先与地主小老婆结婚，再率众造反捣毁祠堂，当了土匪后再为地下党工作……综观这三家子女之间的复杂关系，国共之争仍是主线（“匪”的力量，仍在国共拉拢控制之下，虽不乏侠义豪气，却缺少英雄表现）。而国共之争在这一代人中，第一与贫富出身没有必然关系，第二和“仁义”与否也无法直接挂钩，第三在政治上的“投资”和“回报”，常不成正比：白灵、黑娃皆不顾危险为共产党工作，最后却都死于“整肃”和“镇反”；白孝文为“党国”效力多年，1949 年后仍能做“人民政府”的县长……从这些形象的渊源看，鹿兆鹏是另一个贾湘农，白灵则很像林道静（《青春之歌》），黑娃一半脱胎于余占鳌，只有白孝文这个人物，和他父亲的形象一样，是《白鹿原》对革命历史题材的新贡献。

现在我们可以把上下两代人的家族、政治恩怨放在一起，来看《白鹿原》中的农村社会结构。在《红旗谱》里，我们见过鲜明对立的两条阵线：财主和家族势力依靠国民党，以对抗贫农、读书人和共产党。在《灵旗》里，前一条阵线大致依旧，不过宗族祠堂似不重要，但贫苦农民却不是靠“投共”而是靠当土匪才能“伸张正义”。到了《大年》，一个极重要的变化是，上述社会结构中的两条阵线分化成了三种力量：丁伯高代表财主和乡村宗族势力，豹子代表“投共”的贫民和匪盗，唐济尧则代表读书人和共产党。而国民党的势力，在《大年》里是隐而不见的。无论《白鹿原》的人物如何众多繁复，情节如何曲折变幻，但归根到底，国、共、“祠堂”、贫、富、士、匪七家，最后也分化组合成三种势力圈子：第一是财主乡绅与国民党官府联手（乡长鹿子霖、保安团长白孝文）；第二是贫农、土匪、读书人和共产党的统一战线（黑娃、鹿兆鹏、白灵）；第三则是共同维护乡村宗法组织及文化的财主、雇农及读书人（族长白嘉轩、贫农鹿三和“关中名儒”朱先生）。这是在当代革命历史小说中，乡村宗法组织和传统儒教伦理第一次被描写为独立的、似乎可以与国共双方并列抗衡的社会文化力量。而且，依照《白鹿原》的描述，国府的乡村政权总是忙于以苛捐杂税盘剥百姓，“剿共”的手段也十分残酷；共产党人虽奋不顾身改天换地，结果又常常伤于内斗。倒是以白庆村祠堂为象征的村社宗族伦理秩序，历经劫难而生命力犹在，始终维系着普通乡民们的人心与福祉。当然，小说中对这种“祠堂文化”的非人道的地方也有所揭示，比如白嘉轩对儿女婚姻的粗暴态度，对孝文与小娥偷情的严厉惩罚（责令次子孝武在祠堂前当众棒打长子孝文）……但更多的时候，读者看到的是白族长如何修复被农民造反所打碎了的祠堂碑石，如何帮助乡亲逃避抵制官府的苛捐杂税，如何组织乡民抵御旱灾和瘟疫……白嘉轩的腰骨是被黑娃打折的，但后来他却跑去县城替被捕的黑娃说情。白嘉轩曾将儿子孝文赶出家门，后来在“浪子回头”后又接纳孝文重回祠堂拜祖宗。宽恕之道，使白族长在几十年的国共纷争中，饱经磨难，却又始终立于不败之地。名儒朱先生的形象，可以说比白族长更为理想化（或者说是理念化）。这位能够以礼义之辞劝退几万军阀大兵的学者，既超脱于种种国共纷争之外，又始终得到各派势力的尊敬。直到“文革”时才被掘坟，但他死前居然早已料知。所以墓中无棺木，仅有一砖，上刻：“天作孽犹可违，人作孽不可活。”红卫兵将砖头摔坏，后见一行字——“折腾到何日为止”。

“祠堂文化”，在革命历史故事的传统中，或者划归富人和官府，比如《红旗谱》；或者干脆被忽略，比如《灵旗》，《大年》开始重视伦理道统的作用，所以丁伯高常做善事，豹子母亲更为了维护家门清白而不惜雇人杀子。但只有到了《白鹿原》，宗族祠堂才被描写为“民族的秘史”的核心所在。这种对乡村宗族祠堂的重新定位，导致了《白鹿原》对现代史的重新诠释。在某种意义上，《白鹿原》便是一部民间村社家法组织及文化如何被几十年的政治纷争侵扰的历史。

历史流程是时间性的，社会结构却是空间性的。革命历史故事的关键，总是如何将流动的时间凝固在一个平面可视的结构关系里，以见出其“发展规律”和“必然趋势”。所以《红旗谱》尽管也写运涛、大贵等入狱投军的曲折革命经历，但作品里朱冯两家对峙关系始终不变，以确保“两条阵线”对立结构的稳定性。即使因此而损失时间的流动性和变迁感也在所不惜。《灵旗》和《大年》则较关注时间的流动性（尽管《大年》只写了一个月间发生的事情），身处对峙结构的某一方，廖百钧和丁伯高都在历史的“中途”死去，留下一个失却平衡的乡村空间，所以读者便看不到所谓“历史进程”的完整模式（乔良和格非大概很乐于见到这一模式的残缺）。但《白鹿原》也是要寻找“历史规律”（尤其是“秘密”的“规律”）的。所以，小说一方面让白孝文、黑娃、白灵等国共人士在几十年间不断变换角色，于是也打破了常见的故事模式；但另一方面，白嘉轩做族长，朱先生开书院，几十年间性情毫无变迁，鹿子霖及其他县城党官，也颇不合常理地一辈子做同样的官，因为正是他们社会位置及其互相关系的稳定性，支撑着《白鹿原》的空间结构。那些偶然跳跃出来的有关“肃反”“文革”的后设叙述，夹在顺时态的“历史发展”中，也正是这一空间结构的重要（甚至是关键）组成部分。所以，总括来说，《白鹿原》能够重写革命历史故事，既是基于对民间村社家法组织及文化的新的历史观照和道德信念，也是由于其顺时态与“后设”相结合的叙述结构，能够将跨度很大、变化万千的时间流程空间化，将几十年民国史和“文革”一起，纳入一个“祠堂文化”与国共政治斗争长期抗衡的时空架构。

五　结论

第一，《灵旗》和《大年》要解构和打破《红旗谱》的模式，打破之后并没有一个明确的新模式、新理念、新历史价值系统的建立。“先锋小说家”们甚至根本怀疑用文本描述事件，用小说叙述历史的可靠性和可能性。但《白鹿原》却是一部“建设性”的革命历史小说，而“建设”的支点就是在现代史中为所谓“祠堂文化”（民间村社家法组织及文化）重新定位。

第二，《白鹿原》能够重新诠释革命史，关键在于其后设的历史叙述结构。而这种叙述方式，是从《灵旗》《大年》对《红旗谱》革命历史故事叙述模式的破坏和颠覆发展过来的。如果没有“寻根派”对乡俗土风的现代观照和“后寻根派”对叙述方式的种种实验，《白鹿原》的出现是不可想象的。因此，在某种意义上，《白鹿原》就是以《灵旗》《大年》方式所写的《红旗谱》。

1994 年 3 月 27 日于香港

（原载《上海文学》1994 年第 10 期，收入《当代小说阅读笔记》）

一个故事的三种讲法

一

曹禺的《日出》、张恨水的《啼笑因缘》和张爱玲的《沉香屑·第一炉香》，是三部文学史意义很不相同的作品。但这三部作品的基本情节却颇为相似：都描写了一个女人如何贪图金钱虚荣而沉沦堕落的故事。女主人公（陈白露、沈凤喜、葛薇龙）都年轻貌美，都有学生背景，她们都放弃和背叛了自己的情感原则，或成为交际花，或嫁给年老的军阀。当然，三部作品对这同一个故事有着不同的写法。如果我们把女学生的堕落视为一个过程，那么其中的转折点便是她初次为了金钱而屈从一个她所不喜爱的男人的那个时刻。从这个转折点着眼来考察三部作品，我们不难发现其间叙述结构上的差异:《日出》是“略前详后”,《啼笑因缘》是“详前详后”，而《第一炉香》则是“详前略后”。同一个情节模式，因叙述重点和角度不同，其主旨和意义也相去甚远。

陈白露在《日出》里一出场，已是交际花身份住在豪华的酒店里。“她穿着极薄的晚礼服……一种嘲讽的笑总挂在嘴角。神色不时地露出倦怠和厌恶。”[1]总之，我们初次见到陈白露，她已处在堕落日久、日渐步向最后毁灭的阶段。整出戏(第一、二、四幕)都在写她不甘心堕落但又无力自拔。但是堕落以前的陈白露呢?《日出》交代得异常简略。我们只知道她原来叫竹均："出身，书香门第……教育，爱华女校的高才生……父亲死了，家里更穷了，做过电影明星，当过红舞女……一个人闯出来，自从离开了家乡，不用亲戚朋友一点帮忙……”[2]除了这段跳跃式的身世概括以外，陈白露在第四幕里还告诉方达生她以前有过一次因平淡而失败的婚姻。丈夫是个诗人，后来似乎追求革命去了。但这种《伤逝》式的婚姻悲剧还是不能解释陈白露最初的堕落。她当初是怎么“离开了家乡”，“一个人闯出来”，怎样从竹均变成白露的过程细节，《日出》是完全淡写了，这样“略前详后”的效果便是：第一，读者（观众）不知道女主人公当初失足时是否曾有以及有多少选择的余地；第二，读者（观众）只看见女主人公今日堕落之苦且依然纯真，天良未泯，可以假设她身处污泥当是被迫无辜；第三，既然女主人公只是受害者，那么谁应对这美女自杀的悲剧负责呢?显然就是那“损不足以奉有余”[3]的社会。虽然这意识形态的观点其实是从茅盾等激进的主流作家那里传来的，但具体到《日出》里，这观念必须构筑在“略前详后”的叙述中。

《啼笑因缘》中女人堕落的故事是平铺直叙、“详前详后”的。第十三回凤喜接受刘将军存折的那一瞬间，不仅是这个女人一生

1 曹禺：《日出》，上海：文化生活出版社，1936 年。

2 曹禺:《日出》,引自《中国新文学大系(1927—1937)·戏剧集二》,上海:上海文艺出版社，1985 年，第 174 页。

3 曹禺后来解释过："日出希望献与观众的应是一个鲜血滴滴的印象，深深刻在人心里也应为这‘损不足以奉有余’的社会形态。”见曹禺：《日出 · 跋》，引自《日出》，香港：东亚书局，1966 年。

的转折点，也是整部小说情节上的支点。作家花了几乎相等的篇幅，分别叙述“堕落”之前的种种预兆、准备，以及“堕落”之后的种种后果与不幸。沈凤喜原是贫家女，一家人在北平天桥卖唱为生，后被一个南方书生樊家树看中，开始入学堂。不久樊回杭州探望病中的母亲，凤喜却因为一个现已嫁给军官做姨太太的前歌女的介绍，遇到了军阀刘将军。故事就开始进入了情节的另一个方面，刘将军先是请凤喜打麻将并故意让她赢钱，然后又用汽车接送请她听戏并赠予项链再塞给她钱。所有这些细节都有详尽铺陈。《啼笑因缘》当时在全中国最大的报纸之一上海《新闻报》上连载[1]，张恨水当然要尽量延长小市民读者对富贵梦的期待，同时又时刻提醒人们：此乃“不道德的交易”。凤喜当时也是既惊喜又慌张，既惶恐又内疚。她的家太穷，枕下的几百块钱又太烫人了，叫她怎能入睡？梦中却见到恩人和情人樊家树，于是次日决定退礼还钱。不想刘将军接着便出硬牌，派大兵和警察到沈家骚扰，并将凤喜抢进刘府唱大鼓书。在刘府，将军先是发怒，强迫凤喜为妾。在凤喜昏厥又醒来后，他又安排女仆伺候，并提出要娶凤喜为太太——

> 刘将军笑道：“……这两本账簿，还有账簿上摆着的银行折子和图章，是我送你小小的一份人情，请你亲手收下。”凤喜向后退了一退，用手推着道：“我没有这大的福气。”刘将军向下一跪，将账簿高举起来道：“你若今天不接过去，我就跪一宿不起来。”凤喜靠了沙发的圆靠，倒愣住了。停了一停，因道：“有话你只管起来说，你一个将军，这成什么样子？”刘将军道：“你

---

1 张恨水是当时唯一能同时在《新闻报》和《申报》上开专栏连载小说的作家。《啼笑因缘》和鲁迅《申报·自由谈》的稿酬是当时最高的（千字十元银洋）。参见袁进：《鸳鸯蝴蝶派》，上海：上海书店，1994年。

不接过去，我是不起来的。”凤喜道：“唉！真是腻死我了！我就接过来。”说着不觉嫣然一笑。[1]

在这女主人公“堕落”的关键时刻，张恨水特意安排几个樊家树的侠义朋友在窗外观察动静准备随时救凤喜，这个过分戏剧化的细节意在说明，即使在最危急时刻，凤喜仍可说“不”字且有路可逃（虽然她自己当时并不知道）。换言之，作者怎么也不给堕落的女人一个“别无选择”“完全被迫”的理由。于是在小说的后半部分，不管凤喜如何在将军府挨骂被打受虐待乃至羞愧成疾、疯疯癫癫，人们始终不会毫无保留地同情她。社会固然害了她，但她也不是完全无辜。小市民读者在满足了金钱虚荣冒险梦后，是一定要惩罚梦中的“失足者”以让醒者（自己）安心的：亏得我没有去做……所以张恨水后来说：“至于凤喜，自以把她写死了干净；然而她不过是一个绝顶聪明，而又意志薄弱的女子，何必置之死地而后快！可是要把她写得和樊家树坠欢重拾，我作书的，又未免‘教人以偷’了。总之，她有了这样的打击，疯魔是免不了的。”[2]

《第一炉香》葛薇龙的故事是“详前略后”的，堕落前的每个环节步骤、每次犹疑选择都有详述细描。张爱玲似乎也像她所喜欢的张恨水一样，认真追究女主人公对自己的沉沦该负多少责任。但葛薇龙其实更似陈白露：她们都是知识分子家庭出身的真正的女学生（而非刚套上学生服的街头卖唱少女）。《第一炉香》好像正结束在《日出》的第一幕上，是否葛薇龙的故事正在补述陈白露那空白的“过去”？当然，补述的结果会使人们对陈白露这个

1　张恨水：《啼笑因缘》，太原：北岳文艺出版社，1994 年，第 209 页。

2　张恨水：《作完〈啼笑因缘〉后的说话》，写于 1930 年，引自《啼笑因缘》，太原：北岳文艺出版社，1994 年，第 12 页。

女人及其与社会之关系有不同的理解。

薇龙也是因为“家里穷”而不得不向生活腐化的姑母求助。她第一次涉足姑母梁太太在香港半山的豪宅后，惊羡之余便有恐惧之感：“回头看姑妈的家，依稀还见那黄地红边的窗棂，绿玻璃窗里映着海色。那巍巍的白房子，盖着绿色的琉璃瓦，很有点像古代的皇陵……”[1] 但薇龙到底年轻自信:“只要我行得正，立得正，不怕她不以礼相待。”这是薇龙进梁家前的第一次选择。

姑母原是香港富豪梁季腾的四姨太，好不容易熬成富孀却已徐娘半老。收留薇龙是为了用这女孩吸引男人。薇龙住进梁家当晚便在卧房里发现一大橱“金翠辉煌”的衣服：“她到底不脱孩子气，忍不住锁上了房门，偷偷地一件一件试穿着，却都合身，她突然省悟……一个女学生哪里用得了这么多？”这个省悟使薇龙“膝盖一软”，“低声道：‘这跟长三堂子里买进一个人，有什么分别？’”显然薇龙在那个时刻，已预感到她日后在梁家的角色。是夜她和凤喜一样昏沉不能入睡，梦中也有音乐伴着试衣：“柔滑的软缎，像《蓝色的多瑙河》，凉阴阴地匝着人，流遍了全身。”于是，薇龙入睡前对自己说了两遍:“看看也好！”这是她的第二次选择。[2]

凤喜贪钱其实是理性的——贫穷的家人一直在教她钱的重要性，她还理智地计划嫁军阀后熬十年再出头的前景。但在睡梦中她会良心发现，在情感上愧对书生情人。而薇龙在理智上一直清醒地看到堕落的危险，反而在梦中，绸缎可以变成音乐匝着她。相比之下，理性的堕落较难原谅，情感的迷失较难逃避。

“看看也好”的结果就是薇龙生活方式的改变。她小心翼翼地

1　张爱玲:《沉香屑·第一炉香》，引自《回顾展Ⅱ》，香港:皇冠出版社，1991年，第191页。

2　陈炳良教授在他的《〈第一炉香〉的主题与主角》一文中早就特别注意并反复引用“看看也好”这句独白，因为它说明薇龙对“诱惑没有加以抗拒”。见《张爱玲短篇小说论集》，台北：远景出版公司，1983年，第81页。

看着姑母的眼色应酬男人，被姑母抢去追求者时又心有不甘。不过这些都还只是堕落的准备阶段。最难堪的选择是在被姑母的老相好——汕头搪瓷大王司徒协突然套上一只手镯以后。这个细节张爱玲写得惊心动魄。暴风狂雨之夜，三人同坐一车，梁太太笑着给薇龙看司徒协刚送的一只三寸来阔的金刚石手镯——

> 车厢里没有点灯，可是那镯子的灿烁精光，却把梁太太的红指甲都照亮了……薇龙托着梁太太的手，只管啧啧称赏，不想喀啦一声，说时迟，那时快，司徒协已经探过手来给她戴上了同样的一只金刚石镯子。那过程的迅疾便和侦探出其不意地给犯人套上手铐一般。薇龙吓了一跳，一时说不出话，只管把手去解那镯子，偏偏黑暗中摸不到那门笋的机括。她急了，便使劲去抹那镯子……[1]

在梁太太的劝说下，薇龙一时无法退回这镯子。她当然清楚这镯子的意义："一晃就是三个月，穿也穿了，吃也吃了，玩也玩了，交际场中，也小小的有了点名了。普通一般女孩子们所憧憬着的一切,都尝试到了。天下有这么便宜的事么？"薇龙知道："唯一的推却的方法是离开了这儿。"薇龙也知道："三个月的工夫，她对于这里的生活已经上了瘾了。她要离开这儿，只能找一个阔人,嫁了他。"从薇龙开始,后来张爱玲笔下有过很多这样的女人，将嫁人作为"职业"和"事业"。作家不仅加以嘲讽，也试图给予理解。要嫁人，"找一个有钱的，同时又合意的丈夫，几乎是不可能的事。单找一个有钱的罢，梁太太就是个榜样"。不能说薇龙没做挣扎，她至少拒绝了梁太太（也是风喜）的道路，她宁

1　张爱玲:《沉香屑·第一炉香》,引自《回顾展Ⅱ》,香港:皇冠出版社,1991年,第292页。

可在“爱”字上冒险，正是司徒协那副手镯，逼得薇龙迅速改变了对乔琪的态度，从谨慎暗恋，到期待婚嫁。这是第三次，也是非常关键的一次选择。

但薇龙很快（约会当晚）发现了乔琪乔的为人。爱的理想虽崩溃，征服欲却仍在继续膨胀。她想回上海，又生了场病。梁太太已将她的生活要求提得那么高，乔琪乔又已将她的情感自信心压到那么低。回去？还是留下？这是第四次。也是最后一次选择。为了抓住（嫁给）乔琪乔，薇龙最终还是需要（而且不断需要）司徒协的“手镯”。从此以后，“薇龙这个人就等于卖了给梁太太和乔琪乔，整天忙着，不是替乔琪弄钱，就是替梁太太弄人”。小说到此为止，再没有继续写交际花薇龙的生活之苦及可能有的悲惨结局。[1]

陈白露堕落的前因不明，凤喜则只是贪钱，而张爱玲却为葛薇龙的沉沦设计了如此充足的理由，四次选择，前三个都不无合理之处，自然而然，却导向了第四步的荒唐。同一个故事，《日出》着重写纯洁女人的无辜与厄运，所以符合（而且代表了）要求社会变革的20世纪30年代主流意识形态。《啼笑因缘》突出下层女子的道德缺点，所以既满足也劝诫了小市民的虚荣梦（作品里的绝大多数人，都有资格关心、帮助、拯救和评判凤喜）。《第一炉香》解析的是女人（乃至人性中）更普遍的弱点，所以在抽象层面，显示了人受虚荣、情感支配无法解脱；在历史层面，则表达了对都会小市民（尤其是女人）生态心态的理解和同情。薇龙的前三

---

1 女人为了金钱而跟随男人，其结局在张爱玲笔下并不总是悲剧。张爱玲后来写了《倾城之恋》式的“庸俗的幸福”，也写了《留情》那样的“千疮百孔”的“爱”。当然，也有《金锁记》式的彻底的疯狂。傅雷（化名迅雨）的《论张爱玲的小说》，从“五四”反礼教的主流意识形态和传统士大夫道德准则出发，只欣赏《金锁记》的悲剧，而不能接受一个“堕落”女人所可能有的其他结局。

次选择，是否也可能是一般人的选择呢？小说不是多次强调葛薇龙是个“普通”的女孩子吗？而且，值得特别留意的是，她是“一个极普通的上海女孩子”。

二

三部作品都和20世纪三四十年代的上海有关，但又都不完全在写上海。

《日出》通常会给人一个描写20世纪30年代上海十里洋场的印象。这里有两个原因：第一是因为《日出》第一幕最初（1936年6月）在上海《文季月刊》[1]上发表时，方达生提到过要离开上海“这个地方”。第二是因为这出戏最早（1937年2月）是由欧阳予倩执导，在上海卡尔登大戏院公演的[2]，戏中布置与戏院外南京路（公共租界“大马路”）街景颇相似。然而实际上，《日出》并非写于上海，曹禺以前也没有在上海长期住过，只在1934年夏来上海做过一次短暂旅行（他花了很多时间流连往返于“大世界”和四马路，观察、同情街边的妓女，临离沪时对女友说“我要写一部戏，抒发一下”）。[3]曹禺晚年追忆说，当时在上海自杀的“阮玲玉是触发写《日出》的一个因素”[4]。《日出》在《文季月刊》连载后，于同年11月由上海文化生活出版社出单行本。可是单行本里已无“上海”字样，《日出》成了一出可以在任何中国沿海商埠发生的故事。

1 《中国新文学大系·戏剧集二》在收录《日出》时注明作品原载《文学季刊》1936年第6、7、8、9月号，即第1卷第1、2、3、4期。其实这时《文学季刊》已改名《文季月刊》，由巴金、靳以主编。《文学季刊》在北京出版时曾发表过曹禺的《雷雨》。

2 卡尔登大戏院后改名为长江剧院，现已拆除。

3 见曹树钧、俞健萌：《曹禺》，北京：中国青年出版社，1990年，第119页。

4 “曹禺与田本相谈话记录”，1982年5月26日，见田本相：《曹禺传》，北京：十月文艺出版社，1988年，第176页。

我们当然可以从技术原因上去解释这一改动，据田本相和曹树钧、俞健萌的两本曹禺传记，《日出》是 1936 年夏曹禺在靳以的不断催稿声中赶写而成的，写一幕发表一幕。所以很有可能在写第一幕时，曹禺为揭露那“损不足以奉有余”的社会形态，选择了十里洋场——他认为是当时中国最黑暗腐化的地方下笔。可是他对上海了解有限，写作过程中不得不用一些北方的细节（比如窗外工人唱的北方调子，第三幕里的北方窑子等），因此全剧完成后，作者要把背景弄“虚”一点，像上海，又不一定是。

欧阳予倩等人在初排《日出》时，大概也感到了第三幕的北方风味与全剧的气氛背景不协调，所以就索性删去了第三幕。为此曹禺十分激动和不满，不惜“顶撞”中国话剧运动的前辈，在北京的《大公报》上刊出万字长文《我如何写〈日出〉》（即《日出 · 跋》），强调第三幕的重要性——

> 《日出》不演则已，演了，第三幕无论如何应该有。挖了它，等于挖去《日出》的心脏，任它惨亡……[1]

言重至此，原因何在？细读《日出》，我们看到大凡与都市生活有关的道具、布景、台词、动作，都是腐化堕落和丑恶的象征。比如第一幕介绍陈白露所住的旅馆休息厅，“屋内一切陈设俱是畸形的……墙上挂着几张很荒唐的裸体画片……圆形小几嵌着一层一层玻璃，放些……西洋人形、米老鼠之类”。而且这一切均见不得阳光：“窗前的黄幔幕垂下来，屋内的陈设看不十分清晰，一切丑恶和凌乱还藏在黑暗里。”这一个背景，贯穿了第一、二、四幕，即上海初演《日出》的全场。这洋场背景，便是陈白露堕

1　曹禺：《日出 · 跋》，引自《日出》，香港：东亚书局，1966 年。

落的原因。倘要表现主人公善良可爱依然纯真，那就只有靠自然的霜花，以及窗外清凉的风或隐隐存在的“日出”。作品反复强调“这个地方”堕落，并美化乡村和自然作为反衬，虽然曹禺揭示“社会悲剧”的意识形态框架颇似《子夜》，但这种以乡村、大自然为“武器”批判现代西化都市文明的态度却很合沈从文的口味（难怪《日出》在《大公报》得奖时能同时得到茅盾和沈从文的欣赏[1]）。批判十里洋场需要支点，单靠霜花、空气等毕竟太抽象空洞，这就是曹禺一定要第三幕的原因。第三幕写的是一个北方妓院，嵌在《日出》的洋场背景，在情节上直观展示了陈白露生活的恐怖性，在气氛上更构成了一种北方朴素道德（“翠喜有一颗金子般的心”）与南方世（市）风淫靡沦丧的对照。不仅在道具、布景、色彩上是个对比，甚至台词语言上，翠喜的北方俚语也构成对张乔治、潘月亭洋腔洋调的一种平衡。同样是舞女、美酒、香水、摩天楼，同时代的刘呐鸥、穆时英是欣赏玩味，甚至茅盾，在批判中亦不无迷恋。曹禺到底不是“海派”，所以他一定需要翠喜、小东西才能完成《日出》的内在平衡。

倘说《日出》是京派文人写上海又批判上海，那么《啼笑因缘》便是鸳鸯蝴蝶派大师为了上海读者而写北平了。《啼笑因缘》在某种意义上是由作家、编辑、评论家和读者“共创”的——这是一个通俗文学如何尊重读者的典型例子。1929 年 5 月，上海《新闻报》副刊《快活林》主编严独鹤赴京认识了张恨水，当场约稿，第一个要求便是“上海市民要看武侠”。这便是小说中三个女主角

1　其实他们欣赏《日出》的理由是不同的。茅盾最注意作品的“中心轴——就是金钱的势力……这是半殖民地金融资本的缩影。将这样的社会题材搬上舞台，以我所见，《日出》是第一回”。言下之意，在小说里已有人写过。沈从文关心的是技巧，称道“全部剧本的组织，与人物恰如其分的刻画”。引自田本相：《曹禺传》，北京：十月文艺出版社，1988 年，第 200 页。

之一关秀姑的来由。而作为情节主线的凤喜的故事，其实来自当时一段社会新闻。一位张恨水喜欢的地方戏演员高翠兰被当地一个军阀旅长抢走了，社会舆论纷纷谴责该旅长蛮横，但张恨水私下却表示：如果高翠兰一点都看不上旅长，旅长何以动念抢她？不久人们果然看到两人愉快地拍结婚照。[1] 显然这段素材的人性和社会意义太曲折复杂，所以张恨水将它改造成常见的“逼良为娼”模式。不过其中凤喜堕落的最关键处，如前所引，已经渗入了高翠兰（准确地说，是张恨水所理解的高翠兰）的影子。正是这稍稍超出读者期待的微妙改动，使《啼笑因缘》中凤喜的遭遇，有别于“贞女不屈维系世风”和“女人无辜社会有罪”的新旧俗套。不过，严独鹤再三叮嘱说“上海人要看噱头”，单是侠女加“逼良为娼”还是不够。在与上海来的朋友左笑鸿反复商量后，张恨水设计了何丽娜这第三个女主角。何乃富家小姐，擅长交际，喜欢跳舞，自己开车，每天需要昂贵的鲜花，但又知书达礼、人情练达、性格温和。在痴情于樊家树后更愿意戒虚荣耐清苦。小说描写何丽娜与沈凤喜相貌酷似，这一特意安排的细节构成了不少情节上的巧合和误会，更象征着小市民女人的两面性格：同样是美丽和虚荣，可以走向贪财进而道德迷失，也可以有节制地享受都市物质生活和现代男欢女爱而不失道德分寸。在惩罚了沈凤喜的金钱梦后，何丽娜的生活方式及风度便不失为上海市民读者的一种理想了。

《啼笑因缘》也是边连载边创作的，从严独鹤那里反馈而来的上海读者的意见，也“参预”着张恨水的写作过程。等到 1930 年秋他去上海和三友出版社及明星电影公司签合同时，市民仍每天排队买《新闻报》以期望先睹小说情节的发展，看樊家树到底在

1　张明明：《回忆我的父亲》，香港：广角镜出版社，1979 年，第 23 页。

三个女子之间如何做选择。最后，侠女虽忠勇却被敬而远之；凤喜虽娇美终因失足而发疯；唯有漂亮富有又善解人意的何丽娜，与男主人公越来越接近……我有时想，假如《啼笑因缘》当初是在北京的报上连载，结局是否会有所不同？

同《啼笑因缘》为了上海读者而写北平的情况相似，《第一炉香》也是为了上海人而写香港。张爱玲自己说过："我为上海人写了一本香港传奇……写它的时候，无时无刻不想到上海人，因为我是试着用上海人的观点来察看香港的。只有上海人能够懂得我的文不达意的地方。"[1]

我理解这里所谓"上海人的观点"，至少包括道德口味、异国情调和都市意象三个层次。

《第一炉香》的"上海人"的道德口味，是比较灵活通达但又不失原则的。一方面，女人喜欢好衣服顺理成章，为了求学费也不妨小做牺牲；但另一方面，"上海"在《第一炉香》里又是道德尺度和"家"的象征。葛薇龙一觉得有堕落的危险，便立刻想回到上海，"在老家生了病，房里不会像这么堆满了朋友送的花，可是在她的回忆中，比花还美丽的，有一种玻璃球，是父亲书桌上用来镇纸的，家里人给她捏着，冰那火烫的手。……那球抓在手里很沉。想起它，便使她想起人生中一切厚实的，靠得住的东西"，在这个时刻，上海成了厚实、可靠和温暖的象征——中国现代文学作品里，像这样的时刻并不多见。

"上海人的观点"的第二层意义便是异国情调。由于当时的上海是比香港更发达更现代化的大都市，所以读者寻找的"异国情调"，首先并不是西洋景摩天楼和现代氛围，而是奇特的中西文化混杂，具体地说，便是受殖民统治的香港的东方情调。在上海女

1 张爱玲：《到底是上海人》，《杂志》月刊第 11 卷第 5 期，1943 年 8 月。

孩子薇龙眼里，梁家豪宅的客厅“里面是立体化的西式布置”，可“炉台上陈列着翡翠鼻烟壶与象牙观音像，沙发前围着斑竹小屏风”，小说还特别描写女主人公身上那“别致的校服翠蓝竹布衫，长齐膝盖，下面是窄窄裤脚管，还是清朝末年的款式”，言下之意，颇有不满：“把女学生打扮得像赛金花模样，那也是香港当局取悦于欧美游客的种种设施之一。”更明显的找寻“异国情调”的例子是梁太太的园会。虽然一派英国作风，《夏日最后的玫瑰》伴唱，草地上却“遍植五尺来高福字大灯笼，黄昏时点上了火，影影绰绰的，正像好莱坞拍摄《清宫秘史》时不可少的道具”。这里的“异国情调”至少是双重的：西方人在香港找到“伪东方”，上海人在香港看到“伪西方”。

“上海人的观点”背后是都市文化，在《第一炉香》里表现为一种混淆人工与自然界线、将生活戏剧化的“都市意象”。张爱玲关于都市文化有一个观点：“像我们这样生长在都市文化中的人，总是先看海的图画，后看见海；先读到爱情小说，后知道爱；我们对于生活的体验往往是第二轮的，借助于人为的戏剧，因此在生活与生活的戏剧化之间很难划界。”[1] 这种“生活的戏剧化”正是张爱玲小说意象的重要特点之一。在《第一炉香》里，上海眼光看香港，当然注意山水景色。但葛薇龙也是先看惯了海的图画，现在才看到海。当她面对山水风景情绪激动时，大自然就会扭曲成人工制品：

> （太阳偏西后的半山），大红大紫，金丝交错，热闹非凡，倒像雪茄烟盒上的商标画。[2]（着重号系笔者所加，下同）

---

1 张爱玲：《童言无忌》，《天地》月刊第7—8期，1944年5月。

2 张爱玲：《沉香屑·第一炉香》，引自《回顾展Ⅱ》，香港：皇冠出版社，1991年，第271页。

> 梁家那白屋子黏黏地融化在白雾里，只看见绿玻璃窗里晃动着灯光，绿幽幽的，一方一方，像薄荷酒里的冰块。[1]

通常的文学比喻，都是从人的主体方位出发，由我及他，由近及远，由室内到室外，由人工到自然。简单如“女人像花（一样美丽）”，繁复如“丁香空结雨中愁”（李后主）。可是在葛薇龙（张爱玲）眼里——

> 月亮才上来，黄黄的，像玉色缎子上，刺绣时弹落了一点香灰，烧糊了一小片。[2]

> 中午的太阳煌煌地照着，天却是金属品的冷冷的白色，像刀子一般割痛了眼睛。[3]

> 天完全黑了，整个的世界像一张灰色的耶诞卡片，一切都是影影绰绰的……[4]

所有这些意象都是“逆向”营造的：半山、白雾、月亮、天空及世界成了本体，雪茄烟盒商标、薄荷酒里的冰块、缎子上的香灰、金属品以及圣诞卡成了喻体。从《第一炉香》开始，《传奇》里到处都是这类将自然人工化，将环境物品化，将世界装饰化的绝妙意象。精致如《金锁记》开篇：“三十年前的月亮……像

---

1 张爱玲：《沉香屑·第一炉香》，引自《回顾展Ⅱ》，香港：皇冠出版社，1991 年，第 273 页。
2 同上，第 286 页。
3 同上，第 307 页。
4 同上，第 308 页。

朵云轩信笺上落了一滴泪珠，陈旧而迷糊。”[1]尖刻如七巧形容其媳妇的厚嘴唇：“切切倒有一大碟子。”[2]传神如佟振保迷惘地看街景：“风吹着的两片落叶踏拉踏拉仿佛没人穿的破鞋，自己走上一程子……”[3]隽永如《茉莉香片》里的核心意象：“她是绣在屏风上的鸟——悒郁的紫色缎子屏风上，织金云朵里的一只白鸟。”[4]“女人”像“鸟”——看上去回到了常见的普通的象征秩序，然而这“鸟”，又是人造的，张爱玲这么喜欢用人工世界形容自然世界且刻意混淆两者界线，既体现她本人对室内物品的细致持久的特别兴趣，也显示了她对都市环境城市情调的美学理解，更渗透了“归根究底，什么是真的？什么是假的？”[5]的哲理疑惑。所有这些张爱玲式的独特意象，不仅要在灯红酒绿的背景里才能创造，而且也要在嘈杂市声的氛围里才能欣赏。这是否可以说明为什么张爱玲一离开40年代的上海，其作品就失却了那令人压抑的魅力？同时也可能解释为什么在比较物化的都市，如上海、香港、台北，她的作品特别流行。而且——幸与不幸——随着中国越来越都市化，环境越来越“物化”，张爱玲早期的小说，也许会有更多的读者。

三

“五四”文学中的爱情故事有若干模式。一是“书生拯救风尘女子”，如郁达夫的《迷羊》、曹禺的《日出》；二是“书生‘创造’新女性”，如鲁迅的《伤逝》、叶圣陶的《倪焕之》、茅盾的《创造》

1　张爱玲：《金锁记》，引自《倾城之恋》，香港：皇冠出版社，1993年，第140页。
2　同上，第169页。
3　张爱玲：《红玫瑰与白玫瑰》，引自《倾城之恋》，香港：皇冠出版社，1993年，第79页。
4　张爱玲：《茉莉香片》，引自《回顾展Ⅱ》，香港：皇冠出版社，1991年，第244页。
5　张爱玲：《金锁记》，引自《倾城之恋》，香港：皇冠出版社，1993年，第164页。

以及鸳鸯蝴蝶派的《啼笑因缘》；三是“书生为纯洁女人所救（情欲净化）”，如郁达夫的《春风沉醉的晚上》《迟桂花》，施蛰存的《梅雨之夕》等。

书生与风尘女子的模式在中国文学中历史悠久，在“文革”后仍有可观的发展。但在20世纪二三十年代，这些书生男主角的拯救努力多以失败告终。《迷羊》的女主角最后不告而辞，说是为了男主人公的身体，其实是男主人公无法改变她的命运。方达生想感化、拯救陈白露的欲望和责任毫不逊色于自《李娃传》以来的他的许多前人。然而他也救不了白露，只是提醒她发现自身的痛苦。在《日出》里，方的功能主要是一个代表“五四”知识分子的视角（陈白露花钱租最好的房间，只是为了让方达生“看看这个地方”）。在《雷雨》和巴金的《家》里，也都有类似想救下层女子（四凤、鸣凤）而不成的热血新潮的青年。不过周冲、觉慧见证的是旧传统的衰落，方达生批判的是现代西化都市的腐败。当真从男女情爱角度看，这些书生主人公其实都不太了解他们所要救的女人。

第二类模式中的男主人公，与第一类相似，也是自上而下俯视他们所爱的女人——区别是，第一种女人已沦落风尘，第二种女人可从旧家庭或不自主婚姻中逃脱出来。女人在这里，主要不是性爱对象，而是启蒙、教育、感化的对象。子君在热恋中睁大美丽的眼睛听涓生讲易卜生、泰戈尔和雪莱，涓生便觉得中国的女性是有希望的。茅盾笔下的君实为了培养和“创造”理想的女性伴侣，便给娴娴安排各种应读的西方学说课程。倪焕之所爱的女人，根本就是他的学生。这种启蒙教育式的“爱”，颇能象征“五四”知识分子想象中的他们与民众的关系。然而这类书生“创造”新女性的故事从《伤逝》开始也大都以失败告终。经济的困顿、生活的平淡，使子君醉心于油鸡和阿随，使倪焕之的女学生在婚后变得平庸俗气。陈白露从前那段失败的婚姻，是“伤逝”意念的一次文本移植。在茅盾的《创造》里，女主人公更沿着男人启蒙的方向走向激进，进而超越并抛离了丈夫兼导师。《啼笑因缘》是写给不同类型的读者看的，可是男主人公却也颇具“五四”启蒙精神（张恨水是民国鸳鸯蝴蝶派作家中最焦急追赶时代潮流的一个，他的《啼笑因缘 · 自序》便以白话写成）。贫穷的卖唱女沈凤喜与富家小姐何丽娜面容相似，都很娇美，何以樊家树会先爱上前者呢？（张恨水的第二个太太就是他从孤儿院里救出来的，后来生活并不愉快，第三房倒是名门闺秀。）这里是否也有一个“五四男人”的心理习惯：一定要拯救、感化、启蒙、教育并“创造”自己所爱的女人呢？或者反过来说，同情、可怜、感化、启蒙、教育、创造、拯救……这些就是“爱”的方式和内容。有意思的是，樊家树的启蒙也和涓生、倪焕之、君实一样失败。而失败的原因更平庸些：樊家树一开始就用钱来帮助凤喜（及其全家），后来凤喜便去追求更多的钱了。

在郁达夫、施蛰存等作家笔下有另一类书生，他们陷在自身的精神苦闷中，突然遇上一个玉洁冰清的女人。这类男主人公的苦闷，可以是忧国忧民不得后的抑郁，可以是怀才不遇或家庭烦扰，也可以是自己都不觉察的情欲苦闷。他们也会以同情、帮助的姿态去接近那些女人（了解女工工作情况、借伞遮雨过街……），接近时他们也会有冲动，但最后，也许那些女人太纯洁太自然或太有分寸，他们都能够克制乃至净化自己的情欲苦闷，达到一种新的心理平衡。显然，女人在这种偶遇中心里想些什么对主人公来说似乎不很重要。是否她在期待，是否她很害怕，是否她别有所图，读者也不清楚。小说的中心始终是男主人公的情欲，感觉与潜意识之间的波澜。这时书生面对女人，犹如面对山水，一切都是主观情绪的对象化。

所以，以上三种爱情小说模式有两个基本的共同点：第一是男主人公身份固定：一定是知识分子，一定是青年，一定接受了“五四”新潮，一定性格柔弱多愁善感；第二是女主人公的品格固定：无论是已出入风月场中（《日出》）还是反叛传统家庭（《伤逝》），无论是烟厂女工（《春风沉醉的晚上》）还是名门闺秀（《迟桂花》），这些女人都必定是面貌玉洁、性情冰清，否则，她们怎么值得被救？怎么可能被“创造”？怎么能够帮助男主人公达到情欲净化的境界？

在回顾“五四”爱情小说的这一背景后，我们才会看到张爱玲笔下的女性世界的文学史意义。葛薇龙的故事，有意无意地改写了陈白露的“前半生”，这会使所有的方达生们感到困惑和扫兴：难道竹均当年变成白露，在某种程度上可能是自愿的选择？难道她除了自杀或回乡以外，还可能有别的很多出路，比如找到平庸的幸福（如白流苏）或挽留那“千疮百孔的感情”（如《留情》里的敦凤）？难道“五四”知识分子所要拯救所要创造的玉洁冰清的女人，心里想的却是那么现实的问题：衣服上的花边、镜子里的倩影、毕业后的工资、嫁什么样的人、如何找房子、如何找女佣……更重要的是，难道白露、薇龙的堕落，不仅仅是因为社会制度的罪恶，也不仅仅是因为主人公一时的道德错误，而是基于某种更普遍的人性弱点（虚荣），这样说来，即使社会制度天翻地覆，白露与薇龙的故事仍会延续？

“五四”爱情小说中的女性形象，或是被拯救被启蒙的对象，或是协助男主人公平衡精神危机的媒介，她们自身的心理欲望反而很少得到重视。在这个意义上，张爱玲改写女人堕落的故事，可以说是对 20 世纪 40 年代已成为文坛主流的“五四”意识形态的一种挑战。在回答傅雷的批评时，张爱玲表白过何以她不能和当时的大多数作家保持一致：

> 我发现弄文学的人向来是注重人生飞扬的一面，而忽视人生安稳的一面。其实，后者正是前者的底子。又如，他们多是注重人生的斗争，而忽略和谐的一面。其实，人是为了要求和谐的一面才斗争的。
>
> 强调人生飞扬的一面，多少有点超人的气质。超人是生在一个时代里的。而人生安稳的一面则有着永恒的意味，虽然这种安稳常是不安全的，而且每隔多少时候就要破坏一次，但仍然是永恒的。它存在于一切时代。它是人的神性，也可以说是妇人性。[1]

在张爱玲看来，“五四文学主流”[2]是歌颂超人的，而她则更关心常人。不同于“五四”小说表现“飞扬”而美化（也虚化）女性形象，也有别于莎菲女士式的表现女性的飞扬，张爱玲把她的女主人公（薇龙、流苏、敦凤、七巧）放回更现实的日常生活层次，让她们终日沉迷或算计衣服、房子、钱、首饰……同时也将笔触探至“妇人性”与人性的普遍弱点：情欲、嫉妒、虚荣、疯狂……用《张爱玲传》的作者余斌的一句话概括就是：“在《传奇》中，普遍的人性凝定在普通人的身上。”[3]

关于张爱玲的作品涉及“人性的普遍弱点”，海内外学者已有不少研究[4]。但对于张爱玲笔下这“普通人”的身份，论者不多。其

1 张爱玲：《自己的文章》，引自《流言》，香港：皇冠出版社，1991 年，第 17—18 页。

2 “五四文学主流”在这里是一个不确定的宽泛的概念，大致包括 20 世纪 20 年代启蒙忧国的浪漫思潮及 30 年代以后日趋激进的革命文学。很难划分哪些作家作品属于“主流”之列——在张爱玲那里，“五四文学”也永远是一个模糊的存在。

3 余斌：《张爱玲传》，海口：海南国际新闻出版中心，1993 年，第 110 页。

4 如陈炳良曾指出：“表面看来，《第一炉香》是个贪图享受、自甘堕落的故事。但作者似乎还隐藏有一个更有意义的主题在故事后面，那就是道德主题……作者就是要指出人的道德力量始终有限；同时，是相当脆弱的。”（《张爱玲短篇小说论集》，第 91 页）又如余斌也认为：“人的不能掌握自己的命运，这是张爱玲小说的潜在主题。”（《张爱玲传》，第 112 页）

实张爱玲所写的就是“大都市里的小市民”。大概没有哪个严肃的现代作家（甚至张恨水）会像张爱玲这样主动站出来“标榜”自己是“小市民”：

> 眠思梦想地计划着一件衣裳，临到买的时候还得再三考虑着，那考虑的过程，于痛苦中也有着喜悦。钱太多了，就用不着考虑了；完全没有钱，也用不着考虑了。我这种拘拘束束的苦乐是属于小资产阶级的。每一次看到“小市民”的字样我就局促地想到自己，仿佛胸前佩着这样的红绸字条。[1]

这里的“红绸字条”，是个反讽的象征。局促感则来自主流意识形态的压力。“小资产阶级”是个外来的政治概念。整个社会都在忙于看“完全没有钱”的人与“钱太多了”的人作斗争，张爱玲却注意到了介乎两者之间的人们的重要性。“五四”文学写得最多最出色的，是知识分子（革命先锋）和农民（革命主力）。小市民们向来只有张恨水等才会念及。偏偏张爱玲觉得“张恨水的理想可以代表一般人的理想”。张爱玲执着于写小市民，不仅是批判她（他）们的虚荣软弱，更是认同、肯定她（他）们的日常生活欲望的合理性。背后其实还有对社会、国家的发展趋势的思考。不妨读读在《传奇》这本小说集中押后的唯一一篇散文《中国的日夜》。张爱玲对所谓大历史是有自己的看法的，她对“五四”启蒙的方式和后果一直颇有微词。在散文《谈音乐》里，张爱玲又一次以实拟虚，以五四运动来形容她所不喜欢、敬而远之的交响音乐，结果却轻描淡写地道出了李泽厚、林毓生几十年以后才讨

1　张爱玲：《童言无忌》，引自《流言》。《童言无忌》这个题目说明张爱玲在表达自己的人文见解时有所顾忌，有一种去与“大人们”辩论的姿态。

论的“五四”启蒙的缺陷问题：

> 大规模的交响乐……浩浩荡荡五四运动一般地冲了来，把每一个人的声音都变了它的声音，前后左右呼啸嘁嚓的都是自己的声音，人一开口就震惊于自己的声音的深宏远大，又像在初睡醒的时候听见人向你说话，不大知道是自己说的还是人家说的，感到模糊的恐怖。[1]

其实20世纪20年代中国也还是有多种声音的，只是在经过30年代的日趋激进且越来越“主流”化以后，“五四”才使张爱玲感到被声音（话语）包围的压力。这种压力伴随在种种现代中文的语言叙述模式中，远不是沦陷区等特殊环境所能完全切断隔开的。夏志清认为张爱玲的风格是在“不受左派理论的影响”的特殊环境下“安心培养”出来的，其创作“绝对不受左派小说模式的影响”。夏志清这个观点本身后来倒是影响深远，尤其是在中国台湾、中国香港和北美，喜爱张爱玲的作家、评论家都倾向于将张爱玲描述成一位飘逸于“五四”文学潮流之外的完全无法用现代文学史来解释的奇特文学现象。但如果我们不仅仅将“影响”狭义地理解为“模仿”“跟随”“受指导”，同时也包括“刺激”“干扰”“制约”“对话”“挑战”等因素，夏志清这一后来为很多人复述的观点其实不无商榷之处。《传奇》一书，十之八九是写男女情爱两性战争。在40年代动笔写这类故事，张爱玲无法不正视已经深入人心的同类故事的“五四”主流写法（如《日出》）以及鸳鸯蝴蝶派（如《啼笑因缘》）。任何新的创作，都必须面对已有作品的“压力”。在某种意义上，创作，便是作家与

1 张爱玲：《谈音乐》，《苦竹》第1期，1944年11月。

作家之间就某个共同关心的故事而展开的“对话”。当张爱玲借用张恨水的某些方法来改写《日出》模式时（其结果便是发表在鸳鸯蝴蝶派杂志《紫罗兰》上的《第一炉香》立刻被主流作家柯灵等看中），张爱玲有意无意将自己置身于与“五四”主流文学（以及30年代左翼模式）的紧张对话关系之中。这种挑战多于承袭的紧张的对话关系，也许正是张氏作品的文学史价值所在。

张爱玲笔下的女人，如前所述，打破了“五四”作家所创造的等待被启蒙被拯救的“娜拉出走”模式。相比之下，张爱玲作品里的男人，却更多一些“五四风采”。余斌在他的《张爱玲传》中认为张爱玲擅写旧式好男人：

> 只要他在旧文化的背景下出现，只要他在某种程度上负荷着所谓传统的分量，张爱玲的笔触立时显得沉稳有力，不浮不乱。只要将佟振保、米晶尧与乔琪、范柳原作比较，就可以证明上面的判断。

> （乔和范）在各自的故事中都是所谓男主人公，出现的机会也不少，但作者始终不能……进入他们的内心世界。当她希望在浪子的特点以外从他们身上找到一点更为结实的东西以丰富人物形象时，人物形象反而模糊了——他们始终是影影绰绰的影子。[1]

其实，范柳原和乔琪乔还是不同的。严格区分，张爱玲笔下的男人至少有三类（尚不包括那些没有直接卷入爱情游戏的角色，

1　余斌：《张爱玲传》，海口：海南国际新闻出版中心，1993年。

如《茉莉香片》中的弟弟等）。

第一类是“好人”型，如《红玫瑰与白玫瑰》里的佟振保，《封锁》里的吕宗桢等，他们既陷于情欲冲动又困于道德顾忌，稍有机会便进攻女性，却终念及“朋友妻不可欺”而放弃做“真人”，只能在特殊时空下一窥自己的欲望（如在“封锁”期间与同车少女谈婚论嫁，解禁后仍然用报纸包着包子回家）。

第二类男人是“浪子”，如《金锁记》里的季泽和《第一炉香》里的乔琪乔。他们进攻女性技巧高超，不乏温情，但缺乏责任感且无廉耻。没有任何民族—国家语言的托词，乔琪乔只许诺薇龙“纯粹的快乐”。而薇龙被吸引，也既非怜爱书生亦非贪图富贵，而只是纯粹“想去吻他的脑后的短头发”。这“一种近于母性爱的反应”，很像莎菲当年为小孩要糖果般渴望一吻凌吉士，非文化、政治、经济理由所能解释，这真的无药可救。但假如薇龙像七巧对季泽那样，抑制、消灭自己的欲望呢？张爱玲告诉我们那后果会更惨，终生身心失调且会加害他人。

值得注意的是第三类男人，“才子”加“公子”型。范柳原大概是“才子”与“公子”双重身份的典型代表。在张爱玲小说里，一个再三出现的布局是有华侨身份留学归来的新潮男人与中国旧式家庭的小姐谈恋爱。范柳原、童世舫(《金锁记》)等也都像“五四”文人般认真地企图感化、启蒙他们所爱的外貌虽“玉洁”内心并不一定“冰清”的女人。这种有钱的“五四”书生与美貌的小市民女人之间常常不能沟通却又十分融洽的缠绵对话，是张爱玲非常乐意描写且驾轻就熟的。在象征层面上，这种对话更带出意味深长的问号：这是经受西方文化洗礼后的留学生在帮助、拯救困于中式传统的弱女子呢，还是洋装的花花公子趁火打劫欺负中国的处女（长安）和寡妇（流苏）？这是人文主义的（性）启蒙呢，还是殖民主义的（性）侵略？

范柳原也喜欢读诗，但不是《沉沦》主角喜欢的华尔华兹，而是背诵《诗经》。他也渴望自然山水、破垣断壁乃至“地老天荒”，也想通过女人寻找中国梦。童世舫亦不无“五四”书生气，满心期望帮长安离开旧式家庭。不过张爱玲的男主人公通常不像郁达夫或其他“五四”作家笔下的书生们那样“穷”——这是一个极重要极关键的改动。书生不穷，所以范柳原他们就不再持有激进革命的政治立场（莎菲当年就因凌吉士喜欢打网球、辩论会、留学哈佛等中产阶级趣味，而唾弃了这位曾引起她情欲的南洋华侨）。书生不穷，他的“反常”的情欲苦闷，如出入风月场、偷窥、婚外情、变态趣味等，也就较难被解释成“反叛社会的畸形方式”或“忧国忧民曲折表现”了。“五四文学主流”倘描写男人的性进攻姿态，一般是负面处理且视乎身份的。如是下层民众，行为多愚笨可笑，如阿 Q 向吴妈求爱，《春蚕》里多多头捏女人大腿，或《萧萧》里花狗的行径。如是官绅老板，则多是淫荡罪恶，如吴荪甫强奸女佣，赵伯韬玩弄冯眉卿之女，又如克安、克定、潘月亭、胡四、张乔治等。但如果主人公是穷书生且忧国忧民，那他的性苦闷就值得同情渲染了。男性对女性的性的进攻姿态，需要借助民族—国家语言和启蒙救国使命，才能“理直气壮”起来，这并不是郁达夫等少数作家作品里的罕见情况。觉慧对鸣凤、倪焕之对他的女学生、萧涧秋（柔石《早春二月》）对寡妇、涓生对子君……《日出》其实是最好的例子：全剧中几乎所有男人，如果进攻白露都是一种淫荡，只有方达生是个例外。

就像方达生在白露华丽的客厅里想寻找纯真朴素自然的“竹均梦”一样，范柳原在上海舞会上与白流苏一见钟情，也把流苏想象成纯朴的中国女人。他“理解”同情流苏在旧式家庭和传统礼教下的困境，企图救流苏离开上海，再希望流苏离开香港去马来亚丛林，以便真正回归自然……然而与所有这些或真心或扮演的书生梦才子气无关，流苏关心的是范公子的钱。最后由于战争的契机两人结婚，但这是否意味着流苏被范启蒙改造成他梦想的纯真朴素的中国女人呢？很成问题。范最后浪漫地“执子之手”，假如某日他真的穷困潦倒，上海美女白流苏是否还会继续在断墙前听他背《诗经》？在现实社会中，在象征意义上，是否范白之恋才更像启蒙者与市民之间的关系？

所以，因为张爱玲笔下的女人已经不同，她的男主角们，即使想学“五四”书生风度，也成了真情地演戏。在《日出》里，观众可循方达生的目光看陈白露及十里洋场。在《啼笑因缘》里，读者可随樊家树的品味去选不同女性。但在张爱玲那里，男主人公（尽管留学归来见多识广）对那些和他们“拖手”接吻做爱的女人的了解，还不如我们读者多。男人在张爱玲作品里，只是解释对象，而非解释视角。

但这不完全因为张爱玲是女作家。因为女作家（如丁玲）常把女主人公当作视角去选不同男人（背后通常是不同生活道路）。张爱玲笔下来自旧家庭的小市民女人，也很少会成为读者可以认同的观察与叙述视角。

这就是为什么在炎樱设计、张爱玲激赏的《传奇》增订本封面上，居高临下、倚窗观望室内中国旧式家庭风景的那个外来者，既非小说中屡屡闯入旧家庭的留洋男人，亦非作品里想走出或已走出旧家庭的女主角，而是一个不成比例、线条突兀、面目空白的“抽象人”（留着通常是女性的发型）。

本文的第一节，在比较《日出》《啼笑因缘》和《第一炉香》的叙述结构时，讨论了同一故事所传达的不同道德主题及意识形态内涵。第二节考察三篇作品的制作、流通和接受过程，又涉及了京、沪、港三种不同地域文化在中国现代文学中的不同色彩和角色。本节的主要话题是性别，男女之性与男女之争，但性别问题迅速转入有关“五四”的讨论。“五四书生”,既是启蒙者(人文),又有着男人的躯体(“精”神)。大概性别问题，从来就是一个文化政治问题。

(原载《文艺理论研究》1995 年第 6 期，
收入《呐喊与流言》，上海：上海文艺出版社，2004 年)

当代小说探索与西方现代派文学影响

中国当代小说近年来出现了几次与西方现代主义影响有关的文学探索。我觉得这种探索和影响,在不同时期有不同的表现形态:最初是中山装式的“意识流”,后来有不少人穿上T恤衫、牛仔裤,背着吉他吟唱“孤独”“荒诞”的主题,而最近,则出现了一批身着长衫脚踩泥土的“寻根者”……

每一次都是一个阶段,但有交替有重合;连起来是一种过程,但远没有完成。

要说明“中山装”的含义并不困难:尽管王蒙、茹志鹃,还有宗璞等作家率先在创作中借鉴了所谓“意识流”文体,大胆地采用了诸如时空切割、视角跳跃、潜意识独白及强烈的扭曲变形等现代小说技巧,但实质上,贯穿他们作品的艺术中轴,还是对社会政治历史的一种严峻的理性的思考。他们绝没有像詹姆斯·乔伊斯那样全力探索人的非理性,他们也根本不愿像普鲁斯特那样一味内省一味捕捉人的“黑暗的感觉”。他们所关注所探求所要表现的,说到底,还是干部作风、干群关系、知识分子遭遇和中国革命性质等一系列现实的社会课题。透过朦胧的“夜的眼”和令人扑朔迷离的“杂色”,我们看到的不是一种“风云三十年、故国八千里”的忧国忧民的灼热表情吗？在蝴蝶、蜗牛之类变态扭曲的意象线条下面，“我是谁呢”？还不是痛苦反省着的干部和因反省而痛苦的知识分子？块状结构的散乱时空，是由理性剪切拼贴的（如《剪辑错了的故事》《布礼》），增强人对现实的错乱感、颠倒感，目的仍然为了总结历史教训；网状地飘忽弥漫的心绪，是由情感（而非潜意识）线索来串接统摄的（如《风筝飘带》《海的梦》），种种眼花缭乱的声、光、色、味效果，仍在提醒青年人：青春！理想！生活！信念！……曾有许多人一度对王蒙的“意识流”感到惊慌、诧异和迷乱，这大概是因为人们当时既不认识“意识流”也来不及细看王蒙吧。其实只要稍稍留神注意一下：张思远化蝶与陈奂生上城，截然不同的角度、手法和色调，但艺术触角、理性之光不都指向同一个焦点，即干部关系乃至革命性质的焦点吗？渐渐地，人们终于或放心或不满地发现，王蒙等人其实只是在技巧、手法的意义上接触和借鉴某些西方现代派手法，至于“意识流”的心理学内涵和哲学依据，至于乔伊斯技法与弗洛伊德方法与柏格森观念的血缘关系，背着沉重理性负荷和现实使命的中国作家一时是无暇、无法也不愿去顾及的。

时至今日，随着“意识流热”的过去，应该说现在人们已经有条件有可能把问题看得更清楚了（据我所知，理论界对这次文学探索的学术分析，迄今仍然不多）。我想，我们既应指出种种西方现代文学影响的痕迹，更应注意“中山装”的理性主义精神实质，及其与新时期“反思”文学主题（更深一层，还有与“五四”文学“疗救社会”的精神、与中国文人感时忧国的传统）之间的联系；我们既不可忽略那些探索作品在形神之间若干美学意义上的裂缝、缺陷（后来许多青年作家都试图消除这种裂缝），但我们更应看到王蒙等人的艺术实践，是对中国当代小说的一种创新，是一种美学格式、美学规范和美学视野的开拓（没有他们筚路蓝缕，无论是张承志、张辛欣还是阿城，后来者的路将要更艰难得多）。

然而张辛欣们毕竟换了装束。张承志即使还套着中山装，至少风纪扣不扣了，有时甚至迎风开襟，胸口凹凸出强健的肌肉。《春之声》被责难和掌声同时包围以后，小说界很快出现一大批年轻的模仿者，更有一大批年轻的挑战者。挑战的姿态自然导致超越的趋势。同样是意识的流动，他们更松弛，也更飘忽（如张辛欣《我们这个年纪的梦》）；同样是“黑色幽默”，他们更尖刻，更不肯宽容（如曹冠龙《煤的狂想曲》）；同样追求象征效果，他们的意象更博大，也更虚空（如周立武《巨兽》）；同样裁剪时空，他们把情节揉得更碎，拼贴得也更随意更自然（如刘索拉《蓝天绿海》）……总之，在“引进”和改造西方现代小说技巧时，挑战者们表现得更勇敢，同时也更匆忙。这种勇敢与匆忙，便使得第二次外来影响，不仅仅限于“技巧”的层次，而且同时还有某些情调的感染和观念的“横移”。为这种现代情调和观念而自我感动，探索者们便有意无意地以惊世骇俗的面目出现：于是，人们仿佛看到，他们一个个穿着牛仔裤、T 恤衫，以各自独特的方式背着吉他，眉头紧紧皱着，头发长而且乱，脚步也摇摇晃晃。关键是思想和美学的规范刚被打破，敏感的青年突然以艺术的目光正视自己带血丝的情感，这使他们过度地焦灼、惊慌和茫然。他们的歌声因过于真诚而嘶哑，天真和激动伴随着刺耳的噪音；他们的面容因过于愤世嫉俗而憔悴，灰暗苍白中又透出孤傲狷介。一旦遇到长辈的不满和路人的侧目，涨红了的眼睛会立刻更加充血，烦躁与伤感也会更加故意趋向极端……

当然，这样一些作品，在创作界从来不占主流。但一出现，就立刻会引来争议，泛起波澜。妨碍这种探索深入发展的种种因素中，有苛求、责难和误解，也有冷漠和盲目趋时的掌声。在一段休止符号以后，我们注意到，这一创作倾向近来已有新的发展迹象，但大致仍然沿着数年前的轨迹——色彩很“跳”的如刘索拉的小说《你别无选择》《蓝天绿海》，文体流动，高于音乐感，其韵律，其情调，颇带现代气息；模样“古怪”者如谭甫成的《荒原》，既具体又抽象地表现人、狗、自然三者关系，荒诞色彩中似乎更多一些哲理探索的意味。

相对而言，我以为刘索拉比谭甫成更成功一些。或许是情调、情绪的弹性更大，“横移”中也更能渗透主体力量吧。艺术，总要根植于个性化的主体。在外来影响面前，其实我们所能借鉴的，至多只是宣泄情感与唤醒灵魂的方式，而不可能是情感和灵魂本身。东西方文学，各自受制约于不同的社会心理和文化背景，因此某些情绪和观念，表层次地横向流通，有时就会产生“落差”导致畸变。有个朋友谈起过这样的看法，她认为“嬉皮士”情调，在美国是相当平民化的情绪，一旦“进口”，似乎就可能带有某种“贵族气息”了，似乎非高等学府中人（最好还是攻美术习音乐的大学生）便难以享受孤独的痛苦，而现代青年仿佛非放浪形骸、狂傲颓荡不足以表达其心灵的严肃。这不由得使我联想到最近进入上海市场的大瓶装百事可乐。可乐在美国是普通饮料，犹如国人饮橘汁、喝豆浆。然而目下在上海饮百事可乐，其价格恐怕高于同等重量的白木耳汤！当我在某些“新派家庭”里，看到大瓶百事可乐和雀巢咖啡一起排在玻璃橱里以取代麦乳精罐头起装饰作用时，我想，在我们创作中被过于轻松地咏叹的“孤独”主题，那些毫不痛苦就以玩世不恭面目而呈现的愤世情绪，是否也有点像百事可乐？

“孤独”，根植于个性意识的觉醒和强化，但如果大家一起都来追求孤独境界，内在动因里是否又有着群体意识？几个青年人津津有味、十分投机地凑在一起大谈“人心不能相通”“他人便是地狱”，在这幅场景里，归属感与孤独感是否在互相嘲讽？

然而，尽管如此，我还是很理解人们买百事可乐的动机（这是对由豆浆、木耳汤所构成的饮料传统的一种有意为之、故趋极端的不满），同样也理解当代创作中某些看似偏激的孤傲情绪和荒诞色彩。因为我觉得，许多刺目的古怪油彩和带有噪音的嘶哑歌声，都不过是一种严肃追求的变态的表象而已，不过是一种反叛传统的极端表现而已。在追求过程中被失落感笼罩时，张辛欣、刘索拉们的确也曾茫然四顾，忧郁迷惘，仿佛在怀疑社会怀疑自我，然而事实上，她们从未动摇过人的力量的信心和对人的尊严的崇尚——这就一下子划清了她们与卡夫卡、加缪的界线，也一下子沟通了她们的人道主义追求与新时期文学主流的联系。如果过于“恐新”，那就难免要将探索之作中的“怪诞”色调误解成“反社会”姿态；倘若一味“迷新”，那就会一味捧上廉价的赞叹而事实上并不知其“妙”何在。这里，责难与盛赞，皆源于恐慌。殊不知在盲目的恐慌中，“自己”才真的“失落”了呢——而刘索拉们却恰恰是在提醒每个人，不要忘了自己的追求。

正当“牛仔裤、T 恤衫、百事可乐”类的作品在创作界引起轩然大波热闹非凡之时，另一种文学动向悄悄出现了：1983 年夏，《钟山》发表了贾平凹的《商州初录》。这篇重要作品直到一年多以后才得到强有力的呼应和声援，那就是阿城的《棋王》（紧接着还有《树王》《孩子王》），批评家们这才惊呼：“我久没有看到这样的文字了！”“这是怎样一种小说啊？”此后，又有了王安忆的《小鲍庄》、韩少功的《爸爸爸》、郑万隆的《异乡异闻》……于是，所谓“寻根热”，已经——或者说正在——构成一种新的文学现象。这又是一次引人注目（恐怕也会引起争议）的文学探索，而且又与外来影响不无关联。和前两次很不相同的是：探索者们，这次是穿着长衫脚踏黄土，或沉重或飘然，向人们走来的……

如果我们把文学世界看成是一个共时的系统，那么每一种新的文学现象的出现，都可能（哪怕是极轻微地）松动和改变已有作品的位置，并导致对那些作品的重新审视。可以说，正是靠了阿城等人的帮助，我们才有可能将王蒙、张辛欣等人的探索描述成一个阶段；反之，我们也只有在回顾当代小说所受到的一系列“现代主义”影响以后，才能更清楚地把握“寻根热”的精神实质及其来龙去脉。

不满，挑战每每根植于对前行者的不满。穿牛仔裤的人不满中山装的拘谨，“传统负荷太沉重了”；着长衫者又不满T恤衫的飘忽：“我们对传统重视不够，甚至存在着断层！”看似正反正，其实是否定之否定，沿着螺旋的轨迹。“寻根”者们，不仅一点也没有拒绝横向借鉴的意思，而且说来有趣，就连“寻根”这思路本身，也不无外来影响的痕迹。正是加西亚·马尔克斯，在方法论上给困惑而又执着的探索者们以极重要的启示：拉美文学，不是既接受欧洲现代主义影响，又深深根植于民族文化土壤吗？将原始神话、社会激情与现代意识融为一体的“魔幻现实主义”不是又反过来影响世界文坛吗？看来，文学要走向精深，面向世界，老是僵硬实用固然不行，一味横向模仿也并非上策——许多中国青年作家，几乎是不约而同地领悟到了这一点，于是，他们便不同方位地依据不同条件，纷纷开拓自己脚下的文化岩层。于是，莽林山寨、野树枯藤、湘水黄土、大坂草甸，种种可惊可歌的乡风土俗、民谣情歌，种种可叹可泣的祭祠械斗、原始道德，还有泥土上含泪的波纹，还有石块上铁青的刀痕……一时间都进入了（但远没有充满）文学的视野。这是复古吗？瞧，阿城，一口一个“半文化”，国粹派？还有韩少功，当初“飞过蓝天”，何等英姿勃发，如今一味掘“根”，像后期的刘半农？……当我们理解了寻“根”者们的探索动因以后，类似的疑惑和责难自然会消除。寻“根”文学与外来影响之关系，不仅限于技巧借鉴，也不只是情调感染或观念横移，更重要的是艺术思维方式的某种启发。“那么，这就是现代派啰？”这种评判似是而非。的确，阿城参加过“星星”画展，贾平凹也曾声称想寻找中国传统美学与西方现代派之间的相通之处，可是，正如我在前面已经辨析过的那样，在精神实质上，他们还是想强化个性意识而不是悲观地怀疑人性，他们还是想承担历史负荷而不是与世疏离。有时甚至“拉开距离”的口号本身还是一种积极的“介入”呢！我想，只要双脚坚实地站在自己的土壤上，就很难简单复制西方意义上的“现代派”文学。可是，文学“如果陷在民俗学、历史学、考古学里面，会不会削弱其现实社会责任呢”？我相信，这种善意的担心也会逐渐消除。因为，第一，作家们不是钻进传统，而是想开拓传统，即使他们的笔已触探到某些民俗学、民族史甚至直接抚摸陶器瓦罐，但进行观照的理性之光、情感火焰依然来自受现实社会制约且跳动着当代时代脉搏的创作主体。我们看到，无论是阿城故事里的遥远山村，还是被王安忆解析的小鲍庄，或者贾平凹津津乐道的商州府，画面中，时代氛围似淡还浓；情致里，当代意识更是强而有力。第二，说到底，寻“根”的探索也只是一种创作倾向而已，小说界的主流，还有关注改革的社会文学。如果社会文学也能增强一点民族文化意识和历史感，探索文学则更主动地紧扣当代现实生活的变化发展节奏，那么两种文学倾向的相互渗透甚至融合也并不是没有可能的。

从探索、实验的角度看，我觉得寻“根”文学正在做以下三方面的努力。

首先还是在形式、技巧上寻找创新的突破口，而且他们从最根本的层次，即语言层次来研究技巧。中国新文学要发展，不能不进一步钻研汉语言。一味模仿翻译腔，一味摆弄长句、频繁分段或者只用句号甚至加黑体字废弃标点符号，其结果可能是既伤了汉字的风骨又得不到福克纳、海明威的神韵。正是以此为戒，贾平凹、阿城等人才有意回过头去看汉文学散文传统。结果，《商州初录》几乎创造了一种文体，《棋王》则锻造了一种语言。前者似明清笔记又具有现代小说的属性，不拘一格，自然洒脱；后者似清茶色淡味涩，质白里藏着奇峭。后来阿城在《遍地风流》又对小说语言进一步做了立体雕刻。在既讲故事又追求非情节化，既不动声色又强化主观色彩，既随心所欲摆弄文体又高度重视结构等方面，他们的尝试也都很引人注目。

其次，在寻找自己的文学形式的同时，探索者们的另一个美学追求，就是继承鲁迅批判“国民性”的传统，进而企图触探普通国人心理深层的带有民族或地域特点的“集体无意识”。作家们直觉地感到，国人（特别是农民）的心理行为方式，除受政治立场、社会利害和道德观念制约外（这种制约当然也极重要），内心深处，似乎总还有某种既简单又复杂的心理定式或精神习惯存在。难道这就是国人的魂？这里有多少儒家礼教传统？与神话等民族原始记忆关系如何？“国民性”具有文化形态吗？又怎样根植于生存本能？——作家们既不敢轻易下结论，也不敢无视这些严峻的课题。于是，他们便勇敢地（也可能是有些匆忙地）从各个角度进行探索：韩少功还是一贯的理性批判姿态，挖出了阿Q的恶性变种“丙崽”；郑万隆则激情洋溢，在北屋山民身上发现了强悍的血液；王安忆在冷峻解析小鲍庄村民心态时，更注意种种自然和社会的洪水下面令人无法漠然的稳态潜流……观察点越往下沉，观照主体越需要能源，于是最后，作家们必然还要为自己寻找思辨支点，也就是寻找哲学色彩。这是寻“根”探索的第三个，同时恐怕也是最困难的一个层次。有人说《棋王》有道家气味，但我更同意汪曾祺的说法，主人公“是悲壮的乐观主义者”；漫步商州的贾平凹似乎比低吟“晚唱”时更达观乐天了，可他对儒学文化仍有其独特的审视；莫言说《透明的红萝卜》里有什么？是永恒的理想憧憬？还是永恒的生命力？永恒的欲望？而王安忆的客观主义姿态究竟又有多少相对论的因素存在呢？……是的，作家们的理念也很朦胧，见解也不尽一致，但有一点却是相通的，那就是大家都感到渗入文学中的哲学因素，不应是西方现代哲学的照搬，也必须有别于老庄或孔孟。现代意识只能根植于“我们的”现代生活。在这种意义上，我以为，哲学探索的欲望和哲理追求的过程恐怕比某种理念体系理论模型更为重要。这不是文学的观念化，而是文学走向自身，走向精深博大。哲理追求的自觉意识，也决定了这批探索者今后的道路，更为宽广，也更加崎岖。

现代主义影响，实在是个缺乏外延的复杂概念。我们已经看到，中国作家往往是在其间各取所需各得所趣，并加以生发扭曲、改造乃至变形。我们无法否定上述几次文学探索都和外来影响的刺激和冲击有关，我们也必须指出这种影响和探索并没有在中国导致一种西方意义的“现代派文学”。这在客观上是由社会政治文化背景所决定的，主观上也取决于作家们的严肃努力——尽管借鉴了技巧，但“反思”的理性内核仍在；尽管感染了情调甚至横移了观念，但现代主义杂色下面还是人文主义底蕴和反封建反礼教反传统的批判锋芒；尽管想强化现代意识，但同时又深深根植于民族文化岩层。是的，归根结底，我们的探索，是在中国的土壤上进行的。而且我们很幸运：率先正视西方现代主义影响的第一批探索者，恰恰是（恰恰吗？）中国思想较敏锐（如王蒙）、情感较深沉（如茹志鹃）、功根较厚实（如宗璞）的作家，这就使“横向借鉴”从一开始就是“积极消化”而非“被动同化”。尽管在纷杂的外来影响面前，我们的理论认识并不是没有曲折反复，创作实践也出现过迷乱、失误，但总的来说，我们的文学探索在一步步走向自信，而不是陷入盲从；一层层走向深刻，而不是浅薄飘浮；

一次次走向成熟，而不是一味天真。这里，当然，最重要的还是自信。自信是有力量的标志，也只有自信，才能大胆，才能发展。

1985 年 9 月

（原载《文汇报》，1986 年 3 月 31 日，
题为《近年小说探索与西方文学影响》；
收入《当代文学印象》）

附：西方现代派对我国当代文学的三次冲击[1]

我觉得新时期以来，西方现代主义文学，或者说某种现代主义思潮对中国文学有三次比较明显的冲击。在这三次冲击中，中国的文学变得越来越自信，越来越成熟，或者说越来越坚强。

第一次冲击，我觉得它是穿着中山装出现的，是对西方现代小说技巧的借鉴，包括视角转换，所谓的“意识流”，比如茹志鹃的《剪辑错了的故事》和王蒙在一个阶段的系列作品，如果说有受西方现代派文学影响的话，它也是穿着中山装出现的，骨子里是对社会政治历史的严峻思考。按照过去的传统观念，这是现实主义的，因为说到底，它思考的问题是干群关系，是中国革命性质，是一种非常理性的东西，绝不是什么人是孤独的，世界是荒诞的、

1　这是我在一个座谈会上的即兴发言，会后录音记录稿发表在一个内部刊物上。《文艺情况》1985 年 10 月 28 日总第 114、115 期前面一篇《当代小说探索与西方现代派文学影响》即根据此发言整理成文。把这篇发言录音作为附录收在集子里，是因为我以为随意而谈的口语化的东西，或许更能体现批评的印象形态。

人无所适从等。可以说，他们对西方现代派文学，纯粹是技巧的借鉴。当时有些人夸大这种借鉴的意义，认为这就是中国的现代派文学，这完全是一种误解。也有人贬低其意义，认为只学了些皮毛，过不多久就会被掩盖。我觉得它有一个历史功勋。记得电影《小街》上映时，很多人说看不懂，可现在没有人谈看不懂了，这已成为常识。我觉得有些技巧，对改变我们的审美习惯有积极作用，在小说美学上有阶段性的意义。

第二次冲击，我比喻为穿着牛仔裤、T 恤衫，背着吉他出现的。这次冲击遭到的反对最大，给人的印象也最深。如果说前一次还是手法、技巧的借鉴，那么这一次就包含了两个层次：一是情绪和手法的契合，比方说张辛欣的一些作品。我认为张辛欣作品在运用这些手法时，比前一阶段把现代手法用之于理性思考的作家更成熟了。按照传统的说法，内容与形式更融洽了。这种情绪虽说骨子里还不是现代派的，但表面上那种过分的愤世嫉俗、过度的憔悴心理、与现代手法的契合，有些几乎是很自然的。二是观念横移。艺术观念横移的突出现象是，我们有很多作品基本形式是，在一个正常的生活图景、现实主义图景中打入一个荒诞的因子，或者说提供了一个不可能的前提，借助这个荒诞因子、不可能的前提，考察由这个不可能而带来的生活变态。这样的作品一时间内相当多。李陀的一些作品就是象征的，是一种可以解释的象征；还有郑万隆的一些小说，如《有人敲门》，实际是写“文化大革命”给人带来的阴影。这个事情是实际上不可能发生的，他借助这个戏剧因子或结构因子，把正常的生活图景扭曲过来，使人们能够体会到，这个正常生活中包含的内在的荒诞性。这是荒诞性观念的横移。但他对生活的理解却是纵的，是现实主义的，大家都能理解的。这种作品读者不多，给人带来的困难是：人们往往觉得一开头不知所云，但又觉得里面深藏着什么，必须耐着性子往下读，然后恍然大悟（我最近看到的刘索拉的两部作品、谭甫成的作品等）。把刘索拉和张辛欣的作品对比一下，我觉得是两码事。王安忆给我讲过一个非常值得思考的说法，安忆说，嬉皮士情调在西方是非常平民化的情调，可一旦进入中国，在探索性的文学里，变成了贵族化的倾向。孤独、被抛弃的情绪，是西方失业的大学生流落街头，带着录音机时普遍的情绪。在我国，这种情绪是受过高等教育的大学生，学理工的还不行，非得是学美术、音乐的大学生，才有可能享受这种孤独境界。安忆是以否定的意思谈的，她很好意地说，这种情绪只有年轻才可以原谅。

第三次冲击，我比喻为穿长袍的现象。当一部分作家非常急切、非常认真，有的非常成功地横移某些观念的时候，另一些作家表现了不满足。有些人从文体上感到不满，也有些人从情绪上感到不满，你写的情绪是外国人的情绪，不是一个中国人。也有的人从更深的层次上感到不满，就是说你的哲学不能体现中国人的思想，中国的哲学有别于西方现代哲学。在创作上悄悄出现，没有引起评论界足够重视，意义非常大的是贾平凹的《商州初录》。贾平凹是从文体上着眼。他有个人的有利条件——汉字功力、古典文学的修养。《商州初录》首先从文体上提出了一个课题，是对当代小说文体的一种创新、一个突破，或者说一个疑问。贾平凹开始唱的是一种明澈的、动听的、心灵美礼赞，大家都说他好。可我觉得他的《腊月·正月》绝对不如《商州初录》，不如他的商州系列作品。他是在商州系列小说中找到了他。而他首先是对借鉴西方现代派形式的作品感到不满，他在向《阅微草堂笔记》、明清笔记方面寻找。

还有一种不满足于模仿外国人的情绪，表现最突出的是王安忆。她反反复复地讲过，有些作品写得天花乱坠，但表现的不是中国人。她的《小鲍庄》除了形式上的共时态、那么土的语言——

模仿 20 世纪 30 年代的语言以外，还有强烈的意识，就是坚持她一贯的现实主义思路，对我们中国人的最普通的思想及其无意识的状态的揭示。在作品中有一些地方，比如对农村婚丧习惯的描写，里面夹杂了一些千里以外的北京在发生什么，多少里路以外的上海在发生什么，这是有意识的描写，想说明中国的政治变化引起的生活的变化还是那么浮面的。这部作品有很多缺陷，很粗糙，绝对不如莫言的作品那么精美、完善，但气魄大，探索普通中国人骨子里的生活方式、思维特点。她不到美国去，这篇作品是写不出来的。

还有一种对形式上的借鉴，情绪、观念上横移都不满意，其重要特征是：寻找自己的哲学。这在阿城的《棋王》里表现得很明显，对中国的老庄哲学、文化底蕴有所触探。最近还有一些这样的作品。有的写很荒凉的地方，年代也不清楚，语言极土，短句，可在作品中跳动着当代人对 20 世纪的整体思索。而这种思索中，可以看出爱因斯坦相对论的影响，看出 20 世纪其他哲学的影响。这样说是否就意味着中国文学的几次变化都是在西方现代主义刺激下出现的呢？我觉得不能完全这么说。刺激不可避免，但在每次刺激面前，没有表现出盲从，而在冲撞中融汇。“五四”以后很值得研究的课题是，西方的理性主义、人文主义的思潮和后来的马克思主义思潮以及中国传统的老庄的隐逸思想、儒家感世忧国的思想的冲撞。所谓文化断层，就是说一定时候这种冲撞的痕迹淡了。而现在这种冲撞强了。

第三次冲击又有一个新的契机，那就是拉美文学的榜样。真正能进入世界文化层次的文学，只有与本民族的根联系起来。这里有内在的三层原因：第一，不满足于具体政治事件的描写，想从历史的、社会文化心理的大框架去思考；第二，从感情心理的角度，这一代青年在走向成熟，作品中具有既有意识也无意识的历史哲学的高度；第三，文学观念与前辈不同。对文学究竟在人类精神生活中占什么地位做了新的思考，对文学回到自身做了自己的选择。

当代小说与青年思潮

从当代小说看中国青年思潮时，我们不可忘却：这只是通过文艺折射映照的青年问题，并不一定等同于中国青年心态思潮本身，也不可能看到种种青年思潮的全部。这犹如我们从窗口看风景，虽然兴趣在于风景，但必须考虑到“窗口”这个因素的存在。窗口不同的朝向高低，窗台不同的方位样式，乃至窗框的颜色、窗帘的调子、窗玻璃的透明度等，都会影响我们观看风景的角度、感觉和印象。以至于有时我们即使面对同一片景色，从不同窗口望去，也会看到不同的风光。

近十年来的中国小说，至少提供了三种不同的窗口，使我们有可能从不同方位视角来考察中国青年思潮。第一种是自上而下俯视型的窗口，也就是把青年心态作为一种社会问题来研究并希望作品效果能教育青年人的小说，这种“俯视”教育型的青年题材小说大都出自中年作家如刘心武、张洁、蒋子龙、航鹰、王蒙、张贤亮之手，其基本主题是：救救孩子！这“救救孩子”的愿望最初表现为居高临下的教导：“醒来吧，弟弟”，十年后变为语气亲切、拍肩握手的“早安，朋友”，其间的发展线索十分有趣。第二种窗口犹如在林间小木屋里看风景，是青年一代心态情感的自我表现，是内在的情绪型的发泄和感觉化的透视，较有代表性的有北岛、张承志、张辛欣、刘索拉等人的创作，虽然由于“人在此林中”视角所限，观察不可能很全面和很理性，但这种内在感觉的真切直接、细腻丰富，却是人们了解青年问题的最重要的依据。第三种窗口好像有点自下而上从林间望天空的样子，这就是青年人所写的“审父”“评兄”“寻根”的作品。从青年人对前辈、对社会、对历史、对文化传统的看法中，人们也可以反见出另一层面上的青年心态、青年问题。他们为什么“寻根”？“寻根”是否也是一种“梦”？他们何以要严厉地“审父”，是想做“父亲”还是逃避做“父亲”？

一　从《醒来吧，弟弟》到《早安，朋友》

《醒来吧，弟弟》是刘心武在 1979 年颇为轰动的一篇小说的标题。小说中的哥哥“我”是个虽经劫难但信念不变、理智清明的知识分子，主人公“弟弟”则是在“文革”后满腹牢骚、精神颓丧、有点玩世不恭的前红卫兵。“醒来”的意思当然是要弟弟摆脱迷惘情绪，投身火热的“四化”建设。小说虽然平平，题目却委实精彩。我曾在一项有关“‘文革’后中国小说”的研究中指出，“醒来吧，弟弟”，不仅是贯穿刘心武作品的基本主题，也是新时期很多中年作家的创作母题。当作家真诚恳切呼唤“醒来吧，弟弟”时，第一，他有意无意假定自己“醒着”，假定自己比青年高明；第二，他觉得高明的自己有责任解救昏睡迷惘麻木的青年。刘心武以兄长劝导式的、颇有家庭气息的伦理姿态，其实表达了 20 世纪 70 年代末 80 年代初人们对青年问题的一个政治看法，那就是“弟弟们”似乎不再那么相信团徽、火炬和革命热情了。简而言之，就是青年人中间出现了“信仰危机”。

作为社会文化现象，“文革”后中国青年中产生“信仰危机”确是事实，问题在于怎样分析它的性质和产生的原因。有人认为“信仰危机”是精神堕落，是因为学“马列”不够，受“西风”腐蚀，因此他们批判萨特存在主义；也有人将“信仰危机”归结为“文革”阴影，因为当初太盲从，所以发现受骗上当后便什么也不信了（比如刘心武分析“弟弟”今天的颓唐时，就描写他当初将主席像章别在肌肉上，至今胸口仍留疤痕）。一度，有许多人都像刘心武那样看待青年状况，认为他们过去只是“信”错了对象所以出现悲剧，今后社会改革开放、前景光明，显然青年人应该可以建立新的革命信念。

于是又有一些作家，试图从生活价值观念的变化中去寻找“信仰危机”的根源及出路。张洁写了《谁生活得更美好》，告诉青年人投机钻营非正道，勤恳安分努力工作才算幸福。说教既正确又陈旧（张洁在“救人”时很“僵化”，只有在陷入情海，努力“自救”时才显得可爱并有深度），但却表现了作家对青年心态的一种观察，认为青年人的“烦躁点”，已从什么是革命、什么是神圣，转向什么生活有意思、什么东西有价值。王蒙对青年人这种由信仰危机向价值观念变化的心态转移，反应也很敏感。他的《风筝飘带》颇为细腻地描述了一对热恋中的有为青年，如何在现存社会架构中找不到一点物质空间，因而只能无可奈何地由幻想支撑精神空间。王蒙总是通达彻悟的，他非常理解青年人何以蔑视“信仰”，何以怀疑秩序；王蒙又总是聪明理智的，他十分巧妙地诱导着青年人不发牢骚、少发牢骚，或者以“信念”为牢骚、以牢骚为“信念”。稍后蒋子龙笔下初次出现了做玩世不恭状的正面青年形象，捣乱有方、“入世不恭”的所谓“刘思佳性格”大受青年人欢迎，说明青年人心态已从“信仰危机”无罪，走到逆反有理，逆反时髦。当然，中年作家设计的刘思佳逆反模式是有“底线”的——最终还是接受女干部精神感召，还是必须以救火行为来证明自己积极“入世”。更有一些作家比如航鹰等，在20世纪80年代初，替青年人设计了多种心灵美方案，试图用瞎女爱上拐子的伦理甜药来敷“文革”之创伤,虽接连得作协奖但读者并不很多。最有名的“关心青年”的小说大概要数张贤亮写中学生性心理（早恋、自慰等）的《早安，朋友》了，和张氏其他作品比,《早安，朋友》不仅技巧粗糙而且有哗众取宠之嫌，但它却颇能代表中年作家研讨青年问题的一种新姿态。从1979年的《醒来吧,弟弟》到1987年的《早安，朋友》，一方面我们从中可以见到中年作家们教育青年的苦心和热情是一如既往的，但研究方法、教育口吻却已由老师式的训导逐步转向朋友式的劝告；另一方面我们亦从中看到青年人对信仰、观念、秩序的怀疑逆反心理也贯穿十年，不过开始（1976—1980）他们主要怀疑政治信念，后来（1980—1986）渐渐有了价值观念的既积极又盲目的转变，近来则愈来愈表现为一种道德观念的迷乱。

二 从“我不相信”到“你别无选择”

“哥哥”们如此热情地要唤醒青年人，那么“弟弟”们怎么想怎么说呢？

弟弟们却不禁要问：究竟谁昏睡谁醒着？究竟谁能救谁？

如果说“醒来吧，弟弟”代表了中年作家对青年问题的一种焦虑心情，那么“我不相信”便是代表青年一代表白自己心境的一句典型口号。

我不相信什么呢？在情绪的意义上，“我不相信天是蓝的，我不相信雷有回声，我不相信……”（北岛《回答》）显然，这是一种故趋极端的反应，一种故意不信常识的挑战姿态，显示了日前受骗受伤多深，当时有一个浅俗的比喻是：纯真少女受欺骗被奸污后，就再不容易相信爱情甚至会害怕所有异性……

在理性的意义上，北岛一代不相信自己在昏睡而刘心武们“醒着”，不相信“醒”与“睡”、“积极”与“消沉”、“乐观”与“迷惘”这些概念之间的固定内涵和必然联系，也不相信“文革”只是“噩梦”、只是“弯路”的说法。“弯路”者，前面是正道而今又上正道之谓也。对中年人、老年人或者更年轻的人来说，“文革”是黑白颠倒、是非混淆、善恶不分、正邪错乱的一场“噩梦”，但对“文革”中懂事成长、浴血受伤的一代（也可以说不止一代）人来说，黑白是非、善恶正邪似乎从来就是错乱或者根本无所谓颠倒。从社会政治反思角度看，这种怀疑精神有其深刻性，更能感性地梳理出“文革”与“十七年”与“1942 年”的逻辑关系。从道德文化素质角度看，这种怀疑精神又存在着滑向彻底无信仰的盲目逆反状态的危险性。麻烦的是，上述深刻性与盲目性每每是绞合在一起的。

当然，“我不相信”只是个笼统的象征性的口号，不同的青年作家所不相信所抗拒的，是不同的东西，他们的渴求也不一样。从时间和发展阶段看，他们先是抗议不公正的社会待遇而渴求“爱”；而后是不满陈规陋习、僵化俗套而渴求理想，渴求理解；再后来则不相信以“爱”“关心”为名的种种精神干涉，而渴求自由，渴求个性生存空间。

大致上，我觉得这也的确是青年读者十年来所不断争取的三个目标：“爱”“理解”和“自由”。

伤痕文学阶段，文学作品中，以及社会上的知青舆论，看上去似乎充斥着怨恨、牢骚、委屈和眼泪，充满了对知青社会厄运的控诉不满，但实质上这种青年心态是“孩子型”的，是孩子责怪父母没有给他（她）们足够温暖的一种哭诉。骨子里，青年人还是无意间将党、政府认同为父母家长的。他们所渴求的，主要是“爱”和“关心”。由于这种渴求近年来仍得不到满足，委屈情绪正在转化成捣乱情绪，但这种捣乱，仍然是孩子式的。也就是说，青年人只是把自己看作青年——一个在传统家庭化政治架构中有待于被人们关心爱护的弱者群体。

等到知青“回城热”过去，不公正处境相对改善，其中优秀分子又进入大学，青年人的逆反心态才开始摆脱“孩子式”的哭诉方式而呈现青春热情。他们所反感抗拒的已不再是错误政策和乡村“土皇帝”，而是陈旧的生活方式、保守的社会观念。这大致相当于中年作家观察的“价值观念转变”阶段。对城市庸俗气息厌烦时，张承志、梁晓声会重新怀念下乡生活，重新寻找青春理想；被世俗传统氛围激怒时，陈村、徐星等也会故作颓废古怪举动以显示青年意志的存在。于是，黑骏马、北大荒、“蓝旗”（陈村小说篇名，意即破的知青卡其服）重新被青年人议论，牛仔裤、摇滚乐、迪斯科也和大字报一样成为青年人的精神武器。当然，他们因此受到了兄长、父辈及整个社会的误解、批评和指责。殊不知青年人这时故趋异端的行为其实也正是在请求社会的理解，否则他们如此高声谈寂寞、抱着话筒诉孤独做什么呢？张辛欣 1981 年受批判的杰作《在同一地平线上》可以看作是那种既反叛又渴求理解的青年心态的典型体现——女主人公既抗拒又理解她爱人的“生存竞争”价值观；她亦希望她所爱的人能理解她为什么会代表社会抗拒他，她也希望社会能理解她为什么会同情她所抗拒的观念。然而在小说中，男主人公终于不理解她，在评论界，当时人们又批判该作品有“反社会倾向”——真正“理解”两字何其难啊。

在青年人的种种社会要求中，渴求精神理解是比纠正社会厄运更普遍更持久也更难实现的愿望。至今仍有很多热情的学生和很多热情的作品，在为这“理解”两字苦苦奋斗！然而也有一些较“先锋”的作家和青年逐渐发现：为什么我们有些正当的行为却要苦苦请求别人的“理解”，而别人不管做对做错却从来不要我们的“理解”呢？——这一思路的出现，实际上便意味着青年人精神要求与改善社会命运要求两者开始契合，意味着青年人开始发现社会物质空间与社会精神空间之间的重要联系。沿这一思路发展下去的青年逆反心态必然会引出“自由”的要求。迄今为止，正面谈论“自由”主题的小说还不是很多，但从反面表达“自由”要求的作品倒是已经有了十分引人注目的成绩，最有代表性的作家便是残雪。残雪小说古怪晦涩，充满神经质的被迫害狂的病态迹象，充满了一个人对被窥视被“爱护”的恐惧。象征私人精神空间的抽屉，总是被陌生的手翻乱，白色的墙上会突然出现一双眼睛。中国的青年人从来就在家庭温暖、政府关心、兄长帮助、邻人注目下生活，来自四面八方的“爱”和“关心”常常和精神干涉、情感控制混在一起。残雪接过了刘心武在《黑墙》、张洁在《方舟》里所触及过的私人空间主题，进一步在感官本能层面予以极彻底极残酷的发挥。残雪小说表现了某种精神上的被强奸感，表现了世俗伦理关系对个性人格自由的毁灭。不管作家自己是否承认，我从小说里边的确得到了这样的感受。而残雪这种揭露，虽然还是从青年人心态出发的，事实上却触及了基本的人性课题和每个中国人的文化处境问题。这也可以看作是青年心态无意间的一种自身超越。

虽然刘索拉小说实际上也在渴求“理解”（比方说渴求莫扎特理解），但《你别无选择》这个标题却具有更抽象的涵盖力。是的，青年人委屈哭诉社会不“爱”他们，青年人既孤傲狂放追求理想又可怜兮兮求人“理解”，青年人还极敏感地捍卫他们私人的精神抽屉……历史、现实种种条件制约着他们只能这样去想去做，他们也是“别无选择”。

三　从“寻梦”到“寻根”

毕竟中国青年有关心国家大事的传统，他们不甘于只是被人们当作社会问题来研究，他们也不满足于只是求人理解，只是被人关心或干涉，他们也要研究社会（改革），要评判父兄（红卫兵心态），还要审视历史和传统（寻根）。

柯云路政治通俗小说中的社会改革方案，张承志《金牧场》中的红卫兵情绪以及阿城、韩少功等人的寻根文学，构成了当代青年心态思潮的另一个重要部分，表达了青年人对社会、对历史、对文化传统的看法。

《新星》及《夜与昼》的一度叫座颇耐人深思。高干子弟前红卫兵李向南担任县委书记后，一半凭权势手腕一半仗公理民心，大刀阔斧推行社会政治改革，虽然胜负未定，但“李青天”形象曾迷住全国几亿电视观众。在李向南这个当代青年身上，既有传统士大夫为民请命、感时忧国的政治热忱，又有从于连（司汤达《红与黑》主角）、拉斯蒂涅（巴尔扎克《高老头》主角）、毕巧林（莱蒙托夫《当代英雄》）那里学来的以恶抗恶、不择手段的道德“劣迹”，后者恰恰是“我不相信”一代在道德上与中国传统文化最断裂的地方。眼看为民请命与不择手段在李向南身上的融洽契合（或许同时也在许多别的青年改革家体改所成员身上融合，也在很多新兴的个体户及“洋插队”国际“大串联”的前知青前红卫兵身上融合），我的感受是极复杂的：在社会政治意义上，我希望他们成功；在文化意义上，我却忧虑他们的“先锋作用”。如果缺乏制度制约又丧失道德信念，什么也不相信的一代人是有滑向只信钱只信权的可能的。这种“什么也不信”比起昔日盲目的信仰究竟进步了多少——这个问题的严重性，现在已经开始显露。

同《新星》中“红卫兵手段”所夺取的改革战果相比，张承志对理想意义的红卫兵心态的坚忍执着，确实显得太寂寞太艰苦。我在别处会有专文探讨张承志这种红卫兵理想主义与民族集体无意识中的恋母爱国情结的微妙关系，在这里我只想说一句：张承志的默默寻找，是中国当代青年文化心态中的一个独异的亮点，虽然张承志不断放逐自己，一直逃避着“做父亲”（文化意义上）的责任，且常有情绪上的自恋狂。

最足以体现当代青年社会观、历史感和文化姿态的深度的，当然还是“寻根”文学。关于“寻根”倾向，已有不少议论，也有很多误解。最皮相的批评是以为寻根即复古、即倒退、即胆怯、即软弱，其实文化寻根——评审“五四”以来父兄等做了些什么，审视我们的祖先留下些什么——是“文革”后中国青年最有进攻性和挑战性的文化姿态。贾平凹凭借商州健朗的儒风，阿城玩味棋道、汉字与老庄精神的关系，他们事实上也都触及了中年作家们深感忧虑的青年人道德危机的课题，不过他们将这种道德迷失放在现实历史根源上考察。韩少功、王安忆其实也有残雪式的兴趣，不过《爸爸爸》是将中国世俗伦理政治关系原始化、意象化了，《小鲍庄》则将残雪病态反感的“仁义”两字温和地甚至似乎赞美地予以冷峻解剖。当然，“寻根派”谈论“五四文化断层”、楚文化课题及国民劣根性等，既包含大胆的历史文化见解，更体现现实的逆反情绪冲动。尤其郑万隆、李杭育等人对地域文化的热情，更明显是为了反对僵化的正统文化规范。无奈何他们才轻描这僵化规范的现实制度基础，而去重挞其历史文化基因。评兄审父、谈儒说道，归根结底，我们看到的还是那一种青年人的逆反心理。只是“反”得似乎更深了，更玄乎了，也更心平气和了。

1988 年 8 月

（收入《当代小说阅读笔记》）

两岸“乡土文学”中的一个共同主题

《到黑夜我想你没办法》(副标题是“温家窑风景(五题)”)的作者是名不见经传的新人曹乃谦,小说最初发表在《北京文学》(1988年第6期)上时附有汪曾祺的《〈到黑夜我想你没办法〉读后》。汪曾祺是圈子里的权威人士,读作品很细,很讲品味,但一向很少写评论。他为曹乃谦新作写读后感并赞其“小说的形式已经不是一般意义上的朴素,一般意义上的单纯”,这自然使人格外注意“温家窑风景”,那里有怎样一种“风景”呢?

> 一大早就听得院外前毛驴在“咴咴”地吼嗓子。黑旦说:“狗日的亲家来搬了。”女人说:“甭叫他进,等我穿好裤。”黑旦说:“球,横竖也是那个了。”女人的脸刷地红了,说:“要不你跟亲家就说我有病不能去,反正我不是真的来了?”黑旦说:“那能行?中国人说话得算话。”(《到黑夜我想你没办法·亲家》)

按照汪曾祺的说法,这叫“用老百姓的话说老百姓的事”。这里所谓“亲家”,不是儿女亲家,而是指每年十二个月中要占有黑旦女人一个月的那个男人。这乡土“风景”背后自然有个“协议”,

小说里粗粗带过：“‘球。去吧去吧。人家少要一千块，就顶是把个女儿白给了咱儿。球。去吧去吧。横竖一年才一个月，中国人说话得算话。’黑旦就走就想。”小说并不想讨论这种乡俗陋规的由来，作家只是极其冷静，仿佛无动于衷地细写女人离开黑旦时的情景，还有黑旦与那“亲家”的“交接”对话：

> 喝着酒，黑旦说亲家：“她这两天正好来了，要不等回去再走。”
>
> “行。”
>
> “不过，借队上的毛驴保险要扣工分。要不你们走就走吧，反正是等她完了再做那个啥。”
>
> “行。”

曹乃谦说他写小说时其实心里很激动，但落成文字，对这样荒谬的生活“既未作为奇风异俗来着意渲染，没有做轻浮的调侃，也没有粉饰，只是恰如其分地作如实的叙述，而如实的叙述中抑制着悲痛”。这正是汪曾祺热情推荐这篇小说的主要理由。曹乃谦那冷冷的笔法，使他的小说画面“土”得既亲切又残酷。

曹乃谦的写法是“简单”得出“新”，但我注意到他的主题却是一个几十年来在大陆和台湾乡土文学中屡屡出现久不过时的“老风景”，那就是男人眼睁睁看着自己的女人被欺侮。而这种“眼睁睁看着”时的心情便构成了很多名作的主旋律——时而红着眼发怒发疯去拼命，时而涨红脸忍气噤声，时而假闭眼吞下牙齿，时而做通达状或麻木不仁，甚至像黑旦那样还有公事公办地“移交手续”。另一位也是近年崭露头角、目前被誉为中国“新现实主义”乡土作家的李锐，在其名篇《厚土》里，还描写了一个曾和有夫之妇偷情的男人，将自己的老婆交给他情人的丈夫作为道歉。这自然不是“嬉皮士野营”式的追求性爱快乐，而是乡土氛围里的一种自以为讲道德的伦理姿态。就像黑旦口口声声“中国人说话得算话”一样，正直的蠢态后面颇有些民族情绪在打死结。

我着实有了兴趣：为什么这种“乡土风景”总不过时？为什么这个“男人羞辱感”的主题在“五四”以来的中国文学里久盛不衰而且不断出新？

《中国新文学大系（1917—1927）· 小说一集》里收有 20 世纪 20 年代文学研究会作家许杰的短篇《赌徒吉顺》，写乡下人吉顺赌钱后将女人也输掉了，履行债约时自然痛苦万分。稍后左翼作家柔石发表了名篇《为奴隶的母亲》，写一个穷困潦倒的男人典妻的故事，小说里也有一段女人离开夫家时的情景细描，那女人总的意思是：“我实在不愿离开呢！让我饿死在这里吧！”柔石为了突出表现社会不合理，就浓墨渲染了被典女子的符合常情的心理反应。30 年代，罗淑写了《生人妻》，蒋牧良写了《夜工》，他们也都尽全力来探讨中国男人眼见自己女人跟别人“做那个啥”时的情绪感受。《夜工》这个题目极为精彩，女人为维持生计谎称出去做夜工，养活着男人，可这真是夜工啊，只有黑夜才能做的“工”。而且当时大多数左翼作家认为因为“黑夜”才有这种肮脏的“夜工”（不知他们如果读到曹乃谦《到黑夜我想你没办法》，会作何感想）。与《生人妻》《夜工》差不多时代出现的沈从文的《丈夫》，则将这一男人受侮的主题做了更淋漓尽致的发挥——

> 事情非常简单，一个不亟亟于生养孩子的妇人，到了城市，能够每月把从城市里两个晚上所得的钱，送给那留在乡下诚实耐劳种田为生的丈夫处去，在那方面就可以过好日子，名分不失，利益存在，所以许多年青的丈夫，在娶妻以后，把妻送出来，

自己留在家中安分过日子，竟是极其平常的事了。(《丈夫》)（着重号系笔者所加）

在这里我们可以看到曹乃谦笔法的较早的榜样。不过沈从文是透彻分析，曹乃谦后来则直接冷述情景，且连那显示有违人性常情的“竟”也不用了。

《丈夫》精细描述乡下男人怎样目睹自己女人在船上“极其平常”地侍候别的男人赚大把的钱。整个目睹过程波澜起伏，开始是虚怯、傻笑，后来生气了，得到女人安抚后曾一度忘却羞辱唱起小调，但粗野兵士上船后的情景终愈来愈令“丈夫”惨不忍睹，他装呆、麻木、沉默，在拿到女人给他的钱时终于“把两只大而粗的手掌捣到脸孔，像小孩子那样莫名其妙地哭了”。沈从文的笔调从头至尾一直很平静，但内在怒火却逐步升温，致使小说最后有个“出气”的收束：那女人跟她丈夫一起回乡下去了。

为什么李锐、曹乃谦连这个“出气”口也不留给黑旦他们呢？是时代的变化还是艺术的变化？

我们再看海峡对面台湾“乡土文学”中的这种“风景”。令人惊奇的是，几个最重要的“乡土派”作家如黄春明、王祯和还有陈映真，他们最有影响的作品如《莎哟娜拉·再见》《嫁妆一牛车》及《夜行货车》等，竟然也都围绕着这同一个主题，竟然也一直不厌其烦地精细描述乃至分析男人们眼看自己的（或自己家乡的）女人被人欺侮时的心理状态。《莎哟娜拉·再见》中的黄君，为保住职位工资，忍受屈辱陪日本商人去嫖宿他家乡的妓女。小说为什么要强调背景是主人公的家乡，且让温泉旅馆的人认出黄君过去的教师（士大夫）身份呢？在我看来，这显然是要加重黄君陪日本人嫖台湾妓女这一羞耻行为的民族文化内涵：作为读书人，助人淫乱已属不该，助外人奸我乡亲姐妹更是罪加一等。中国文人向来有将全体异性同胞视为姐妹(或母亲)的文化心理习惯。不知道一个法国男子看见一个法国女人因为贪钱跟一个美国男人去开房间，他是否会产生中国男人（尤其是中国文人）的那种民族义愤？骨子里，中国人确实有种将国将民族视为“家”的集体无意识存在，这一方面表现在男人潦倒落魄后总期待着天涯之内任何女人(哪怕是风尘女子,哪怕是丑女)的母爱式的家庭温柔(才子落难，风尘女子相救的模式数千年长盛不衰，可为例证)；另一方面则表现为男人们自觉对所有异性同胞负有家庭伦理式的保护责任（“敌人在奸淫我们的姐妹呀！”无论国民党还是共产党的军队，都用这样的口号来激励士兵勇敢向前冲)。郁达夫留日返国途中，在船上看见一个中国女孩和洋人亲热，他便神经质地大悲大怒。这种“爱国情绪”一直延伸到黄春明乃至陈映真的作品里。陈映真小说里的台北高楼风景自然与沈从文、曹乃谦提供的乡村野俗画面截然不同，但男主人公的那种羞辱感又何其相似甚至相通!

> 他面露怒容。他感到一股暧昧得很的怒气，使他的握着烟斗的手，轻微地颤动起来。然而，那毕竟不是居家的时候，对妻儿的那种恣纵的、无忌惮的、有威权的怒气。一个引他为心腹知己的，昵称他 OLD BOY 的美国老板，自己“青云直上”的际遇，几百万美元在他的手上流转，自己所设计的、被太平洋总部特别表扬而在整个亚太地区的马拉穆分公司中广为推行的两种财务报表格式，在花园高级社区新置的六十四坪洋房……在这一切玫瑰色的天地中,刘小玲,他的两年来秘密的情妇,受人调戏，坐在他的面前。他的怒气，于是竟不顾着他的羞辱和威胁的雄性的自尊心，径自迅速地柔软下来，仿佛流在沙漠上的水流，无可如何地、无助地消失在傲慢的沙地中。这才真

正使他对自己感到因羞耻而来的忿懑。(《夜行货车》)

当然也有中国男人不像这个“他”(林荣平)那样软弱，陈映真在同一篇小说里又塑造了一个理想化的敢于以辞职抗议侮辱中国女子的美国老板的青年人(詹奕宏)。很多评论都说陈映真是现实主义作家，而我却在他作品里常看到精神实质上的浪漫情绪。相比之下恐怕还是前面那个羞辱的林荣平，写得更真实更成功更立体些。

王祯和名作《嫁妆一牛车》也写类似的男人羞辱感，不过笔法比较细密，“乡土味”更地道些，完全可与李锐、曹乃谦新作构成跨越时空的呼应。小说里的万发听说妻子阿好与姓简的邻居偷情的消息后——

他惑慌得了不得，也难怪，以前就没有机缘碰上这样——这样——的事！之后，心中有一种奇异的惊喜泛滥着，总谩嗟阿好丑得不便再丑的丑，垮陋了他一生的命；居然现在还有人与她暗暗偷偷地交好——而且是比她年少的，到底阿好还是丑得不简单咧！复之后，微妙地恨憎着姓简的来了，且也同时醒记上那股他得天独厚的腋狐味：姓简的太挫伤了他业已无力了的雄心啊！再之后，脸上腾闪杀气来，拿贼见赃，捉奸成双，姓简的你等着吧！复再之后，错听了吧！也或许根本没有这样的一宗情事！也许真是错听了；阿好和姓简的一些忌嫌都不避，谈笑自若，在他跟前。也或许他们作假着确不知道有流言如是，骤然间两地隔断，停有关系，更会引人心疑到必定首尾莫有干净的。心内山起山落得此等，万发对简姓鹿港人并无什么火爆的抗议，乃至革命发起。仅是再不臻往简的宿寮内杂闲天、雅天着。(《嫁妆一牛车》)

相比之下，台湾乡土作家的笔法更实更细，大陆新乡土派作者的画面则更虚更空。他们大致上都沿着沈从文而不是柔石等左翼作家的思路来理解来分析男人的这种羞辱感，即不仅仅从社会不合理、阶级对立及金钱罪恶的角度来理解“丈夫们”面临的羞辱，更将这种男人羞辱感放在传统伦理秩序感里精细（而且残酷）地解剖，更将这种男人羞辱感放在民族情绪的象征意义上给予夸张放大处理：1840年以来，中国人不是眼睁睁地看着自己母亲肉体般的土地、姐妹情谊般的文化不断遭欺侮被羞辱，不断受苦受难，不断失落，而我们又常常无力相救吗？……或许作家们并未赋予他们笔下的意象以这样明晰的理性内涵，但为什么几十年来两岸的读者会对这种表现“男人羞辱感”主题的作品屡看不厌，持久充满共鸣呢？这不正表明这些作品有意无意地体现了某种民族文化失落过程中的愤慨的群体情绪吗？

真不知温家窑之类的“风景”几时才会从中国的文学中逐渐淡去，也真不知“丈夫”们的羞辱感在今后两岸文学中会得到怎样进一步的变化发展。

1988年12月

（收入《当代小说阅读笔记》）

当代华文散文中的动物意象

“五四”的散文家写动物时，态度比较复杂。有的为昆虫办丧礼唱悼歌（郁达夫《灯蛾埋葬之夜》、鲁迅《秋夜》）；有的视之为家庭一员，系之以人伦感情（丰子恺《白鹅》、吴伯箫《马》）；有的主张一律疼爱（冰心《鸟兽不可与同群》）；也有的嘲讽攻击乃至痛恨（如鲁迅之仇猫，见《狗·猫·鼠》）。常常文意与标题相反，像叶圣陶，歌颂秋虫却写《没有秋虫的地方》；如老舍，写的是《狗》，骂的是猫。周作人式的文人作风，更喜欢反世人之好恶而行之，讽刺挖苦世俗宠爱的金鱼（《金鱼》），却对苍蝇说了不少好话（《苍蝇》）……这些动物在散文中，可以是道具、点缀，也可以是主角、“文眼”，甚至可以是文人自剖自恋的自画像。1949 年以后，文学散文在大陆、台湾、香港不同地域有着不同的变化发展，所以同样写猫狗鱼虫，造型、意象颇不相同。一般说来，台湾散文多写猫、鼠和小鸟，可怜可爱，令人同情；大陆散文努力营造令人敬佩的小动物意象，最著名的有杨朔和秦牧笔下的蜜蜂；香港散文中的动物则既可爱又讨厌，人们在哭笑不得时，不得不调侃自己对动物（乃至自然）的迷恋，比如李碧华写猫，余光中、梁锡华写青蛙……

一　台湾散文的流行主题：不仅爱猫而且怜鼠

在鲁迅 1924 年翻译的日人厨川白村的《出了象牙之塔》里，有一段对 Essay 的著名定义：

> 如果是冬天，便坐在暖炉旁边的安乐椅子上，倘在夏天，则披浴衣啜苦茶，随随便便，和好友任心闲语，将这些话照样地移在纸上的东西，就是 Essay。兴之所至，也说些不至于头痛为度的道理罢，也有冷嘲，也有警句罢。既有 humor（滑稽），也有 pathos（感愤）。所说的题目，天下国家的大事不待言，还有市井的琐事、书籍的批评、相识者的消息……及自己过去的追忆，想说什么就纵谈什么，而托于即兴之笔……[1]

既是坐在椅子上烤火茗茶，书桌、寒舍、窗景、后院便自然成了第一优先的题材，所以抬头不见低头见，书斋寒舍里的合法居住者——猫，也就成了“五四”散文，乃至后来台湾、香港散文的重要素材（唯独 1949 年后的大陆是个例外，容后再议）。“五四”文人写猫，立意大致有三：或厌恶猫及类似猫的人与事；或疼爱猫并爱别的一切；或借“猫”发挥作文人式的自剖忏悔。

鲁迅说他“仇猫”是理由充足，而且光明正大的：“一，它的性情就和别的猛兽不同，凡捕食雀鼠总不肯一口咬死，定要尽情玩弄，放走，又捉住，捉住，又放走，直使自己玩厌了，这才吃下去，颇与人们的幸灾乐祸，慢慢地折磨弱者的坏脾气相同。二，它不是和狮虎同族的么？可是有这么一副媚态！”[2] 鲁迅特别讨厌

1　厨川白村：《出了象牙之塔》，北京：未名社，1925 年。

2　鲁迅：《狗·猫·鼠》，引自《朝花夕拾》，《鲁迅全集》第 2 卷，北京：人民文学出版社，1981 年，第 232 页。

猫儿的叫春，“闹得别人心烦”[1]，使他联想到北京阔人们的婚礼烦琐礼节。由仇猫，再扯上落水狗，并讽刺青年导师之流，于是猫的意象便牵连了一大堆社会批判的线索。

与鲁迅态度正相反的是冰心女士。她曾借散文中的人物之口说：“和人谈话真拘束，不如同小鸟小猫去谈。它们不扰乱你，而且温柔地静默地听你。”[2]文中的“我”,“第一乐事,就是拔草喂马”,然后是喜欢小狗，接着便疼爱小猫。虽然开始时不无保留，但终为小猫的睡态所感动：“我最怕小猫睡着呼吸的声音！……我渐渐地也爱它了，它并不抓人，当它仰卧在草地上，用前面两只小爪拨弄着玫瑰花叶，自惊自跳的时候，我觉得它充满了活泼和欢悦。”显然，冰心的泛爱也不是无条件的，第一要和平（不抓人），第二是美（拨弄玫瑰花叶）。从这两个基本原则出发,“我”还喜爱“玲珑娇小的小鸟”，还有“藕合色的小蝴蝶，背着圆壳的小蜗牛，嗡嗡的蜜蜂，甚至水里每夜乱唱的青蛙，在花丛中闪烁的萤虫，都是极温柔，极其孩气的”。冰心告诉小读者们：“你若爱它，它也爱你们。因为它们都喜欢小孩子。大人们太忙，没有功夫和它们玩。”[3]也许冰心批评得对,“五四”的文人们当时太忙于忧国救民了，直到几十年后，他们中的一些人，或他们的“下一代”到了海外，才有空重新和小猫、青蛙对话。

郑振铎对猫，既不像鲁迅那么恨，也不如冰心那般爱。他家先后养了三只猫，因为“三妹是最喜欢猫的”，所以前两只猫病死或被偷时，“我心里也感着一缕的酸辛”。偏偏第三只猫“长得不

---

1 鲁迅:《狗·猫·鼠》，引自《朝花夕拾》,《鲁迅全集》第 2 卷，北京：人民文学出版社，1981 年，第 232 页。

2 冰心:《山中杂记之十·鸟兽不可与群》，引自《寄小读者》,《冰心文集》第 3 卷，上海：上海文艺出版社，1984 年，第 193 页。

3 同上。

好看”，家里人都不喜欢，加上又被怀疑偷吃了妻子的爱鸟，于是就被我愤怒地棒打了。猫“畏罪潜逃”，不久死在邻家。可“我”后来却发现，食鸟的并非此猫：“我心里十分的难过，真的。我的良心受伤了。”于是，猫的冤案完成了知识分子的自我忏悔：“想到它的无抵抗的逃避，益使我感到我的暴怒，我的虐待，都是针，刺我的良心的针！”[1]

相比之下，夏丏尊的同题散文《猫》写得更平实冲淡。“我”的三妹在送来一只名种好猫后不久病逝了，这使得全家人视此猫为不吉。然而猫渐渐长得漂亮，且能干（会捕鼠）。突然某天，猫不见了。三天后在后山见到它的尸体，家里人都哭了——

> “死了也就算了，人都要死哩，别说猫！快叫人来把它葬了。”
>
> 我催她们离开。妻和女儿进去了。我向猫作了最后一瞥，在昏黄中独自徘徊。日来已失了联想媒介的无数往事，都回光返照似的一时强烈地齐到心上来。[2]

以后的几十年里，写猫的华文散文无数，但道理这么浅白，气氛如此隽永，实不多见。

在我相当有限的阅读范围里，台湾散文较多描写的动物依次为猫、鼠、狗、鸟、蝉、骆驼、蚊子……写猫者虽众，像鲁迅般仇猫却没有，如郑振铎（西谛）似的借猫自剖的也罕见。除颜元叔的《懒猫百态》有些林语堂式的幽默调侃外，其他如朱慧洁的《猫》、席慕蓉的《猫缘》等，大都延续着冰心的温柔清纯风格并

1　郑振铎的《猫》写于1925年，曾收入上海远东图书公司1928年版的《家庭的故事》，见《郑振铎选集》（上），福州：福建人民出版社，1984年，第135—138页。

2　夏丏尊的《猫》写于1926年，原载《一般》第2号，收入《夏丏尊文集·平屋之辑》，杭州：浙江人民出版社，1983年，第82页。

将其发展得更圣洁更泛爱。

朱慧洁说她的故事是千真万确的。某日散文中的“我”将她养的猫赠予其同事后那猫出逃了。之后“我”便忆起了那猫的百般好处：“人静夜深，一阵阵寒风在窗外呼啸掠过，在黑暗中我睁大眼眶，我惦念那出来的猫，它此刻身在何处？”这思念远非郑振铎的“怅然”可比，甚至也超过冰心泛爱的程度。“我和它有着母子般的情感在，所以半夜恍惚的神思里能听到猫儿凄厉的呼唤声……我忽觉眼睑有阵阵冷涩的感觉，伸手一抹拭，才知道眼泪又滑出我的眼眶了。”最后，当猫儿神奇地回来时——“我伸出手去，接抱过来，我的泪已无法可抑制了……我只有立下誓言：我将永远不再戏弄它，我要它送走我的天平，或者让我送走它的。我们彼此不再分离。永远，永远厮守。”[1]

应该说这种圣洁爱心的礼赞是台湾当代散文中的一个重要主题。像张秀亚《种花花记》里对幼苗的期望，像张晓风散文中以第二人称对夫君、对孩子的感性呼唤，像琦君《母亲的书》里那份含蓄的亲情，那种种源于冰心又比冰心更“冰心”的圣爱情怀，都是同时期大陆（内地）和香港散文中所少见的。相形之下，不用说鲁迅的匕首利剑，就是周作人、郁达夫式的冲淡潇洒文人传统也未能在台湾散文中形成主流。

席慕蓉的《猫缘》更进了一步。文中第三人称的女孩因爱猫而爱人，且在新婚前夕向新郎宣布她爱他的原因：“第一，我爱听你的声音，你的标准国语。第二，因为你爱猫。我想，一个那么爱猫的男生，一定有一颗良善的心，将来除了爱猫之外，一定也

1　朱慧洁早在 20 世纪 30 年代便在上海、南京等地报纸副刊发表作品，1947 年抵台后长期任教。《猫》近年在大陆发表，收入卢今、王宇鸿主编:《台湾散文鉴赏辞典》，太原：北岳文艺出版社，1991 年，第 87—95 页。

爱太太、爱小孩。”[1] 多年以后，他们的孩子们果然也一样地爱猫。

随着经济结构、文化气氛的变迁，猫也从文人的抒情道具变成了中产阶级伦理价值系统的一环。把爱猫与否作为爱心乃至人性的试金石，这时猫的功能，颇似现今西方的狗。不过狗在中国现代散文里，向来受歧视。巴金在1941年写过一篇散文《狗》[2]，描述“我”怎么克服对狗的恐惧，最后勇敢地向狗投石（直到“文革”后，巴金才发现可怜的小狗是可以与他及萧珊共患难的，见《小狗包弟》[3]）。袁鹰在《狗》的标题下，描画的是世人如何嘲笑落水狗及癞皮狗令人恶心的丑态。[4] 鲁彦也有篇散文题为《狗》[5]，却根本没有关于狗的描写，而只是忏悔他自己郊游时没有援救旁人而受到同行的爱罗先珂的责备：“狗！我才是一只狗！我从良心里看见了所做的事情……我恨不得立刻钻入地下！”同样是自责忏悔，西谛好坏还用猫做道具，鲁彦却只是把“狗”用作一个坏的概念。“为什么中国人不分黑白地把汉奸与小人叫作走狗？”老舍曾经这样发问，“倒仿佛狗是不忠诚不义气的动物。我为狗喊冤叫屈！”[6] 然而大势所趋，老舍提倡的“走猫”一词并未流行，他笔下的狗也仍然难看：“骨瘦如柴，终年夹着尾巴……”

当代的台湾散文家似乎不再骂狗，但也很少写狗。徐钟珮有篇《阿黑》[7]，对邻家杂货店的一条黑狗表示怜爱，原因是“阿黑，土头土脑，全没有半点洋气”。而那只舐着女主人木屐里的脚趾尖

---

1 席慕蓉：《猫缘》，引自卢今、王宇鸿主编：《台湾散文鉴赏辞典》，太原：北岳文艺出版社，1991年，第1006—1011页。

2 见《巴金散文精编》，杭州：浙江文艺出版社，1991年，第150—151页。

3 见《中国当代散文选》第1集，香港：新亚洲出版社，1987年，第35—39页。

4 袁鹰此文写于1948年的上海，当时恐怕是有具体讽刺对象的。见姚敏勇编：《现代同题散文荟萃》，长沙：湖南文艺出版社，1992年，第257页。

5 鲁彦：《狗》，引自《鲁彦散文选集》，天津：百花文艺出版社，1982年，第37—44页。

6 老舍：《狗》，引自《老舍选集》第5卷，成都：四川文艺出版社，1986年，第221—222页。

7 徐钟珮：《阿黑》，引自《徐钟珮自选集》，台北：黎明文化事业公司，1981年，第64—68页。

的“漂亮洋狗布朗，却成了个讽刺的陪衬”。这是除了同情“被侮辱和被损害的”弱狗外，似乎又含有牵涉肤色的民族主义情绪。

散文家营造动物意象，常不免自我投射。“五四”的人们较喜欢借小动物自剖自审，台湾的散文更偏向于怜爱小动物而实则自怜自爱。怜爱，是一种心情，其实与对象关系不大，小动物易于被疼爱，但“大动物”又何尝不能用以自怜？梁实秋晚年在台北动物园用悲剧的心情看骆驼，便是一例。“它的槛外是冷清清的，没有游人围绕……地上是烂糟糟的泥。它卧在那，老远一看，真像是大块毛姜，逼近一看，可真吓人！……腰间的肋骨历历在数，颈子又细又长，尾巴像一条破帚。骆峰只剩下了干皮，像一只麻袋搭在背上，骆驼为什么落到这种悲惨地步呢？”梁实秋非常感慨地回答了自己的问题：“这骆驼之黯然消逝，也许就是类似人地不宜之故吧？生长在北方地的巨兽，如何能局促在这样的小小圈子里，如何能耐得住这炎方的郁焦？它们当然要憔悴，要包悒悒……”[1]比起男性作家这种直接对象化的自我怜爱来，台湾女作家则每每先教导孩子们（及读者）去怜爱猫狗鱼虫，再为自己能有这份圣洁的爱心而自我感动。比如张秀亚的《孩子与鸟儿》，主人公漫步后院，见花朵萎落于土，便想到一个伟大的意念——“爱，却自古今，始终充塞宇宙，一切有生之物，莫不是它的仿本，炽烈的生命火炬，赖着神圣的爱，得以代代继续，燃烧不熄。正在沉思间，突然一个毛茸茸的小团，轻吻着赤裸的足踝……”[2]原来只是一只小麻雀，“我”便将它交给孩子们，又引来其他麻雀，会

1 梁实秋：《骆驼》，引自《梁实秋散文选集》，天津：百花文艺出版社，1991 年，第 79—81 页。

2 张秀亚也许事后也感觉这篇爱的颂歌太直露了，在编《秀亚自选集》（台北：黎明文化事业公司，1975 年）时并没有把这篇 1951 年的旧作收进去。可是郭枫在为天津百花文艺出版社编选《台湾艺术散文选》时，却偏选了《孩子与鸟儿》。大概在他看来，张秀亚式的 20 世纪 50 年代闺秀散文，是很值得向大陆读者介绍的。

友沟通，最后自然是放去。眼看鸟儿自由飞翔，“我”觉得“唯其懂得爱”，才获得了幸福本质。言下之意，我幸福因为我爱。

更能体现台湾散文“怜爱”主题的例子是琦君的《鼠友》和《人鼠之间》。虽然《诗经》里就有“相鼠有体”之类的嘉美，但国人的审美习惯中，鼠多是个负面意象。夏衍有文《甲子谈鼠》[1]，深为科学家证实中国是老鼠原生地而遗憾，并列举种种统计数字证明“老鼠这东西有百害而无一利”。琦君却不管这些科学常识，当她旅居高雄半夜见鼠在床头吃巧克力时，只觉得“与这只小鼠之间，竟有灵犀一点”。灵犀的基础还是“爱心”，“猫狗自不必说，就连人见人厌的过街老鼠，我也无心杀害。尤其是对于眼前这只楚楚依人，饥肠辘辘的小老鼠，越发动了怜悯之心”[2]。由人鼠真诚相对，琦君想到人际关系之虚伪，再引出斯坦贝克的小说、英格兰诗人的诗及丰子恺的画等，皆证明孟子的“恻隐之心，仁之端也”。无独有偶，商禽也曾着怜爱笔调，细细描写了一只吸他血的蚊子如何“造形优美”，“最美的是它的六只长腿”[3]等，把它拍昏（死？）后还颇有歉意，其“菩萨心肠”堪与琦君比美了。其实，“五四”时期也有人怜鼠，不仅是一贯泛爱的冰心（见《寄小读者·通讯二》），甚至也包括以笔锋尖刻著称的鲁迅。鲁迅和琦君“英雄所见略同”，都认为“老鼠窃食不算偷，算不得什么大罪”[4]。而且鲁迅还作具体

---

1 夏衍：《甲子谈鼠》，原载《人民文学》1984年第1期，收入王纪人主编：《中国现代散文欣赏辞典》，上海：汉语大词典出版社，1990年，第307—312页。

2 琦君：《人鼠之间》，引自《我爱动物》，台北：洪范书店，1984年，第15—20页。同一本集子里，反复变奏“悯鼠”主题的还有《鼠友》《鼠年怀鼠》两篇。写猫的则共有九篇之多，如《笨猫风波》《黑人与小猫》《雪中小猫》《养猫泡桑》《家有丑猫》《猫缘》及《猫债》等。另外《我家龙子》和《难忘龙子》两篇也是猫。琦君“泛爱”的花园还包括狗（五篇）、猴子（两篇）、鸽子（两篇）以及乌龟、蜘蛛、蜜蜂、蟋蟀、鸭子等，俨然一个“情感动物园”。

3 商禽：《蚊子》，引自《香港别情》，香港：文学研究社，1983年，第11—116页。

4 鲁迅：《狗·猫·鼠》，引自《朝花夕拾》，《鲁迅全集》第2卷，北京：人民文学出版社，1981年，第232页。

分析，以为窃食者为大鼠，而他喜欢的是“拇指那么大的”隐鼠。鲁迅幼年曾依据“老鼠成亲”的年画想象隐鼠们的生活情景，常常半夜不睡，结果是失望地“仍然只是看见几个光着身子的隐鼠在地面游行，不像正在办着喜事”。可是鲁迅和琦君在以下两点上有根本性的分歧：一是鲁迅怜鼠后便依逻辑仇猫；而琦君，如前引，是由爱猫而延伸仁心到怜鼠。二是鲁迅一面激烈地仇猫一面又嘲讽自己的“愤怒”：原来他错怪了猫，杀隐鼠的是他所喜欢的保姆长妈妈；而琦君，及其他清纯派的台湾散文家，基本上是不会拉开距离来自嘲和反讽她们那无所不往的圣洁的泛爱之情的。比方说，很少会有人描写当毛茸茸的小鸟在孩子们手上享受神奇的爱的温暖时，忽然一泡鸟屎拉在小孩衣服上……

二 大陆散文的典型意象：渺小而又高尚的蜜蜂

曹冠龙的伤痕文学处女作叫《猫》[1]，描写一个教授在“文革”初因误伤一只猫而惊恐致死。虽然这是小说不是散文，却可以部分地解答我们前面提过的问题：何以“五四”时期，台湾、香港的散文皆有写猫的佳作，唯独大陆是个例外。

以猫为题的散文也不是完全没有。比如老舍就在 1959 年写过《猫》(《新观察》1959 年第 16 期)，不过不是谈自家养猫，而是泛论猫的优缺点，最后归结到灭鼠运动取得了很大的成功。黄秋耘也写过《古怪的猫的自白》，不过写的并非真猫，而是引述爱罗先珂童话《古怪的猫》，讲一只猫因不肯吃老鼠而发疯。真的故事是讲“我”如何不愿在政治运动中整人，像那只“猫”一样同情“老

1 曹冠龙的《三教授 · 猫》，伤痕文学初期曾以手抄大字报形式贴于复旦校园，也曾被当时素不相识的陈建功、黄子平抄出贴于北大校园。后发表于《安徽文学》1980 年第 1 期。

鼠”:“这只古怪的猫并没有什么不好，至少它并没有把自己的同类当作老鼠来吃掉。”[1] 意象虽直露浅白，却也是“五四”散文“猫鼠”主题的一个意想不到的新变奏。当然，此文发表于“文革”之后。

曹冠龙的故事其实最多只是次要、局部的答案，很少人写猫的真正原因恐怕更复杂些。前引厨村的 Essay 定义，散文理当是文人坐（躺）在椅子上烤火茗茶时的即兴随感，作者个人真性情的流露是现代散文的核心。延安文艺座谈会以后，作家被要求走出个人小天地，到工农兵中去。于是现代散文的基本文体格局——书斋、寒舍、后院、南山——就被打破了。自然而然，离开了书斋寒舍，猫（以及灯蛾、青虫、金鱼、隐鼠）的重要性也就消失了。不仅如此，猫这玩意儿，说坏也害不了人，说好又不够威武善良，灰不溜秋，颇似“中间动物”，故难以下笔寄托革命的爱和恨。因为一旦小我大我关系确立，钟爱什么样的飞禽走兽花鸟鱼虫，也不再只属于个人趣味。可是，什么样的动物形象才真正符合社会主义现实主义的美学理想呢？千里马？老黄牛？鲤鱼跳龙门？不怕暴风雨的海燕？……所有这些意象都曾流行过，但更多是在年画月历或中小学教材上。真正被认为代表那个时代（1949—1966）的散文佳作，却还是选择了冰心早在 1924 年就向小读者们推荐过的小动物之一：蜜蜂。20 世纪五六十年代中国大陆有名的三位散文家（杨朔、刘白羽、秦牧）之中，有两位都有专文赞美蜜蜂。上海作家、《萌芽》杂志前主编哈华更有万字长文《养蜂老爹》[2]，颂人也赞蜂。1949 年以后大陆散文界，鲁迅式的匕首文体和辛辣的批判作风不复存在，郁达夫、夏丏尊式的玩味灯蛾伤悼亡

1 黄秋耘：《古怪的猫的自白》，引自袁鹰、谢大光主编：《中国当代百家散文》，广州：花城出版社，1988 年，第 209—216 页。

2 哈华:《养蜂老爹》，引自《散文特写选（1949—1979）》，第 2 册，北京：人民文学出版社，1980 年，第 339—417 页。

猫的文人传统也难延续，说来反讽得很，和海峡对岸相似——倒是冰心式的优美清纯风格，以及对小动物童话般的赞美，仍能存活且发展下去。当然，存活和发展的方式是不同的。我们已经考察过冰心的爱猫，如何在台湾发展为“母子情”，发展成怜鼠惜蚊。下面我们也要看看从冰心溺爱的“嗡嗡的蜜蜂”，到杨朔的《荔枝蜜》和秦牧的《蜜蜂的赞美》及《花蜜和蜂刺》，同是优美精巧的意象，其间有怎样脱胎换骨的改造。

对中国当代散文影响深远的杨朔模式，通常由三个基本程序组成：第一，由一片风景或某种动物构成一个美好的意境或意象；第二，“我”遇到美景中或动物旁的一个劳动者；第三，从景物和交谈中“我”领悟了一个道理。《荔枝蜜》这个已收入各种选本及教材的名篇也不例外。景是广东从化温泉的荔枝园，加上园中的蜜蜂。“住在温泉的人多半喜欢这种蜜，滋养精神……甜香里带着股清气，很有点荔枝味儿。喝着这样的好蜜，你会觉得生活都是甜的呢。”其实不加最后一句，“甜香的蜜”的寓意也已清楚，但加上最后一句，却保证了作品在当时的流行程度。然后，第二程序，养蜂员老梁向“我”介绍蜜蜂的操守品行：“你瞧这群小东西，多听话……蜜蜂这物件，最爱劳动……每回割蜜，给它们留一点点糖，够它们吃的就行。它们从来不争，也不计较什么，还是继续劳动，继续酿蜜，整日整月不辞辛苦……”[1]这样观察蜜蜂后，“我”当然要感慨了：“多可爱的小生灵啊，对人无所求，给人却是极好的东西（圣洁的泛爱？——笔者注）。蜜蜂是在酿蜜，又是在酿造生活，不是为了自己，而是在为人类酿造是甜的生活，蜜蜂渺小，蜜蜂却又多高尚啊！”说完所有这些“甜言蜜语”之后还不够，文末

---

1 杨朔的《荔枝蜜的赞美》写于“大跃进”结束不久、“三年困难时期”已经来临的1960年。见《杨朔文集》(上)，济南：山东文艺出版社，1984年，第412—414页。

作者还表了个决心："这黑夜，我做了个奇怪的梦，梦见自己变成一只小蜜蜂。"

杨朔已清楚列出蜜蜂这个意象在当时受欢迎的原因。蜜蜂的渺小代表普通人的身份,因为"听话""最爱劳动""从来不争""不辞辛苦"，所以被认为是高尚。作者只是忘了告诉我们，对谁来讲是高尚的？对人类，还是对蜜蜂自己？

秦牧的散文向以知识性、趣味性见长。他赞美蜜蜂的理由与杨朔稍有不同。他首先也肯定蜜蜂的价值在于它们的贡献：一只蜜蜂辛勤酿造一公斤蜂蜜，必须在一百万朵花上搜集原料。然后秦牧引培根、鲁迅、郭沫若等人的议论，称赞蜂的广集众采和改造消化:"多么令人称道的酿蜜方式,多么令人赞美的辛勤！"(《蜜蜂的赞美》[1])秦牧大概觉得他的这个20世纪60年代的蜜蜂形象太符合主流意识形态的要求了，所以"文革"过后，他又写了篇《花蜜和蜂刺》[2],虽然继续赞美,但这次强调的是蜜蜂有时应当自己反抗。"刺和蜜这两样东西都有，蜜蜂才成其为蜜蜂！"也就是说，杨朔的蜜蜂的"从来不争"的美德被秦牧在十几年后"修正"掉了。"蜜蜂使我想起既能辛勤劳动，必要时又能挺身战斗的人。"然而，自然界的蜜蜂刺人"抗争"，是必须以付出生命为代价的。所以，也需要无数渺小而又高尚的蜜蜂式的人们饱受磨难甚至牺牲，才导致秦牧蜜蜂意象的这一修改。

如果说台湾散文中的动物意象大都是可怜可爱的，那么大陆散文的典型物意象则是可爱可敬的。"可爱"也许都源于冰心的影

---

1 除了著名的《蜂蜜的赞美》外，秦牧在1957年还写过篇幅更长的《蜜蜂和地球》，也赞美蜜蜂的求知、勤劳。不过秦牧在20世纪80年代编自选集时却没有把上述两篇蜜蜂的赞颂列在散文类，而是列为"艺谈"和"童话"。相反，他后来写的《花蜜和蜂刺》算作杂文。见《秦牧自选集》，广州：花城出版社，1984年。

2 见《秦牧自选集》，广州：花城出版社，1984年，第279—282页。

响，可怜与可敬却是意义重大的分道扬镳：可怜的对象是众生，可敬的对象是榜样。

值得注意的是，“文革”后的小说与“十七年”间的作品截然不同，俨然有“新时期”相。但散文创作，似乎仍是杨朔式的意象和冰心风的优美占主流。甚至一些探索作家的名篇，如冯骥才的《珍珠鸟》[1]、贾平凹的《卧虎说》[2]，也还是以歌颂、赞美、欣赏（而不是怜悯、同情、伤悼）的笔调去处理动物形象。在《珍珠鸟》里，作者写那敏于在书桌稿纸上散步，甚至在主人肩头睡觉的小鸟，满是赞美和感动。又如《卧虎说》，写的是霍去病墓侧一块石头：“风吹草动，夕阳腐蚀，分明那正骚动不安地冲动，在未跃欲跃瞬间；立刻要使人十二分地骇怕了！怯生生绕着看了半天，却无论如何不敢相信寓于这种强劲的动力感，竟不过是一个流的线条和扭曲的团块结合的石头的，一个卧着的石，一个默默的稳定而厚重的卧的石头！”虎和蜜蜂含义不同，但敬重赞誉态度相近。比较琦君怜鼠并念及众生时，“一颗心总是闷闷的，也清清寂寂的”[3]，贾平凹则体察“东方的味”，并憧憬“静观卧虎，便进入一种千钧一发的境界”，其间的审美情调的差异，又岂是意识形态需求这单一因素所能全部解释得了的？

三　香港的青蛙：是田园诗，还是噪声？

香港散文大致可分为专栏小品和文人散文两类。前者主要写

1　冯骥才：《珍珠鸟》，引自赵丽宏编选：《大陆抒情散文选》，台北：业强出版社，1990 年，第 92—95 页。

2　贾平凹：《卧虎说》，引自《中国当代散文选》第 1 集，香港：新亚洲出版社，1987 年，第 325—327 页。

3　琦君：《人鼠之间》，引自《我爱动物》，台北：洪范书店，1984 年，第 19 页。

市井男女、街道商场、星闻趣事及各式各样都市生活碎片，后者则多写书斋寒舍、校园山水、花木草虫以及师友亲人和种种田园雅趣断想。值得注意的是，写作“文人散文”的主要并非职业文人（或者更准确地说，并非职业作家），而多是高校里的学者、教书人，如宋淇、思果、余光中、小思、梁锡华、黄国彬、也斯、刘绍铭等。其中尤以20世纪七八十年代的香港中文大学中文系最为集中，故有“沙田文学”之称。而专栏小品的作者中，却有不少“文化人”：如戴天、董桥、蔡澜、岑逸飞、哈公、黄霑、张文达等，其中也包括一些职业作家，如刘以鬯、李碧华、亦舒、倪匡……

以上两类散文之间的界线其实很微妙，尤其就作者归类更不易划清。不少喜欢写“文人散文”的学者，有时也在报上开专栏。职业作家中擅写山水鸟虫、闲情逸致的也很多，所以与其说是两类不同散文作家，倒不如说是两种散文文体、两种散文创作倾向更为恰当。如果说写作可以解释成一种作家应对社会的策略，那么香港的知识分子面对这后现代氛围中的商业文化主潮，其批判的策略大致有二：或为李碧华、蔡澜式的参预主流，解构流行的文化符号，改造世俗，同时亦不免也为世俗所改造；或为余光中、黄国彬、梁锡华般自筑园地，远离大众主流。抗衡世俗，抗衡中自然亦有蔑视和害怕的成分。“文人散文”一词，指的是散文写作中的一种“文人姿态”，与作者是否是文人其实无关，而这种“文人姿态”“文人气”与香港后工业社会的次文化主流的大背景的看似对抗实则依存的关系，颇值得研讨。

不过在写动物时，专栏小品与文人散文还是同多于异。相同之处是香港的散文都不像台湾的散文那样一味疼爱怜悯小动物，也不似大陆散文式努力赞美歌颂小动物，而常常是采取颇自我矛盾的态度，既喜欢又讨厌，既沉迷欣赏又嘲讽调侃。至于相异之处，那就是来自作家多写较世俗的动物，猫狗兔之类。而文人散文则会描写一些普通市民无瑕注意的动物，如鹰、牛蛙（青蛙的一个较罕见的品种）等。

比起“五四”和台湾的散文来，香港作家写猫（当然，也不止写猫）时，一方面是更世俗化，直接联系猫（以及人）的生计（揾食）问题，另一方面则更媒介化，谈论画报、广告、电影、音乐、包装中的人工的猫多于谈论自然界里真的猫。

阿浓有篇《天台上的小猫》[1]，邻家小孩阿单和“我”的儿子在街上拾回只无家可归的小猫，“我”也不是没有同情心，但不准孩子们养猫，理由很简单，住宅空间有限，没有地方。后来勉强在天台上给猫寻到处容身之地。文末仍不知天冷了猫会冻死，“我该怎么办？”比起西谛和夏丏尊那感伤和含蓄的怜猫来，阿浓苦恼似乎世俗得多也简单得多。

李默也写《猫》[2]，不仅写猫的眼神、利爪、皮毛、轮廓线条，也写更实际的东西，比如“食物突变，不对胃口，它就仰头死盯住我们的脸孔，在责问”，也写“换了地方和便桶，它就便秘”。

还有吴令湄的《猫鼠之什》[3]，开宗明义承认：“‘你爱猫么？’我想，不一定吧。家里现在的一头猫，就只是借来吓走鼠的，并不是为爱猫而养猫。”虽然后来随着孩子们的兴趣，对猫也渐生好感，但关键时刻，比如要为猫作“宫刑”时，却绝不含情脉脉而手软，现实得很。

不仅是猫，舒菲写过一篇《骆驼》[4]，也和梁实秋一样有自我怜

1 阿浓：《天台上的小猫》，引自《青春道上》，香港：华汉文化事业公司，1989年，第69—72页。

2 李默：《猫》，引自《文艺散文精选》第2集，香港：基督教文艺出版社，1990年，第97—100页。

3 吴令湄：《猫鼠之什》，引自《香港散文选》，福州：福建人民出版社，1980年，第101—104页。

4 舒菲：《骆驼》，引自《香港名家小品精选》，香港：新亚洲出版社，1991年，第261—262页。

惜的成分，但投射的内容全然不同："放工回家，必去街市。走一趟街市，手中提满大袋小袋，鱼呀、肉呀、菜呀，沉甸甸的。平时爱吃生果，现时又盛暑，经常要抱个大西瓜回家……于是乎，抱着沉重步履爬天桥，身子一弓一弓，像极载重的骆驼。"

自张爱玲在20世纪40年代的《中国的日夜》[1]里描画过菜场风景以来，只有香港的专栏，才和小市民世俗生活关系最近。这不仅是因为"士农工商"的结构在香港这个自由港被颠倒得比较早也比较彻底，多数写稿的人并无"文人"的传统闲适可享受，而要直接面对具体的生存空间危机，所以他们也要替他们笔下的猫考虑一下生计问题；也是因为后现代主义文化氛围早使浪漫成分激情变得苍白，于是人们对小市民，或者说是普通人的日常欲望有了一种新的读解。在这层意义上，香港很多专栏小品可以说是现当代华文文学中最世俗也最平民化的一部分。当然也有些散文，颇不满于那种一味尽忠尽义勤恳的谋生态度，石琪写过一篇《猫的傲慢》[2]，详说"猫的傲慢，就是高窦与散漫。猫对人总是爱理不理似的……猫充满自我主义"，甚至猫捉老鼠，也"不是勤力为人服务"，而"纯然是把捉鼠当作自我娱乐罢了"。在这种对猫的道家化的浪漫形容后面，不也正是对世俗生活压力的一种反面的正视吗？所以同样也羡慕野猫"慵懒、出世、逍遥"，"各有各的方式享受午后的阳光"的陈方，在他的散文《野猫》[3]的结尾，也要告诉我们他甚爱野猫的办法，便是"常拿饭菜去喂它们"，"一堆饭菜呈现在打开的胶袋上，群猫大嚼特嚼，非常之从容不迫，直到食物消尽，又却悠然自得地走回阳光下。然后睡觉，洗脸的洗脸，

1　《中国的日夜》是张爱玲最重要的散文之一。该文被收在《传奇》（增订本）（上海：山河图书公司，1946年）卷末作压轴，显示作者自己对此文的重视。

2　石琪：《猫的傲慢》，引自新亚洲文化基金会编印：《香港作家杂文选》，1987年，第45—46页。

3　陈方：《野猫》，引自新亚洲文化基金会编印：《香港作家杂文选》，1987年，第226—227页。

耍逗的耍逗！”这种对动物“揾食”的重要性的强调，以及对动物进食状态的详尽描述，确是“五四”时期散文以及台湾散文中所罕见的。就连纯文学作家西西的著名散文《狒狒》[1],渲染的也是一只猩猩被饲养员喂食时的安详和平神态。

大城市生活的另一个特点——也是张爱玲的观点——就是：“生长在都市文化中的人，总是先看见海的图画，后看见海……我们对于生活的体验往往是第二轮的，借助于人为的戏剧，因此在生活与生活的戏剧化之间很难划界。”[2]我们看到香港散文中的猫、狗、兔、鼠也是人工的艺术的多过自然的实物。黄维樑写的动物，大多是生肖符号。在李碧华那里，题为《龟》[3]的随笔，谈的是美国影片《忍者龟》;《孟买蝴蝶》[4],写的是一种特产的咖喱饺,而《眼镜蛇》[5]写的意象，是一个戴着墨镜神情难测的日本导游。也斯有篇《猪与春天》[6]，浓墨重彩，绘的是一幅黑色的剪纸：“这黑色的肥猪，可想不到，在黑色里头有这么多颜色。”于是，这媒介化的猪，便被抽象出一些现代主义的色味：“黑是众色之母……在路的尽头有一朵红花，几枝绿叶，又有点黄色。”在阿濂的《没有壳的蜗牛》[7]里，动物的意象更被化为具体的现代人的异化感。散文中的“我”，被“考试、上进、考试、上进”等“鲜红色的声音”弄得失去了听觉，于是走在马路（社会）上，犹如失去壳的蜗牛：“我

---

1 西西：《狒狒》，引自何福仁编：《香港文丛 · 西西卷》，香港：三联书店，1992 年，第 271—272 页。

2 张爱玲：《童言无忌》，《天地》月刊第 7—8 期，1944 年 5 月；引自《张爱玲散文全编》，杭州：浙江文艺出版社，1992 年，第 102 页。

3 李碧华：《龟》，引自《江湖》，香港：天地图书公司，1991 年，第 186 页。

4 李碧华：《孟买蝴蝶》，引自《红尘》，香港：香港周刊出版社，1983 年，第 154 页。

5 李碧华：《眼镜蛇》，引自《红尘》，香港：香港周刊出版社，1983 年，第 167 页。

6 也斯：《猪与春天》，引自《山水人物》，香港：文学研究社，第 25—26 页。

7 阿濂：《没有壳的蜗牛》，引自新亚洲文化基金会编印：《香港作家杂文选》，1987 年，第 145—146 页。

慢慢在马路水泥汀上爬行，我尽量用黏液滋润全身。那些皮底的鞋，尖底的高跟，还有橡胶的运动鞋，一只只踩过来，踩过来，我发觉我的黏液全变成了汗，我发不出一点声音，天啊，你们不要踩过来，不要……”陈悦齐的《刍狗》[1]，更写实地象征着街旁被警察追赶狼狈逃生的小贩们。种种对动物意象的媒介化处理中，除了现代主义的变形隐喻外，更常见的是直接的借题发挥，如一贯擅长在旧词中翻出新意的李碧华，其《狐假虎威》[2]，便排出一个社会依附的层次图："鼠假猫威、猫假犬威、犬假狐威、狐假虎威。通常不作兴'越级'。"作者颇同情和同意"狐假虎威"的做法，只是担心常人每"找不到稳固靠山"，是的，最大的烦恼，因市面上真正的虎难得呀。"狐也找到狐，互相倾轧怎么办？狐找到貌似虎的猫怎么办？反而去照顾猫？找到了真虎，虎不忍被你'假'，又如何是好。"应该说，所有这些含沙射影、一石数鸟的议论中，动物的本来意象及习性依然存在，猫、狐、虎等，再媒介化，也依然性格分明，确是妙文。

李碧华的专栏里常有类似的跳跃断想。也可见出印刷格式、交稿时限对文体的制约和影响。豆腐干格式既能造就文笔的简洁，也会导致意念的闪烁。无论如何，这种在斗室或咖啡馆或 hotel room 里急就，每日限时流出"性灵"（常常不止一篇）的写作方式，终究不同于"五四"美文茗茶烤火即兴随意的创作初衷。不过，在香港要像"五四"文人般把玩闲情逸致、品味冲淡空灵，是需要一定条件的：比如稍宽敞的书斋客厅可以踱步或容下"安乐椅"，门前屋外有真的草木青虫，有较灵活的工作时间可以踏晨露夜霜，

---

1 陈悦齐：《刍狗》，引自新亚洲文化基金会编印：《香港作家杂文选》，1987 年，第 297—298 页。

2 李碧华：《狐假虎威》，引自新亚洲文化基金会编印：《香港作家杂文选》，1987 年，第 114—115 页。

有较稳定收入不必光等“性灵小品”的稿费来支付楼宇的分期付款……这也就是香港的文人散文主要并非由职业文人所写，多数出于大学教授、学者之手的原因之一。

香港的文人散文，自有其文学史的意义。如前所述，周作人、郁达夫式的写书斋画山水的文人传统，在1949年以后的大陆失却了“自己的园地”，在台湾也不如冰心风格的清纯泛爱那么流行，反而是在受英国殖民统治的香港的大学里，得到某种奇特的延续。一般说来，“五四”文人忧国救世不得后寻求心灵解脱和欲情净化的途径有二：一是偶遇一位玉洁冰清的女人，二是面对一片或清澄或空蒙的山水。“沙田”的散文主要承袭后一种途径。可以说倘若没有吐露港、马鞍山，没有中大校园的晨雾夜露、青虫百鸟，便没有了“沙田”的散文。而“沙田”散文之写动物，主要也是把它们作为山水、田园的一个部分。犹如余光中《牛蛙记》[1]所记:“沙田在南中国最南端的一角小半岛上，亚热带的气候，正是清明过了，谷雨方甘，无数墨绿而黏滑的乡土歌手，正摇其长舌，鼓其白腹，阁阁而歌。”蛙鸣野籁代表自然，文人面对自然，便有了田园诗。所以余光中说他对蛙鸣的好感之中，“不但含有乡土的亲切感，还隐隐藏着自然的神秘感，于是一端近乎水草，另一端却通于玄想和禅境了”。其实陶醉于蛙鸣，也算是文人传统之一，即使是左翼诗人臧克家，在早年从军中，也曾企盼“蛙鸣来润一下干涸的心”，“心丝是随着蛙声而掣远了”。[2]不过“沙田”的文人，是在香港都市背景（虽然颇有些地理距离）下欣赏蛙鸣的，所以梁锡华的《不与时人同梦》[3]，便以标题点出了“沙田”散文的田园诗基调与都市

1　余光中：《牛蛙记》，引自《文学的沙田》，台北：洪范书店，1985年，第85—94页。

2　臧克家：《蛙声：从军琐忆之一》，《光明》半月刊第3卷第1期，1937年6月10日。

3　梁锡华：《不与时人同梦》，引自《文学的沙田》，台北：洪范书店，1985年，第107—116页。

现实之间微妙的张力关系。一方面，深夜校园独步，“不与时人同梦”，有“异于时人”且“高于时人”之意。因为在香港亲草木听蛙鸣，乃浪漫、奢侈之举，颇带几分文人的自豪感与精神上的贵族气。另一方面，把白天的黄金时段让给世人，也反证“奔驰”、手提电话、XO、恒生指数之类主流符号气势之盛。所以“不与时人同梦”，也有“异于时人”且害怕世俗之意。在这种以草木蛙鸣构成对都市的抗拒中，似乎也包含文人对“自己的园地”的自爱自怜。

当然，“沙田”散文，至少是其中的精品，却又不仅仅只是迷恋山水草木、倾听鸟语蛙鸣，借此自恋；有时，作家们又会嘲讽调侃他们对田园诗的迷恋。《牛蛙记》是一个很好的例子。文中的蛙声虽然一度令主人公“血脉畅通，心境豁然，蛙声留耳，浑然忘机”，但其中有种低音，终因噪声分贝太高，而将主人公拉出“禅境”。几夜吵闹后，主人公终于放弃文人风度，采用肥皂水和滴滴涕之类化学品去和阴沟里的牛蛙作战。这里，牛蛙成了一个象征，既令人同情又令人讨厌，值得赞美又可以痛恨。全文最精彩的高潮，是在主人公夫妇灭蛙不得只能学习忍受这野籁噪声之后，他们与新来的邻居的一段对话：

“这一带真静。”

我们含笑颔首，表示同意。忽然咩咩几声，从阳台外传了上来。

那丈夫注意到了，问道：“那是什么？”

“你说什么？”我反问他。

“外面那声音。”那丈夫说。

“哦，那是牛……”我说到一半，忽然顿住，因为我存在看着我，眼中含着警告。她接口道：

"那是牛叫。山谷底下的村庄上，有好几头牛。"

"我就爱这种田园风味。"那太太说。

那一晚我们听见的不是群蛙，而是枕间彼此格格的笑声。

文中主人公虽不忍心打破新来的邻居的田园梦，可《牛蛙记》却对香港散文中的山水意境作了象征性的解构。当然，嘲笑归嘲笑，对新搬来的沙田的教授夫妇来说，他们的田园梦不仍然真实的，甚至还可能是感人的吗？就像"沙田"散文与其香港都市背景的关系一样：故意强调"心远地自偏"其实恰恰反证了市声的困扰；但是能够自我陶醉地追求"心远"，能够勤勤恳恳地寻找"闲适"，不也是一种可观的努力吗？

本文没有结论。散文家喜欢写猫狗虫蛙，通过这个角度确实可见出大陆（内地）、台湾、香港散文之若干异同，以及与"五四"美文传统之关系：台湾散文之怜猫惜鼠，显示了"五四"清纯文风、泛爱主题向道德化、宗教化方向的某种发展；大陆（内地）散文之赞美蜜蜂，实则是主流意识形态的精美意象化；而香港沙田的蛙鸣野籁，可以说是既延续又调侃了传统文人士大夫的闲情逸致。当然，上述概括并不全面，任何分类林林总总。比如，第一，余光中、戴天、思果、宋淇等，是香港作家？抑或台湾作家？——倘若很难简单回答此问题，那本文所试图勾画的香港、台湾散文之间差异，或许也可以解释成"五四"美文不同倾向（冰心文体或周作人风格）在海外华人散文中的不同流变发展。第二，本文强调杨朔、秦牧的蜜蜂意象，意在指出意识形态美学化的具体技术过程。当然蜜蜂意象并不能代表大陆散文全貌。即使是在"文革"最热闹时，农民屋后和作家心头的"自留地"也都没有被完全消灭。贾平凹的虎、孙犁的《黄鹂鸟》等，都说明着大陆散文意象的复杂性。第三，前面讨论的主要是 20 世纪六七十年代的台湾散文，至于阿盛、林耀德等新一代作家的近作，显然脱离了深情怜猫惜鼠的主流。如《人鼠千秋志》[1]，以“无所不吃”为依据分析人类与鼠类及蟑螂之共性，既科学又荒诞。又如《宠物K》[2]写龟的方法，也是和也斯等人一样，更倾向于在现代氛围里抽象地处理动物意象。第四，本文虽已涉及香港专栏散文的文体制约、都市意象和“反文人化”倾向等特点，但如何把专栏作为一种特殊的文学、文化现象来看，尤其放在“五四”杂文与后现代社会报业和其他传媒发展背景的交叉点去考察，却是本人目下有心而无力去做，只能留待他日专文的一个课题。

（原载《岭南大学中文系系刊》1995年第2期，
收入《当代小说阅读笔记》）

1 阿盛：《人鼠千秋志》，引自楼肇明编：《八十年代台湾散文选》，北京：中国友谊出版公司，1991年，第341—345页。

2 林耀德：《宠物K》，引自楼肇明编：《八十年代台湾散文选》，北京：中国友谊出版公司，1991年，第517—518页。

第二辑

作家

张承志和张辛欣的梦

我常在想：张承志写作时，笔尖是否会吱吱作响，甚至划破他的稿纸？——他太强悍了，也太用力了。他的优点和缺点都在这里。就笔触的力度而言，或许只有张辛欣可以与之相比较。

力度，当然与深度有关。我这里特别要谈的是《绿夜》。

不，《绿夜》不只是写知青运动，不只是在控诉女知青受侮辱的浪潮以后重新揭示广阔天地的美好，也不只是对劳动人民崇高品质的歌颂。这个短篇内涵，在我看来，更狭窄，又更宽广。它写的只是梦，确切一点，是“梦醒了以后……”。

梦醒了以后无路可走，是痛苦的；但陷在梦中“长眠不醒”却更不幸；而假如生活中没有梦，多少也有点缺憾。梦，有时是休息，身心太疲劳了，创伤隐隐作痛，于是，需要温柔的紫色的憧憬来安抚；梦，有时是宣泄，在生活中挣扎着，打着昏迷的滚，忍不住要发出焦灼的，也明知是空惘的呼喊；梦，有时，又成为工作性的负载。这时的梦，就是理想，就是艺术，就是能源中不可或缺的一部分。我们知道：电机如果没有负载，它就只能空转！

作为本质上的理想主义者，张承志和张辛欣的梦，更多属于第三种情况。

张承志的长句写得和陈村的短句一样漂亮，有时像链条似的甩出来，既堆砌辞藻又充满意象；他喜欢涂抹有重量的色块，一唱三叹中警句迭出，精巧拆散的情节和稍微有点做作的音乐旋律巧妙穿插，情绪的流动也较自然……所有这些自觉的“形式感”使得他的作品，虽然拥挤着过多的思想却并不显得干燥。是的，《绿夜》的核心是思索，是面对世界又面对自我的象征性思索。应当承认，它比同类思索，至少深了一个层次。

要澄清这一点，便需要回顾。

“梦醒了以后……”，这个主题几年来曾反复出现。但反复不等于重复。随着生活的进程，“梦”在发展，认识也在深化——沿着否定之否定的螺旋形轨道。

当“大串联”的狂热在荒寂的山沟里冷却下来，而缩小三大差别的使命感又受到蚂蝗、野狗的挑战时，这代青年人方才想到要看看高远的天，看看悲凉的地，方才想到要看看真实的自己，于是，他们从云端坠入深谷……这是第一个梦的破灭，是纯真的理想为严酷的现实所嘲弄。梦醒以后的具体结论是：回城，向现实去索取……在文学中，则是一片受骗以后的牢骚、抱怨、诅咒和哀叹。（何必苛求呢？失望者难免偏激。至少，比起许多“油漆的光彩”来，这种“肤色的灰白”还是有生命的，而生命又是不会安于灰白的。）

然而，几乎就在“本次列车”抵达终点的同时，城市现代生活的魅力又开始减退。一方面，物质生活绝不完美。菜场。阁楼。加工组。电车。生存空间太狭小，到处拥挤着噪声。这代人既无专长又已不算年轻，他们又一次发现了自己的可怜。另一方面，即使拿着本什么“凶杀案”靠在沙发上，身边的组合音箱放着“奥斯卡之神”，心里就真的平静了吗？不！血，分明还在涌。情不自禁地，他们又想起橡胶林、北大荒、草原……这是第二个梦的破碎，是内在的理想不满足于平庸的现实。梦醒以后，人们又企图寻找精神的火花（支柱？寄托？），表现在文学里，就是近年来的“回乡热”:回去看看也好，再次出征也好，宗旨是一个:重新评价昨天，重新认识自己!

应该承认，能不陷在沙发里满足第二个梦，便已不是平庸者了；能“自寻烦恼”，通过反思昨天而追求新的境界，那几乎可以说是勇敢的了。然而，就在人们竞相诅咒庸俗、蔑视实惠，并且纷纷扬起风帆准备驶向“新岸”时，突然出现了一个张承志，他悄悄地走在大家前面，一下子把人们还在朦胧寻觅的第三个梦给打破了！随后，我们听到了拙重低沉的画外音：“梦的破灭不是坏事……”

这就是《绿夜》。

发表在同期《十月》(1982年第2期）上的还有一篇《南方的岸》,完全可以和《绿夜》连起来读。当然,《南方的岸》在前,《绿夜》在后（精彩的是，甚至版面上也如此安排！）。对于孔捷生细笔浓墨所描绘的知青生活及回城后的烦躁感，张承志只用粗线条几笔带过，他所感兴趣的（同时，也是许多严肃的读者所忧虑的），却是易杰重新“出征”以后那几乎不可避免的新的失望。抒情主人公“他”，离开草原已经八年了。“他”对城市生活的概括是：“冬天运蜂窝煤、储存大白菜，夏天嗡嗡而来的成团蚊蝇，简易楼下日夜轰鸣的加工厂，买豆腐时排的长队。”疲惫与烦闷中，“他”总在怀念青春，回味昨天，幻想绿色，渴求梦境……现在，“他”回来了，穿着风衣，站在草原上，“左右前后，天地之间都是这绿的流动。它饱含着苦涩、亲切和捉摸不定的一股忧郁”。小奥云娜，在张承志笔下，与其说是人物，不如说是意象。是绿色的灵性，是土地的精英，是主人公情感观照下的客体的纯真。正唯其纯真，奥云娜才标志着“他”的梦；正唯其是客体，奥云娜才惊破了“他”的梦。如今，蒙古少女已不再是“他”的“天使”，不再是“他”的“诗”了，她没有羊角似的翘翘辫，没有两只甜酒涡，“她皮肤粗糙，眼神冷淡”，“蓬松的长发低垂在沾满油污、奶渍和稀牛粪的蓝布袍上”。在古老的劳动节奏里，她那么坦然，甚至有点麻木，连半醉的瘸子的调戏也不会让她生气……于是，主人公“慌了”，失望了。于是，“生活露出平凡单调的骨架。草原褪尽了如梦的轻纱”。这种情绪转折，相当纤细，又惊心动魄！尽管主人公已经意识到“他寻找的已不复存在”，震动之余，“他”还是留了下来，在草原上住了一些时日，注视着奥云娜，也反省自己。终于，在古老神圣的生活旋律中，在广袤的绿色和如水的星夜里，“他平静了，感悟了”，得出了“表弟错了。侉乙己错了。他自己也错了。只有奥云娜是对的”的结论。最后，当“他”告别草原时，“他”感到自己的心“从来没有这样湿润、温柔、丰富和充满着活力”。

尽管小说后半部分奥云娜的形象被作家主观意念挤压得过分变形，尽管许多哲理思索因为来不及充分情绪化而失之太露；尽管“灯光”那段象征很一般而高亢的尾音也有点“虚”，但是，毫无疑问，《绿夜》的态度是足够严肃的。它不仅无情地打破了易杰们的新梦（在《黑骏马》里，作家又表现了他那理性主义的冷峻）；它又以“知其不可为而为之”的信念将空惘的思绪拉回到坚实的土壤上（在《大坂》里，作家又发展了他那英雄主义的灼热）。在这里，张承志的思索，超越了许多同代人。

但张承志绝不是孤独寂寞的。也是1982年，我看到了一篇题材、风格与《绿夜》迥异，而主题、基调却和《绿夜》颇为相似的作品，那就是张辛欣的《我们这个年纪的梦》(《收获》1982年第4期)。

张辛欣也和张承志一样，爱说梦，爱谈论生活。但张承志感兴趣的是哲理，情愿站在草原呼啸的野风中苦苦思索；张辛欣更崇拜感觉，宁可在异性焦灼的眼神里去体味，去感悟。尽管方式不同，结论却能趋于一致，反响又相去甚远，这是很耐人寻味的。

我读过张辛欣的三篇小说。我觉得，她走了三步。

《我在哪里错过了你？》是个紫色的梦，充盈着温馨的气息。它的基调是憧憬，是少女对尊严、对艺术、对美、对爱情的憧憬。尽管张辛欣一落笔就带着某种女性作家罕见的刚强，尽管她决不回避生活的枯燥面，但毕竟，她也有着纯真的梦。而她的呼唤爱人，其实就是呼唤生活。男主人公显然被理想化了："石雕般"的身躯，"坚毅、饱满"的脸，硬汉性格，大海般的气质，热爱事业，对艺术又非凡的敏锐……所有这些过分完美的线条，只能反证女主人公理想的浪漫性质。勃兰兑斯说得对："憧憬是浪漫主义渴望的形式，是它的全部诗歌之母。……什么叫憧憬呢？它是缺乏和希求的结合物，但没有获取这种缺乏对象的意志或决心，也没有支配这个对象的办法。"既然如此，这憧憬在现实面前，当然是无力的，当然会"错过"，会失落……

《在同一地平线上》是张辛欣的第二步，其基调是挣扎（顺便说一句，这篇小说大概要使评论家们忙上一二十年）。张辛欣突然回到地面，甚至步入沼泽。她愤愤地揉碎了紫色的云，嘴唇咬住披散下来的头发。张辛欣是坚强的——她已经不再呼唤她的"白马王子"，而且拒绝将生活空虚地理想化；但张辛欣又不够坚强——在生活的重荷下，她搏击着，抗争着，却常常忍不住要喊叫，嘴边泛出嘶哑的呼唤，心底漾过温柔的呻吟。"孟加拉虎"，确是张辛欣的杰作。由于视角的关系，她创造了他，却无力评判他，只能在怨恨中含着同情，在崇拜里夹着忧虑。其实，张辛欣未尝不清楚，一味在云端里憧憬爱情固然天真，把生活统统归结为灰色的角逐却也失之偏激，同样令人失望。看来，这代人注定要从理想跌到现实，再因不满现实而重新寻觅理想。检点着收获，清理着失败，带着身上的光斑和创伤，张辛欣开始了新的思索。于是，她也做了第三个梦。

照例有个女主人公，纤敏，要强，爱幻想。她也做着“我们这个年纪的梦”。不过身份、情绪都比以前更普通了。排字工。八平方米的家。领着孩子跑菜场买鱼。为了琐事同邻居怄气。就是那个喜欢象棋和“姿先生”的丈夫，还是在一番艰难寻找后才轻易获得的呢。生活，是单调的，具体的。噪声和灰尘，裹着她的意识。为了不甘于麻木，为了摆脱烦躁，她便到梦中寻觅，去追忆虚幻的“青梅竹马”。那个神秘山洞中的可爱的男孩，就是张辛欣的小奥云娜。他与阳光、海浪、红领巾、夏令营浑然一体，构成一种意象，构成一个旋律，恰与平淡的生活主调形成对比而交替出现而反复变奏……终于，两个旋律相撞了：女主人公惊愕地发现，儿时的“恋人”，竟然就是眼前那庸俗的邻居！——请注意，这个转折是全部情节的关键，是整篇小说的支点。它也证实了张辛欣在走向成熟。女主人公的梦被惊破了，这就必然促使她回首重新看待自己的生活，小说的结尾意味深长：“于是，她去淘米、洗菜、点上煤气、做一天三顿饭里最郑重其事的晚饭。”这就是说，第一，“她”在震动之余，已经开始正视生活；第二，如果念念不忘诗意的话，那么，“她”也会懂得，应该到眼前这具体的丰富的生活秩序中去发现……这里，潜在的画外音不又是“梦的破灭并不是坏事”吗？

不，这绝不是消极。严肃的艺术之所以制造幻影，总还是为了更加迫近现实。这篇小说的结构太精致了，初看好像一味谈梦，重读，或重新思索，才发现无处不在正视生活。带着不切实际的幻想，人就会回避和厌恶现实，只有清醒地严肃地生活才会感到美其实无处不在。朱晓这个人物，直到女主角梦醒以后才重新为人注意。“这个编童话的人在操持人间烟火”，他的存在，使我们更有理由期望，女主人公最后去淘米、洗菜，绝非只是陷入平庸。在心理与感情的失落中，难免有些茫然。但毕竟，生活是无法逆转的。路，应该，而且只能在脚下……其实，张承志以色彩象征、以警句宣言的这些思想，张辛欣也表述了，不过是通过各种细节和感觉的暗示而已。同样的哲理，如果说张承志企图把它情绪化、音乐化，那么张辛欣就是在探求心理化、感觉化。同样的结论，张承志是皱着眉头振振有词，讲出了色调和旋律，张辛欣却在哀乐之间喃喃自语，带出了呼吸和体温。张承志比张辛欣更明朗更坚定，但他在力透纸背时往往有些太“做”；张辛欣比张承志更含蓄更委婉，但她付出了可能被人误解的代价。

为什么表弟错了？因为他太现实，甚至否认理想的价值，宣称“我们没有昨天”；为什么侉乙已错了？因为他太庸俗，只知道钱，市侩得让人作呕；为什么“他”也错了？因为他太崇尚理想，对现实的严峻估计不足。张辛欣笔下的人物，线条没有这样分明。就对生活的从容、坦然的态度而言，或许只有朱晓更接近于奥云娜。大为呢？实际得有些平庸，但为人善良；倪鹏呢？挪开女主人公的有色眼镜，他的庸俗也不难理解；儿子呢？认真地做梦，不显得可笑；至于“她”，也认真地做梦，就有些可悲了。从感觉出发，张辛欣无法过滤心理的复杂性。而且，她没有边塞风光可以象征，没有异族情调可以渲染。直接面对身边的人们，要进行同样深度的思索，她的困难显然更多一些，结论也势必难以简洁明朗。当然，张承志的写草原，也并非猎奇。他确实想以原始古朴的灵性来对照城市节奏的虚脱，确实想以大自然的野风来蔑视包括自身在内的现代人的浮躁。但他的这种沉思，过于严厉（尤其在《黑骏马》里）。激动读者的，与其说是他的晦涩的结论，不如说是他那严肃的神态。不妨抽开象征中的“距离感”试试看，为什么奥云娜是对的？因为“她毫不声张地比谁都更早地走进了生活”。那么，假如让奥云娜也进入城市呢？一边买橡皮鱼，一边写童话，洗衣烧饭，将斗室整修一新。“住一辈子呢！还指望搬到哪儿去？干吗不好好弄弄？”——写出这种貌似平庸的坦然，张辛欣很少有可能得到赞赏，却需要有直面现实的极大勇气！

对于形式，他们都不敢轻视。独特的思索，当然离不开独特的方式。他们既不慌乱也不声张地运用着某些现代技巧来整理情感：张承志注重“流动”，意象、理念、动作、色彩接踵而来，挤成一条凝重深沉的河流；张辛欣讲究组合，块面与块面之间由心理的逻辑加以衔接。他们的语言绝不“淡雅”，张承志涩在思辨色彩，张辛欣浓在生活气息。他们都不重视情节，却没有怠慢结构，更注意节奏。尽管他们都有些蔑视书生气，但他们自己，却都又忍不住要发出书生式的议论感慨。问题是，他们的主观色彩都太强，以至于作品总离不开抒情主人公的支撑。那无所不在的自我，一面用激情涂改天地间的颜色，一面又冷峻地剥下现实中的油漆。一层，又一层，不管是别人还是自己漆上去的……不能说他们的抒情缺乏节制，但要臻于皎然所谓的“力全而不管涩，气足而不怒张”（《诗式》）的境界，恐怕还都要做艰苦的努力。

也许近年来创作界清丽、柔美之风过剩，张承志和张辛欣的强悍气度便格外触人眼目。相比之下，张承志是沉思，是主动的进击，是意志的强悍。其实他也有天真的抒情。对于理想，他更笃信，更执拗，更痴狂，这就使他不会像张辛欣那样愤世嫉俗而伤于尖刻失之偏激。张辛欣是宣泄，是本能的自卫，是气质的强悍。当然，她也有温柔的童心。在艺术感觉上，她更纤微，更细腻，更敏锐，这就使她不必像张承志那样为刻意求精求深而伤神。在她那里，最严峻的思索也许是飘忽的叹息，最振奋的情绪可能是瞬息的痉挛。当然，她的脚步，比张承志摇晃得更厉害些。但对于生活，他们都是极其执着的。这就保证了他们在幻梦与破梦的过程中，不断地调整着主客体的关系。

是的，青年人总爱笼统地谈论生活，真正生活得很多的人，却往往反而沉默了。正因为如此，做梦，也是他们“这个年纪”的特权。应当尊重他们的这种权利，应当理解他们的天真、激愤、愚傻和茫然，应当珍惜那些浓绿或淡紫的稚拙。因为：尽管世界总是由成熟的东西来支撑的，但世界又总是由稚拙的东西来改变的——难道不是这样吗？

1983 年 7 月

（原载《当代文艺探索》1985 年第 2 期，收入《当代文学印象》）

在批评围困下的《男人的一半是女人》：兼论作品的多层次意蕴和多层次评论

在新时期文学发展中，张贤亮是个非常重要的作家，他的作品已构成一种令人无法忽视的文学现象。

本文不想考察读者们对张贤亮创作的不同鉴赏和不同反响谁对谁错、是否深刻或迷误，也无意判断批评家们对张贤亮创作的不同意见和不同评判孰是孰非、是否“过高”或“偏低”。我关心的，只是这样一个问题——究竟是因为张贤亮作品本身重要，才引起复杂的社会反响并导致批评界争鸣呢，还是因为各种不同的社会反响和不同批评意见的存在，才使《绿化树》和《男人的一半是女人》成为重要作品？

很难说这究竟是个批评实践问题，还是一个批评理论问题。

前几年的一些作品，比如关于《天云山传奇》《太阳和人》的争鸣，论争能够“针锋相对”地展开，在同一层次同一范畴进行讨论必然是先决条件。而人们在评论张贤亮近作时，情况发生了很大变化。仅见于报刊的对《男人的一半是女人》的评论，已形成很复杂的状态。一方面意见特别纷杂，似乎说什么的都有：或称道作品在“性文学”禁区荒漠上的开拓；或指责主人公是个“伪君子”；或批评作家太“左”，认为不应该歌颂苦难美化灾祸；或责难作品太“右”，引出骟马的几句牢骚认为有攻击党对知识分子政策的嫌疑；或曰作家不够真诚，处处有道德辩解和“忏悔”的痕迹；或曰作家写“性”可以，但不够“美”，格调不够高；或指出作家企图追求“残酷的深度”，矫饰只是出于技巧和策略的考虑；或断言作家动机与作品效果间距离很大，但究竟前者高于后者呢，还是后者超越前者呢？究竟是“动机不错，效果有问题”呢，还是“作家无意间达到了某种艺术深度”？人们的看法又不一致……可是，另一方面，在意见纷杂的同时，这许多分歧极大、各执其理的评论，却并没有像以往那样，逐渐形成截然相反的两种观点，构成针锋相对的争鸣。每一种看法，骨子里自然也有褒贬，但似乎是甲肯定作品中的 B，乙否定作品中的 A，大家均面对小说发言，不同的批评意见却无法交锋，难以正面碰撞。于是，这些包围作品的争鸣，同社会上同文艺界原有的群体意义的观念分歧也就缺乏了直接的必然的联系。

当白桦等人的作品引起争议时，我们依据某个批评家一贯的社会政治姿态和文艺观点、艺术趣味，总能大致推想出他这一次的基本态度，假如作品比较尖锐地触及时弊，某人一向力主文艺应当歌颂光明，他很自然又会对作品中触目惊心的丑恶线条持保留态度；某人历来思想解放且胆子特别大，他当然又会无条件拍手叫好，大喊“快哉！”；而向来为人谦和持论严谨的批评家，很可能又会“一分为二”：动机是好的，但社会效果，不无可议之处……张贤亮到《绿化树》为止的作品，也都曾得到过类似的评论，但《男人的一半是女人》问世后，人们饶有兴味地发现，具体的不同的批评意见与“左”或“右”、“解放”或“保守”、“老年”或“青年”等“类”的批评群体之间的必然联系被打乱了。人们不无惊讶地看到：一向立论严谨、历来注重文学社会效果的老评论家，却对张贤亮的“性描写”表示理解乃至支持，而不少锐意更新观念、激烈卷起新潮的青年评论工作者，居然对《男人的一半是女人》中的道德倾向皱起了眉头；当然，更多的年轻读者在鼓掌，有的为政治锋芒，有的为道德勇气，有的为感官效果，更多的权威评论家与作家（尤其是女作家）则对作品保持紧张的、严肃的困惑和愤怒的沉默；在愤怒责难作品的批评家中，既有正直忠勇的思想解放的闯将，也不乏自觉以警惕“反党小说”为己任的战士，他们之间本来应当面红耳赤、剑拔弩张，现在，却都同时对着《绿化树》及其续篇宣战；而张贤亮如果想躲到他的欣赏者那里多听些赞扬的话，那么他也很快会发现，不仅各种赞扬里有各种各样的保留和“歪曲”，而且欣赏者们的不同欣赏理由一旦展开，彼此间恐怕也会打架……是啊，一部文学作品，怎么会引起这样“混乱”的争鸣呢？在这种复杂碰撞、意向交错的批评中，张贤亮小说本身的意义又在哪里呢？

假如有人说：作品的本体意义，就在这复杂纷乱的争鸣反响之中——人们，包括作家本人，当作何想？

作品争鸣，从“双向对峙（及协和）”到“多向交错与纷杂”，未必是坏事。这里面，既有文学实践和批评实践的某种发展，也有文学观念和批评观念的微妙变化。

观点能够条理清晰地对立，论辩能够针锋相对地展开，这说明争鸣双方（或三方）有意无意地，是在同一层次上进行考察和批评，而那些论辩状态纷杂朦胧，论辩结果既难分胜负对错，也没有明确结论的作品争鸣，则每每意味批评家们同时在不同层次上把握和评判作品。这种现象当然并非始于张贤亮的作品，但在《男人的一半是女人》的反响中表现得比较明显。对《太阳和人》，甚至对精神内涵极纷杂的《在同一地平线上》，争鸣和批评主要是在社会政治历史反思和社会人生态度的层次上展开的。还有《爱，是不能忘记的》，争论也主要是在道德伦理范畴内进行的。所有这些现象，一方面固然是因为作家在作品中着力突出某一层次的意蕴和锋芒；另一方面，更重要的，也由于读者和批评家们的兴趣十分集中，几乎都会不约而同地首先或主要把握作品中最触目显眼的那一个意蕴层次。这些现象，既不能说明作品的单薄，也不能说明批评的软弱。反过来，它恐怕恰恰证明了在新时期文学发展中的特定阶段上，时代和现实，使得人们（作家、读者和批评家）的意向都如此集中。不过，只注意某一个层次（哪怕是最重要的层次）的批评争鸣，如果再掺入非文学的因素一定要明究是非黑白，那么在“积极”与“消极”、“道德”与“不道德”、“革命”与“……”之间的选择，是会使作家和批评家同时陷入尴尬处境的。于是，折中意见必然产生：“动机是积极的，但社会效果却有消极成分。”这种结论，从社会政治层次讲是明智的；但从美学从艺术规律从文学本体意义来讲，却又是很勉强的。

前几年也有不少作品，显然具有多层次的意蕴结构，但在第一层次的批评兴趣面前，作品的立体感并未得到足够的正视。对于赵振开（北岛）的《波动》，我们除了辨认它是否有萨特印记以外，难道不能在诸如技巧创新、小说诗化、青年人失落感的描写等层次上引起思索吗？再如张承志的《黑骏马》，充满了绿色草原的灵性，是主人公心中的神圣所在，这里有没有某种异态的恋母心绪？所有这一类的批评探索，都需要一个多方位的视野和一个多层次的贯通，而最后，恐怕很难达到一个是非分明“不偏高不过低”的结论。

在这个意义上，《男人的一半是女人》出现在中国文学批评有所变化和转机的时候，说明张贤亮实在还是幸运的。《灵与肉》，前几年曾赢得单一层次（社会政治历史反思的层次）的溢美（我在很严格的意义上使用这个词），实际上那也正是一篇经不起多角度多层次深究细探的小说。而近来《绿化树》和《男人的一半是女人》能被各种各样复杂奇特的批评所包围，反过来也证实了这两部近作，恐怕确有其内在结构的复杂性、意蕴层次的丰富性可以召唤、导致、经受和容纳那种种或愤怒或陶醉或苛刻或奇特的批评；或者，不妨把话颠倒过来说：也许正是人们多视角、多侧面、多向、多维、多元的鉴赏、把握、解剖和评判，才充实着乃至支撑着作品意蕴和意义的多义结构和丰富层次。

理解了“多层次批评”这个关键，上述包围《男人的一半是女人》的种种观点，就可以得到一个初步的梳理了：嫌其“极左”，责其美化苦难玩味屈辱也好，攻其“太右”，斥其含沙射影以性无能隐喻知识分子命运也好，这两种截然相反的批评均从社会政治角度立论——显然，作品中确有无可否认的社会政治内涵；赞其大胆突入“性心理”荒漠也好，怒其厚颜无耻“是个伪君子”也好，这方面的讨论属于道德范畴——看来，作品确实锋芒毕露地触及了不少道德难题；是真诚坦率，还是做作矫饰？是严厉自剖乃至自折自虐，还是聪明地自夸自慰和自我辩护以求解脱呢？这似乎也是道德批评，但实际上主要是讨论创作态度，指归于艺术规律而非伦理法则；至于作品中的“性描写”美不美？太露还是不够细？哲理（及经典）与心理（乃至变态）的混合，效果如何？文笔格调是奇峭还是平庸，艺术趣味是残酷的深刻的“新”还是矫揉造作的“丑”？……这些研讨，都主要在美学层次上展开，有的还涉及趣味。谈到趣味无争辩，加上几个层次的问题交错混淆在一起同时铺开，自然使人们感到这种批评争鸣和作品反响的复杂，也使人们相信作品也的确复杂。

难道说，《男人的一半是女人》的复杂意蕴，是由多层次的批评所造成的美学错觉？我以为，这句话只说对一半。需要纠正的至少有两点：第一，造成的“文学现象”是非“美学错觉”；第二，批评不仅是“多层次”（多个参照系）而且仍然是“多向”（不同的价值判断标准存在于每一个层次每一个参照系中）。

对文学作品的多层次考察，首先是一种“现象确认”，即“我认为作品在这一个层次或那一种意义上有什么意蕴”；而对文学作品的所谓多向评判，就是不同的人依据不同的标准对同一作品意蕴的不同价值判断。严格说来，“现象确认”与“价值判断”在文学批评中，总是同时展开同时进行的，但由于不同的批评实践有不同的侧重，所以我们可以人为地归纳哪些批评侧重于考察作品意蕴“是什么”，而哪些批评更关心作品意向“好不好”。比方说，前面我们引述的关于《在同一地平线上》等作品的同一层次的激烈争鸣，主要就是讨论作品的意义“好不好”（积极还是消极）；而近年来对一些“探索性”作品的多层次探索，则主要是“现象确认”，从不同角度探究作品内涵“是什么”。为什么那些被人讥为“可读性越来越少”的作品“可评性”却“越来越多”呢？这其实同时说明了文学实践从单一性社会政治主题向社会文化心理结构的多层次意蕴的开拓发展，和批评实践的从单一性社会政治或伦理判断向社会文化心理结构的多层次探究的转折变化。

现在我们不难明白，为什么张贤亮的近作会在文学批评面前显得特别复杂（或者说被文学批评搞得特别复杂）。因为围绕着《男人的一半是女人》的批评，是“各种各样的好话和坏话”，即既有多层次的意蕴探究“现象确认”，同时仍有针锋相对、截然相反的价值判断和是非界定。如前所述，几乎在作品涉及批评指向的每一个层次上（社会政治历史反思，道德伦理范畴内对人的自然属性的思考；人生姿态、生活态度；美学格调与趣味与技巧的层次；等等），都同时有着来自两个（或两个以上的）方向的批评力量，在混淆，在交错，在曲折碰撞。这种现象一方面证明了作品在它所涉及的诸多层次上都具有尖锐的挑战性，尤其在“中国现代知识分子的历史命运”与“性”这两个极敏感课题上诱发和召唤了人们原有的困惑、激动和不同看法；另一方面也证明作品的挑战性、尖锐性本身表现着某种朦胧形态，使得人们（读者和评家）在来不及确定这“是什么”时已经被迫要表示“好”或“坏”。这种作品锋芒的朦胧形态，从好处说，便是作品多层次意蕴内涵的开放结构；从坏处讲，便是作品多层次意蕴内涵的混乱结构。开放也在这结构中，混乱也由于多层次，这个问题十分重要。我们不妨先从“坏”的地方看起。

在《灵与肉》和《绿化树》中，张贤亮已经表现出政治姿态、人生姿态与美学姿态的某种混淆。比如对于主人公的苦难经历，在政治姿态上，这当然是极左路线，畸形时代强加于知识分子的厄运，理当谴责唾弃无疑；但在人生姿态上，人经受了严酷的磨难但还是走过来了，再想想当初那些严厉自责的顺态“忏悔”和以“毒”抗毒的逆态忍受，再想想厄运灾祸如何变成了使人坚强成熟的考验和炼狱，这时候的感慨里就不会只是愤恨和不堪回首，而是滋味万千的感悟了；而在美学姿态上，对苦难中心理变态的解析，对厄运的既荒唐又奇特的情绪体验，还可能会成为苦涩的快感，成为对痛苦的观照和玩味……本来，政治谴责、人生感悟和美学观照是完全可能在作品中多层次呈现的，问题是张贤亮却有意无意地把这几个层次的不同姿态加以混淆，作家不但没有运用叙事口吻色调变换等技巧来拉开二十年前的章永璘与今天的张贤亮之间的距离，而且反过来贴上许多议论和格言、引子，更增加了三种姿态之间的时空混乱感。

在《男人的一半是女人》中，这种不同意蕴层次的混淆依然存在，这也正是“多层次批评”得以朦胧纷杂展开的主要原因之一。性功能障碍以及由此引起的人性屈辱，大概是这篇小说最诱惑人、最刺激人同时也最羞辱人、最令人讨厌、遭人非议的场面了。对此，社会政治角度的反思，无论是实录细描被迫害文人的生理精神痛苦，还是曲折隐喻被剥夺思想功能的悲惨命运，其姿态都是沉痛的，也是充满愤慨的；但在道德伦理及人性价值意义的探索上，却使作家不仅没有对“性无能”的经历不堪回首，而且反过来要加以渲染尽情表现，这时作家的兴趣，已从导致人性扭曲的原因转向人性扭曲的后果，把赤裸裸的人逼到畸形境地无情拷打后，心理畸变发展到生理畸变，“性”的课题便无可回避了——我想表示遗憾的是作家不该只满足于用畸形性心理来隐喻知识分子命运，其实深入解剖变态性心理，恐怕是个更“重大”的文学课题。在我看来，即使在大谈男女之事时，作家的政治兴趣也不是太淡而是太浓。作家的“性心理”分析不仅不是脱离社会内容“抽象渲染”，而是相反，社会政治内涵渗透得太直接太集中以至于人性解剖的深度受到了影响。当然，在美学姿态上，既然要解析畸形心理，难免要玩味观照甚至做迷醉状，既然要探究变态性格，也难免雕刻病态甚至欣赏病态。如果把这种姿态与上述社会政治层次的反思混淆起来，是啊，人们不困惑、不愤懑、不惊讶、不感叹才怪呢。

同样通过性变态写动乱时代，写深层社会文化心理，我更喜欢莫言笔下的痴情于菊花的小黑孩。但我必须承认，张贤亮所玩味观照的“性饥渴”“性焦灼”和“性屈辱”，对近年来文学中反复咏叹的形而上的“爱”的旋律，以及对“第三者”的传统义愤，都形成了更大的冲击。“食色，性也”，可张贤亮、陆文夫、阿城近来均有写食（吃稗子面，吃遍苏州名馆，吃蛇肉）的精彩文字，却少有人击节或责难。唯独写“性”，激动与愤慨马上会一齐涌来，同时膨胀了作品的容量。极有趣味的是，张贤亮大谈男人的屈辱，特别为之难堪和气恼的却是女性作家。这是否意味着男人的尊严，本来就是女人造出来的？张贤亮或许最初通过“性”写“政治”，可政治姿态、道德姿态和美学姿态的混淆，却使这篇作品在“感情道德探索”中的意义，至少不亚于其社会政治容量——这里起作用的，是读者和批评的力量吗？多层次意蕴的混乱结构（或曰开放结构）在招致纷杂非议同时又扩大了社会反响以后，是否可以被我们认为，这就是作品的本体意义？

可是，假如没有目前这种批评局面呢？那么作品中多层次的意蕴既无法产生多层次的美学和社会效应，而猛烈碰撞的批评也可能会将作品“压扁”。

同我们的批评界一向慷慨赠送赞誉之词的习惯相对而言，人们对张贤亮近作的评论看上去似乎都比较苛刻；有的是高标准苛求作品的精华，这是尺度苛刻；有的则以平庸背景衬托作品中的缺陷，此乃态度苛刻。不过透过一片苛求的批评，实际上我觉得评论界，尤其是青年评论界，对张贤亮作品已表示出相当的重视。在真正的文学批评中，解析，尤其是苛刻的解析，恐怕也比赞誉，尤其是宽容的赞誉要高一个层次。

当然，首先要有“东西”可供解析——人们会这样说。“东西”，指的是作品的意蕴、容量和价值。但反过来说，这“东西”，作品的意蕴、容量和价值，或者再简洁一些，即作品的意义，不就是各种各样的读者接收和纷杂交错的批评所直接构成吗？本文所讨论的有关张贤亮近作的批评，不是已经从各个侧面构成着和支撑着其作品的意向、意蕴和意义吗？这样看来，人们怎么看怎么评说《男人的一半是女人》，是个极不该忽视的问题。因为我们现在所面对所研讨的小说，不就是人们观照和批评中的《男人的一半是女人》吗？

本文前面对各种批评意见的罗列和考察，都企图证明，张贤亮近作在批评面前显得特别复杂，和“张贤亮近作被批评搞得特别复杂”，这两句话说的是一回事。

作品能在批评面前呈现复杂的立体层次，这是文学实践的发展；批评能将作品“搞”得复杂起来，这是批评实践的发展。两者的同步则会构成两种观念：文学观念（什么是作品本体意义？）和批评观念（什么是批评的本体意义？）的同时变化。这种变化在1985年刚刚明显起来。《男人的一半是女人》正好“撞在枪口上”——它是否比《波动》、比《爱，是不能忘记的》更不幸？抑或更幸运？

限于篇幅，我恐怕无法把这个很大的问题说得更清楚些，但我想，关于张贤亮的创作，我已经说得很多了。而关于本文所涉及的批评和作品本体意义的问题，我又说得很不够。因为最近我和我的几位同事正饶有趣味地在讨论“批评观念”的课题，所以在奉编辑之命而作的本文中，我也就自然而然将思路从前一问题（有关张贤亮创作的争论）向后一课题（什么才是作品的本体意义所在）延伸了。我知道，谈得有点匆忙。或许现在还不是讨论这些问题的时候。就我个人而言，这方面的思考也只是刚刚开始。

1986年3月

（原载《社会科学》1986年第5期，收入《当代文学印象》）

曹冠龙的寻找

曹冠龙的小说不多，但通过这些作品，仍不难窥见其严肃的创作风貌。几年来，他在创作上的变化，既令人欣喜，又叫人惊讶，也使人困惑。他好像总是苦苦地皱着眉头，摸索着，寻找着。他究竟在寻找什么？

不少人至今还认为曹冠龙的处女作《三个教授》[1]“最足以体现他的创作个性”。在当时众多直接控诉“四人帮”罪恶的作品中，这组（或者说，这三篇）小说确实有理由被人记住。三个独立成章的短篇，都写了教授——同一时代里三个不同的教授。作者当时对知识分子的观察，主要还是从社会同情和政治义愤出发的。《锁》里的教授，挚爱科学几近于痴狂，为抢救学术资料居然敢于深夜潜入专案组办公室，为打开“皇后牌”门锁，他居然事先研究设计了上万种开锁的程序。开锁这个细节，同时写出了教授的智慧和迂腐。《猫》里的教授，安分守己，谨小慎微，只因无意间伤害了家猫并将其尸体安放在垃圾箱里，就难逃“文攻武卫”的法网而被迫跳楼身亡。在《火》里，出现了另一种教授，他的

1 《安徽文学》1980 年第 1 期。

无耻行径，可以使人联想起希姆莱属下从事特殊试验的医生。为了取悦上司，替局长做“调换眼珠”的手术，他竟然到监狱里物色活人做“供体”。明知那被叫作“玻璃”的犯人还很年轻，明知他的“罪行”只是让郭建光和小卫生员来了点“眉目传情”，可谁让他天生一副好眼睛呢？于是，改善条件，加强营养，特殊照顾，缓和情绪……最后，当然是宣判死刑。《火》的后半部，“玻璃”、局长和那团有象征意义的“火”渐渐占据了篇幅的中心，而那个卖身求荣的教授，不仅形象“惨白”，而且性格也有些“扁平”——他是否坏得过于简单、坏得过于轻松了？即便是前面两个教授的“挚爱科学”“谨小慎微”等，主要也只是知识分子的职业特点或性格类型。因此，苛刻地讲，曹冠龙笔下的教授，不是三个，而是三类。

尽管在性格刻画上不算出色，但《三个教授》另有一种魅力，在于它奇特的情节、粗犷的笔调；在于怪异的想象、浓烈的色彩；在于它无法掩饰的充满正义的感情姿态……一言以蔽之：在于作品中的浪漫主义色调！我们看到，在曹冠龙小说里占主导地位的情感，既非《伤痕》（卢新华）式的呻吟，也不是《回声》（韩少功）式的反思，而是对“四人帮”的一种愤懑，一种无泪而迸血的抗议。有了情感这个关键性的熔剂，我们就没有理由再简单轻视理念和情节了。想想雨果在吉里亚特身上灌注了多少主观理念，想想吉里亚特的行为如何离奇得有悖常埋，然而，这个形象依然支撑着《海上劳工》并使之传世。在曹冠龙那里，也是岩浆般流动的情感，使理念获得了某种具体性，同时又赋予奇特情节以合理性和象征性。紧张的心理气氛绷紧了情绪的弦，压迫着读者和他一起去认可、去发现、去正视那荒唐事件的真实性。这可是真实的荒唐啊。大胆而又不失其真的情节后面，分明蹲着历史严酷的影子，又露出作者灼热的怒容。我想，倘若有人要在当代青年作家群里寻找浪漫主义者，他不该忘却曹冠龙。

然而曹冠龙自己却似乎并不陶醉于“浪漫”的境界。他在《三个教授》里塑造了（或者说暴露了）自己的文学形象：粗犷，正直，严肃得有些书生气，情感又灼热得几乎无法自制……但他显然不很满意这个形象。不久以后，他就开始谋求“变化”了，就开始苦苦“寻找”了。

考察曹冠龙的“寻找”与“变化”，是很有意思的。

“寻找”与“变化”的过程，也就是重新选择和多方面探求的过程。这一时期，他写了《母》[1]《蛇》[2]和《麻雀》[3]。《母》好似一幅为训练心理描写技巧而作的素描，虽然线条细腻，笔触委婉，颇见功力，但毕竟只是素描——母亲丧子的悲哀建筑在“车祸”这个偶然事件的基因之上，那情绪终究显得太抽象、太单纯，因而也有些空泛。《蛇》的画面结构比那带寓言意味的内容更引人注目。作品由两条线索交织而成：一是现在，是缓慢推移的顺时针：年轻的女教师如何对待性情乖僻的同学“蛇”；一是昨天，是大幅度跳跃的逆时针：女教师的父母如何为“蛇”的父亲所害，而“蛇”的父亲在少年时代又是由他们所拯救所培养的……有几十年时间跨度的故事，被严密地揉碎了，情节打散得相当精巧（甚至过于精巧，未免见斧凿痕迹），但也显示出他对社会问题思考上的弱点：“蛇”的父亲，怎么会从解放初的孤儿、红领巾，发展为20世纪50年代末的忆苦思甜能手，又发展为“文革”中迫害恩人的“造反派”？这里的原因，恐怕不是单纯用道德品质上的“忘恩负义”就能概括的。曹冠龙自己也清楚：“五七年”和“六六年”的时代悲剧如果只是少数坏人的道德品质问题，那我们今天就太幸运了。

---

1 《上海文学》1981年第5期。

2 《上海文学》1980年第12期。

3 《上海文学》1982年第1期。

同形式探索的艰难相比，曹冠龙在沉思历史时，他的困难（包括主观上的偏激的书生气）显然更严重一些。《蛇》之所以悲而不寒，涩而不暗，核心细节是最后女教师终于摈弃前仇，重新含着“爱”的泪来拥抱来温暖那绰号叫“蛇”的同学。既然“蛇”的父亲昨天的恶行是有其特定历史原因的，那么“蛇”的明天的希望也应有而且实际上也是有其社会发展的根据。作者自己也没有足够的信心来展示这一前景，因而小说定在“爱”弦上的尾音，听来尽管柔美，却总有些缥缈空虚之感。

在《麻雀》里这种“爱”的理念显得更加抽象化了——美丽、温柔的女打字员，出于母爱（为了给婴儿练眼神、长骨骼），捕捉了小麻雀，后来又把它油炸了；外形丑陋的老麻雀，也是出于母爱（为了拯救自己的后代），狂暴地进行反抗，竟然像子弹似的从高空中“射”下来，实施“神风式袭击”乃至身亡……但是他这种“爱”也绝非西方某些鼓吹“绝对不杀生”的泛爱主义。他的同情麻雀，实在是为了说明即使是卑微弱小者，也有最朴素的欲望，也有最神圣的要求。残忍到连动物都不如的“人心”，前些年人们见得还少吗？曹冠龙，和其他许多青年作者一样，是在“十年”中才开始思索、开始动笔的——这一点很重要。眼见了大量黑白颠倒、人兽不分的畸形的社会现象，他，既没有因熟视而转向无睹流于冷漠，又未能轻易拥有更大的精神优势予以明察、予以透视，于是，他一面表现出情感上强烈的正义倾向，一面也显示出了思想上、观察上的某种有欠全面但不无深刻的偏执。面对丑恶，他怎么也学不会某些人的超脱、回避、容忍，但他又缺乏足够的武器来剖视、摧毁这“邪恶”。这就决定了他的态度，是热讽而非沉思。受到他的浪漫气质和创作方法的制约，无论是面对历史、考察现实，还是研究人，描写动物，他都首先而且主要诉之以情感的态度。这种情感的态度，每每从同情、正义感出发，而表现为不无偏激的痛心疾首、愤世嫉俗。“洁癖！”有人说他是“洁癖”，这真是一语中的。在生活里，在情感上，在艺术中，他都比旁人更不能容忍灰尘和阴暗。他缺乏王安忆那种在庸俗与纷杂中静静地隽永地寻觅“非粉饰性暖色”的耐心，也缺乏张承志那种在灰暗与污浊中不倦地燃烧理想火炬的虔诚。因而有时，使人感到“阴冷”。有人说他的作品有着“安特莱夫式的阴冷”。在我看来，这既是对曹冠龙创作的某种批评，但能与安特莱夫在一起，曹冠龙又怎么会没有理由感到荣幸呢？毫无疑问，他的极端地甚至有点狂暴地憎恨“冷”，同时也说明了他在极端地甚至有点痛苦地渴求“热”。当然，由于情绪过于激愤，对社会问题来不及“静静地回思”，因此有时也会对生活中的灰尘、垃圾形成的历史原因，以及与之相依存相制约的种种复杂因素缺乏全面的分析与表现，所以曹冠龙之鞭挞“灰暗”，至少在前期，还是尖锐有余，激愤有余，而力度不足。

《积土》[1]是曹冠龙创作探索中的又一个转变。其实这转变酝酿已久。他早已不满足于感情的直接喷发。在《麻雀》里，他就企图隐匿自己，但没有成功。在女打字员的“母爱”面前，那个“我”每每忍不住要站出来做个表情。可到了《积土》，他却果真从画面中退了出来。笔调也随之变得机警、诙谐而不再激愤凝重。黑白的反差，发展为纷呈的杂色，在取代热泪的“冷笑”后面，主题也呈现了多义性的倾向——积土，一个耐人寻味的意象。如果说回顾人行道上“积土”的形成，是检点历史，“三整顿”今日铲除“积土”，是解决社会问题，那么，陶老头利用工厂“废品”建造“哥特式”厨房呢？在“积土”上种蓖麻小发横财呢？报社记者的特写呢？……这一连串令人笑不出声的诙谐剧，无疑反射着更

1 《人民文学》1982 年第 5 期。

复杂的社会折光。对普通人生活愿望的同情，还是支撑着他的笔，不过这同情穿上了戏谑的外衣，而不再诉诸直接的感慨和议论了。在《积土》以后，曹冠龙又刻画了一连串“老头”形象，如《浴室》[1]中的老山东以及《工会主席》[2]中的杜主席等。这些作品，虽然乍一看，讽刺过于尖刻，其实揶揄、调侃里还是带着某种善意的。就笔调而论，《大人们不知道的事情》[3]显然有些例外。或许是面对着儿童的缘故，曹冠龙的语气骤然温和下来：女孩星星的半条腿被锯了，她问父母，还能长出来吗？父母摇摇头。可她的小伙伴亮亮和黑子却发现螃蟹断了钳还能长新的，于是，小朋友们兴奋了，对，告诉星星去，“嘿，大人们也有不知道的事情嘛！”……天真的稚童，很轻松地背着那么沉重的理性负载，他们的思维是荒唐的，他们的意愿却闪耀着动人的光彩，常识的谬误显示了情感的真诚。把这篇充盈暖色的希望的礼赞和曹冠龙的其他小说放在一起，人们不难从中窥见作者情感世界的不同侧面。

到此为止，我们已看到一串纷杂的脚印，看到了曹冠龙多方面的探索和探索中的彷徨。出于对生活的虔诚，他反复肯定自己的信念；出于对艺术的虔诚，他常常怀疑自己的技巧。他很怕自我重复（不少作家都有此病），甚至并不珍惜自己已经形成的某些特色。几乎每一篇，他都试图把握新的格式，每一次，他都希望开掘新的层次，每一步，他都想要踩出新的痕迹。他念兹在兹地摸索着，不断寻找属于自己的题材、技巧和风格。如何看待曹冠龙小说所呈现的多种意义上的变化呢？在寻找的过程中，他显然是有所得，也有所失的。

曹冠龙在题材上是四面出击但涉足不深，触及的面不可谓不

1 《上海文学》1983 年第 6 期。
2 《青春》1983 年第 9 期。
3 《人民文学》1983 年第 5 期。

宽，角度往往很冷僻。作为年纪不太轻的青年作家，他写母爱多于写恋爱，写老人多于写青年，写男性多于写少女。或许他今后，会更多地描写都市里街道和工厂的众生相，但至少在目前，他还没有自己稳固的基地。就变化倾向上看，在他笔下，环境背景越来越普通了（从学校、刑场到市井、浴室）；情节事件越来越细小了（从跳楼、车祸到理发、扫垃圾）；人物身份越来越平凡了（从教授、局长到小贩、儿童）；他们的性情也显得平常，既无邪恶感，更少英雄气……看来，这主要是由于他竭力想表现“善与善的冲突”。

写善与善的冲突，并非无是非，而是强调写出冲突双方（乃至多方）各自内在的合理性，从而达到对生活的更复杂、更深刻、更全面的把握——正是在这方面，曹冠龙取得了最重要的进展。他的几篇近作里，依然有戏剧性的矛盾冲突，不过冲突的基因，却已不只是坏人作恶（如《火》中的教授；当然，这也并非他一人作恶），也不再依赖偶然事件（如《母》中的车祸），更多的，他是突出普通人在日常环境里所习见的矛盾关系，是由于不同人物各自的“位置”（身份、性格、利益、社会存在）不同，使得他们不自觉地相互产生不悦，形成冲突，导致风波。譬如《积土》种蓖麻的陶老头与“三整顿”的人们，谁错了？再如《浴室》里那个老山东，更是个值得认识的人物——仅仅持管理浴室的钥匙，他便如此威风，可他的心又很善良。既忠于职守又通情达理，有求必应，有恩必报，嘴硬心软，极要面子。这当然不是个规范化的劳动者典型，他不想损害任何人，别人也无意伤害他。可烦恼还是来了。作者把这与“钥匙”纠缠在一起，似乎显得琐碎而又耐人寻味的烦恼，安置在改革的现实背景下，更推深了作品的意旨。显然，对于笔下的人物，对于包围这些人物的生活本身，曹冠龙的感触已日趋复杂。虽然在刻画某种性格时，他不会像王安忆那样心平气和地去贴近角色，也不像高晓声那样站在高处去洞察，但他已经开始企图把握那些描写对象的复杂性了——这个迹象，可以表明作者对生活、对社会的理解上的某种深化。

在艺术表现上，在以“奇特、粗犷、浓烈”的特色引人注目时，曹冠龙自己却开始有点憧憬“冲淡”和“单纯”的意境了。虽然他最初是在杰克·伦敦的热风熏染下动笔的，但他又觉得捕捉特殊总有点“做”，而平中见奇，“发纤秾于简古，寄至味于淡泊”才真见功力。他欣赏旁人那种淡淡的清峻，更折服于有些大师那平静的深邃。他想追求“单纯”，想把握“平淡”。

然而在这一方面，他并不很成功。对作家来说，重要的不仅在于他想怎么写，更在于他能怎么写。就曹冠龙小说自身而言，好像（也只是好像）逐渐“淡”了下来，但放在青年作家群里看，他的作品依然以浓色和锋芒见长。他自己尽可以多方面地探索，但事实上，各种主观因素（姑且不谈客观条件）都在制约着他——首先是他的气质，使他本能地趋向于浓烈、奇峭的事物，他的“洁癖”使他在丑恶面前立刻会发抖，使他怎么也学不会雍容、飘逸和冲淡。其次是他那无法以方圆容之的过人的想象力，怂恿着他总是不屑于精细描摹客体，一旦实描，反而枯燥（如发表在《雨花》1983 年第 4 期上的《床》，作者尽力表现小人物在困境里的天伦之爱，而读者印象最深的，却是一幅静态的平民生活窘困图，像插画所概括的那样）。最后，他的审美趣味，绝不满足于平湖秋月、夜莺玫瑰之类单纯的优美，他赞赏奇峭与崇高，他正视畸形和丑怪。在冷色面前，他决不肯扭过头去，或者用橙黄镜片来过滤。有时他甚至缺乏必要的美学节制（例如，像高晓声那样，把丑恶包起来，戳一个洞，让读者用气味来想象），甚至把“丑怪”纳入审美范畴。于是，他的小说里，丑陋的麻雀在挣扎，蛇的躯体在扭动，怪虫满江泛滥，爬上桥墩，断钳的螃蟹吐着泡沫……所有这些意象，显然都与“冲淡”无缘。事实上，曹冠龙的创作，从来都不是以“淡泊”取胜，也从来都不是“不假修饰”的。幸运的是，尽管他念兹在兹地企求“无技巧”的“淡”的境界，然而一旦落笔，又从不敢（或者说不能）真的怠慢技巧。他还是注重象征（通过寓言或暗示，将理念物化、对象化、意象化）；还是讲究情节（不是讲故事，而是精选冷僻的角度，设计特殊情境，制造奇峭的气氛）；还是要倚重讽刺、幽默的手法（既可显示爱憎，又与描写对象保持一定的距离感）。曹冠龙的小说，一向布局严谨，文体精练，构思奇特，色调很浓，而语言，更经过刻意的锻造，有些漂亮得令人过目难忘的句子，就“像两面铭刻着花纹、边上还雕凿着花边的金币”（我忍不住要借用勃兰兑斯评论缪塞语言的这段话来形容）。尽管整体来看，他的笔风还是奇而不逸，峻而不厚，且时有不和谐音，但他的技巧，却的确在日趋成熟。记得袁枚说过：“诗宜朴不宜巧，宜淡不宜浓。”然而这里讲的“朴”，乃“大巧之朴”，此处所谓“淡”，亦“浓后之淡”！从艺术效果看，浓和淡是辩证的；从创作主体看，作家又各有其不同的条件。我以为，对曹冠龙来说，或许浓极方有淡！所以，至少在今天，他尽可以不必惶然四顾旁人的佳径，也尽可以不必老是翘首仰望最高境界（什么是最高？恐怕也不是绝对的）。他应当（也只能）从本身特点出发，既顺乎性情，又大胆创新，坚持走自己的路。淡乎？浓乎？姑且听其自然吧。

还有一点，既然风格追求与艺术方法有关，那么，或间接或直接，它也就必然要受到作家把握生活的方式的制约。曹冠龙在观察和把握生活时，很有自己的特点。他不善于冷静地分析社会矛盾、全面地考察生活现象（他几乎是本能地回避了铺陈细描的写实方法），他又不擅长于一己心境的解剖和宣泄（他逐渐拒绝了直抒胸臆的抒情），他的特点，是从极度敏感的爱憎出发，从旁人意想不到的角度立论，抓住生活中的某一侧面、社会现象中的某一点，予以渲染，予以凸现，予以强化——这种观察和把握生活的独特方式，足以说明为什么曹冠龙总是擅长于写短篇，而作品又总是以奇、以浓、以精练取胜；在另一方面，它也同时可以说明作者情感上的纤敏与思想上的偏执。情感的纤敏，乃真正的艺术家的优点，而思想的偏执，恐怕也是艺术家所常备甚至必备的缺点（必备的缺点，还是缺点吗？）。作家面对纷乱、复杂的生活，他可以全力凸现其某一侧面乃至某一点，但他在痛心疾首这一侧面或这一点时，又不应该轻视、忽略这一侧面、这一点与整体生活的纵的（历史的）、横的（社会的）各种复杂联系。即使只写不健全性格的某一瞬间的心情或动作，也最好能在无形间顾及制约该性格的“全部社会关系”，也总要在单纯中见出整体感——恰恰在这一点上（如果我们持论较严的话），曹冠龙的笔力显得较弱。讲得具体些，譬如工会主席，他用剃头进行忆苦思甜的行动确实有其可笑之处，但这可笑当中，是否又有某种合理的成分，导致这“可笑行为”的种种纷杂的社会和历史的原因，作品虽不能写，却要有（这一点，说来有点玄，其实也不难做到，比方《浴室》里的老山东，身上就有比杜主席厚重得多的历史感）。如何既坚持自己观察与把握生活的独特角度并保持情感的纤敏和“浓度”，又进一步强化作品中的历史感并探求“一粒沙里看世界，半瓣花上见风情”的意境，这确是考验着曹冠龙笔力（也包括思想能力）的一个关键性的课题。

总之，曹冠龙的小说，有很多缺陷，但绝不平庸。“世界上只有某些事物犯了平庸的毛病还可以勉强容忍……诗人若只能达到平庸，无论天、人或柱石都不能容忍。”（贺拉斯《诗艺》）凭着他驾驭和控制情节的能力以及他的文字功夫，曹冠龙不难写出点更迎合“流行”趣味的东西，但他显然“有所不为”。诚如歌德所言，他是“要把自己所处在的以及别人所处在的那个文化修养阶段上的，当时他自己认为是正确的和适当的东西带给大众”。尽管一发声，一号叫，他的音色就异于他人，但曹冠龙却一直在怀疑：这究竟是否是最佳音域？为此，他苦苦地寻找着——就像前面所说的，他减退了热情以求深刻，他抑制着激动而走向机警。他的意象更含蓄了，语言更精练了，但气势、气度却不如从前强悍。质言之：他是以削弱情感冲击力为代价来追求深沉、冷峻和幽默——在这里，我不敢说这代价是否过于昂贵，因为我不认为《积土》《浴室》已是曹冠龙真正的代表作，已完全展示了他的潜力。事实上，他还在不断发展，还在执着地摸索，他的路，还很长……在锤炼感情、精熟技巧、调音调色、探索风格等方面，他都还在不懈地尝试，不懈地寻找。冠龙始终是严肃地握着笔，这就使人们有理由对他的创作前景，寄予较多的期望。

也许，曹冠龙总是找不到“自己”，那也没有办法。他还是只能这样走下去……

1983年9月

（原载《上海文学》1984年第12期，
题为《曹冠龙的小说创作》；收入《当代文学印象》）

平淡乎？浓烈乎？ :《棋王》过眼录

读《棋王》中有关知青生活的描写，不禁使我想起杨绛的《干校六记》。这里，文风、技巧，特别是那一种控制感，都很值得玩味。

在踏上“征途”的月台上，并没有着意渲染的口号声和哭声；农场里伙食清苦，油星宝贵，也听不见知青们如何抱怨苦叹。在那奇特的年代，青年人有多少奇特的雄心和奇特的遭遇，然而阿城，至少在《棋王》里，却既不激昂，也不呻吟，既不愤怒，也不戏谑。烈日、臭汗、饿鬼、香烟、粗话、破梦……城市学生与乡村现实的种种不协调，都脱离一切语气词、感叹号而平淡无奇地呈现。文雅的学生杀蛇待客，可怜巴巴地珍藏酱油饼，再讲讲海味作精神会餐……种种本来可以用来自怜或哭喊的细节，作者却写得若无其事，不厌其烦，甚至还有点津津乐道，带着欣赏的意味……《棋王》的特点，显然不在它讲述了若干奇人奇事，而在于它居然那么平静、平淡地讲述奇人奇事。于是，这种在奇人奇事之中的平静与平淡就似乎给人某种哲理回味了。出身贫苦的学生王一生，如何自幼酷爱棋术，在“文革”中莫名其妙地倒霉；如何我行我素“痴呆”笨拙地迎接上山下乡的严峻考验；最后又如何在地区以惊人的棋艺显示了他的正直和自尊……在某种意义上，阿城几乎有点浪费素材，因为他把离奇的故事讲得太细碎太粗糙（除了奇峰突起的结尾以外），然而事实上，正是在前面大部分篇幅里，作者显示了情感和技巧上的某种控制感，看似随意而谈，其实刻意锤炼，明明讲究修饰，却又不动声色。交代情节啰里啰唆，在感情泉口反而惜墨如金，重语淡出，敢于留下空白——但又不用电报体，也不轻易跳跃。冰山，藏在传统的叙述文体下面。当然，作者无意追求“纯客观”，最后几节就有些“失控”，火苗直窜。阿城为什么要竭力以平写奇、以淡写浓呢？从创作主体看，或许作者感到知青生活五味俱在，杂色难言，任何一种单一的色调都无法概括，所以不如把复杂的情感态度压得更深一点以酿出些形而上的酒气药味？也可能，从艺术效果考虑，作者觉得在“那时候”，荒诞奇特的事情实在太多，不必惊讶呼喊，倘若平淡写来，冷静观照，更见其奇特（例如同学们见“脚卵”走后门成功，都很欢喜；这比写成愤怒，要深刻得多）。时间和新的理性高度都在帮助作家，心理和情感的距离也将有助于透析思索。《棋王》被缚于情节，生活画面和思索均未及充分展开，但在文体姿态和哲学风度上，小说无疑已经提供了一种启示。它也使我们思考，什么是深刻？有时轻描淡写比激动痉挛更深刻，什么叫冷峻？有时漫不经心比苦皱双眉更冷峻；什么是行动？有时无可无不可倒是一种行动；什么叫思考？有时“满屋喉咙响”比高谈阔论更接近于思考。当然，我说的是，有时。

1984 年 7 月

（原载《文汇报》1984 年 7 月 25 日，
收入《当代文学印象》，略有删改）

刘心武的小说与“新时期文学”

恐怕很少有人会将刘心武视为1976年以后中国最杰出、最有艺术深度的作家，但同样也很少有人会否认刘心武是这一时期中国最有社会影响、最有代表性的作家之一。我想这种“代表性”主要体现在以下三层意义上：第一，他是个“贯穿始终”的人物。中国文学在“文革”后的真正转机便是发表于1977年11月号《人民文学》上的刘心武短篇《班主任》，到1985—1986年，刘心武又以一系列社会小说新作推动了“纪实小说热”的出现并使其成为当时最新的文学动向之一。刘心武并不是仅仅活跃一阵热闹一时的作家，十多年来，他一直企图（而且也常常能）泛舟于新时期文学的主流之中甚至弄潮于风口浪尖。所以今天纵向考察刘心武的道路，同时也能在某一平面上梳理出新时期文学的若干发展轨迹。第二，“理性启蒙”是中国现当代文学（包括“文革”后文学）的一个重要历史特征。作家们大都入世倾向明显，救世愿望急切，大都一铺开稿纸便自觉承担起“社会改革家”或“灵魂工程师”的崇高使命，即不仅自己正视人生解释社会，而且还要帮读者改革社会或教读者怎样生活。既当作家又是战士的作家自然另有代表，而那种身兼作家和教师两职于一身的情况，却在刘心武那里表现得十分典型。他有篇小说题为《醒来吧，弟弟》，这种诚恳焦灼、喉咙都似乎有点喊哑了的呼吁，不仅可以看作是涵盖刘心武大部分创作的一个总题目，而且在某种程度上也正是相当部分新时期小说（尤其是中年作家表现青年人生活的作品）的一个共同主题。对此，本文有兴趣的是：醒来吧，弟弟——那么哥哥自己呢？第三，与上一课题密切相关，假如在呼唤弟弟苏醒振奋时，“哥哥”们自己也处在亢奋状麻木状的“神志不清”中，或貌似清醒“爱”人实则陷于别种意义的痴迷沉醉，那么，“救人还是自救”的命题不就自然而然无可回避了吗？虽然作品触角事实上已经不自觉地碰到了上述命题，但作家主观上却依然救世救人的意愿热忱高于拯救自己的文化与心理危机感——刘心武是如此，整个新时期中国文学，总体来说，也是这样。这不是又一次证实了刘心武在新时期文学中的“代表性”吗？

一　与“伤痕文学”的关系

数天前，为了本文的写作，我到系资料室借了本北京出版社出版的《刘心武短篇小说选》。重读之时，我有两点惊诧：一是因为纸张，这本 1980 年出版的书，纸张居然已经泛黄。撇开纸张质量与图书保管设备等因素不谈，那种物理形态的时间痕迹毕竟给人一种可以用手触摸的“历史感”（“历史感”是刘心武很喜欢用的一个概念）。二是因为内容，和我自己感觉上的复杂矛盾——当我不无失望（当然也不无谅解）地重新看到那些粗糙的文体、直露的说教、拘谨的“突破”以及跟在人生常识后面的惊叹号，和伴随着真理 ABC 的激情心潮，我十分清晰而且兴奋地感觉到了历史的脚步和“昨天”的陈旧：仅仅十多年，仅仅刘心武的创作，不就浓缩了若干个文学发展阶段、时期乃至时代吗？是的，回头一望，方知我们已经走出多远……可是，当我同时又怀着钦佩、感叹的心情发现刘心武夹在呼吁、说教和社会议论中的练达目光、深刻笔锋，今天仍然使人感到震惊、新鲜和痛快时，我不禁对“历史感”又有些迷惘和感慨了：是啊，十多年了，难道我们今天面对的，仍是谢惠敏僵魂或绿叶空间问题？我们的“新时期文学”，究竟走出了多远？……

刘心武，1942年出生于四川成都，但后来主要的生活、写作背景都在北京城。只是成名后回家乡出过一本小说集，咏叹一番嘉陵江。祖父是晚清举人，曾留学早稻田，还参加过北伐，亲戚中有不少早期留洋的知识分子。父亲虽是职员，也喜爱京剧和文学，母亲性情宽厚随和，对刘心武影响似乎更大，亦知书达礼，谈起《红楼梦》中细节如数家珍……一般说来，像这样一种严谨正派、规矩安分的书香门庭下的子女，在20世纪五六十年代的红旗背景下，大都一方面格外积极（唯恐被人视为落后）地追求政治进步（以入团、投身运动来显示与小布尔乔亚血统决裂，同时谨慎地选择与政治关系较远的工程技术等“实业”报效国家），另一方面又自觉不自觉地保持着某种文化优越感，其核心是“正派和有知识”。“正派”的为人准则使他们后来历经风浪却始终看不起种种吞云吐雾、聪明取巧、追风逐浪和花里胡哨的人和事，“有知识”又使他们自觉有责任同情、帮助甚至解救那些缺乏教养、无知无欲或“误入邪门”的下层民众。刘心武同他那些以“实业”报国的兄弟姐妹的区别在于他最终要以文学报国，于是，上述家庭文化背景也就直接构成了他创作的基本文化框架，一种后来证明比政治敏感，教师职责和编辑习惯更不明显但却更为重要的背景制约。

在1958年第2期《读书》上发表文评《谈〈第四十一〉》时，刘心武还是个16岁的高中生。从那时起，直到1977年写作《班主任》，前后二十年，刘心武在《北京晚报》《中国青年报》《光明日报》等报刊发表了很多小说、散文、杂文、小品及剧评，甚至在“文革”后期，也出版了描写“红小兵”在向阳院里抓阶级斗争的小说。所有这些鲜为人知对当时文学界毫无任何影响的“创作”，与刘心武后来的文学选择倒不能说没有关系。

“文革”后刘心武真正进入文坛，其创作大致有三个阶段，分别呼应着新时期社会文学主流发展的三个时期：开始是典型的“伤痕文学”，接着他写了不少“教育”作用明显的“心灵美文学”，后来则比较偏重考察市民生态和心态。后两个阶段在时间上有重合，区别在于创作意向。如果说第一和第三阶段刘心武的创作都自觉有力地推动了整个文学潮流的发展，那么第二阶段则有些相对被动地顺从潮流的变化。

评价刘心武，首先需评价“伤痕文学”。关于“伤痕文学”，我在别处有专题讨论，此处只简陈几点最基本的看法。我以为，第一，“伤痕文学”的历史价值在于它是20世纪以来中国的文学与政治、与民众意愿这三种力量最协调最有成效的一次统一行动（这里所谓的“政治”，特指执政党的方针策略与国家政府的政策措施）。20世纪30年代左翼文艺一度体现着主流作家们的政治热情（天真？），但明显与国民党的“政治”对抗，且由于读者圈、语言背景、社会环境等种种原因，当时再激进的革命文学成果也并未能够完全与“引车卖浆者流”的普通生活意向直接融为一体。于是后来便有了“大众化”的讨论。也就是说，文学虽与左倾革命思潮结盟了，但与民众仍有距离。1942年以后，在毛泽东《讲话》的指挥下，赵树理、李季等人的创作积极地为政治服务，而且确实在相当程度上道出了解放区翻身农民的朴素心声，但另外仍有很多作家（尤其是“白区”作家）的情感意向却不能一下子就和秧歌节奏合拍。结果是民众意愿与左倾革命浪潮混合，文学家们却跟得很累。在“五七年”以后特别是“文革”当中，文学与执政的“政治”与真实的民众意愿之间一再出现裂痕，虽然“为政治服务”的口号越喊越响，但实际上，文学或成为政策的解说宣传（如大量歌颂“大跃进”、人民公社的“文学”），或为路线斗争的工具（如“帮派文艺”），或为民众暗暗反抗的火炮（如“四五”诗抄）……只有到了“伤痕文学”时期，我们才看到了文学（作家独立的情感选择）与政治（执政力量）、与民众（社会情绪）这三种因素真正自觉自愿的（虽然也是十分暂时的）协调统一和融合。也可以说，这是文学真正卓有成效地在为“政治”服务了——其战果便是率先否定“文化大革命”，帮助人们不仅从政治上思想上，而且从情感上从感官上进入“新时期”。第二，“伤痕文学”虽多以哭喊、泪迹、血污、刀痕等感官效果出现，但实质上的核心却是“理性启蒙”而非绝望颓丧。对苦痛的抚摸对灾难的控诉，目的大都在于争是非辨黑白，故而种种阴影、感伤、叹息、呻吟，都不仅是人们对着自己伤痕累累的躯体在流泪，更是老师、家长们想以眼泪洗涤“孩子们”的伤口。第三，由于文学与政治混为一体且四处出击侵（请）入了诸如教育、法律、道德、经济等领域，所以“伤痕文学”具有明显的非文学性。比文体粗糙、议论直露、技巧通俗等更重要的问题是，“伤痕文学”基本上是以 20 世纪 50 年代的创作模式来批判“文革”（虽然事实上“伤痕文学”的艺术触角结果还是超出了 50 年代的文学框架）。

辨察了“伤痕文学”的要点之后，我们就不难理解何以这股文学潮流会选择刘心武做它的先锋。50 年代末开始练笔的刘心武不是一直在寻求既效力于主流政治同时又道出普通民众心声的机会吗？当了十几年中学教师的刘心武不是很擅长耐心细致热情地对青年“启蒙”吗？重场面、有情节、主题鲜明且不时插入正面议论抒情的刘心武写作风格，不是也很适应当时希望能“辨是非”“受启蒙”的读者审美需求吗？其间最关键的一点是“教师身份”和“家长语气”。中国人太习惯于把“国”与“家”相联系甚至相混同了，政治风云仿佛非得纠缠着伦理矛盾才更“触及人们的灵魂”。因此，老师家访时“救救孩子”的诚恳呼吁远比政治家雄辩路线是非更能令普通人感动和震动。其他一些轰动一时的“伤痕文学”之作如《于无声处》《伤痕》等，不也都是在父子、母女等家庭人伦关系之间展开政治角逐历史悲剧的吗？（没有选择家庭做“战场”的小说如《枫》，虽然颇有深度，影响却不如《伤痕》《班主任》。）而刘心武“家访”的过人之处更在于他不仅教育小流氓，还对众人眼中的“好孩子”“好学生”也投去关怀的一瞥。《班主任》中对张老师的赞颂、对石红的表扬、对宋宝琦的教训，均属常识范围且均未跳出“十七年”模式，唯独花在谢惠敏形象上的甚至多少有点漫不经心的笔墨，却终于第一次划出了（但远未划清）“伤痕文学”与“文革”文学及“十七年文学”之间的界线。

什么是“谢惠敏性格”的实质呢？仅仅是“思想僵化”，“中了‘四人帮’的毒害而不自觉”吗？为了保护农民的庄稼因而不准别的同学带走一束麦子（哪怕是做科研标本）；对黄色书籍警惕性很高以致把《牛虻》也“错划”进去；艰苦朴素到了天热也不肯穿裙子的地步……所有这些谢惠敏式的行为，如果放在50年代“青春万岁”的背景下，或出现在60年代中学生齐抄《雷锋日记》的时候，又会得到怎样的评价呢？——虽然对这个问题的严重性和挑战性刘心武当时还没有足够重视（插在小说里的议论还只是将谢的性格扭曲视为“四人帮”时期的特定产物），但形象本身的血肉感及细节把握的分寸感，事实上却已经为无数热情追求政治进步的五六十年代的青年树立了一面反思的镜子，照出了他们成长道路上的某一侧面：谢惠敏的错误究竟是错听了“四人帮”的话呢，还是错在不该只听别人的话而自己不思考？谢惠敏的悲剧究竟是工作不踏实、革命不坚决、为人不朴实呢，还是缺乏独立的人生意识，把自己的思想乃至革命的权利都“上缴”了，进而一切听从别人的安排？——显然，作家和读者在这里思考的，主要是政治问题（或者说是用文学体裁讨论政治问题，而不是以文学方式思考问题）。本来应该在报刊社论或课堂或家长会讨论的问题，结果由文学率先提出来，难怪“伤痕文学”作为“拨乱反正”思想解放运动的先锋会大受民众（也受主张改革的政治力量）的欢迎。

当时普通青工、回城青年自费订阅严肃文学刊物的情况到处可见，《收获》《人民文学》等刊物的销量也因此高达上百万份。这无疑是“伤痕文学”也是刘心武的光荣。这种光荣更促使作家充满信心和责任感地继续用文学体裁（而不完全是文学方式）来谈论大家每天关心的社会、政治、道德、教育等问题。比如，揭批“四人帮”并谴责（而不是同情）在动乱中违背良心的教师（《没有讲完的课》）；呼吁学生不要陷入信仰危机而只讲究衣着（《穿米黄色大衣的人》）；或者“大胆”地为青年人争取“恋爱”的权利，以至于小说《爱情的位置》在北京电台广播后，数以千计激动的读者纷纷写信感谢刘心武。他们当时大概激动得来不及注意刘心武在论证革命者也可以有爱情时的附加条件：恋爱对象需疾恶如仇（敢于指责坏人），勤奋好学（乘车总读外语），追求上进（排队买《毛选》五卷），工作踏实（安心烙烧饼且技术高超）以及最后还要讲孝道（耐心服侍病母）……刘心武在这一阶段的作品几乎每篇都能引起反响，但容量上均不及《班主任》；甚至可以说在初期“伤痕文学”中，也没有哪个形象明显超过谢惠敏性格无意间所达到的艺术（政治？）深度。

然而有趣的是，刘心武当时却对“伤痕文学”这一概念（及流派）不感兴趣甚至明确拒绝：“我认为这个称呼是不科学的。《伤痕》也好，《班主任也好》，别的一些被归并到这个称呼下的作品也好，其实只在一点上是相同的，就是它们都比较真实地反映了革命人民同‘四人帮’的斗争，除此以外，无论思想深度、艺术手法、语言风格等方面，都各有千秋，并非纯属一个流派。”刘心武做这番“巧词夺理”的辩解大致有两个理由：一是他认为自己的创作并非只是抚擦伤痕流泪，而是企图引导人们医治创伤（事实上，后者正是“伤痕文学”之精髓，而前者只是误解或指责）；二是他在“伤痕文学”极热闹之时便已觉察这只是一种为时不久的很快将被新潮淹没的特殊文学现象。在无数掌声、来信和访问者的热情包围中，他却不甘心自己只是一个“伤痕文学作家”。有次在庐山开会，当着青年作家的面，他戏称自己是即将被淘汰的“鸭嘴兽”——有趣的是，唯独有“鸭嘴兽”危机感的刘心武后来一直在文学主流中跨步而没有成为“鸭嘴兽”，其他一些在 1978 年轰动一时的名字（如卢新华、王亚平等）倒真的很快从文学界消失了。

二　解释生活与疗救社会

“伤痕文学”这个概念在海内外理解并不相同。在香港、台湾，“伤痕文学”通常用来泛指“文革”以后大陆（内地）大部分揭露社会黑暗的作品，时间范围从 20 世纪 70 年代末一直到 80 年代中期，直到“寻根文学”出现。而在大陆（内地），“伤痕文学”的范围狭窄、具体得多，一般用来特指 1978—1981 年间的部分文学作品。1981 年以后的暴露黑暗之作，通常有“反思文学”之称。刘心武在前面谢绝的“伤痕文学”称号，也基本是上述狭义的“伤痕文学”。

不甘心只写“伤痕文学”，便意味着要转变。1980 年，胡耀邦主持剧本创作座谈会前后，用文学哭天喊地或尖锐批评将军的

“社会效果”开始受到非议。在“新时期文学”与官方政治首次发生矛盾并产生协调以后，“伤痕文学”被迫分化，或转向冷峻的历史反思,或转向明朗的歌颂与教育(当然也有一直坚持以笔为枪“大胆干预”的)。刘心武第二阶段的创作大致跟随上述第二种潮流，即在现实生活小景中注重教育启蒙，努力开拓普通人的“心灵美”(用刘心武的术语便是《这里有黄金》)，写于1980年至1983年间,收在《大眼猫》(浙江人民出版社1981年版)、《到远处去发信》(四川人民出版社1984年版)和《日程紧迫》(群众出版社1985年版)等几本集子中的大部分作品均属于这一类。偶尔，刘心武也像蒋子龙那样，将理想主义色彩慷慨地涂在锋芒毕露勇往直前的改革者身上(比如《登丽美》，堪称政治改革论文)，但更多情况下，他的赞叹的目光还是愿意投向默默无闻、毫不起眼、朴素壮实、木讷憨厚的普通劳工(尤其是善良朴实的老头)，如一辈子勤恳为人送信而自己从未收到过一封信的老邮递员(《到远处去发信》)，一辈子扫地但在社会风浪中最有“人情味”的石大爷(《如意》),以及待人诚恳、安心平凡工作的司机(《一根很小很小的刺》)等。直到后来的《钟鼓楼》，作者已经能够冷峻地旁观世态人情中种种既非善举亦非劣迹的行为了，但在写到老鞋匠时，赞叹之情依然忍不住有所流露且模糊了写实笔触的逼真度。在刘心武看来，仿佛世事变迁，眼花缭乱，各色人等上下起伏，唯有老邮递员石大爷们的朴实目光才最可信赖……当然，青年中间也不是没有“黄金般”的心灵，不过外表通常不时髦不漂亮甚至有生理缺陷。女的粗犷如“鲁智深”(《蜜供》)，男的壮实但断臂(《大塔》)。除了少数例外，大多数场合刘心武并不编排航鹰式的以尖锐戏剧性冲突展现“心灵美”的曲折剧情，而是更多地抓住平凡小景“俗”人常态。写得精致时颇有诗意(比如《公路旁的仙女》，别出心裁让可爱女孩形象刺激、唤醒乘客们枯燥麻木的神经知觉)，写得糟糕时则像容易得作文奖的中学生范文（比如教导青年怎样区分“好人”与“坏人”的《月亮对着月亮》)。生活中既有“黄金”，显然也总有“灰尘”乃至“垃圾”。品德对比法（而非性格对比法）总是“教育型”作品的常用手法。

值得留意的是,刘心武笔下“玉朴”“佟岳”“土豆”“鲁姐”“大塔”之类的名字总有着厚实、淳朴、粗壮、朴素等外貌和行为特征，而机智干练、聪明善辩的青年则大多与取巧的剧本稿，与原装录音机、日本表及米黄色风衣等道具有联系。刘心武笔下最精彩的段落常常都是以社会调查抽样分析法写伴随着小市民情趣追求的种种很有中国文化特点的世俗烦躁，写青年浅薄无知的开放欲望，既想得到别人帮助又渴求自由，既不愿受社会约束又总觉得社会（乃至天下人）都欠我什么，因而总是抱怨，总是在系列美发用品和无系列观念新潮面前晕眩……面对这种种庸俗、市侩的市民情趣，开始刘心武总是按捺不住他的气愤、轻蔑、嘲笑和震动（主人公“我”一看见“弟弟们”发牢骚、赶时髦、钻后门或者搞“十元会”轮流做东下馆子，便忍不住要“灵魂发抖”，“震惊得说不出话来”)。但后来刘心武渐渐地不那么容易“气愤”“震动”了。这里不仅存在着艺术分寸感、情感含蓄（克制）程度的变化，更意味着对“浅薄青年”和“小市民心态”由鄙视向理解向同情的转化——显然，这种转化也就标志着刘心武创作在向第三阶段转化，由热情地教育引导青年转向冷峻地描画世态，正视现实。

刘心武创作的第三阶段的起点，不是将泛爱与私人空间问题相混淆的《我爱每一片绿叶》,也不是以人情美控诉动乱灾难的《如意》，而是撕去种种温情薄纱，真正把古老的北京人放在生态意义上考察的《立体交叉桥》。这部中篇的某些“自然主义”笔触很有力度，甚至后来的《钟鼓楼》也没有超越。我个人就是在读了《立体交叉桥》后才开始真正留意刘心武的创作的。除了蔡伯都和葛佑汉这一对构成道德色彩反差的形象比较失败以外，其余拥挤在“十六平方米”里的侯家人，也包括喊电话的二壮父子，全都那么合情合理地互相算计着、关心着、埋怨着、争吵着，不再只具有“黄金”美德热肠暖意，也不仅只是浅薄庸俗、无知无能。而且更重要的是这乱成一团的烦闷、苦恼和不幸，并不能简单地归咎于“信仰危机”或“四人帮毒害”或哪个卑鄙者捣鬼或港风北伐袭扰……由于作家破例地把传统美德（石大爷式的人情美）放在现实生态条件下加以冷峻考察（而不是先入为主地歌颂），因此作品内涵有意无意携带的文化思考事实上远远撑破了“住宅问题”等外在主题框架。只可惜小说颇有气势地展开，却匆匆收住（大概当时的刘心武还缺乏继续往深处展开对侯家人伦关系的道德审判的笔力和魄力）。整个《立体交叉桥》，犹如一部精彩长篇的前两章。待到数年后刘心武重新用《钟鼓楼》来将其续完，笔力却已经温和软弱多了。

有趣的是，《立体交叉桥》也写于1980年，也就是说，写于他的许多“心灵美”创作之前，只有联系着《立体交叉桥》当时所受到的诸如“艺术成熟了，但思想性退步了”“格调、画面太灰暗”等批评，我们才能理解刘心武后来的创作为什么会一直在两种倾向之间摇晃。从《这里有黄金》《没工夫叹息》到《如意》，到《老人纠察线》《银锭观山》，是一条以“人情美”传统温和疗法直接医治社会创伤的线索；从《立体交叉桥》到《黑墙》到《钟鼓楼》《五·一九长镜头》，是一条用“写实”手术刀透察世态、解析“文革”后遗症的轨迹。在《班主任》中，这两者曾愉快地重合在一起。历史接合缝中文学与政治与大众趣味的暂时的完全统一，使得刘心武（以及别的中国作家）产生了“写实”即“救世”、“爱”人即“救”人的错觉。但不久以后（具体在刘心武身上，便是1981年《立体交叉桥》受批评以后），作家便被迫正视用文学解释生活

（首先是解释“文革”灾难）与疗救社会（首先要丢掉“文革”包袱即帮助社会忘却“文革”）之间的某种矛盾。由于刘心武既不是只顾表现一己灵魂的“艺术教徒”,也不是追波逐浪的“宣传干事”,因此他所碰到的上述矛盾以及他的应对之方，也就颇为典型地体现着整个新时期“社会文学”的基本困境:冷峻直面不无浑浊的“灾难后”的世态生态心态吧，作家常担心（既担心别人指摘，也担心作品客观效果)会影响青年人(而不是自己)的信仰、斗志和干劲，进而担心会对不起青年（并对不起领导对不起社会）；热情从事正面理想教育挖“黄金”不“叹息”吧，作家又担心下笔肤浅粉饰现实因而对不起文学（对不起契诃夫）并对不起历史对不起民众。两难之间怎么办呢？我们看到刘心武自觉不自觉的办法是：一、虚一笔，实一句，亮一篇，深一部，两面兼顾，“之”字路线，摇晃前进，诚如上述纵向考察所显示的那样，刘心武第二和第三阶段的创作看似迥异，实则互补；二、痛揭矛盾后马上跟着正议雄辩，“灰暗”画面则辅以明亮镜框，这样在作品色彩上、作家心理上以及“社会效果”上都比较容易平衡。明乎此，我们便不会再惊讶何以精心讲究开局的刘心武每每会以口号式作文笔法收尾了；三、用文前事后的补充（题记或创作谈）来人为框范、压缩、简化乃至扭曲作品已达到的主题内涵的容量，或者引导（诱导？）人们的评论，或者自我眩惑地只重申理念而漠视自己已诉诸艺术的感觉（这种情况后来在张贤亮等人那里也可见到，看来并非偶然现象）；四、抓住带有群体心理归属感的“情绪重泄”这一两圆相割的重合部，以“教师”“灵魂工程师”身份和“疏导”角度来尽力寻求文学使命与政治职责的统一，即不仅改良教育方法，理解先于引导，在满腹（乃至满十六平方米、满公共汽车、满足球场）的牢骚怨气排遣中暗伏劝诫标尺，而且改变教育姿态，从教导、帮助到同情、安慰再到“爱”（当然最后目的仍是“救救孩子”）……

以上四项刘心武的——在某种程度上也是“新时期文学”的——积极协调文学目的功利性与文学过程自主性的途径，第一项本文已考察，二、三两项道白了很容易理解，不必多谈，唯有第四项，即刘心武以“教师”身份来协调文学与政治矛盾的个人努力，值得我们做进一步的研讨。

三　作家使命与教师职责

“文革”后也有不少别的作家很想在文学中从事“教师”工作，但由于种种原因（对艺术太虔诚或太不尊敬，于政治太执着或太超越等），效果似乎均不如刘心武。这显然与十几年中学教师生涯养成的职业习惯有关，与对读者群的主动确认和选择（刘心武很明确很情愿地以“二十来岁至三十来岁的青年人，其中包括城市青年工人、农村回乡知识青年、部队战士、售货员、服务员、待业青年、中学生等”[1]为对象而写作）有关，此外更重要的，也和作家关注“民心”“民气”、人情关系的社会政治视角和强调“社会性”“析情性”“铸灵性”的文学观念有关。既然政治忧患感与艺术审美理想能在“人伦情感教育”上得到统一，那么刘心武也就当然会充满信心和热情地“好为灵魂工程师”了——难怪在许多经过选择寄托理想显示趣味的发表在文学刊物封二封三上的多姿多彩的作家生活照当中，我仅见的刘心武的两幅，都是和学习中的青少年在一起，低头，侧身，体察入微的态度，宽厚亲切的表情，循循善诱的姿势……

大致上，刘心武从以下三个方面展开其作家兼教师的工作：一是从青年教育角度解释“文革”的前因后果；二是从“爱”的

1　刘心武：《大眼猫 · 后记》，杭州：浙江人民出版社，1981 年。

角度提出人的生存空间（及心灵空间）问题；三是面对被极左政治污染的世风，强调朴实真诚互相关心的“人情美”。

无论是无意间承袭“文革”及“十七年”创作模式，还是有意趋于极端不惜利用现代主义来激烈反叛传统，无论是正面承受（马上解析医治）“文革”的灾难性后果，还是反省“十七年”、反思“五四”，乃至用山寨野村意象浓缩数千年文化脉络……整个“新时期中国文学”，其实都不可避免地带有“文革后”的历史特征。就创作意向而言，直接正视现实矛盾，固然触目皆是“文革”留下的外在伤痕（真正探察“内伤”的篇什至今不多），“向前看”艰难起飞，也需先医治流血的翅膀摆脱“文革”的阴影，而一旦低头透视“伤口”回首反思病因，则不仅昨日的痛楚惊悸记忆犹新，而且这痛楚灾难当初甜蜜兴奋的降临过程更令人费解和害怕。所以对作家来说，“文革留下了什么”与“文革究竟是什么”与“文革到底是怎么来的”这三个问题几乎是不可分割的——1976年以后，很少有作家能回避这一严峻课题，能不对“文革”做出自己的解释。

刘心武自然也不例外。不过他从自己的生活和思路出发，对“文革”后果、前因的解释大都以中学课堂为背景，以青年教育为线索，《母校留念》《如意》《银河》以及更典型的《大眼猫》等作品都企图正面解释“文革”，解释正直的青年如何在追求上进过程中误入歧途。同陈建功透析工宣队员韩得来畸形的社会价值感和高晓声把握的总需要别人来关心来控制的陈奂生性格相比，同王蒙描述的干部异化轨迹和张贤亮回味的知识分子挨耳光后的甜蜜感相比，刘心武通过钢华、谢惠敏等形象所提出的“十七年教育路线”与“文革”的关系问题，无疑也具有同样严峻的意义。只可惜刘心武对于从拾皮夹交民警，到抄英雄日记，到批“白专”，到狂热步行“串联”，再到信仰危机这样一条由“十七年”通向“文革”的精神轨迹的艺术梳理，过于概念化也过于伦理化，因此远不如王安忆、张承志等人后来的情感反省深刻。《如意》中“文革”风云的细节不可谓不详细不曲折，但被石大爷的雕像一反衬，便只突出了黑白分明的伦理色彩。这里的关键恐怕是没有把“我”真正放进去——而排除个人情感危机以正确道理教别人，不正是教师的职业习惯吗？这就叫观照工具也会妨碍视线。同样干预、设计人的灵魂，看来教师和作家还是会有分歧。

应该承认刘心武多次郑重提出的“空间”问题确是个极为重要的文化（及政治）课题。正是在这个题目下，刘心武才有着真正超越旁人的收获，但也陷入了自己都未觉察（或者是不肯承认）的困境。所谓“空间”概念，在他笔下至少涉及三个层次：一是“生存空间”，泛指住房困难、交通拥挤等物质生态条件造成的社会问题；二是“心灵空间”，这一刘心武特定用语大致包容胸怀、境界、美德、同情心、人情冷暖等道德内涵；三是“私人空间”，特指人我疆界，法律和人道主义意义上的个人生活和意志自由。

开始，刘心武是从总结政策和工作方法的失误入手而涉及敏感的“私人空间”问题的。在历数普通教师魏锦星因个人生活癖好而受尽政治磨难以后，作者呼吁：“能不能给性格，特别是给比较特殊的个性，落实政策？……一个人在努力为祖国的繁荣富强而工作的前提下，能不能保留一点个人的东西，比方说，能不能有一点个人的秘密？”（《我爱每一片绿叶》）在感叹记载少女春梦的日记本在抄家时被公开展览后，作者又忍不住插入议论：“社会主义民主和法制的实施程度如何，对待私人日记的态度是否也是检验尺度之一呢？”（《蔚蓝色的封皮》）应该看到，这种语气委婉到近乎可怜的呼吁，在当时已不失为对“个性尊严”的极大胆辩解了。但我们又必须指出，这种为“个性尊严”的辩解呼吁，实际上还是从“爱”，从同情心、从悲天悯人角度提出来的。其实我之“爱”与“不爱”每片绿叶，与绿叶们各自的生长权利和生存空间并无必然关系（这正是“私人空间”概念的实质）。女售货员又能记私人日记，并不是因为通过日记，她能在“心灵的溪流里涨满春水，把美好的东西浮起来，把丑恶的东西沉下去”，而是因为她本来该有记日记给自己看的自由。把个人精神的生存空间与道德意义的心灵空间问题混淆起来后，不仅上述“爱绿叶”的呼喊充满了“给予感”（乃至“怜悯感”），而且还隐含着一个危险的潜台词：假如有哪片绿叶谁也不“爱”它呢……

后来，随着刘心武的文学探索逐渐深化逐渐转向世态风情，他更多地直接从“生存空间”层次（住房、挤车、请客吃饭）提出问题，细节、方法都朴素多了，也再不用借助概念化的议论，可是将“私人空间”与“心灵空间”用一个“爱”字混淆的情况却依然存在甚至还有发展。比如颇受好评的得奖长篇《钟鼓楼》，用“发散型结构”在一个北京四合院十二小时的世俗风波中，交织了几十个不同年龄、职业、性格的人物的昨天与今天，其写实视野、场面把握、世态透察、人情分析，都可以说已达到刘心武小说（或许也是新时期社会风情小说）的上乘水准。但小说在极其精彩地描述了各色人等因生态条件而被迫拥挤在一起互相关心（乃至互相干涉），结果导致每个人的精神世界都受到不同程度的压缩、扭曲和损伤以后，作家却还是只能在道德意义上开出“将心比心”“互相同情”“幼吾幼以及人之幼”的传统药方。刘心武同时从“生存”“心灵”两个向度提出“空间”问题，殊不知他极其艰难地从拥挤的社会生态空间争取来一点“个性尊严”的权利，又悄悄地被“互相关心”形态的“爱”所融解了。结果，他自己也步入怪圈而不自觉：率先提出尊重“私人空间”的刘心武，去年不是在《收获》上开辟了公开展览（有时甚至是未经本人许可的披露）私人照片的个人专栏，用以抚今追昔教育青年吗？

我一直不用“人道主义”这个概念来涵盖或形容刘心武提倡的“爱”，因为我觉得后者主要不是欧洲18、19世纪那种有“个性主义”内涵的作为历史观的人道主义，而是更多地有着孟子血缘相信“仁者，人也”的作为道德观的传统“人情美”——前面已有论述，在刘心武小说中一直倍受尊敬的那一系列朴实老头的形象，便是这种“人情美”的理想载体。而当作家摈弃生硬的政治思想教育，同时又拙于从社会经济发展角度谈问题以后，他用以唤醒“弟弟”赖以对青年“启蒙”的主要精神力量，也就是这种泛道德主义的强调人与人之间互相关心、互相帮助、互相依靠的朴素淳厚状的传统美德。甚至在写于1974年“文革”期间的《睁大你的眼睛》里，隐藏的阶级敌人的破坏活动也是反道德行为：教唆儿童投机行骗，将一毛钱的戏票以三毛卖出。当然，与“坏人”作斗争的老人小将们则全是善良忠厚、朴实正派（而不仅仅是斗争觉悟高）。

将刘心武写于“文革”前、“文革”中与“新时期”的政治倾向迥异自然深浅也不同的作品相比较，我们不得不惊讶那由市侩钻营厚颜无耻者（旧商人、风派、新暴发户）与浅薄虚荣市民情趣追求者（生动烦躁的青年形象）与忠厚木讷默默无闻的朴实老人们（邮递员、石大爷等）所共同组成的三角伦理框架的长期稳定性。与这种最基本的道德色彩对比模式相比，“评法批儒”、“爱情的位置”、录音机、小坤表乃至改革方案和“立体交叉桥”，实在都只是很外在的可以变换的道具、布景而已。对“人情美”的执着，使得刘心武各个阶段的不同创作，都有一个“匡正世风”的目的感；而“匡正世风”也恰恰有赖于这“人情美”为依据为指归。从东方式的“人情美”道德规范出发，刘心武笔下既少有保尔·柯察金式的英雄，也不欣赏于连气质的人物奋斗“暴发”，迪斯科、太阳镜、花布伞、录音机，因为充当西方物质文化的前哨尖兵每每难免要受奚落，而古城墙、四合院、清王府遗迹及西皮二胡京韵大鼓余音，则细细铺陈，悠悠回响。这当然并不意味着刘心武"思想保守"，不，或许正因为准备开放，才担忧失却文化根基的飘浮？越是在箱根温泉或埃菲尔铁塔下，刘心武越是怀念北京胡同里的大塔、石大爷，这里是否有某种心理平衡的需要存在？

作为启蒙者，作为"教师"，刘心武对东方式"人情美"的历史局限性还缺乏充分的理性认识，但作为艺术探索者，他的笔下还是经常会展现"人人互相关心"的"爱"的多侧面复杂效果。比如刘心武曾要人们将《老人纠察线》与《黑墙》放在一起读。《老人纠察线》写退休老太因丧孙而悲痛"犯病"，邻居们出于关心并听从医嘱组成纠察线保护她的"痴迷散步"不受打扰。小说这样结尾："早晨。太阳照着楼区。楼区一隅的绿地，一位老奶奶推着坐有塑料娃娃的婴儿车，安详地迈着步子，而另外四位老人，悄悄地在绿地四角执行着他们那神圣的使命……对这幅画儿，我们该说什么呢？"——是啊，我们无话可说。人与人之间互相关心一片暖意，大家都不愿惊破老奶奶错把"塑料娃"当作死去的孙儿的病态美梦，这当然令人感叹。可是在《黑墙》里，也同样是邻人间的互相关心，怎么却出现了惊慌、猜测、怀疑、干涉等令人不无寒意的后果了呢？家里的墙（即便不是我的家），怎能喷成黑色？喷墙人病了？犯傻？反动？还是别存用心？这样的人，大家不去帮助、关心乃至"爱"他，怎么行？——除了最后小扣子的议论是蛇足外，整篇《黑墙》相当完整。更精彩的是，《黑墙》与《老人纠察线》里那幅"画儿"完全能重合，都是人与人互相关心的"人情美"的不同曝光。喷墙人如果晚上发高烧，邻人们不也会连夜借车送医院由路灯串串映出"人情美"画面吗？魏奶奶假使漆花门那"纠察线"成员不也会惊慌疑虑关心干涉吗？只可惜刘心武已写出"爱"的两个侧面，既抨击了自己欣赏的也赞叹了自己恐惧的，却终于没有在两者之间的联系上再深入一步。当然，再往这个方向走下去，既是艰难的，也不无危险。

毕竟，刘心武是个教人、救人，为他人写作的小说家。凡可能妨碍教人、救人、“爱”人的思路，还是不去胡思乱想的好。否则，作家和教师这双重身份便要分裂了。

四　救人与自救

刘心武和他的很多同行身兼作家、教师两职于一身的情况，既有现实社会需求的依据，也有着历史文化传统的渊源。1949 年以后，中国的文学一直是既任政治的助手又当教育的战友。文学与政治的矛盾协调，近年来人们已很关注，文学也屡屡在申请自主权。但文学与教育的关系纠葛，作家们却依然是自觉或无意识地默默承担着。青少年犯罪或说脏话或随地吐痰或乘车看戏拥挤等，“世风”无论好坏，家长和老师们都会拉着作家一起来受奖或担干系。从历史上看，现在人们多注意“文政、文史不分家”的传统，其实应当补充为“文、政、教三位一体”。“先有德而后有言”，道德化倾向甚至比政治功利（更遑论诗骨文采）更为重要。正是由于“文教”合一倾向在现实与传统两层意义上皆有如此坚实的依据，所以“艺术家是灵魂工程师”这一命题一到中国，很自然就被理解和解释为作家应该关心、干预或设计人们的灵魂（而不首先是关注、拯救自己的灵魂）。于是，救人的使命感也就自然先于和高于救己的危机感了。

还能有比“醒来吧，弟弟”更典型的居高临下但又语重心长的救人姿态吗？这不是孤独文人或救世勇士在长啸“众人皆醉我独醒”，而是自觉地替领导做群众工作，替众人拯救“败家子”，是拉开窗帘，打开收音机，告诉弟弟人们都在火热地战斗，沸腾地生活，而你怎能老是一个人精神不振？刘心武自知没有从政治方位直接战斗救世的气魄和力量（我在别处将继续讨论“干预生活”的作家们的“救世”姿态），但他自信有能力也有责任教育青年、开化小市民。但问题是，这“教育”“开化”的权力是从哪里来的？“哥哥”靠什么来唤醒“弟弟们”？是因为更有文化更有修养？是因为更有社会责任更有“历史感”？还是因为心灵更淳朴，灵魂更宽厚，更富有“人情美”，更愿意“爱”人？……显然，弟弟们醒不醒、该怎么醒是另一个问题，小市民的梦也总有梁羽生、琼瑶、亦舒们关心理解，而假使“哥哥”真的如此自上而下企图救人灵魂，那他自己的痴迷姿态本身恐怕也值得反省了。《钟鼓楼》第十三节中有段对北京市民阶层的理性分析，颇能说明刘心武的“救人视角”。刘心武并不赞成对小市民持“优越感”，也反对简单鄙夷“芸芸众生”，而是主张“倘全面致力于北京城物质文明和精神文明的提高，就不能不研究他们，体察他们，从而引导他们，开化他们”（着重号系笔者所加）。很显然，这里仍存在着某种心理和文化的优越感，这仍是社会学意义上的研究加上伦理学意义上的开化，而并不是文学意义上的真正人格心理平等的解析透察和表现。社会学研究和教育工作当然也很需要人做，但从文学而言，救人却每每是需从自救开始的。我在前面已经说过，没有将“自我”充分放进作品和人物一起接受“关心”或“审判”，这是刘心武虽用文学做了许多好事却无法为文学做更多好事的一个主要原因。

乍一看，刘心武小说中到处有“我”，但实际上总是偏重“以我看社会”而不是“看社会中的我”（这与写实手法关系不大）。大致上，刘心武作品中的“自我”有三种表现形态：一是第一人称的叙述者，职业身份举止行为均肖作者，但为了结构和主题需要，思维故意“浅”一些，或误解好人（《如意》），或幼稚受骗（《大眼猫》）等，真正作用是展开视角、连贯情节，并替作者排遣些“小布尔乔亚情调”（忧郁的睫毛、《罗曼·罗兰文钞》、不谢的花瓣之类）；二是在伦理态度、社会行为乃至相貌特征上都寄托了作者审美理想的一系列朴实劳工形象。有时作者也借石大爷等人物之口道出自己的“人道主义宣言”：“谁也不是圣人。不存心害人的人就是好人”，“阶级斗争是人跟人斗，不是人跟狗斗”……但更多情况下这类形象还是以其忠厚外表和朴实性格无言地表明作者的基本理性态度；作家“自我”的第三种表现形态正好相反，是借“小市民”、青工的痛快淋漓的社会牢骚而有意无意宣泄的官能情绪及心理烦躁。对青少年牢骚和市民怨气，刘心武从嘲笑（《奶嘴儿》）到抑制（《没工夫叹息》）到同情（《立体交叉桥》）到理解（《钟鼓楼》）再到帮助排遣（《五·一九长镜头》）的过程，也就是作家对生活的感性把握渐渐深化而“自我”心理宣泄途径逐步开通的过程。

简单形容上述三种“自我表现”，第一人称叙述者像作者观世的“眼”，朴实老头群像体现作者救世的“心”，而牢骚排遣怨气宣泄则连着作者现世的“身”——显而易见，在这里“心”和“身”是有矛盾要冲突的。作家不让这种矛盾往自己“身心”的纵深展开，而更愿意将其社会广角化、世俗对象化。“心”（理性化情感或曰伦理化思想）对“身”（官能感觉、心理欲念）的规范、协调和疏导，构成了刘心武“理性启蒙”创作的基本内在格局。值得注意的是，“心”越是摆脱教条，通情达理地去体察理解“身”的世俗烦躁，作品所把握的世俗风情画当然也就越是逼真，越是深刻，然而这时充满“爱”意的“心”的感化、规范、劝诫力量反而越是苍白软弱——这是否意味着“心”“身”关系中的人性内容正在动摇美德与欲念间的既定伦理秩序？这是否说明救人的效果明显成功时，救人者自己的教育武器反而会受到怀疑？想想唤醒“弟弟”时，作者的声音还是那么果断自信，可在精彩宣泄了满公共汽车里的形形色色牢骚怨气后，石大爷式的忠告规劝似乎也没人说得出口了，结果只能借助那神奇的说不清楚的目光来感动司机。可是这种靠人性暖意为能源的车，能够开出几站呢？显然，在艺术深化的同时，刘心武一向赖以救世教人的“人性美”启蒙力量分明受挫了。再往下怎么写？谁能担保被“爱”所理解进而懂得一些个性价值的青年不会继续思考这样的问题：对“个性尊严”的最大威胁，究竟是仇恨迫害呢，还是关心与“爱”？！谁能预料那些已不受歧视的个性独异的人物不会进一步提问：您爱每一片绿叶？可您是谁？是阳光？还是代表阳光？……

当然，在艺术中，难堪的困境每每和精彩的探索形影不离。作家惯用的精神武器受到挑战并产生“自救”的文化危机感，这无疑标志“理性启蒙”的社会文学正在向另一个境界深化。如果不是从楼上下来和民众心理世俗情绪滚在一起，刘心武是无法抬头发现自己喜爱的文化亭阁的历史缺陷的。尤其令人惊讶的是，刘心武在艺术深度上的探步，几乎很少依靠技巧的拐杖而主要凭借生活实感、社会视角的领路。当然他也不是不讲究形式技巧，比如巧妙剪接故事，认真选择与内容相适应的笔调并精心设置发散型结构等。不过语调之可以选择结构能清醒设计，说明刘心武并不是一个依照“本能的形式感”而下笔的小说家。他的一些形式探索显得很累，比如频繁变换人称甚至以最提神的第二人称双眼直视读者，但抒情效果依然柔和。1980 年后刘心武心急手痒不甘寂寞也试过几次“意识流”，当然流得并不畅：“眼睛。眼睛。眼睛。疑惑的眼睛。愤怒的眼睛。恐惧的眼睛。哀求的眼睛。绝望的眼睛……”（《银河》）怎么能这样跟在王蒙后面呢？在杂色新潮面前的一阵晕眩以后，刘心武很快又镇定下来并知已不能为而有所为了。在《钟鼓楼》《五 · 一九长镜头》等佳作中，我们看到纯熟素朴的形式技巧，已近乎透明地承载着作者的社会实感，同时也毫不留情地撑开了作家身份与教师职责之间的某些裂痕。恐怕说到底，这也正是文学性与种种非文学功用之间的裂痕。

林斤澜在为刘心武的一本小说集写序时，曾用心良苦地对文学功能提出许多清醒的疑问，可事实上刘心武集子里的社会负载还是大大冲破了林序中划出的文学性外延界线。我在想，或许林斤澜和刘心武都没有错？或许中国是该有一部分注定“纯”不了的文学？或许对刘心武而言，越是广泛承担社会责任，也就越是尊重（他的）艺术？这不仅因为政治在要求文学协助以疗救社会教育青年，更因为读者大众也确有通过文学宣泄社会情绪的需要。刘心武越来越感到后一种因素的重要性，所以他的创作中轴，也越来越由社会道德教育向社会情绪宣泄转化。但愿本文前面对所谓文化危机感的说法只是夸大其词，否则，刘心武今后对文学教育功能与宣泄作用的关系协调，将会很艰难——当然，已经走过来的路程，又何尝轻松？

1987 年 3 月于华东师大

（收入《当代小说阅读笔记》）

寻根文学中的贾平凹和阿城

1985 年前后出现的“寻根文学”，在中国现当代文学发展中有着很特殊的转折意义。“文革”后的“伤痕文学”，标志以文学干预社会政治的 20 世纪 30 年代传统的局部恢复（于是出现了“新时期文学”这个过于乐观的概念）。但真正在文学中讨论文化课题并探索文学形式的新局面是直到 1985 年才出现的。不少学者（如李陀等）后来都认为 1984 年 11 月在杭州 128 陆军疗养院所召开的一次小型文学讨论会，是导致“寻根文学”出现的重要契机。[1] 一些后来成为“寻根派”主力作家的，如阿城、韩少功、王安忆、郑万隆、李杭育等，都是这次会议上的活跃的发言者。与会的一些青年评论家，如吴亮、黄子平、许子东、陈思和、蔡翔、季红真等，后来也都介入了有关“寻根文学”的批评。1985 年后的诸多热门话题，比如“语言”问题、相对主义、道与禅（文化传统）、现代主义等，都在会上有所涉及。只是讨论者并不曾意识到，他们当时探索的问题和探讨的作品，会成为“文革”以后中国最重要的文学现象。

1　李陀：《一九八五年》，《今天》1993 年第 3 期。

关于“寻根文学”的重要性，十年以后的批评似已公认，但有关“寻根文学”当初的阵容、路向、定义、内涵，学术性的研讨似乎刚刚开始。这种情况鼓舞了我，来重读十年前的作品。

“寻根文学”大致有三个不同路向：一是在“文革”后重新认识和整理民族文化支柱或检讨当代“革命”对中国传统文化的伤害，代表作家是贾平凹和钟阿城；二是挖掘当代政治动乱在传统文化民族心理上的深层根源，最典型的作品是韩少功的《爸爸爸》和王安忆的《小鲍庄》；三是在社会现代化的“危机”中寻找“种族之根”或“道德之气”，以解救当代（城市）文化的堕落及人的精神价值困境，郑万隆、李杭育以及某种程度上的莫言、张承志等，都比较接近于这个倾向。

本文主要讨论上述第一类寻根文学，这也是开始得最早的一种“寻根文学”。

“寻根”这个概念是因为韩少功在1985年第4期《长春》上发表了他的短文《文学的“根”》而开始引人注目的。但“寻根”的作品却至少可以上溯到1983年《钟山》第4期上的贾平凹的《商州初录》。《商州初录》由一组散文体小说（或称笔记小说）所组成，题材并不醒目，情节也不奇特。最初发表时读者不多，但却在杭州的讨论会上由于阿城、李陀的大力推荐而成为同行们关注的中心。不过要讨论《商州初录》，则有必要先回顾贾平凹从起步到1983年写《商州初录》的创作发展轨迹。

贾平凹是以短篇《满月儿》[1]而走进文坛的。严格说来，这是一篇从20世纪50年代教化文学模子里印出来的较有乡土气息的复制品：一对乡村姐妹，姐姐满儿平静内秀，热心农业科研；妹妹月儿天真调皮，总是咯咯笑个不停。人物描写颇合“茅盾规

1 《上海文学》1978年第7期。

范”——既有生动夸张外部细节特征，又能清楚归入某社会类型。小说可取之处在于文笔学步孙犁，自然而又流动。评论界通常认为贾平凹的创作起步于纯真的乡村赞歌，《满月儿》便是例证。这一概括颇值得怀疑。同后来贾氏在《商州》《黑氏》《天狗》《浮躁》等作品中所提供的农村景象比较，《满月儿》里所描绘的“两年建成大寨队”的“明丽的乡村画”，显然是只有所谓“革命现实主义评论家”才会感到赏心悦目的墙报宣传画。这类宣传画在“文革”后“新时期文学”起步时期比比皆是，不足为奇。问题是，贾平凹何以当初也如此“纯真”？贾平凹出生于乡村教师家庭，自幼在农村长大，不可能没见过大寨队是如何建成的。与其说他当时“纯真”，不如说他的创作个性在一开始就是“扭曲”状。

写作《满月儿》（及《山地笔记》集中其他作品）时，贾平凹是一个刚毕业留城的工农兵大学生。他关在西安的一间六平方米小屋中面对墙上贴着的一百三十七张退稿笺。撇开“文革”前后确有不止一代青年喝过“狼奶”因而只会“纯真”地看世界不谈，即使已经到了朦胧诗人所谓“我不相信”的阶段，因动乱时期仕途不通教育荒废，对很多以文学为奋斗途径的青年来说，现实的退稿笺是比《莎士比亚全集》更实际的教材。将二十年乡村磨难的切肤体会放在一边，只是“纯真”地唱出带泥土芬芳的“明快赞歌”——有意无意先谋取“发言权”，再说，这时贾平凹的心态其实也是“浮躁”的。当然贾平凹并非特例，类似的先唱甜美赞歌然后逐步改变创作路向的情况，在张抗抗、王安忆、韩少功、陈建功甚至张承志那里也都存在。难怪一旦作品获奖作家出名，贾平凹的“浮躁”便立刻向另一极端倾泻——于是便有了《晚唱》《“厦屋婆”悼文》《好了歌》《二月杏》等色彩灰暗的作品。他的创作进入了第二个阶段。

这一时期的贾平凹笔下，泥土气息依然浓厚，但渗透了乡民的麻木与愚昧。明月山石还是清隽，却衬出了人生的无常和世态的炎凉。比如《“厦屋婆”悼文》，历数一乡村妇女艰难的大半生：有真情的恋爱被“捉奸”，穷困至极偷薯叶养猪却成“劳模”，同邻居怄气累死自己男人，当生产队长苦干反而挨批……一生辛苦一世凄惶，“命”在哪里？由于摈弃了政治说教且超越了道德评判，主人公的命运感慨里充满人道意味，反衬出几十年的社会背景（和李顺大、陈奂生所赖以生存的农村背景一样）。

原先喜欢赞赏《满月儿》“纯真清新”的评论家们，这时对贾平凹感到失望和震惊了。偏偏1981年至1982年间平凹情如潮涌，才不可遏，不仅小说画面“灰暗”，散文也接连吟咏病树残月、怪石颓花，而且在理论上还口出“狂言”，声称要寻找西方现代主义与中国传统美学共通之处。（十几年后，以《废都》引起争议的贾平凹访问香港回答有关近作《白夜》的问题，仍然坚持上述美学主张。[1]）于是，来自作协、评论界乃至领导的“关心”、“爱护”、劝告和“帮助”便把贾平凹包围起来了。1982年，陕西省专门举行“贾平凹近期作品讨论会”，会上有人忧心忡忡地提问：“一个诗人气质的作家，甚至在阴云蔽日的年代就唱着明快的赞歌，现在在一扫阴霾的晴空丽日下，怎么倒唱起了忧郁之歌？”这种批评意见是很有代表性的：“（作品）里有对现实不合理现象的不满，有对普通劳动者命运的深切同情，也有不被人理解、找不到人生意义正确回答的孤独感。作者在抒写这些感情的时候，看来都是真诚的，并非矫情做作。但是这些感情，作为对社会现实的一种情感反映，却不一定是准确的，有广泛社会基础的。”[2]

这真是一种非常典型的政策性批评：先肯定作家动机良好，

---

1 见戴平的专访：《贾平凹近作在大陆被删》，香港《明报》，1993年12月5日。

2 刘建华：《贾平凹小说散论》，《当代作家评论》1985年第1期。

态度真诚,富有才华,然后说你写得“不准确”或“不典型”,或“只见现象没反映本质”——至于怎么才是“准确”、“典型”和“本质”,事关社会性质，最后的解释权当然是在必然代表“广泛社会基础”的社论或文件那里。于是乎，只代表一个人的作家只好羞愧自己眼光短浅、情绪偏激、只见树木未识全林……王若水后来有个观点，认为20世纪50年代文艺“左”倾的哲学根源其实并不在大家谴责的机械反映论，因为若真相信反映论，再“机械”的后果也应是自然主义，但当代中国文学大都是写政策写中心完成政治宣传任务的说教。“本质”早在人家手里，随时可拿出来纠正作家笔下的现象，所以作家其实并无反映生活的义务（虽然他们自觉是现实主义者并愿意不断深入生活）。[1]贾平凹在1982年碰到的情况，只是文学与政治（政策）矛盾关系的一次“正常”协调而已。

但对于刚刚动笔锐气方盛的青年而言，这种被关心被帮助并深受感动的影响是深远的,与他（何止是他一人？）后来的“寻根”有着直接的关联。“研讨会”后，贾平凹沉默了一段时间，做了两点自我反省和选择：一是他在发现自己解释生活的权利有限以后决心重回家乡陕西商洛，不再轻易地为生活唱明快赞歌或凄厉哀调，“沉”到商州里面只写乡俗民风、山景农事，并浸染其间的中原文化传统；二是他听到有人说他的散文优于小说，这种评论促使他产生了自觉的“文体感”，以为20世纪30年代以来中国小说接受了西方模式而散文却承袭了明清笔记传统，于是他也有意以散文笔法为小说——这两个反省和选择，便是贾平凹“寻根”的背景，也是《商州初录》的背景。

《商州初录》由《引言》及十三个既似散文又像小说也可以说

1　王若水是在1988年出席在安徽召开的全国文艺理论研究会第四次年会时作上述发言的。这次会议的中心论题是“现实主义与中国文学”。

是采风笔记的短篇组成。其中《引言》述作者大写商州之用心立意，《黑龙江》是初入商州的游记，《莽岭一条沟》《桃冲》《龙驹寨》《棣花》《白浪街》诸篇均从容铺开某乡某镇的地理风貌、民俗野趣，间或夹入人情奇事，合成一种古朴淳厚的气氛，是《初录》中最佳的几篇，令人想到周作人的《乌篷船》或郁达夫的《浙西游记》。其余各篇则偏重写人写事，《一对情人》《石头沟里一位退伍军人》《屠夫刘川海》的反礼教内涵并没超越20世纪20年代“乡土派”与沈从文《萧萧》的水准，《刘家兄弟》以传奇形式表达一种善恶观，《小白菜》《一对恩爱夫妻》则又写了两个现实社会悲剧。写人情最出色的，当属《摸鱼捉鳖的人》，尽管其间“我”的文人腔感慨显得多余，而某些细节也似曾相识。

比方说20世纪80年代初的中国文坛像个新兴（或复兴）的都市，满街舞厅、咖啡座、酒家、迪斯科争奇斗艳，其间却也有家青年人新开的茶馆——大众或许一时还不注意，细心人却立刻从中感受到那一份沉静从容，那一股清淡隽秀。说《商州初录》有意无意间开辟了“寻根”之路并不为过，这种开辟工作主要表现在两个方面：其一，《初录》提醒“文革”后的青年不要一味陷在“我不相信”的愤怒反叛、颓放伤感的情绪之中，而应回头看看朴素平实的民间，也回头看看沉静中和的文化传统；其二，《初录》也提醒当代文学的“先锋派”（大都是青年作家），不要一味只沿着“五四”以来的小说模式西方化的方向去“探索”，不要一味只学步卡夫卡和福克纳的奇技异彩，还应回过头重新审视从《世说新语》到明清笔记再到30年代散文的脉络线索，在语言和文体的意义上重新注意汉文学传统的魅力。

《莽岭一条沟》大致可代表《商州初录》的基本倾向。开篇先从容展开地理风貌，写沟里如何山深林茂，岭隔洛南、丹凤两县，水分黄河、长江两域，然后叙述和欣赏沟里人的“生态”——

十六个人家如何联姻一派友爱和平，如何靠山吃山，广种薄收，自给自足，如何善良好客，免费为路人提供草鞋茶水，如何自有一套文明和人道的秩序，如抬路人出山："抬者行走如飞，躺者便腾云驾雾。你不要觉得让人抬着太残酷了，而他们从沟里往外交售肥猪，也总是以此为工具。"作品后半部慢慢引出一个足以体现"沟里文化"的神医老汉的传奇：老汉医术高明，向为山民造福，却也引来恶狼求医，半是害怕半是同情，老汉竟为一老狼施术。一月之后，狼叼来一堆孩童脖颈饰物回报老汉看病之恩，老汉痛疚自己的罪恶，疯跑跳崖而死。沟里人三月后追杀那狼，以狼油点灯祭神医老汉……这个有点"魔幻现实主义"色彩的传奇，不妨视为"莽岭一条沟文化"的戏剧性总结：你看，这里的狼也有它的仁义，人当然更有良心。总而言之，与动乱喧闹现实相隔绝的山沟里，仍有着淳厚悠然的文明存在。（更进一步的潜台词是：和这样淳厚悠然的文化相比，沟外那些动乱和喧闹，又有多少意义呢？）

同一个山沟（或山寨、山庄、山村），韩少功和王安忆会痛感其愚昧、封闭、"超稳定"，阿城会在其间得到"士"的顿悟超脱，郑万隆会歌颂其粗犷原始有野性，可贾平凹却在其间感受到善良、纯朴的乡情和仁义、健朗的儒风。在正面的意义上发掘乡情与儒风之间的联系，这确是贾平凹"寻根"的一个特点，不过他叹儒风却未深涉"士"如何自处的课题（他不能像周作人、梁实秋那样从文人角度谈儒谈道，文人在作品里如果成为主角则更像法国小说《红与黑》中的主人公于连·索黑尔而全无士大夫气，如《浮躁》中的金狗）；他赞乡情却也不是真正农夫立场，在乡间他其实拥有秀才式的文化优越感[1]，进城后才更热爱据说是刨地耕土都可

1　有一个例子颇能说明贾平凹在乡里所能感受到的文化心理优越感。据孙见喜《贾平凹

能掘到秦砖汉瓦的中原土地。所以贾平凹的“寻根”，主要不是寻给农人看的。其读者背景，应是处在浮躁动乱中的都市人。当然，若以“莽岭一条沟文化”来救“文革”后的中国，犹如靠板蓝根冲剂解急性肝炎之危一般，药性虽平和深远，临床效果却难见效。

整个商州系列中（《初录》获好评后，又有《商州又录》《商州》《商州世事》等），带儒风的乡情一直贯穿其间，但那些篇什均无明显超越《初录》之处。《初录》好在理念较虚，淡化在山风野景之中，所以尚有回味。后来贾平凹在《人极》《天狗》等作品中将儒风乡情具体化为现实人物行为，客观上反而暴露了儒风乡情的“迂”和“伪”的一面（这是将美丽的“根”掘出来放在阳光下暴晒后的必然结果）。贾平凹不是一个理性力量很强的作家，《初录》以后他似乎一直在“寻根”，但数量很多（甚至得奖好评也很多）的创作却并未使他的“寻根”更深入一步。1984 年后他接连发表了《鸡洼窝人家》《小月前本》《腊月、正月》三个写农村经济改革的中篇并接连赢得掌声，但由于对“农民改革家”的概念化处理和对农村社会图景的政治化（政策化）理解，作品的艺术纯度反不如《初录》。

贾平凹后来又写了《天狗》《黑氏》和长篇《浮躁》。其中《天狗》的道德内涵最值得玩味：憨厚耿直的天狗暗恋师娘，待师父残废师娘真的“招夫养夫”后，天狗反而不再亲近师娘，后来客观上导致了师父的死亡……这篇后来为二毛激赏的作品，颇显示了贾平凹身上一种独特的“土气”（人们不一定欣赏这种气质，但毫无疑问，很少有别的当代中国青年作家真正具备这种气质）。《黑氏》与《天狗》正好相反，似乎有点受张贤亮等人的性文学的影响，

其人》记述，平凹十六七岁时被母催逼成婚，平凹不从，气极时：“用石墨将一句李白诗刻到山墙上，道是‘天生我材必有用’。至今，这字仍残留在那里，每有宾客或上头人到棣花，村人皆携其观赏，尽述作家昔日风流。”（《文学家》1986 年第 1 期，第 22 页）

贾平凹突然用了弗洛伊德式的心理学目光来匆忙地打量一直在他笔下生活着的善良不幸的农村妇女。我曾经在想，如果贾平凹能将他投入在《天狗》中的道德热忱和他放在《黑氏》里的心理学兴趣融合起来，该产生怎样的效果？后来在《浮躁》里，我们可以看到这一种融合的努力。贾平凹自称《浮躁》是他同类作品的最后一篇，事实上所有以前出现过的人物、场景、画面乃至细节都一起出现了。这个长篇曾受到过政治上的批评，因为其间描写了当年打游击的地方武装领导几十年后如何各霸一方大搞官僚特权；同时《浮躁》也得到评论界的溢美，并在美国获奖。人们称赞作品画面广阔，既写乡民发家自救，也写土干部欺侮民女；既有经济变革中买空卖空中的暴发户，也有“文物”般古朴的船夫、和尚、寡妇、野汉……其实这个长篇本身也正体现了作家创作心态的“浮躁”：以上蹿下跳的“于连”式的知青视角，同时只凭借“莽岭一条沟”的善恶观，又试图解释描画整个当前中国城乡的复杂动荡现实，作品中的气氛便和被解释的现实一样“浮躁”了。

直到几年后的《废都》，贾平凹才真正洗脱了“五四书生腔”，把从梁启超以来负载沉重的现当代小说往“闲书”传统的方向“倒退”了一下。这一“倒退”不无积极意义，《废都》里的城市，及各色人等，也都浮躁。但作者的叙说，却很平实自然。这种若无其事地叙说奇事的笔法，当然来自《金瓶梅》，有些细节更“偷步”得过于明显。但无论如何，从《商州初录》到《废都》，贾平凹要在小说中一洗“五四书生腔”的努力是很值得注意的。

我一直认为，贾平凹“寻根”，其文体意义大于其思想意义。早在 1982 年发表的《文物》等作品里，他就显示了超越（或至少是大异其趣于）同时代人的清涩平和的文笔品味。《初录》则将这种远承明清笔记近袭知堂废名的笔趣情致进一步文体化格式化了。

虽然当时的文学界领导正忙于清除污染，下边青年人则急于借用种种西方现代派技巧来宣泄愤怒失望情绪，一时并未特别留意《商州初录》的悠然出现，但一些真正有心于文体、文字探索且不满于伤了汉语的风骨只学得海明威、福克纳翻译腔的作家，很快就发现并发展了贾平凹文体实验的影响。1984 年秋，在杭州会议上阿城津津乐道谈论《商州初录》的原因，便是这一种笔记文体可能有纠正当代汉语文学的“翻译腔”倾向。倘若没有阿城的“三王”，《商州初录》在当代文学史上也不会像现在这么重要。阿城当时感兴趣的，自然一是对文化传统的重新观照，二是文体、语言的“复古”实验。不过在后者他是沿着贾平凹的方向继续跨步，在前者他们虽然做同一件事，却走了不同的路径。

阿城的文笔比贾平凹更瘦，更拙，更质白淡泊，也更精致用力。同样写悲愤，平凹是白描：“大来脸色暗下来，不说话了，开始合上眼睛抽烟，抬起头来的时候，眼里噙着泪水。”[1] 阿城则进一步制成版画：“萧疙瘩不看支书，脸一会儿大了，一会儿小了，额头渗出寒光，那光沿着鼻梁漫开，眉头急急一颤，眼角抖起来，慢慢有一滴亮。”[2] 同样写情爱，平凹是全不着色：“她低着头，小伙背着身，似乎漫不经心地看别的地方，但嘴在一张一合说着，我叫她一声，她慌手慌脚起来，将那包鞋的包儿放在地上，站起来拉我往人窝走。我回头看，那小伙子已拾了鞋，塞在怀里。”[3] 而阿城则每每于调侃中留空白：“又想一想来娣，觉得太胖，量一量自己的手脚，有些惭愧，于是慢慢数数儿，渐渐睡着。”[4] 如《姚冲》《黑龙江》般从容舒展的写景，在阿城笔下是很少的。像“把笑容硬

1　贾平凹：《商州初录 · 一对恩爱夫妻》，《钟山》1983 年第 5 期。

2　阿城：《树王》，《中国作家》1985 年第 1 期。

3　贾平凹：《商州初录 · 屠夫刘川海》，《钟山》1983 年第 5 期。

4　阿城：《孩子王》，《人民文学》1985 年第 2 期。

在脸上”“喝得满屋喉咙响”之类刻意考究的句子，在贾平凹那里也难寻找。乍一看，在文体上，平凹擅写散文，阿城长于讲“故事”。但实际上平凹的散文里颇多传奇故事，只是奇事淡写而已，淡写中有一种韵味贯穿始终；而阿城的故事则多述俗人事，如何“吃”，如何磨刀，如何吸烟搔痒等（奇人异事只在高潮处偶现），事虽细碎，讲得却有板眼，不慌不忙，有声有色，可谓“俗事奇说”，整个叙述过程皆充满张力。所以同样有意以传统笔趣来一洗“五四”小说语言，平凹近于文人写野史小品，阿城更像民间的说书艺人。从语言、文体追求看，小品笔记，再清再淡也讲究色调韵味，如龙井，有流动着的微碧微涩；而阿城说书，却是节拍顿挫，一字一斧，如砍削一块质地粗糙的树桩。

但精彩的是（当代中国文学常不乏这样的精彩），有文人视角的笔记小品出于乡村才子贾平凹之手，做民间说书状的阿城，却有着典型的“士”的家庭文化背景。著名电影评论家钟惦棐在1957年成为“右派”以后，其子钟阿城也受连累进入社会底层。“文革”前后，在北京，在云南，阿城吃尽千辛万苦，恐怕真的“什么事也干过”。这些事虽不是以“士”的身份干的，却始终被自身“士”的目光所注视着。同样以重新认识文化传统来寻根的阿城与贾平凹，最大差异就在于，后者是从农村风土人情角度来关心中国文化传统的现实命运，而前者则是从“士”于乱世如何自处的角度，来考察“动乱”（何止“文革”？）与中国文化的关系问题。如果说当代青年小说有城里人下乡和乡下人进城两大基本倾向，我以为贾平凹“寻根”，当是乡下人进城后重新看乡村（莫言亦然，这个传统可上溯至沈从文），而阿城骨子里却和韩少功他们一样是城里人下乡。不过一般知青作家多是“学生下乡”，而阿城有点“士”泊江湖的味道。

不妨看看阿城小说内在结构中“士”的位置。在贾平凹《商州初录》里都有个时隐时现的“我”，除了“我”在每篇所碰到所描绘的一两个主人公外，其他乡民被称为“他们”——“我”似乎自外于“他们”，“我”也好像不在邪恶动乱力量的危害之下。阿城的《棋王》《树王》和《孩子王》里，也均有一个知青“我”，每篇必有一两个“异人”与“我”对话、交流和沟通，其他人（主要是知青）则被称为“大家”——显示了“我”与“大家”的认同，“我”和“大家”一样面对动乱。我们可以将“异人”和“我”(“大家”)和色彩虽淡却无处不在的动乱现实三者之间的三角关系，看作是阿城小说不变的内在结构模式，其间，共同面对动乱现实的“我”和“异人”之间的文化交流总是小说的核心所在。交流方式包括“我”听“异人”表白（王一生谈棋，萧疙瘩磨刀，王福作文）和“我”看“异人”行动（王一生“吃”与下棋，萧疙瘩护树，王七桶教子）。交流双方，一方总是极聪明、极有文化、极懂世道人情，同时也已学会在乱世中克制忍耐的知识青年，另一方总是貌丑体壮、木讷笨拙、行为古怪却总有“异能”的山野之人（棋呆子虽是知青，行动也似江湖流浪汉而无学生腔），一精一呆，大智与若愚反差强烈。精彩的是,交流结果却不是前者(文化人)给后者(山野之人）以启蒙，而每每是后者启迪前者，前者在后者身上找到自己的文化追求和精神价值。“我”面对动乱（革命？）虽已极清醒极冷静,已不再轻易抱怨伤感,但仍无法摆脱内心的焦灼和困惑。困惑中我惊讶地发现，山野异人的古怪笨拙行为，倒反而更能抵抗动乱甚至解脱苦难，这时的“我”，其实正体现了“士”的现实处境,而“奇人异事”实际代表了“士”的文化思考和精神希望。“士”的现实处境是什么？看看“我”和其他知青的行为吧——“争得(下乡)这个信任和权利,欢喜是不用说的。更重要的是,每月二十几元，一个人如何用得完？”打草蛇待客，连酱油都缺少，大家却吃得津津有味，“刚入嘴嚼，纷纷嚷鲜”；知青“脚卵”低声下气走后门成功，其他人并不气愤，反而为之高兴，表示佩服……张贤亮也曾表达过中国知识分子在 20 世纪 60 年代挨耳光喝北风后的甜蜜幸福感，但因语言技巧上缺乏间离效果，招来很多正义的批评。阿城妙在他能不动声色地戏谑调侃，既写出知识分子于乱世的无可奈何的苟且状态，又表达了他对动乱社会的比较深层次的焦灼困惑——这种焦灼困惑的表达，不是通过“我”的牢骚感叹，而是通过“我”所感兴趣的奇人异事。“士”的困惑与思考，说到底就是看伪革命最终要“乱”什么东西，“乱”到什么程度。只有回答以上问题，才可能找到解释并抗衡动乱的力量。

其实“文革”后的大多数作品，都企图回答上述课题，从维熙等人认为“文革”乱了党的正确的方针路线，张抗抗等人觉得“文革”乱了青年一代的思想信仰，古华等人看到“文革”乱了善恶标准伦理是非，青年诗人们则发现“文革”乱了基本人权，乱了中国民主化的进程……在我看来，阿城小说的独特意义就在于他关心了“文革”(何止“文革”)动乱对中国文化的伤害程度，以及这种文化力量对动乱的本能抵抗。在《棋王》里，动乱的含义不仅是民众被迫迁徙，城里娃娃乡下受苦，动乱更威胁着人的文化性格，“我”“脚卵”和“大家”均在生存中面临人格危机，好像唯有棋呆子不无道家色彩的“无为无不为”姿态才能独立处世(初稿结尾更悲观，连王一生最后也应召入地区棋队)；在《树王》里，那棵被萧疙瘩拼命护卫而被红卫兵李立砍倒的参天大树，不仅代表环境生态受破坏，更从天人合一角度象征动乱已伤及民族文化的自然生态；《孩子王》里王福抄字典的行动，则似乎发出了一个与激进的“五四”主张(为救中国而改造汉字)正好相反的宣言：只要有汉字在，中国就不会亡。史无前例的“文革”可以乱政治、乱教育、乱经济、乱道德，但乱不了中国文化最朴素的根基——这岂不就是“三王”中“士”的精神依归吗？这岂不就是阿城有意无意所寻的“根”吗?

严格说来,阿城小说是观念的产物,是文化之梦的产物。文字功力加艺术控制感加乡土素材,使“梦”变得像真的一样。其实奇人异事不是“士”在乡间碰到而是“士”太想看到——就像“三王”不是海外华人偶然叫好而是他们自己正想看到一样。20 世纪 80 年代中期不少评论家激赏阿城,多称道其小说中的道家气味,欣赏(也有指责)王一生如何处乱世却独善其身。但“我”在《树王》中的愤怒旁观,何止是“独善其身”?在《孩子王》中的知青教师“我”宁可丢饭碗也要教学生懂得汉字的纯洁,这种以捍卫汉文字(汉文化的形式与精神)来抗衡动乱的态度,简直有点像勇猛的儒将。这也可以见出中国的读书人,身上其实都有些“儒气”——甚至飘然虚无如阿城如王一生,亦不例外。

贾平凹和阿城,是 1985 年“寻根文学”的最初发动者,虽然平凹比较关注传统儒家伦理——心理观念的现实命运,阿城更想探究社会动乱与包括道家在内的整个汉文化自然生态的关系,但他们依赖、寻求和拯救传统精神文化支柱的出发点是相通的。所以简而言之,他们是想“寻中国文化之根”。

但贾平凹和阿城所尝试的这一种“寻文化之根”的文学当时并未成为 20 世纪 80 年代寻根文学之主流。影响最大的寻根作品稍后出自韩少功、王安忆、莫言、张承志、郑万隆等作家之手。《爸爸爸》《女女女》《小鲍庄》是在挖掘社会动乱在传统文化心理及民族素质上的深层根源。贾平凹和阿城有着超越“五四”的某种倾向(在文体语言上,也在文学与国家的关系上),但 1985 年“寻根文学”之主要倾向却仍然沿着“五四”的方向发展,仍是感时忧民、批判社会并关心“国民性”问题。而莫言、张承志的创作,则倾向于在城市异化和现代文明膨胀面前寻乡土道德之根以解脱精神价值危机,这时的“根”,可以说是被理想化(甚至西洋化、拉美化）的家乡地域文化，也可以是包含性心理因素的草原情结母爱意象，甚至异族宗教或其他种种山水图腾……“寻道德之根”的目的，实在是想救当前中华之病患。

在整个寻根文学中，上述第二类寻革命病根的作品当时声势最大，第三类解救道德危机的创作，牵涉作家最多。而贾平凹、阿城所实践的“文化再认识”的寻根，起步最早，影响深远，但学步者甚少。

1988 年 2 月写于香港大学；1996 年 2 月改于岭南学院

（收入《当代小说阅读笔记》）

《爸爸爸》与《小鲍庄》

在“搬神弄鬼”最厉害最玄乎的小说集《诱惑》（封面有点像考古或京剧书籍）后面，有一篇韩少功妻子梁预立写的极朴素自然的“跋”，平淡真切地记述了两人当年在汨罗江边“插队落户”时的生活琐事和细微感受，与小说集中意象驳杂晦涩的《爸爸爸》《女女女》等作品正好构成反差，也可以看成是对《爸爸爸》的一个重要注解。韩少功 1953 年生，1969 年“初中”毕业到屈原投江的湖南省汨罗县务农，“文革”后期被调到县文化馆，1978 年到湖南师范学院中文系读书。后来在纽约编《知识分子》的梁恒当时是韩的同学，他们一起关注过 20 世纪 70 年代末中国的大学生运动。从外表上看，韩少功像个优秀的青年团干部——衣着严肃，谈吐沉稳，待人（尤其在老一辈面前）谦和方正，总是微笑而又认真地听别人讲述哪怕是他不感兴趣的话题，给人以踏实甚至“听话”的感觉，绝无张承志的孤傲和张辛欣的灵敏，也不像阿城般洒脱、莫言般木讷（1985 年前后，韩少功以专业作家身份，还真的兼任过湖南某自治州的团委副书记）。只有细读韩少功作品或与他深交，才会感觉到他在保尔 · 柯察金式外表下的“于连气质”和躁动不安的杰克·伦敦式的灵魂。在多有些“畸形”又多有“异能”的“文革”

后的一代作家中，韩少功的禀赋是比较全面的：他理性思辨极清楚，但又喜欢抒情，喜欢种种新技巧；大部分作品皆能在北京最权威正统的《人民文学》上发表，又总能赢得激进“异端”的青年评论家们的赞赏；迷恋乡土文物却又会点西文搞过翻译，也能谈康德“二律背反”或“民族文化之根”等理论；艺术个性独异却又无怪僻性格特征，为人也谦和。最重要的是，韩少功极关心也极懂中国的现实政治，但他又十分热爱艺术——所有这些情况很容易使人联想到中年一代里的王蒙以及更早一代的茅盾。当然，时代制约人，韩少功不会等于王蒙。

在“伤痕文学”初期，韩少功与北京的陈建功齐名，被人们视为青年一代中头脑较冷静不会随波逐流的作家。其实在这之前，韩少功也有歌颂老干部（《同志交响曲》《七月洪峰》）甚至歌颂主席（《夜泊青江铺》）的拙劣习步。评论家曾镇南曾尖锐地指出，“在《七月洪峰》等作品里，作家韩少功还没有出现”。可我很想补充一句：那时知青韩少功已出现很久了——那些对老干部对火热战斗生活的歌颂，的确也表现着韩少功精神倾向中的某些成分。离开这些有机成分的存在（或曾经存在），韩少功后来将不能写好张种田场长的复杂性，也不会在《月兰》《回声》里主动对“文革”中的革命和动乱因素表示（虽然是难堪而又痛苦的）认同。与贾平凹秀才进山回避或斥责动乱及钟阿城的“士”泊江湖旁观嘲弄动乱不同，韩少功（以及张承志、晓剑、严婷婷、张抗抗等知青作家）于“文革”中的革命和动乱力量本身，是有着更直接的情感卷入的。不回避这种情感卷入来控诉“文革”罪恶，这正是韩少功早期作品不同于一般伤痕文学哭喊之作的地方。比如短篇《月兰》[1]，写乡村“大砍资本主义尾巴”，善良农家少妇月兰因家鸡下

---

1 《人民文学》1979 年第 4 期。

田被工作队毒死，既痛失供子上学的仅存经济来源，又连遭干部批判家人指责，最后竟导致平静地自杀……小说以“社教工作队员”的第一人称展开，抒情感叹的“我”承担着间接的罪责——这种叙事角度的选择，强调了动乱中害人者并非必然是坏人，并不一定出于歹意，从而客观上超越了简单善恶伦理的层面来思考“文革”责任（有意思的是，韩的同乡古华在几年后的十分叫座的《芙蓉镇》里，仍将导致小镇大乱好人受苦的工作队的李国香，写成是个人品质恶劣的坏女人）。又如韩少功早期最重要的中篇《回声》，写一个正直忠厚、狂热无私的红卫兵如何下乡，与懒惰赤贫的“乡村流氓无产者”联合起来在偏僻山村掀起“文革”事端。以知识青年（知识分子）身份既正视“文革”情况，又主动承担肇事责任，承认自己既被人害也伤害过人，这种新时期文学的“忏悔”形象是在韩少功作品里较早（如果不是率先的话）出现的。以肇事者身份去辨析动乱起因，是有可能将“文革”（及至更早的政治动荡）推到比道德是非、政治角逐更深的层面上去考察的。尽管《回声》的模型解剖法过于明晰简单，技巧也比较粗糙，但它仍不失为新时期文学中正面反省“文革”的最早的力作之一。将来的文学史不会忘记这篇至今仍不太出名的作品。在韩少功自己的创作发展中，《回声》也占有相当重要的位置，没有《回声》，韩少功很难走到《爸爸爸》的地步。反过来我们也可以说，读《爸爸爸》，有必要先看《回声》。在某种意义上，《爸爸爸》便是《回声》的意象化和民俗化。

不过当年留意《回声》的人不多，使韩少功出名的是 1980 年 10 月发表在《人民文学》头条位置后来又获全国优秀短篇奖的《西望茅草地》。小说写了一个有光荣历史、冲天干劲、满腔热忱却把农场办得一塌糊涂令群众怨声载道的革命干部形象。在这个干部形象上，韩少功表达的，还是他对他所参与其间又深受其害的“革命”的基本看法。伤痕文学时期，有不少尖锐揭露干部劣迹的佳作（如刘克《飞天》、叶文福《将军，不能这样做》），也不乏刻意赞美老红军品德的美文（如陈世旭《小镇上的将军》），而《西望芳草地》却一支笔锋两面着墨，既写张种田场长有心干革命的美德，又写他无意间做成许多坏事的劣迹。精彩的是，这两者紧密相连互为依托——不怕辛劳带头吃苦同时也是不讲科学一味蛮干，结果既破坏生产又伤害生态，长辈式无微不至地关心下属冷暖同时也家长式无微不至控制下属思想（甚至情感），可以慷慨掏腰包为知青买鞋同时也蛮不讲理禁止知青恋爱（甚至不惜伤害自己女儿）……仅凭生活实感，韩少功当时已敏锐辨析出亲民政治与家族宗法伦理之间的血缘关系。小说结尾处，作者又对看到农场亏损失败，知青兴高采烈离开时神色黯然的场长，表示了意味复杂的同情，显示了韩少功在对失败的“革命”进行理性批判的同时，仍存一种情感上的由认同（或曾经认同）而生的失落惆怅感——不仅仅只是“他们错了”或“我有什么错？”，而是——“我们怎么会错的？”这种混合情感认同的理性批判姿态，使韩少功与王蒙一代有了接通点。

韩少功在 1981 年的两篇新作，又使评论界、创作界对他的前景进一步“看好”。《飞过蓝天》[1] 可以说是结束了知青文学的第一个阶段（这一阶段以表现城里学生如何在乡下受苦为主要内容，以哭诉委屈牢骚责难为艺术基调）。绰号叫“麻雀”（有落拓可怜的含义）的知青为了走后门离开农村，忍痛将自己心爱的鸽子“晶晶”送给来自北方的招工人员，小说以鸽子“晶晶”中途逃走千里迢迢寻找主人飞向南方飞过蓝天为虚线，以知青走后门失败加速理想破灭、在乡村消极怠工走向虚无颓唐为实线，虚实两条线

1 《中国青年》1981 年第 13 期。

索有秩序地交叉进行，以“麻雀”最后打猎误杀终于飞回来的“晶晶”为戏剧性结尾。今天读来，象征内涵过于直露（飞过蓝天＝寻找理想，像是夏令营的口号），结构处理也过于精致（最后“麻雀”打死鸽子后，如果他尚未察觉，小说便戛然止住，不像现在这样让他痛悔感悟，还有些贫农点着火把在找他等，剧情和结构上都“粗糙”些留些缺陷，恐怕艺术效果会更好）。但正唯其精致直露的情绪象征，才恰恰符合当时知青一代的审美要求：既替他们理直气壮地宣泄了牢骚不满（我们在乡下颓唐，并非我们的错，而是环境、命运、“文革”的错），也让他们不仅仅只满足于宣泄不满（但颓唐终究是颓唐，理想的价值终究还是存在，即使在恶劣的动乱环境中，人也还是应该寻找和追求）。

在《飞过蓝天》以后，整个知青文学就开始向第二个阶段发展，开始从一味哭诉抱怨转向重新寻找知青经历的特殊意义。我说过，韩少功在骨子里是个“知青作家”。不仅因为他有两篇作品直接影响知青文学发展（《飞过蓝天》以外，还有1985年的《归去来》），还由于他几乎全部的重要作品里，都有一个知青人物作为“视角”存在，仅有一篇《爸爸爸》例外（这或许也给我们阅读《爸爸爸》提供一个重要背景）。在《风吹唢呐声》[1]里，知青角色第一次尝试着从人物退为角度，小说正面展开普通农民的生活—伦理悲剧，“落难观音”式的农家少妇很像贾平凹笔下完美不幸的女主人公，对哑巴的艺术处理细腻而又恰到好处。虽然后来改编成电影并不成功，但这篇小说足以显示韩少功在美学兴趣上的微妙变化：他开始注意起政治动乱层面以下的农民心态了，他也开始注意畸形生理、扭曲性格和病态事物了。

1981年以后，有很长一段时间韩少功一直沉默着，这不是一

1 《人民文学》1981年第9期。

种悠闲的沉默。自己起步时的卓有特色和人们的普遍“看好”期待，对韩少功的前进构成某种心理压力。因为一开始下笔就很重，就很用力，他既不愿顺风驾车“轻”下去，却一时又不知该怎样继续用力（或者说更用力）。这种紧张的沉默和紧张的准备前后有三四年，其间韩少功只发过一个不很成功的中篇《远方的树》[1]，写一个小有绘画才能的知青如何凭借文化优越感漠视了一个乡村少女纯真的爱意，多年以后才有所感悟和痛惜。除了比早期更泛滥失控的“小布尔乔亚情调”（烟呀，树呀，“灵气”浮动加玩世不恭状……）和笔触更纤细更纯熟以外，别无新意，当然更谈不上突破。《远方的树》的飘忽更证实了从 1981 年到 1985 年韩少功的内心焦灼和艰难寻找（一度他干脆搁笔，到武汉大学进修外文）。这种情况直到他写出《爸爸爸》提出“寻根”口号才告结束。

然而我以为《爸爸爸》并非韩少功的转向，而是他初期理性反省“文革”的继续。中间四年只是休止停顿，休止符号不是空白。在阿城大讲其“故事”的杭州座谈会上，向来控制局面的韩少功基本上只做听众，听同行们大谈直觉、非理性、神秘主义、民俗与现代派的关系等。韩少功并非一个被动的听众。所有从旁而来的刺激和启发（如果确有这种刺激和启发的话），在他那里都会围绕着一个焦点而起作用，这个焦点在我看来，就是他对“文革”的性质、起因、意义的持续思考。古怪晦涩、惊世骇俗的《爸爸爸》无疑也是这种思考的延续、深化和“变形”。

产生这种“变形”的原因有三：原因之一，1981 年以后文学和政治的关系，使韩少功觉得《回声》式的思考很难继续下去。一方面老干部们不喜欢昔日红卫兵以参预者身份来正面解析“文革”甚至追究其他受害者的责任，另一方面似乎老百姓们也更

1 《人民文学》1983 年第 5 期。

习惯从“少数坏人害了多数好人”的泛道德模式去痛恨“文革”（如《天云山传奇》《芙蓉镇》的社会反响），这种创作的外部氛围，使韩少功既想不放弃自己的主题，又觉得有“换个方式”的必要。原因之二，韩少功自己对“文革”及整个社会动乱的起因的看法在《回声》以来也有了很大发展（某种程度上，这也是一代人的共识在演进）：下乡挑起革命的学生狂热，岂止“大跃进”才被煽起？它与20世纪30年代学生在上海租界撒传单的热情，与传统士大夫救世济民的热忱相比，有什么异与同？“革命”加破坏的乡村贫民，其造反行为与平均主义大同理想与阿Q式的精神方式之间，又有什么联系？为什么近代中国不少改革开放人士，总像《爸爸爸》中仁宝那样既得风气之先又骨骼软弱，战旧势力不触即败？为什么群众行动总是盲目总是被愚弄总是受操纵，难道“不好即坏”的简单伦理——心理结构竟是丙崽式的“痴呆”？……对所有这些问题，可以说韩少功自己尚无明确答案，因此他需要有《爸爸》式朦胧隐晦的框架来表达他严肃的疑问和困惑。原因之三，则是拉美魔幻现实主义恰在这时（1983年前后）给韩少功的影响，使韩少功发现社会政治激情的同时可连接现代主义观念和民族神话、乡土民俗。卡夫卡的书也许早看了，湘西民俗也早有见闻，拉美作品（如《百年孤独》等）的全部启发在于：现代主义观念、社会政治热忱和乡土民俗兴趣，三者是可以融为一体的——具体到韩少功的环境里，这种融合给他带来艺术和功利上的双重帮助。在艺术上，某些现代主义观念及手法可使他的社会政治思考得到哲理意义的深化，民俗与神话的探究也延伸着他的国民性批判的思路；在功利策略上，卡夫卡式“变形”则使他的“文革探源”不再锋芒浅露、惹人气恼，而民族化、乡土化追求更似乎是沿着毛泽东《延安文艺座谈会讲话》的方向在前进（难怪一些老作家如康濯，会将《爸爸爸》当作“革命现实主义”作品来看）。

《爸爸爸》还是在《人民文学》上发表[1],但所占版面不太显眼。作品立刻在文学圈内引起强烈反响，有惊诧，有喝彩，有疑惑，有指责，形成了一次对思想和美学规范的冲击。但即便是鼓掌的人们,对作品的理解也不一样,有人认为《爸爸爸》延续着鲁迅《阿Q正传》的批判锋芒（20世纪30年代作家严文井甚至立刻自问“是否是上了年纪的丙崽？”)，有人认为《爸爸爸》是承袭沈从文的湘风，得乡土灵气（同时一位来自湖南的沈从文研究者凌宇则指出，韩少功在写《爸爸爸》前，并不了解湘西风土)；有不少青年评论家推崇作品开掘解析了人和民族的非理性（如李庆西坚持说《爸爸爸》是“经典作品”)；但在1988年补办的有十几篇小说得奖的全国优秀中篇评奖中,《爸爸爸》还是引人注目地落选了。

在详细梳理韩少功创作历程及《爸爸爸》的各种背景以后，我想可以不再具体拆卸这篇作品的隐喻结构了。在我看来，虽然《爸爸爸》也写湘西风土人情，但精神实质与沈从文迥异。沈从文是以湘西乡土作为解救城市腐败文明的清凉药，韩少功（以及别的一些“湘军”作家）却是以乡风异俗来反抗中原文化规范，骨子里依然渗透儒者救世之热忱。他以现代意识洞察民族传统文化中的神秘“暗区”，写祭祀打冤迷信掌故，写乡规土俗图腾崇拜，目的仍在挖掘当代社会动乱的文化之“根”。虽然《爸爸爸》里繁复堆砌的种种意象在内涵上已比“飞过蓝天”之类丰富深奥得多，但实质上它们的指向，依然不是形而上和纯哲理的，而更多的是折射对民族集体无意识的社会政治思考。《爸爸爸》在结构、意念乃至细节处理上，都不无机智做作、巧弄玄虚之处，这里既有艺术实验因素，也有策略上的考虑。我不认为《爸爸爸》是篇艺术纯熟的作品，但这并不妨碍我相信这部小说的重要性——它的创

1 《人民文学》1985年第6期。

新价值放在当代青年的种种艺术和思想反叛过程（及其反叛技巧发展过程）中看尤为明显。

《女女女》[1]篇名像是续《爸爸爸》，内容也是深情而又冷酷地埋葬传统，但严峻的理性审视目光又以“我”那知青式的角色面目出现了，画面因此更现实，意象也比较显露一些。有善良美德的湘西农妇幺姑从病到死的恶劣过程，如同《爸爸爸》中仲满带领老人们自杀卫道一样，于当代政治不仅有隐喻性，甚至有预言性。理性的“我”、宿命的珍姑和嬉皮士“老黑”，代表着对幺姑之死的三种承受姿态。在一段加缪式的对老鼠成河的抒情描写后，少功笔锋陡转：“那不是鼠岛，不是。我看清了，那是我家门角那个装满炭屑的草编提篮，幺姑的提篮。”在小说中满载幺姑动人善良往事的这个提篮，怎么会烂到令人无法同情的地步？“炎黄之血浸入墙基和暗无天日的煤层，浸入阴谋般纠结撕咬并嗡嗡而来的象形文字，浸入死囚中革命党人被割破的喉管和脚镣的哨哨脆响……”这种以“美德恶化过程”为病例溯源传统文化的做法，与阿城想靠方块字救世的奢望恰成对照，体现着当代青年“寻根”的两种基本倾向。

在后来被公认为是“寻根派”宣言的韩少功短论《文学的“根”》里，两个核心论点都可视为《爸爸爸》的理性注释。一是强调地域不规范文化的奇异神秘色彩，意在反抗中原传统伦理秩序的大一统；二是以考察民族文化——心理深层结构来探究现实社会动乱之根基之病源。“我以前常常想一个问题：绚丽的楚文化流到哪里去了？”这是一个极策略的问号。谈卡夫卡、加缪总有崇洋嫌疑，老是对“仁义”“忠诚”的传统喊“我不相信”也显得虚无颓唐，这时若能找到地域文化中的不规范的原始浪漫“活力”，不也是反

---

1 《上海文学》1986年第5期。

叛中原传统文化规范（僵化异化了的儒家传统）的有力武器吗？（至于后来又被天真的激进派斥为复古倒退，那也是“策略”太过成功之故。）李杭育在江南默默寻找吴越地域文化精髓，郑万隆不惜美化夸张东北山民身上的粗犷豪气，乌热尔图对鄂温克族文化源流的篝火重映，以及其他很多人对地域文化的种种兴趣，我看都与韩少功对湘西的热情异曲同工。“作者们写过住房问题，特权问题，写过很多牢骚和激动，目光开始投向更深的层次，希望在立足现实的同时又对现实世界进行超越……”韩少功这段话好像道出了他“寻根”的过程。在《女女女》中，审视主角在时髦女郎老黑的“仿棒克”行为中也看到幺姑脸上的“鱼”的意象，说明韩少功也像王蒙一样，将红卫兵潮、“大跃进”热与今日的开公司热、仿嬉皮士热联系起来考察，以探究下面“虽变颜色不变性质”的民族心态潜流——在这种心态深处是什么？儒家规范？小农心理？国民劣根性？集体无意识？……虽然“寻根”作家们列出的答案都不怎么样，但寻找的过程却很有意思。在揭示国民深层心理方面，与《爸爸爸》同样用力（甚至更加成功）的有王安忆的中篇《小鲍庄》。

王安忆或许不能归入“寻根”作家之列，但《小鲍庄》却是典型的“寻根”作品。说王安忆不属寻根作家的理由大概是这位女作家迄今为止创作已有四个明显不同的阶段，《小鲍庄》只是其中的第三阶段。在这之前她一直写“少女梦”，写都市平民心态全无寻根架势，在这以后她又迅速转向写起“性文学”来，况且王安忆没有正面发表过有关“寻根”的理论主张，她甚至自称听阿城讲“寻根”，犹如听“布道”——高深而不解其意。

但就是这样一个细声碎语、平实纤敏看上去绝无“深刻状”的女孩子，写出了一流的寻根作品《小鲍庄》。这也是当代青年“寻根”的另一个类型。

王安忆初期作品（1979—1980）多写少女对社会的惊慌感和对爱、对“白马王子”的紫色憧憬。小说主角总是一个叫“雯雯”的多愁善感的女孩，也目睹“文革”动荡，也下乡吃苦磨难，总是睁大惊恐的双眼，又总能碰到有特点有魅力的男人——当然，只是碰到而已。如相当有名的短篇《雨，沙沙沙》，写少女雨夜归途得到一陌生男子照顾，当时雯雯惊慌害怕，唯恐被欺侮，待到证实对方纯系友善后又似乎再无见面机会了，只能望着雨中路灯那橙黄色光圈来一番惆怅遐想……笔者与王安忆同为“69 届初中生”，深知对于在仇恨、吵闹、打斗、猜疑、警惕、争夺气氛中度过青少年时期的这代青年来说，对爱的渴求憧憬，哪怕是虚幻的憧憬，亦不失为能在青春创伤上暂时镇痛的麻药。一度男作家多写纯情天真的女孩（女强人见得太多了？），女作家则大都呼唤等待“白马王子”。

与张抗抗、黄蓓佳、韩蔼丽、铁凝等人相比，王安忆很显眼的特征是笔触细腻，“感觉好”（这也是她母亲茹志鹃的艺术特点之一，20 世纪 60 年代茹曾一再被劝告放弃写儿女情家务事的纤敏风格，二十年后，王安忆也曾听到了要她向张承志方向靠拢的意见）。不过我觉得安忆的“感觉好”，不仅在纤敏细致，更在冷静独特——早在《广阔天地的一角》[1] 这篇早期知青小说里，王安忆就用雯雯稚气的眼光，原谅理解了一个为求生存而玩世不恭的男青年。这类在下乡期间违心拍马鬼混的形象，在同时期别的知青小说里，通常是受到简单谴责的。王安忆似乎从一开始就不满足于对世事的政治的理性的解释。如果说韩少功的创作一直想要“洞明世事”（寻根也不例外），那么王安忆就有点“人情练达皆文章”的味道了——她的艺术焦点，始终对着社会中的人情人际关系，

1 《收获》1980 年第 4 期。

而且是这种关系不能为社会政治理性所完全规范的部分。乍一看，安忆创作“经常转变”，细细体察，才可见对人情人际关系的直觉而又冷峻的考察，是一条贯穿至今不断深化发展的内在线索。

由于中国传统社会文化中的家族宗法性质，以及这种性质在当代社会中的依然变形存在，人情社会关系确实成了种种文化（乃至政治）课题中的一个要点。王安忆本能地抓住这个要点，虽然着笔平淡也一直缺乏强有力理性批判武器，却还是每每比旁人更深刻地触及一些社会及文化的“病根”。

很长一段时间，王安忆都被认为是笔触温和寻觅暖色调的作家。这一方面是因为“雯雯”给人们留下的最初印象很深，另一方面，王安忆在《小鲍庄》以前（甚至包括《小鲍庄》），笔下也确实没有强烈的哭喊谴责和尖锐的嘲讽戏谑。我个人是在阅读《窗前搭起脚手架》[1] 以后，顿时感到所谓“暖色调”在王安忆那里只是假象，只是少女“雯雯”的有色镜片效果而非作家本人的目光。或许正是王安忆在一派暖色调中品出寒意，才使人真正感到“冷”？女大学生只是在暑天发热的情形下才对房修工产生幻想，当那个身材魁梧、线条粗犷、被幻想成“高仓健”的男工，在星期天经过刻意修饰戴“蛤蟆镜”着浅薄新潮时装，作为客人局促不安地站在女主人公客厅并附弄风雅谈贝多芬时，王安忆显示了她笔触的独特的冷峻！后来当然女大学生又重新找她那些高谈阔论加缪和萨特的同学，而房修工也和喜爱邓丽君的女学徒重归于好。混乱结束了？秩序恢复了？小说结尾描写脚手架拆去后，高档住宅依然华丽坚固，“还可以维持很多年”，这一象征使人顿时感觉阶级（阶层）间的文化鸿沟对曾经发生过的乃至以后可能有的社会动乱，具有何等意义！

---

1 《人民文学》1983 年第 1 期。

在中篇《墙基》里，脚手架意象被具体化为“文革”过程。王安忆以理解但又赞同的态度写贫穷市民对“剥削阶级”们的怨恨造反，又以同情但不帮腔的语调写有知识有地位或有财富的人们在运动中的沮丧运动后的愤怒，很少有作家（而且是年轻作家，而且是亲历“文革”饱受其害的作家）能像王安忆那样，基点似乎就在墙基上。这种相对主义姿态在城乡之间、干群之间、贫富之间、善恶之间、老少之间延伸开去，使得王安忆第二阶段的作品里，无好人也无坏人，无浑蛋也无英雄，无庸人也无天才，无忠勇也无小人。如果写“天才”，王安忆就写其庸人的一面，写其失败、心灰意懒、缺乏毅力和自知之明等很多性格弱点（如《命运交响曲》[1]），王蒙说读了这个中篇有种自己的题材被“抢”去了的感觉，后来他在长篇《活动变人形》中刻画中国知识分子性格缺陷时,还能使人感到有韦乃川的若干影子。如果写“庸常之辈”(这也是她的一个短篇的题目），王安忆就努力突出她们的人格价值：普通女工们可怜兮兮，省吃俭用，积蓄嫁妆，盼望结婚日能坐轿车风光一番，这有什么可指责或嘲笑的？（在当时不少奶油味很浓老是奢谈贝多芬、维纳斯的青年小说里，嘲笑女工出嫁坐轿车“蔚然成风”。）如果写“小人”，王安忆就写其“合理性”，如靠拉关系、拍马屁、搞不正之风维持剧团业务的福奎（《舞台小世界》[2]），就极其真实地不仅写福奎的劣迹，更同时写出与这些道德“劣迹”连在一起的“德政”，没有这么一个人物，纯粹由艺术家组成的剧团反而无法搞艺术（这个短篇开始为王安忆赢得了圈内人的掌声）。如果写忠诚善良的人呢？王安忆又记述其造成的恶果。如短篇《苦果》正面描述“文革”，女教师对党无限忠诚，人也正派善良，曾

1 《当代》1982 年第 2 期。

2 《文汇月刊》1982 年第 11 期。

告诫女儿“任何时候都要先听党的话，再听父母亲人的话”，后来当女儿得到以党的名义而来的指示要批判其母亲时，能怪她循亲之命而灭亲吗？女教师最后只好自杀以吞苦果。这篇小说虽然意念过于直露，细节较粗糙，但足以显示出王安忆也和韩少功一样，很早就想超越道德善恶层面来解释“文革”。

王安忆不是一个理性色彩很浓的作家，她凭借的，似乎始终是敏锐纤细而又敦厚的感性。她的《本次列车终点》紧接着韩少功的《飞过蓝天》，可以说是开创了知青文学的第二个阶段，即通过知青回城后的失望焦灼感来重新唤起青春理想渴求。她的《尾声》《这个鬼团》《B 角》《小院琐记》等作品均取材于她在徐州文工团的一段生活，也都能抓住人情人际关系，见出若干与众不同的情致世态。（黄子平私下曾开玩笑说，王安忆在“这个鬼团”里挖出了那么多东西，还能骂“这个鬼团”吗？）整个第二阶段（去美国参加“爱荷华写作计划”以前），王安忆似乎一直写得很顺手，当然，平庸之笔也是有的（如《金灿灿的落叶》[1]），像《流逝》那样饱受溢美的获奖中篇，在我看来那“资本家少妇经受‘文革’磨难反而懂得人生忧患”的主题意念，实在也是有点做作的，只靠着对“文革”经过的许多具体感性细节描写，才使作品不致流于空疏。长篇《69 届初中生》也给我留下一个细节处处生动，总体骨架却不强的印象。总的来说，这一时期我觉得王安忆主要是想寻找大到阶级斗争、政治风云，小到邻居怄气、家人拌嘴等种种人际人情人伦社会关系之间的某种共通点。这种寻找体察解析审视工作开始是分头进行的，直到《小鲍庄》才有一种合成感和总体感。

有意思的是，访美半年归国后，王安忆一度反而写不出作品

---

1 《青春》1981 年第 12 期。

了。《大刘庄》《麻刀厂春秋》等均不太成功。在一段不算太短的沉默后，王安忆于艺术结构上找到了突破口。凡重要的寻根作品，在我看来意义主要都不在其寻到未寻到的答案结论，而在于“寻”的方式过程。《商州初录》的新意在文体，《棋王》魅力在语言，《爸爸爸》靠象征隐喻手法和异乡奇彩画面支撑，而《小鲍庄》[1]是由于结构的力量释放了内涵的潜能。小说除笨拙的两个引子和对称呼应的两个尾声外，共分四十节，六七条叙事线索（也是人情人际人伦关系线索）同时进行，有分有合，交替出现，以一定的节奏回旋重复。除写拾来与大姑的恋母关系有新的生硬的心理学趣味外，其余故事，文化子与小翠的反礼教恋情、捞渣与孤老头鲍王爷的相濡以沫、鲍秉德与疯妇与续弦的关系、老革命鲍秉荣和农夫鲍彦山的朴实、鲍秉义的花鼓戏及凄凉声调的伴奏，以及鲍仁文浅薄地追逐城市文明等，如果抽去农村背景，王安忆以前好像都分别写过。但《小鲍庄》很自然很朴实地将这种种或奇特或平凡或可笑或可叹的人与事，合在一个共时态乡土结构框架里，合在一个平衡稳定的文化秩序网中，于是我们看到，七个一加在一起是远远大于七的！

《小鲍庄》的阅读效果很像中国新潮电影中被精心拉长久久不动的黄土画面。小说特意放在“文革”背景下，展开乡村里琐碎的人伦人情纠葛，在童养媳感激没挨打、男子汉绝望地恋寡妇、生了死孩子的女人在发疯的同时，和着鲍老汉吱吱嘎嘎的“薛仁贵跨海又去征东”的花鼓陈调，“在一千里外的北京，正进行着一场江山属于谁的斗争。一千里外的上海，整好了装，等着发枪了”。甚至连“文革”这样的动乱都对中国农村的文化心理秩序影响甚微，后来可以“致富”的社会变化好像也没有改变既穷又仁义的

1 《中国作家》1985 年第 2 期。

小鲍庄人的基本心态——难道这就是运行于无数社会动乱之下中国文化的深层稳态潜流吗？整篇小说不下二十次谈到“仁义”两字，村里有一代人是“仁”字辈的，捞渣自小面善——“大人们说他看上去仁义”，鲍秉德不愿抛弃疯妻，也说“我不能这么不仁不义”。后来儿童捞渣为救老汉而死，自为仁义典范，引来社会舆论表彰。可以说王安忆以前只是尽量理解“恶”，这次才真正正面解析传统定义的“善”——既写出“仁义”在乡民文化心理秩序中的重要性，也写出“仁义”经宣传改造而“社会化政治化”后的结果。读《小鲍庄》我确实想得很多，我甚至怀疑作家是否预见、是否愿意人们这样那样地去想？《小鲍庄》和《爸爸爸》一样，也是一个可以让读者放很多东西也可以让读者取很多东西的框子。

最后，我要指出将《爸爸爸》和《小鲍庄》放在一起读时，我们可以看到哪些有意思的异同：一写山，一写水；一写械斗祭祀畸形淌血，一写和善仁义人伦凝固；一借地域文化反中原规范，一掘中原文化深层潜流；一边的主人公是每个人都害怕但又犹豫着无法不认同的痴儿怪胎，一边的主角却是每个人都称赞但又犹豫着无法去认同的少年英雄……有两个共同点是引人注目的：一是两场戏剧（悲剧？喜剧？）都没有结束的趋势，都还要长久延续下去；二是两篇小说中主动靠拢外面世界的人物（仁宝、仁文），却都受到作者的嘲笑——一种绝不轻松的嘲讽。

（收入《当代小说阅读笔记》）

解读中篇小说《伏羲伏羲》

读中篇小说《伏羲伏羲》[1]后我很兴奋，好像颇长一段时间没读到这样有分量的作品了。圈内不少人认为所谓“新时期文学”目前正步入低谷，陷于困境，这种判断不乏现象依据——近一二年来，不仅中年作家的创作乏善可陈，后崛起的“寻根”等新潮小说也似乎雷声大雨点小，新口号新手法虽层出不穷但转瞬即逝，为人们所看好的新人，或放洋搁笔（阿城、北岛、顾城），或转向大众媒体化（张辛欣、冯骥才），或自我重复、自我模仿（莫言、马原），好像唯有涉及重大社会问题的纪实报告文学还比较热闹……以我并不全面的阅读经验和感觉，我并不同意上述大陆新潮文学发展已趋疲软的判断。我仍然细细留意史铁生、张承志、李晓、李锐、洪峰、残雪、阮海彪、莫言、苏童、余华等人并不热闹的多向度的新试验。同时，我也很想弄懂为什么这些新锐实验在整体上没有合成1985年那种势头？

在这种时候，我读到了刘恒的《伏羲伏羲》。

读作品前，我已听到了李陀两句激动的评论。一是：“写‘性’，

---

1 《北京文学》1988年第3期。

绝对超过张贤亮！”二是：“山药蛋，山药蛋，真正的山药蛋！”我认为这两句评语都很精彩。第一句准确得精彩，第二句错误得精彩。

《伏羲伏羲》确实可与张贤亮的《男人的一半是女人》、与王安忆的《小城之恋》联系起来看。如果说张氏写知识分子性无能大胆刺激但不无做作，王安忆写少男少女性狂热充满紧张感显得很吃力，那么《伏羲伏羲》写乡民如何一生做“性”的奴隶，对“性”主题的阐发似乎更深沉，如果说其间确有某种“超越”，我对这种“超越”的形态及其原因很有兴趣。

> 民国三十三年寒露和霜降之间那个落雨的秋日，一头小草驴为洪水峪驮来一位美貌的年轻妇人。不论从哪方面来说这都是个值得纪念的日子。日本人正在周围的山地全面退却；老八团派出的工作队渗透过来开展减租减息；小地主杨金山因为用三十亩山地里的二十亩换来一个小娘们儿，从而摆脱了负担，开始全心全意奋不顾身地制造他的后代。至于杨天青（**杨金山亲侄，男主人公——笔者注**），这日子意味了他的觉醒。他仓促地持久地维护了自己的情欲。他爱上了他的婶子……

小说就在这样一种居高临下、不慌不忙的叙述语态中展开，整个前半部仅杨家叔侄和婶娘王菊豆三个人物。情节架构乍一看很像常见的乡村畸形恋爱模式，使人想起韩少功写哑巴爱兄嫂的《风吹唢呐声》，贾平凹写徒弟恋师娘的《天狗》……不到五十岁的杨金山阳气不足，“和前妻在一条土炕上滚了差不多足有三十来年，却没有任何造就”。现在他疯狂地扑向年轻的王菊豆，只是为了尽早给自己给杨家留个种。目的没达到时，他便通宵达旦折磨处罚妻子——这种情景无疑为杨天青的暗恋婶娘提供了某些道德依据。

> 他不看她，但知道她脸上的胭脂像血一样。他想拿舌头去舔它们，他想舔它们的时候觉得衣服里爬着一条蛇，围着他的身子绕来绕去，使他刺痒得浑身乱颤……他终于明白了自己想干什么，明白之后反而一举陷入了更大的糊涂……

整个少妇遭折磨、小伙子“苦恋”的过程，写得缓慢而符合常规，唯一偏离俗套的只有杨天青偷看婶娘“解手”的细节：起初是无意间窥探，后来变成了每天的功课，像朝圣仪式般恬不知耻地激动。本来极粗鄙的行为经极细腻的描写后，人们反而不再恶心只留下可怜。眼见杨天青像困兽火球般憋了好些年，眼见愈来愈“不行”、愈来愈悲哀的杨金山对女人的虐待愈来愈疯狂，眼见三个人的三种不同的愤怒都日趋升级甚至已暗伏杀机……终于，人们期待的事如期发生了，方式却平常得令人失望：趁叔叔牵骡出外求医，男女主人公在棒子地里“野合”……

> 事情从这一天的晌午开始，断断续续地持续到黄昏骤降，随后便依照通常的节奏进入了一个长达几十年的不可思议的漫长过程。那个暖洋洋的晌午是个竖纪念碑的时刻，也是个挖掘坟墓的时刻。他们把该做的一切都做了一遍，从而晕眩了。

继乔良的《灵旗》、莫言的《红高粱》之后，这又是一个当代中国青年作家企图用加西亚·马尔克斯《百年孤独》式的笔法来改写中国现代史。不过乔良、莫言还是选择红军湘江战败、“土匪”参加抗日之类的历史事件，刘恒干脆写乡下人的床上波澜。这哪里是赵树理说书式的“山药蛋”？这分明是用几十年历史跨度为尺，来度量一个个偶然的情欲细节。我后来发现，小说从这一刻起，才逐渐精彩，逐渐有力起来（很多同类的“反封建”乡土小说，往往是到此为止或为不能到“此”而感叹）。

“我那亲亲的小母鸽子哎！”

那一年女人二十六，杨天青是幸福的二十二岁。以后的年月里，在一系列精密选择的时间和地点，在充满幸福与罪恶的阴谋中，杨天青根据他牢固不变的想象力无数次重申了这句宣言，女人便也无数次地毫无厌倦地承接了这个吼叫和呻吟，并衷心地为之陶醉。

他们胜利了吗？他们依据人性，张扬着情欲，向土地、田野、氏族、村落宣战了。

他们很幸福而且很幸运。他们的恋情并没有败露，甚至在结下果子后还成功地让老头相信是他的奇迹。杨金山欣喜若狂，从此不再凶残对女人，反而十分体贴照顾。自然，侄儿需承担更多的劳动。三人关系出现了第一次调整，只是天青和菊豆仍无法接近。在由民国到解放，乡村分土地并有了互助组的背景下，因卖地娶妾从而侥幸被划为中农的杨金山迎来了他自认为一生中最辉煌的时刻：

“狗日的！我那儿哎！”

杨金山一头撞进了大北屋，猛兽似的向母子俩扑了过去，在炕沿上跌翻了身子。

守在院子里的乡亲不胜唏嘘。

这以后，有了胜利果实的热恋男女又该怎么办呢？杨天青无论如何没想到他现在有了一个“堂弟”，叫杨天白？！除了偶然溜进女人房里和儿子一起吞几口奶花以外，他还能做什么呢？

这婴儿自然是“性”的产物，“性”的证明。对小伙子杨天青来说，“性”就是欲，就是情，就是灵欲合一的个性要求的全部；而对老头杨金山来说，“性”就是“种”，就是“家”，就是氏族、乡村、人群、宗法所赖维系的支柱。是啊，很难说哪一种才是“性”的真正定义。《伏羲伏羲》对“性”主题的探讨是随着杨天白这个“性”成果的逐渐长大而逐步深化的。

天从人愿，不久杨金山中风半瘫了，从此失掉一家之主地位，三人关系再次调整。从此“我那亲亲的小母鸽子哎”的呻吟在杨家山墙内更加大胆了。老头顿悟他的悲剧那一幕，写得颇壮观。他想杀女人却不敌女人的腕力，他想把自己脑袋塞入灶火口却只烧坏眉毛脸皮。某夜老头突然想害婴儿天白，这个饱含欺骗的谬种，又被从爱河欲海中惊醒的杨天青赶来卡住喉咙——

> ……金山在窒息中松了手，然而窒息并没有离开他。他无动于衷地静候末日来临，在突然闪出的油灯的微火中发现了另一个男人的裸体，吊在他脑袋边不远处的雄大器官居然保持了惊人的挺拔，直令他万念俱灰只想速死。

但侄儿没有下手，反而善待了他的叔叔。他们好像已经胜利。村民们只糊涂地看到愚侄为叔恪尽孝道，还看到杨金山病中爱幼子（后来老头果然喜欢天白当着众人唤他“爹爹”）。村民们总是糊涂的。可谁要是低估了这些糊涂议论的力量，他就永远不懂中国，不懂历史。

在老头疼爱幼子的同时，热恋男女却自顾不暇正想尽种种不科学的坏方法（比如用肥皂甚至用醋）来防止性爱继续结果：这时再出事便无法解释了。尼姑教他们的办法不仅使得做爱乏味痛苦而且更造成了妇人染上难堪的病。“性”不仅醉人，也要煎熬人。

有时煎熬得使人走投无路。“冤家”，“亲亲”，“咱俩死吧！”“你活我死！”“你死我就不活！”“亲亲！”以被子蒙了头，雌雄大恸。

并没有像别的小说里那种特别不幸的政治厄运降临，没有被民兵抓住或打成坏分子。病也可以医治。而且又一次天从人愿，在天白上小学那年，在“大跃进”公社化的锣鼓声中，杨金山病死了。虽然在这之前，女人和杨天青下过咒语也准备过毒药，但不用他们犯法，他们之间最大的障碍突然自己消失了。他们又将胜利？

然而刚懂人事的天白出现了——这是整篇作品最具震撼力的一笔！送葬时天白为“爹爹”哭喊，守灵时“弟弟”执意要陪着“堂兄”。又是一个三人世界。“我那亲亲的小母鸽子哎！”这声音更加惨白了。

> 杨天青深感……他的儿子每时每刻都监视着他，也监视着她，使他们难温旧梦。每当他下决心利用某个时机或某个场所的时候，他的儿子总是适时地面无表情地出现在他的面前，儿子本人不来，也要派冷酷的眼睛来，如高悬的明镜闪耀在空气里。天青在四面八方看到儿子的眼，儿子以另一个父亲的名义严峻地认真地围剿着他……

这是真正的失败，败在自己的胜利成果面前。这“儿子”，既是人物，也是幽灵，也是象征。儿子还年轻，还要活很多年……

终于，“文革”也来到乡间。有个傻子贴大字报揭发十几年前天青和菊豆的棒子地野情，结果被毛头小伙子杨天白痛打怒喝。乡民维护正义都支持杨家“兄弟”——这段描写颇能见出这场号称扫荡传统的“革命”与传统礼教的关系。

终于，有一天，刚成年的杨天白在菜窖土豆堆旁看到了纵情后昏睡的亲人。他“以悲愤的心情……为他四十四岁的母亲穿上裤子”，并以刻毒语言诅咒那裸体但已衰弱的“堂兄”。

终于，杨天青在让女人又一次怀孕后忍不住告诉他的大儿子：“我是你爹，天白……”天白一阵恶心后回答：“狗日的你疯了！你疯了！”

后来果然疯了！不久男主人公倒插水缸自杀了。自杀时他是裸体的，曾经令他叔叔万念俱灰的那器官后来一直被乡民顽童们公认是“很大很大的”。小说到此结束。

谁胜？谁败？

篇末附加的几段引经据典有蛇足之嫌，文中直接描述“性爱”过程的文字仍像张贤亮一样“生硬写意”（是否汉语无中性“性爱词汇”？），但几个人的命运交错，由此显示的“性”的种族意义和“性”的个人意义之间的冲突，却是意味深长、耐人思索的。在乡土小说系列中，《伏羲伏羲》比《风吹唢呐声》《天狗》《黑氏》更逼近了乡俗宗法的“性”内涵。在“性”文学发展中，刘恒又将张贤亮涂在劳改犯性苦闷上的政治色彩减淡，又将王安忆为少男少女性痴迷而搭设的“文革”布景拆掉。《伏羲伏羲》没有将一切原因推给畸形的动乱社会，而是将相当畸形的恋性放在缓慢正常的历史框架里。从民国到“文革”，个人定义的“性”追求与种族意义的“性”意识如何争斗，与历史的脚步又有如何关系——携带着这样几个严峻的问号，难怪整个作品读来如此沉重。

我是第一次听到作者刘恒的名字，只知道他原名刘冠军，干过工农兵三业，现在某杂志供职。刘恒的出现，又一次证实了我们一些评论同人数年前的估计：今后一段时期文坛再出新人，也还大都出自前红卫兵前知青一批人中。他们其实早有韩少功式的经历，早有王安忆式的思路，只是动笔晚一点而已，如 1984 年的阿城，1985 年的莫言、刘索拉、残雪，1986 年的洪峰，1987 年的李晓，1988 年的刘恒……

以后大概还会有些我的同龄人陆续“下海”，不会太多，但下来一个是一个。

1988 年 9 月 16 日夜于香港大学

（收入《当代小说阅读笔记》）

王蒙的通俗小说？

一度领导“意识流新潮”、常以现代小说技巧反思检讨当代中国革命悲剧、后有“审父杰作”《活动变人形》的王蒙，在《人民文学》1988 年 10 月号头条发表了他的第一篇通俗小说《球星奇遇记》，致使该杂志马上脱销，接连重印以应市，读者反应强烈。“王蒙怎么会写通俗小说？”“他为什么要自称那是通俗小说？”“《球星奇遇记》究竟是不是通俗小说？”“到底什么是通俗小说？”……这一连串引发开来的文学界及社会上的议论，其意义已超出小说本身。因而我对这篇小说产生了兴趣。

“文革”以后的所谓“新时期文学”，被认为是“现实主义传统恢复发扬”的十年或是“现代主义进入中国”的十年。在现实主义与现代主义的交错消长中，通俗文学像个身份不明、内涵飘忽的不速之客，莫名其妙地“崛起”“繁荣”，既为大家所需要又为人们所讨厌。对作家评论家来说，“通俗文学”近年来一直是个令人难以回避的麻烦话题。有人以“滴水不沾”来显示其高雅姿态；有人在粗制滥造中赋予“通俗文学”以神圣的甚至是革命的内涵；也有人宽容地耸耸肩：“没关系，这只是过渡现象！”更有人在津津有味地欣赏之后加倍表达其愤慨：“这岂不是‘港风北伐’

吗？”……

旁观这种种对“通俗文学”的不同态度是极有意思的，因为实际上大家所讨厌所喜爱所宽容所愤慨的，并不是同一个通俗文学。或者说同一个“通俗文学”的概念，人们对它的理解是很不相同的。通俗文学（也包括通俗小说）在“文革”后的中国大陆，是个外延可大可小、内涵飘忽不定的术语（这类“飘忽概念”当然不止一个，值得另文专论）。人们在使用该术语时，通常或明或暗、在文章里或在心里都有个对立概念存在——有时将通俗文学对立于严肃文学；有时将通俗文学与雅文学相对而言；有时将通俗文学等同于大众文学，似乎对立面一定是贵族文学（资产阶级文学？）；也有时认为通俗文学的对立概念是纯文学……于是我们看到，在与什么样的概念对立时，通俗文学就被派定扮演什么样的角色，人们也就可以怎么样对待它——在某种意义，我们不禁可以联想到：“香港文化”这个概念，是否也碰到类似处境？

比如与严肃文学相对而言时，通俗文学似乎注定是不严肃的。这组被广泛使用的概念在逻辑起点上已成问题。难道畅销通俗的金庸、张恨水、司各特等人的小说就一定没有严肃的人生寓意？难道金榜流行曲的嬉闹荒唐态度里必定没有严肃的人生姿态？其实一切文艺（包括通俗文艺）都需以严肃态度来创作来欣赏。有些通俗小说不严肃是因为它庸俗而不是因为它通俗，反观“文革”中及更早些时候很多宣传、“粉饰”文学，虽不通俗却又何曾严肃？“严肃文学”一词大家都在说，其内涵是否值得思考？

将通俗文学等同于大众文学是刘绍棠及马烽等山药蛋传人的主张，这一等同无疑使通俗文学与“为工农兵喜闻乐见”的毛泽东讲话精神挂了钩，这倒是给“通俗文学”概念添加神圣光环的良方妙策。只是如此一来其他不通俗的“严肃文学”和“雅文学”顿时都有了“贵族化”“资产阶级化”的嫌疑，仔细想想，后果颇惨。

年头不对，故此挂钩法流传不广。

从学术角度立论，恐怕通俗文学确应与纯文学对立并提，后者坚持追求比较纯粹的文学性，而前者（以及社会文学）以文学性服务于社会娱乐需求（及社会政治需要）。不过最值得玩味的，还是俗文学与雅文学颇有历史渊源又有“新时期特点”的对立统一。在香港谈雅/俗对立及转换尤其有意思。王蒙新作似也有意在雅俗之间踩出若干新脚印。本来在生活领域中，吃喝拉撒是俗，琴棋书画是雅；什么寨某某村落是俗，雅怡阁、蓝屋或“卡桑布兰卡”（白房子）是雅；赤膊光脚丫子是俗，丝袜、吊带、香水、钢琴、维纳斯是雅。可是一旦化为文字进入小说，雅俗分野很可能出现微妙的转变：无论内地还是香港（甚至美国），大凡通俗小说的主人公多住雅怡阁或蓝屋，多饮雀巢咖啡（或轩尼诗XO，视制度与经济发展形态而不同），多在钢琴上放尊维纳斯雕像然后纤指轻抚键盘：《致爱丽丝》……而红高粱、黄土地、野草、野葫芦倒成了高雅人士和精英阶层所欣赏的审美意象。撇开透过实物体现的情调品位不谈，仅在文字层面也有雅极落俗或大俗见雅的转化，沉鱼落雁、羞花闭月就是精雕的俗，“喝得满屋喉咙响”（阿城语）便为大俗之雅。宗璞有近作原名《双城鸿雪记》，后觉得“双城”“鸿雪”等词已被用俗，改题为《野葫芦引》，果然脱俗。更有一种东西方文化“碰撞”出来的雅俗混淆，如西方最通俗的摇滚节奏能构成当代中国新潮小说（如刘索拉《你别无选择》）的“先锋”韵律，而乡下蜡染土布亦能挤入巴黎时装新潮。后者还只是异国情调经长途贩运后的涨价，前者却确实包含民族文化碰撞与时代潮流更迭这两重意义上的“文化落差”。如果在今天的北京王府井大街上，走来一个戴着领带，穿着牛仔裤，手摇可乐罐，用口哨吹出什么小夜曲的青年，你能说这是土或洋？俗或雅？

王蒙没写这么个北京“时髦青年”，却写了这类慕洋趋时青年的一个梦：刚到“斯洲斯邦斯郡斯城”计划打工留学的穷小子恩特，忽然被人误认为是同名同姓的世界球星，身为守门员被迫参赛时，又偶然（？）用屁部将球直射入对方大门，引起全场（乃至全世界）轰动。从此他便冒名顶替，真的“开始了他的大球星生涯”——

> 真是享不尽的荣华富贵，看不尽的颜色风光，想不到的佳境奇景，受不完的横财艳福。他的照片张贴在大街小巷。税务部门规定，每看一眼他的标准像，收高心理调节税男五分女五五分。一种壮阳药广告使用了他的肖像，并通过广告公司预付给他五万金元，并言明今后全世界每售出一粒壮阳振雄丸就有他的四分之一元报酬。不但得到了汽车的赠予，而且，由于他的“非凡的姿态与风度”，加赠了一条旅游摩托艇。民航公司（**民航？——笔者注**）赠送的过期奶油干酪怎么吃也吃不完，他把它们转让给特种手工艺公司，一小块奶油或干酪上可以刻上佛经、圣经、可兰经与读者文摘合订本的全文，比中国鼻烟壶内画还适销对路，创汇增收。对于他两次守门的殊勋，全市全国全球已经召开了七十三次学术讨论会，成立了一千多个“恩特足球学会”“恩特效应研究会”“恩特定律创造会”“恩特球艺普及协会”“向恩特致敬退役老球员联谊会”之类的组织。各种报刊上发表了体育记者、体育教授、体育评论员和业余体育学者的三千多篇论文、特写、专访、报告文学、纪实小说。各语种相互翻译、辗转翻译、互编文摘文萃、盗版出小册子不计其数。世界流行舞蹈立即吸收了“恩特连环势”，即先腾空跃起、斜倒卧地、向前耸鼻孔、转身、跃起、转身向后、撅腚三次。这一姿势风靡全球，北美洲与拉丁美洲的选美大赛上，候选小姐每人都要跳这个舞，成为保留规定节目。恩特被吸收为国际舞蹈

研究院荣誉院士，并得到礼金不计其数。随之后起的还有“恩特服装研究”“恩特幽默探源”“恩特风格散论”“作为艺术的恩特球技观照”“恩特鼻头与臀尻的综合比较分析”等新型学科兴起，并形成了四大学派：天才派、临场发挥派、战略派与技巧派……至于恩特收到的致敬信、慰问信、要求签名照片信和求爱信更是如雪片之降高巅。他雇了一位秘书为他整理信件，把包含愿与他做爱的暗示妙龄女郎信件信号贮入电脑，由他一一检索品味并一一亲笔回信……恩特可以说是腾云驾雾、飘飘忽忽。由于不敢相信这不是梦，他屡屡咬自己的两臂，除肘部够不着外大臂小臂俱是齿痕。这个消息不胫而走，一时成为时髦，特别是青年人，你咬你，我咬我，你咬我，我咬你，皆以臂上齿痕自豪。一家日暮途穷、奄奄一息的色情刊物由于刊登了这些齿痕男女而销量疾增，扭亏为盈，大获经济效益，接连三期以不同角度的恩特像为封面。

通俗小说的主要使命就是满足大众的白日梦。不要以为王蒙通篇那种开玩笑恶作剧的嘲讽戏谑口吻会影响白日梦的真实性，王蒙没有像别的大陆通俗小说（经常戴着心灵美文学面具）那样由中国男女摘玫瑰弹钢琴表演市民们羡慕的西方式生活美景，不是因为他不能而是他不想。王蒙太知道北京街头青年人的白日梦了——时至1988年，这些青年人已不再深情遥望“风筝飘带”（“文革”结束后不久王蒙一个短篇的篇名，也是青年人追求生活理想的一个象征），也已不再痴心渴望豪华“蓝屋”或什么珊瑚岛了，他的白日梦中的一个主要内容，就是对焦灼向往而又无法得到的想象中的西方现代化图景，来一番恶作剧式的精神占有。在美梦和作战的双重心理满足后，再能从中回首看见今天中国的种种影子，岂不妙哉？看上去王蒙是梦笔生花，精装“牛皮”不打草稿潇洒纵横，满纸全是洋人异域荒唐美事，大大满足了中国人想看西洋镜的情感夙愿；然而实际上戏谑笔锋（如“创汇增收”、众多协会、互编文摘、幽默探源等）无一不落在当代中国现实中。当然，王蒙不仅顺手牵羊开了“新概念评论”的玩笑，不仅曲里拐弯抨击了改革中乱糟糟的社会众生相，也不仅飞出冷枪斜刺西方社会腐败，再读下去我们就会发现，这篇通俗小说在迎合北京青年白日梦、满足中国人笑看西洋镜的恶作剧心理，以及讽刺各种社会腐败现象等内涵层次之下，还有更深一层的作者自嘲、自审和自白的成分存在。也就是说，小说中有文人自己。

遇到一个人稍稍静下来的时候——做爱之后入睡之前、睁目以后起床之前、正餐之后咖啡之前、沐浴之后穿衣之前等等——他的思维会陷入不可控制的布朗运动。这一切是怎么发生的？难道他真会踢足球？难道他真的是球星恩特？……这些问题像毒蛇、像火焰一样烤灼着他，折磨着他……

一个坚定的、清醒的声音回答说：不！不！绝对不！他不是足球运动员！他不是球星恩特！他根本不需要、不配、不值得这样受宠……

那么？他是谁？他遇到了什么？他为什么会成为这样？这一切是怎么回事？……

王蒙这是在闹剧中不谐和地掺入了正剧的成分。也可以说他是将士大夫式的道德自省诉诸现代主义人性怀疑的语言而硬塞在通俗小说人物的嘴里。当然，这种身份怀疑是短暂的——

而在他生活的大部分时间，特别是在动情之后做爱之前，饮料以后正餐之前，选货以后付款之前，赢球以后输球以前，

> 他并不为这些问题而发疟疾，而冷冷热热地折磨自己……他感到的是从未有过的充实、忙碌、快活、有趣。他还从未过过乃至想过这样美好的生活，不知道生活中有这样多诱人的美好。……突然的奇遇使他发现了一条真理，原来他也可以成为一个重要的人。原来他也很适宜很胜任做一个要人，并且是一个高等人……（他）一个又一个地颇有滋味地回想起近日的艳遇，比较她们的喘吁声的异同……人应该这样生活，我应该这样生活，我适合这样的生活，我压根儿就该这样生活！恩特的眼睛湿润了。我过去过的那是什么日子！人啊，人！啊，人！

如果说王蒙夸张传神地描绘的人在“暴发”“走运”“成功”后的这种自我怀疑自我激动，并不完全是他的扪心自问，而是可以容纳各色人等不同意义的“对号入座”，那么随着球星奇遇的继续发展，尤其是随着恩特由一个“踢球的”转向“管踢球的”，王蒙在玩笑愈开愈大笔调愈来愈花哨的同时，严肃的内审自白色彩也愈来愈耐人寻味。

成名一年多后，恩特和一位“红过了劲儿的歌星”蜜斯酒糖蜜结了婚（以后恩特才知道，他的冒名成功及婚姻，都是该酒女与市长幕后策划的）。洞房之夜，真恩特在拉美出现。经过市长和酒糖蜜新娘的策划帮助，恩特终于“正名”，拉美的真恩特反于一个月后死于艾滋病。在这以后的三年中，“恩特兢兢业业、勤学苦练、敬老爱幼、团结队友、勇敢坚定、临危不惧、处变不惊、庄敬自强、攀登高峰、走向世界，成为一名有道德、有才华、有斗志、有技艺、有辉煌战绩的超一流球星”。王蒙颇有用心地写道，恩特本人之所以努力向善，是他需要向人们特别向自己证明，他之所以不肯放弃迄今得到的一切，不是为了贪恋豪华汽车、琥珀色抽水马桶、桑拿浴后涂蜥蜴油或和酒、糖、蜜三种类型娘们儿苟苟且且，“他不能放弃球星的身份，是因为，他就是球星”，“他的经历他的作为，不再是荒唐的了。即使尚未完全剥离荒唐的外壳，实质却是悲壮的献身。意识到这一点，他走路迈步的姿态也不同了”。

是啊，除假恩特外，别的忽然幸运成名发财高升的人们，是否也曾经历过类似的从身份怀疑到角色认同的心理过程呢？

然而就在球星恩特愈来愈真的时刻，蜜斯（Miss？ Mrs？）酒糖蜜忽然建议丈夫退出球坛：

> “……你小子这几年球踢得不赖啦，是不？你这回觉得你妈的成了真球星了，是不？请问你还能踢几年？你还有几个寒暑的球场狗命？你今年二十七岁，你能再踢十年吗？美得你！不撒泡尿照照镜子，……你的那些队友，他们与你朝夕相处，对你最为了解，一旦信仰的狂热冷却下来，他们难道没有能力断清你到底有多粗多细多轻多重吗？他们交头接耳、挤眼耸鼻、皱眉撇嘴、扭臀摆尾，……他们最危险！你和他们一起踢球，比和狮子一起滚绣球还危险！你只有管住他们，做他们的上司，才能稳住局势！……噢，亲爱的，我的宝贝！灯不捻不亮，话不说不透。这不结了！事情很简单，第一步，你先不要踢球了，你要去管踢球的！”

看来酒女是聪明而有远见的，恩特听从妻命，特任“皇家足球协会副会长”。行文至此，读者渐渐醒来，发现白日梦远在天边近在眼前。恩特“不再训练，不再踢球，……不再冲撞个鼻青脸肿腿断血瘀，甚至也不再臭汗如注。而只是出席开幕式、闭幕式、检阅、发奖、握手，说什么‘我代表伯爵阁下看望大家’‘我们要再接再厉，扩大战果，务求全胜’‘祝贺’‘踢得好！’”……再往下，随着恩特的活动范围从球场转到官场，王蒙的笔触也就更加游动自如了（不再在开篇初摆西洋镜时夸张得太“做”）。酒糖蜜出谋划策劝恩特先“整”掉不太听话的昔日同事麦克和金米，恩特觉得有些于心不忍，于是他领受了前市长现足协会长伯爵大人一段语重心长含义深远的教导：

> “恩特君……你知道为什么最初我不准备提名你做我的副手吗？就因为你是球员出身，你与他们有着千丝万缕的联系，容易徇私情、包庇他们，遇到问题处理起来手软，你不可能受到信任。这就是我一贯主张不宜由内行充当管理者、不宜由内行当老板的原因！外行，这是领导人最宝贵的品质，有了这一条，进可以攻，退可以守，该宽则宽，该严则严，有功不骄，有过不馁，跌倒了很容易爬起来，跑急了很容易收住脚。而内行，是被领导者的绝对特征，一成为内行也就成了被领导人中的一员，还有什么境界？当然，最可贵的是由内行又变成外行，那是最理想的领导！世人只知道外行变内行的可贵，殊不知内行变外行更是金不换！恩特君，请想一想你的不平凡的经历吧。”

在这样的教导和指令下，王蒙笔下的主人公恩特一面唯唯诺诺，一面“又力陈不可操之过急，打击面太大”，拐着弯想尽可能保护昔日同行——

> ……他说，他愿担保，麦克和金米将会改正自己的过失。这次就不起诉了吧，把他们开除球队，永久收回他们的金蜘蛛黑领带也就是了……（但后来）麦、金两人被开除后对恩特骂不绝口，说他什么“卖友求荣”“告密求官”……许多球员暗中同情二歹徒，也对恩特攻击甚烈。尤其离奇而又危险的是，一位拒麦克于千里之外的女记者，竟在麦克被开除出队后自动搬

到麦克房里。逆反心理而至于送货上门，令恩特抓耳搔腮，大冬天躁出一身痱子。

王府井大街上的青年们大概都听闻过最后这件“实事”，所以他们再迷恋西洋镜里的白日梦，现在也该明白恩特吃力不讨好地在“保”谁了。他们如果细心一点，也该听得懂恩特下面的抱怨：

……高升以后，我仍然未改初衷，与诸位心连心！……我为治球员不严担了多少干系！你们知道吗？你们让我保护，你们所作所为可保护我了吗？你们的处境我理解，我的苦处，你们他妈的理解吗？你们自己不争气，却无中生有造谣生事添油加醋把我说了个不仁不义！好！……从今以后，我也隐姓埋名做寓公吃利息去，我也旁观清谈抨击放炮沽名钓誉不当家不知道柴米贵倒背手说话不腰疼去！……

人们因为“想到恩特如果下台上台的只能比恩特坏百倍”，所以又拥护恩特，不料这又得罪了伯爵，又训斥恩特，气得恩特回到家里伤感之极：

……倾轧太多了，阴谋太多了，仇恨太多了，忌妒太多了！……我再也不能强颜欢笑，两头受气，说违心的话，做违心的人了，我受不了了！你抓住我的短处我抓住你的把柄，你咬住我的耳朵我咬住你的球，谁也不考虑事业谁也不考虑大局，谁也不相信宽容谁也不相信仁爱，却满口人权啊正义啊体面啊文明啊传统啊革新啊地唱，一面唱着高调，一面随时把自己的同事友人上司下属蹬到但丁描写过的地狱里！似乎在害人中获得无限乐趣！简直不如粪坑里的蛆！

作者指桑骂槐、曲里拐弯出了这口恶气后，马上又用酒糖蜜的闪眸皓齿、搔首弄姿来乱洒花露水，施放烟雾弹。终于酒糖蜜告诉恩特前市长即伯爵当初如何骗他的真情，两人齐心合力设计整掉了伯爵，恩特再次高升，当上会长兼勋爵了。如果说以上有关恩特初入官场上下为难良心危机的描写里，有王蒙自我辩解、自我解释的成分，那么在小说最后部分写恩特如何忌妒新秀勃尔德，则显示了作者更严厉的某种自剖自审意识——虽然通俗闹剧的故事外壳继续荒唐地发展下去。勃尔德是天才却又天真如孩子。恩特一手栽培了他，但不肯承认自己嫉妒害怕他。在一连串潜意识嫉妒与理性自责的心理细节以后，酒糖蜜设巫术以害勃尔德，勃又为救小恩特而负伤。小说结尾处恩特手拿毒药盒走出教堂，他在毒死勃尔德或消灭酒糖蜜或自杀自救等多种选择方案前犹豫祈祷……看得出最后一些段落笔触匆忙散漫，理性自审与闹剧情节间的裂痕使得小说收束时缺乏"结局感"。

该怎么来看王蒙这次涉足通俗小说领域的哪怕是不太经意的尝试呢？我们已经在解读过程中看到了小说内涵的三个层面：一是给老百姓（尤其是青年人）提供一个既看西洋镜做白日梦又戏谑嘲弄这西洋镜白日梦的恶作剧机会；二是借闹剧细节与玩笑夸张语言讽刺抨击当代中国现实"杂景"；三是在主人公荒诞的身份认同处境危机中掺入作家的自我解嘲、自我辩护、自我审视。

严格来说，第一层面属通俗文学，第二层面是政治文学，第三层面则有些纯文学的因素。将王蒙这种"三合一"尝试放在近十年来整个通俗文学发展背景中看，可能更有意思，至少有两个因素导致通俗文学在"文革"后的新时期文坛上出现。第一是不自觉的内因：人们厌倦了宣传文学的枯燥乏味，主题再正确的"教化"也要求助于娱乐效果的包装才能取悦百姓，当这种娱乐包装反客为主时，教化文学便转化为通俗文学。第二则是被迫承受的外因，即香港武侠小说、西方通俗作品的强烈刺激。老百姓不是喜闻乐见梁羽生、邓丽君、琼瑶吗？“严肃文学”该怎么办？

在反官僚主义、意识流试验及反省知识分子道路等几次浪头里，王蒙总是个“领先一步”的人物。这次他的新作试验，第一，说明他对文学读者数量、轰动效应仍然极为重视，他无法忍受作品只在圈子里流通，在文学的社会角色发生危机之际他不惜“下海”玩味市民白日梦，也想试探一条既轰动又严肃而且还不惹事的路子。第二，我想大家已经看见，王蒙的小说再嬉闹再荒唐再游戏再通俗，一贯的政治热忱还是有意无意地流露出来了。归根结底，重视读者反应正是政治文学与通俗文学的相通之处，可以说王蒙写出的正是一篇有政治色彩的通俗小说。第三，我还想补充的意见就是王蒙似乎不宜“玩”真正的通俗小说。真正杰出的通俗小说，是不会让主人公（以及读者）老是静下来“坚定、清醒”地扪心自问或灵魂不安神经受折磨的。当然，说到底，这篇“通俗小说”在王蒙的种种创作之中，只是一次“游戏”而已。我之所以讨论这篇作品，不是因为这篇作品在王蒙创作中有多少重要性，而是由于“通俗文学”在中国当代文坛上自有其重要性。

1988 年 12 月于香港大学

（收入《当代小说阅读笔记》）

重读《活动变人形》

王蒙过去五十年来的文学创作，大都描写这半个世纪中国革命的曲折历程（在理解和表现当代中国革命的曲折反复过程方面，很少有其他作家能超过王蒙）。但长篇小说《活动变人形》却是一个重要的例外。虽然这部小说的“续篇”也交代了书中各位主要人物在1949年以后的生活变化和各自归宿，然而全书的主要篇幅，都放在20世纪40年代日据的旧北京。《活动变人形》1986年出版以后，一直被评论界认为是王蒙的代表作之一。我当时的读后感，觉得王蒙主要是在为当代中国革命的合理性辩护。时隔十七年，最近重读《活动变人形》，又有一些新的想法。抛砖引玉，和各位同行一起讨论。

一　泼绿豆汤的意义

《活动变人形》第九章详细记载了一次家庭暴力事件。事件之前有很多导火索。男女主角倪吾诚与姜静宜婚姻长期不和，倪交给太太假的领钱图章使静宜在外蒙受耻辱，静宜便和母亲姜赵氏、姐姐姜静珍合作布下战局锁起家门。三天游荡在外的丈夫当表买药回家，踢倒房门，逗留一会儿又离家。可就在他上厕所片刻间，静宜已搜去其上衣内全部钱物。正当女人们在钱物中发现有介绍女友的信件时，男人恰恰也因不见了钱物愤怒而回，于是便出现了三女战一男的武打场面，其中“先发制人”的道具就是一碗前一章就开始熬的绿豆汤，被守志妇人静珍顺手向倪吾诚泼去……

这个场面我们并不陌生，七巧在识破姜季泽骗钱求爱阴谋后也是一把扇子飞过去，打落男人手中的酸梅汤。之后酸梅汤顺着桌沿滴下，一滴，两滴，一年，一百年。这是《金锁记》中最关键的一个情节转折，女主人公的命运从此改变（或者说从此决定）。《活动变人形》中的绿豆汤事件也导致类似的情节转折。整个长篇有两个高潮，其中一个就是泼绿豆汤全武打导致倪吾诚醉酒肺炎（另一个是第二十二章静宜在宴席上控诉倪吾诚离婚阴谋以及赵尚同的耳光，逼使男主角自杀未遂终于离家）。七巧用扇子和酸梅汤打跑男人之后又急忙赶到窗前眺望季泽背影，“季泽正在弄堂里望外走，长衫搭在臂上，晴天的风像一群白鸽子钻进他的纺绸里去，哪里都钻到了，飘飘拍着翅膀”[1]。而姜静宜也在绿豆汤事件后又温暖照料病中丈夫，“说下大天来，你也是我的男人”。于是又有了以后十几章的和缓拉锯局面，使得整个家庭战争一波三折迂回发展，共同战线中的大姨岳母又因男女主角短暂之“和”感到不满。在这些章节里，我们看到王蒙似乎用钱锺书式的夸张嘲讽笔法在处理张爱玲的灰色小市民故事，七巧性格的各个矛盾侧面正由三个不同女人的不同悲剧细节而分别演化。然而就在这时，我们熟悉的“王蒙”出现了。

就在这时，在绿豆汤事件刚刚发生之际，叙述焦点马上转到一旁被吓得目瞪口呆的儿子倪藻身上，在全家人的哭闹中，儿子

1　张爱玲：《金锁记》，引自《倾城之恋》，香港：皇冠出版社，1993 年，第 164 页。

觉得“真烦闷，真烦闷……倪藻八岁的时候已经产生了这模糊而又坚决的思想：必须改变这一切，是到了非改变不可的时候”[1]。

由于这个少年目击者的参与，小说进入了不同的意义结构，泼绿豆汤事件在整个长篇布局里又具有另一种可能更重要的转折功能。本来七巧与季泽的情欲角力，方鸿渐与孙柔嘉的夫妻吵闹，或者更早些子君与涓生关于油鸡阿随的争执，《寒夜》中久病丈夫与“花瓶”太太之间无休止的烦恼，都是人生的病态，也是人性的常态，都是一些既庸俗又深刻而且无法结束的悲剧。但同样讲述家庭悲剧的《活动变人形》，因为八岁倪藻角度的介入，种种男女夫妻老少间的伦理战争状态，便成为一种应该而且可以改变的社会及历史病态了。

是相信倪吾诚、姜静宜等生活病态所以倪藻才必须相信革命呢？还是倪藻为了坚持自己的“少布”信念才必须证明倪吾诚、姜静宜辈生活病态呢？

又是几十年过去了，绿豆汤、酸梅汤、阿二靓汤之类的事件又在各个地方、各种环境、各色人等中成为某种值得必须继续探究的“常病态”，一滴，两滴，一年，一百年……

二　三种笔法

《活动变人形》中至少同时使用三套不同笔法（或曰不同的叙事语言）。第一种是连环铺张的嘲讽揶揄笔法，比如那段令人印象深刻的寡妇梳妆：

> 她开始梳妆。一天之中，只有在这个时候她感到一种神秘

1　王蒙：《活动变人形》，北京：人民文学出版社，1986 年，第 135 页。

> 的力量在酝酿，在积累，在催促她，她感到一阵紧迫的心跳，她身上开始发热，有一种强烈的要哭、要发昏、要上吊、要闹个天翻地覆的冲动在催着她，于是用一连串冷笑掩盖住自己。她首先用手心蘸着水把香粉蜜调匀抹到脸上，然后两手轻轻在脸上拍打。她自己觉得并没怎么用力，但脸上发出了细碎的“叭、叭”声，声音越来越大。这声音常常使倪藻觉得心痛，他痛苦地觉得姨姨分明是在自打嘴巴。[1]

像最后一句旁观（嘲讽、叙述）者的直接表态，其实是比较少见的。更多时候叙述主体是隐形的，讽刺效果主要靠细节的夸张铺排而呈现。居高临下的嘲讽姿态使人想到《围城》。但《围城》既借方鸿渐目光嘲讽世人，也嘲讽方鸿渐自己（尤其是小说前半部分）。而《活动变人形》嘲讽倪吾诚，嘲讽静宜、静珍及姜赵氏，嘲讽邻居“热乎”，甚至描写女儿倪萍有时也很夸张，唯独对倪藻，似乎绝少嘲讽。

除貌似客观的夸张笔调外，更重要的嘲讽批判效果还来自王蒙很喜欢用的大段大段“单向对白”。情到急处，人物之间都不直接对话，而是不加引号的连续自白，比如静宜救活丈夫之后的诉衷情：

> 吾诚，孩子他爸，谈不上谢，你那话说远去啦。此言差矣！你是谁？我是谁？好也罢，赖也罢，哭也罢，笑也罢，美也罢，丑也罢，死也罢，活也罢，你的命就是我的命，我的命就是你的命，你生病就是我生病，你见好了也就是我见好。你病得要死要活，我不伺候谁伺候，我不管谁管？天花乱堕我不会，洋文外国文

1　王蒙：《活动变人形》，北京：人民文学出版社，1986 年，第 30 页。

> 我不会，可你病了呢？人无百日好，花无千日红，好时须想赖时，留得退身步。花花绿绿，既不当吃，又不当喝，又不治病。你摸摸良心想一想，除了我这样管你待你，你还能找到第二个人吗？[1]

这类不加引号的人物口语，常常排山倒海一连几段甚至几页，谈话的具体场景、时间、地点，说话者的动作表情，听者的对答反应，都留下空白给读者去想象填补。王蒙颇擅长用这种“间接口语”来刻画人物性格和调度气氛。好处是生动，有气势，容易产生反讽效果。但有时也可能将人物语言（及思维）类型化。（别的想用“土法”感化留住男人的女人，是否也会这样说话？别的受过洋化教育而又软弱无能的男人是否也会像倪吾诚那样发牢骚？）同样值得注意的是，小说中年轻“正面”人物倪藻和倪萍不大会用这样的方式“说话”，尤其是倪藻。

以倪萍、倪藻视角支撑的章节（如第六章、第十二章、第十四章等），就会出现第二种笔法，即比较写实的细描。这时家人之间都有正常对话（配上正常动作表情）。不少口语特地注上方言读者，地方色彩更加传神。诸多细节，如父子洗澡、胡同口游戏等，构成了整部作品最平实沉稳的文本肌理。问题是，这类林海音式的童年回忆和老舍式的京味生活碎片，如何与第一种夸张嘲讽融合起来而且过渡自然甚至不需要过渡呢？关键大概是不同人物视角在不同章节之间的交错互补。同一家庭，众人看见不同颜色，极大地丰富了故事的容量。

比较构成鲜明反差效果的倒是第三种叙述语言，即夹在夸张嘲讽与细节实描之间（有时甚至是之外）的叙述者站在今天（20

1　王蒙：《活动变人形》，北京：人民文学出版社，1986 年，第 181 页。

世纪 80 年代）角度的抒情笔调。如小说开卷首句：

> 江南初春，我独自漫步在林荫小路上，寂寞而且自由。
>
> 你说，这弦有多长？
>
> ……

《活动变人形》以倪藻旅欧背景开篇，大概是想给书中旧事一个反省框架和一个今天的参照。（这种用今日海外镜框来衬托昨日中国故事的结构在 20 世纪 80 年代一度很流行。铁凝沉重的《玫瑰门》写北京四合院里几个类似静珍、静宜旧式女人的“文革”新生活，却以年轻女主角乘飞机出国飘逸结尾。张承志《金牧场》也以访日心情与草原经验及中亚寻根并置，异曲同工。）在这种意识流的结构（而不是意识流的感官）中,《活动变人形》有好几处，叙述者都会突然跳出 20 世纪 40 年代故事而直接抒情（如第五章首段、第十章后半部分等），其第二人称手法后来在别的更欧化的作家（如高行健）那里有更大规模的实验与发挥。即使不跳跃时空，就在 40 年代灰暗浑浊的四合院里，童年倪藻（只有他有这种抒情主体的权力）也会在写实与嘲讽的笔法之间,突然夹入一段“‘五四’文艺腔”，如第十一章绿豆汤大战之后不久，倪藻入睡前，静珍和姜赵氏百无聊赖，以吟诗消磨时间。“我有一个多么好的姨姨和姥姥啊！倪藻想，而云淡风轻该是一派多么好的景象！”[1]

两次阅读《活动变人形》，我都觉得这第三种意识流抒情语言不太协调，尤其是访问汉堡的第一章。但仔细想想，又觉得“后设视角”可能另有结构上的深意。

1　王蒙：《活动变人形》，北京：人民文学出版社，1986 年，第 154 页。

三 叙述主体的自我怀疑

假使没有倪藻这个人物，没有这个后来者的审视角度，绿豆汤事件该怎么演化呢？倪吾诚、姜静宜之间的家庭战争会怎么延续呢？整部《活动变人形》又会写成什么样呢？

如果由静宜、静珍来讲这个故事，从三个女人的心情处境生态去继续开掘，那不是张爱玲的路子吗？倘若从倪吾诚西化空谈、愤世嫉俗、无用牢骚以及杜公或者赵尚同（不再为了剧情而美化他）的角度去探讨知识分子的无聊、无能、无力、无奈，那不是钱锺书的笔法吗？《活动变人形》是当代中国文学中为数不多可以和其他现代文学经典对话的长篇小说。但如果没有倪藻，王蒙怎么安排七巧与方鸿渐在一起打架？

前面说过，《围城》讥讽一切，也讥讽讽刺者。但倪藻在小说里就没有被讥讽，也从来不会不加引号地连环说话。而且对比七巧临终将手镯套过整条手臂的细节看，姜赵氏"文革"喝洗脚水、静珍死于新疆等细节也被叙说得太过冷酷，无动于衷。我不知道这是"'文革'后文学"特有的残酷性呢（想想余华、残雪、铁凝的类似叙述），还是作品对倪藻的父亲及其那一代人太严厉。通观整部长篇，谁都有错，谁都可怜，谁都不幸，谁都是悲剧人物——除了倪藻（及叙述主体）之外。

倪伟（复旦的年轻教师，与倪藻、倪萍没有关系）曾在一篇评论"三城记"小说选的文章中这样称赞朱天心的《古都》："主体的分裂使叙述的推进变得异常凝重而艰难，却也蕴含着自我治愈的契机，在主体的自我凝视下，个体自我向历史敞开，在反思、质疑、探询之中努力重新确立主体的位置。……反观大陆作家的作品，我们却发现其中的叙述主体几乎总是岿然不动的，他们或是高踞于文本之外的冷眼旁观者，或是沉浸在个人哀乐之中的自恋狂，那样的叙述文本自然是封闭的，无力展现历史和现实之中的多重复杂性。”[1]

倪伟这段议论并不是评说任何具体作品，但可以提醒我们思考：当代文学，或者说当代中国小说，是否存在着“叙游主体几乎总是岿然不动的”这样一个现象？

从叙述语言的层面，在《活动变人形》里的确较少对倪藻及叙述主体的明确反省；但在叙述结构上，却又有一些很微妙的反讽布局。在第十章泼绿豆汤打闹引起倪藻产生“必须改变这一切”的思想的时候，突然，“等一等，停一停”，小说抒情，接着跳出一段第二人称的今天角度的寓言抒情，讲述20世纪五六十年代“反右”、“大跃进”、三年困难时期及“文革”等种种运动的失败，“所有的痛苦、热情、疯狂和傻气最终都凝聚成石头，凝聚成了山。石无言，山也无言，于是它们守候着永恒。时间自己是不爱说话的。你好，我亲爱的读者”[2]。然后，换了一章，三个女人继续谋划如何与无耻的倪吾诚作战，倪吾诚又继续以牢骚忧国忧己，一事无成。

这段提早预告日后革命失败的抒情，早不插晚不插，偏偏插在全书唯一一个正面抒情主人公倪藻刚刚在残酷、烦闷、病态的家庭社会现实面前产生了要改变旧世界的朦胧的革命信念之际（这种信念后来要支撑全书的“审父”精神）。这是不是在为倪藻信仰的历史合理性辩护的同时又怀疑这种信仰的历史功效？这是“叙述主体岿然不动”呢，还是有点不自觉的摇晃？或者是有意的、深刻的反讽？

小说结尾时，又冒出一个“老王”，和年老的倪藻一起去海边

1　倪伟：《书写城市》，《读书》2002年第3期，第6页。

2　王蒙：《活动变人形》，北京：人民文学出版社，1986年，第142页。

游泳。然后老王目睹倪藻不惧危险、毫无理由又义无反顾向大海深处游去……这又是对叙述主体的执着歌颂呢，还是某种形式的怀疑反省?

人民文学出版社 1986 年版的“内容介绍”说：“这部作品是作家对中国五千年文明和中国知识分子问题的形象的思考。”不管作家怎么思考，读者也会联想：倪吾诚的确是承受了五千年文明的中国知识分子，但难道倪藻不是吗?

2003 年 9 月 20 日

（原载《当代作家评论》2004 年第 3 期，收入《呐喊与流言》）

现代青年重回故乡

长篇小说《大巴山下》，开局一般，但画面奇特，随着情节的展开，逐渐精彩起来，有些段落甚至相当精彩，然而结尾处，作者的笔力却忽然减弱——我在掩卷之后，大致印象如此。而我现在想说的则是有关一个情节模式的问题。

一个接受过现代高等教育的英俊威武的青年，满怀热血和抱负重回故乡，立即在风景如画但又偏僻闭塞的大巴山下搅起波澜，立即陷入与乡镇上各种权势力量的矛盾、联合、抗衡和斗争之中，并且立即得到当地最美丽和最有地位的两个少女的痴恋……类似的情节开端，我们是否在哪里见过？无论是写北伐（《前驱》），写合作化（《春潮急》），也不管是探索人生（《人生》），还是讨论伦理课题（《黑骏马》），凡意在表现乡村变革或新旧文明的冲突，让现代（每个时代都有其“现代”）青年重回故里，总是一个较理想的情节框架——主人公的革命意识和英雄气质，足以反衬并搅乱乡间的愚昧落后（或原始、淳朴），而现实“恶劣”的环境又将磨损和考验主人公的浪漫激情。

使常见的情节在一开始就生动起来的，是特异的地方色彩。带辣味的有趣粗鲁的土语，既淳朴又荒唐的民俗，处处依据乡民们的心理气氛，又有现代社会节奏（如电子音乐）的伴奏，因此三江场的风俗画意义，不在芙蓉镇之下。生活，已具有20世纪80年代的内容：又背着几千年的负载。作者愿意抒情却不善于抒情，但他的一些漫不经心的观察却能入木三分。对于包围主人公的社会网的透析，事实上远比作者花大力气渲染的改革者心理更为深刻，而且这深刻主要不是依靠整段插入的警句和理性分析，主要不是依靠布莱希特式的间离效果，而是依靠在理解甚至玩味人物内心杂质时所表现的冷峻、老辣（当然，这是一种带朝气的老辣），像狡诈的夏乡长、猥琐的黎少春、孱弱的香香姐、侠义的酒爷，其特征线条都能给人留下较深的立体的印象。在描写刘罗汉时，作者更有着几乎是意外的收获，那种既正直又圆滑、既忠勇又保守的官场性格，已经被刻画到九分——“行百里者半九十”，倘若作者把“刘”与“罗汉”之间的心理联系再掘进一层，该形象的意义恐怕就不让刘世吾了。同样令人既赞叹又遗憾的是主人公与香香姐的感情纠葛，是什么东西牵制了作者的注意力，使得这些极精彩的笔墨没能更酣畅地挥洒开去呢？显然，一是改革主线，二是爱情三角。实际上，使董康的爱情纠葛不落俗套的，主要也还是依靠两位少女的性格魅力。枫花以情感的浓度取胜；而作者对刘小青的心理层次有着相当精细的把握，可惜在紧要关头，竟为了确保主人公胜利而委屈她的本能，否则年轻的改革者或许不能这么快就高奏凯歌，那么，作品又将以怎样的波澜和生活节奏一起推延下去呵……

1985年3月

（原载《文汇报》，1985年3月11日，收入《当代文学印象》）

巴金与“青年革命心态”[1]

在我看来，巴金首先是作为一个人，一个正直的中国知识分子的代表，然后才作为一个作家，而受到人们广泛的尊敬。他在文学史上的重要性，与其说基于艺术形式的独创性，不如说是因为他的作品具有某种时代文化思潮上的代表性。收在《春天里的秋天》中的四个中篇，虽然并不都是巴金的代表作，却也仍然显示那种“代表性”——那种后来历久不衰，几经变化，至今仍制约中国局势的“青年革命心态”在20世纪30年代的雏形；那种后来被“革命成果”所出卖的“革命浪漫激情”的早期纯真风貌；以及那种给予现代中文以很大影响的“青年抒情文体”。

所谓“青年革命心态”有几个要点：第一，总是认为周围的现实不合理，认定既有社会秩序不公平，并确信青年人有责任也有能力以行动改变社会秩序；第二，个人的道德目标、人生意义直接维系于这种改变社会的理想，而专业知识和职业道德（手术刀、

1　本文是为台北远流出版公司1993年版《巴金小说全集》第2卷《春天里的秋天》所写的引言。这是巴金的作品第一次完整地在台湾出版。编者特邀王德威博士为“全集”撰写“总序”，并邀请来自中国大陆、中国台湾和北美的多位学者分别为“全集”各卷撰写引言。

实验室、画布、锄头……)，都只是服务于革命的武器和工具；第三，家族宗法伦理意义上的反家长心态，与社会政治层面的反政府行动，两者混为一体，情感姿态与社会行动互相渗透。这种表现为失望、委屈、怀疑、愤怒、抱怨、控诉、抗议和仇恨的“青年革命心态”几乎贯穿在整个20世纪中国文化思潮的变迁中。无论是30年代青年人的左倾激进和稍后的抗战热忱，还是50年代的“青春万岁梦”和60年代红卫兵狂热，抑或“文革”后“我不相信”一代的反叛情绪……各时期青年人控诉、反叛的内容和对象很不相同甚至截然相反，但那种激烈反叛的心理及语言方式却是一贯的，“青年革命心态”的诸要点是始终存在的。倘从这个角度读巴金，我们会发现他的作品，不仅记录了，而且也参与了这种“青年革命心态”的初期形成过程。

除《春天里的秋天》外，本卷中的其余几篇小说，都以“革命”为主题。《砂丁》和《雪》在为矿工生活写实的表象下，有一个舶来的意识形态骨架：工人不堪忍受资本家压迫，终于反抗……《利娜》则直接由俄国民意党人的书信改写而成。我最初接触这些作品是在巴金蹲牛棚挨批斗的“文革”时期，当时年幼无知的我委实困惑了：何以“革命”要批判曾写了这样革命作品的作家呢？或者问题现在也可以倒过来问：今天最为沉痛有力地批判“文革”的巴金，当初的作品怎么也是如此左倾激进？对这个问题的学术的回答[1]，大概可以成为对中国现代史的一种研究，并非这篇短序所能完成。我在这里，只想强调两点：第一，巴金的《雪》《利娜》里的革命“梦”，实在并不同于当时及后来社会上所出现的革命运动。巴金早年相信无政府主义，受克鲁泡特金、爱玛、高德曼等

1 国内一些论者否认“文革”与20世纪30年代左翼文化在观念、心态及语言形式上的联系，这基本是一种政治文化策略，而非学术的态度。

人的影响很深。在他前期作品中，主人翁常常是激烈、虚无、狂热的革命英雄。俄国民粹主义的影子清晰可见："我们也在学习 19 世纪 70 年代俄国青年'到民间去'的榜样……我的初衷是：离开家庭，到社会中去，到人民中间去，做一个为人民'谋幸福'的革命者。"[1] 在批判"资本制度抢劫、掠夺全体人民"(《从资本主义到安那其主义》)，赞同"农民起来打倒土豪劣绅"(《无政府主义与实际同题》)以及谴责统治集团等方面，巴金的革命心态似乎很接近当时由苏联、日本输入中国的马克思主义理论。但是，有一个核心观念的差异，却使巴金的"革命梦"，注定要被后来的"革命现实"所批判。"在他看来，社会主义必须是自由的。"(《面包与自由 · 前记》)——这是巴金转述的克鲁泡特金的观点，也可看作他自己的信念。巴金还引用过这样的见解："无论是个人压迫百万人的政府，或是百万人压制一个人的政府，无政府主义反对多数压制与反对少数压制是一样的。"[2] 从这一立场出发，巴金向来就对"革命"的专制保持戒心："无产阶级专政也不过如他所说的有产阶级专政一样，只不过是少数人的专政罢了。"[3] 巴金的这些观点使他后来饱受批判，至今仍有研究者认为这是巴金的"思想混乱"，局限了他的艺术深度。在我看来，恰恰是巴金的这种怀疑，使他尽管迷恋革命，一度也左倾激进到天真的程度（如《雪》《利娜》)，但终于不失一个作家的独立性。在 1949 年以后，巴金是中国大陆唯一一个不支取政府薪金只靠稿酬生活的专业作家。在"文革"后，巴金能以超越同辈名人的言行文章，重新得到青年人的拥戴，继续站在"新时期"文化思潮的前列，除了他个人的道德力量外，一生坚持独立性也起了很大影响。在这层意义上，所谓

1 巴金：《巴金选集 · 后记》，北京：人民文学出版社，1979 年。
2 转引自陈思和、李辉：《巴金论稿》，北京：人民文学出版社，1986 年，第 56 页。
3 李芾甘：《马克思主义的破产》，上海：自由书店，1928 年。

安那其思想在巴金整个文学生涯中，也未尝不是一种积极的因素。

第二，我想指出巴金作品中的“革命”，与一般左联文学也不相同。本卷中的各篇，均写于20世纪30年代初，当时上海文坛左倾躁动氛围的影响还是明显的。不过巴金写“革命”，更多地依托一己热情，且强调真诚，所以似乎并不像别的作家那样，痛苦地压抑自身纤敏感性而引进理念营造革命神话。我在别处说过，大多数的中国现代作家都曾在文学的独立性与社会作用之间，有过两难的选择。民族危机、爱国情绪及感时忧国传统使他们大都愿意用自己的创作去疗救社会、“经世致用”；但当时被认为最能救世的左倾革命思潮，却又明明隐含着反艺术、反自由的基因。这就使得作家们在写了篇美文后便觉得对不起“革命”，在营造了“革命故事”后又觉得对不起艺术。我们看到殷夫告别悒忧的抒情，转写街头标语口号诗；丁玲剪断莎菲女士的愁思，义无反顾地“飞蛾扑火”；甚至连浪漫文人郁达夫也吃力地赶时髦，写了《她是一个弱女子》这样的作品。但所有这些过于痛苦的转变大都不能为众多青年所模仿。后来真正影响深远（姑且不谈这影响的正、负面意义）的，是能在困境之中寻找平衡的两种办法，分别以茅盾和巴金为代表。茅盾的办法是革命主题先行，艺术感觉后补，用技巧维持文学与政治之间的张力，一面自觉表现革命理念，一面精雕艺术格局,细刻感性材料。他的左倾政见其实比巴金明晰坚定，但字里行间处处五光十色、香粉汗迹。茅盾这种平衡文学与政治关系的技巧，后来在王蒙那里得到发扬。而巴金的平衡办法则是强调一己情感的真诚，来统一文学热情与政治热情。他先确定个人的道德目标就是改造社会，然后以文学热情为个人与社会间的桥梁（这是巴金作品影响“青年革命心态”的关键之一，“青年革命心态”虽然是一种社会文化思潮，却每每带有文学热情的形态，也每每诉诸抒情或煽情的文学语言）。巴金相信个人痛苦一旦化成

“血与泪”的文字，便既能救人救世，也能救自己。巴金基本上是无视语言和形式这双重阻碍，他追求的是“把写作和生活融合在一起，把作家和人融合在一起……作品的最高境界是二者的一致，是作家把心交给读者”[1]。这与其说是文学见解，不如说是一种道德化的信念。和职业革命家茅盾后来却以小说格局影响现代文学发展的情况相反，著作等身的巴金其实对现代小说很少形式上的贡献，主要影响还是那一种文学态度，那一种文化心态。在以笔当枪，不说假话，确认使命感即艺术性，相信一己真诚比语言、形式更为重要等方面，巴金的传统在“文革”以后也是后继有人的。

话说回来，虽然巴金相信情感的真诚可以同时维系文学的独立价值与社会作用，但实际上这两者的矛盾在他的创作中依然存在。只是比较一下本卷中的《春天里的秋天》和《雪》，就能说明问题。同样出于真诚的同情，在捉摸少男少女的微妙恋情以及痛惜她们的青春如何被摧残时，巴金的笔能细腻灵动，游刃有余，通篇布局与章句续断也是挥洒自如；但在描述他本不熟悉的矿工苦难并套之以阶级斗争观点时，巴金的文字就显得吃力、单薄与不自然。巴金并没有像丁玲等人那样在转换题材时同时改变自己的文风。巴金还是坚持自己的文体，于是在诸如《雪》之类的作品里，我们会看到抒情伤感语汇与锡矿风雪画面之间的裂痕，只有在写到职员曹蕴平夫妇时，文笔才比较顺畅些。

在巴金出色的作品如《家》《春天里的秋天》里，读者通常不太会去特别留意他的语言，一般人都认为巴金的文字特点是自然、清丽明快、朴素流畅。他自觉追求“无技巧”的艺术境界，他的语言看似透明，好像使人直接感受他的真诚，他的心。巴金这种

1　巴金：《文学生活五十年》，引自《巴金论创作》，上海：上海文艺出版社，1983年，第10页。

文体，对后来几代青年人的写作（不仅是创作，也包括一般写作，如书信、日记……）都有很多影响。但是，如果我们真从语言角度去拆章析句，我们会发现他的语言绝不“透明”，反而相当感情化和色彩化，像“我怀着一颗秋天的痛苦的心……我差不多要哭了”“我的用血和泪写成的书”“我要拿起我的笔做武器”之类的情感夸饰直白句，可以说是比比皆是。为什么这样一种情感化、色彩化的语言,会使当时及后来的青年人觉得是“自然”和“透明”呢？这是一个极有意思的问题。本来在现代中文口语及国人日常生活中,“血和泪”“我痛苦的心”之类的字句是很少被使用的，但一旦要写作了，要将个人的情绪化为某种形式了（即使只是写书信、日记），青年人每每不自觉地便会使用那些夸饰情感的语汇，来形容，来夸张，来确定他的心理状态。个人心绪通过夸饰情感的文字融入社会思潮，社会思潮又以这种抒情语言形式来规范引导个人心绪——这里有一个双向同时的互动过程。

为什么最能影响一般青年人写作习惯的是巴金的抒情体而不是鲁迅、沈从文、老舍的语言呢？因为鲁迅等人的语言，基本上是一种与个人情感拉开距离的艺术形式，而巴金则强调写作如同生活，抒情文字直接构成个人与社会之间的桥梁。在巴金等人（当然不止他一人）的抒情文体、语言方式的影响之下，一个略有青春期烦闷的学生，一旦使用这种情感化、色彩化的语言来描述他的私人心境，这种描述行为立刻成为一种社会抗议行动，“我痛苦……我控诉……我……”，而这种社会思潮化了的情感夸饰反过来又不自觉地刺激青年的烦闷，而一己心境得以夸饰地宣泄时，该青年也真的相信他在以他的血和泪，向黑暗抗争……所有其他复杂的人生情绪，诸如微妙的性爱、无意识的变态、宗教感情、无可言说的梦境，乃至生理特点、个人癖好等，统统都被融入“革命心态”的洪流，化为一系列抒情化、文学化的社会政治概念而宣泄。从历史角度来看，这一种情感化、色彩化的语言形态是在激进的反传统、反专制的20世纪30年代文化心态下形成的，但同时它又成为这一种文化心态能够延续和发展的基本载体。所以我觉得巴金的文体，比他的思想，对“青年革命心态”的影响更深广。时至今日，巴金式的“青年抒情文体”，在中国大陆，仍然有着很强的生命力。

1991年1月15日于洛杉矶

（收入《当代小说阅读笔记》）

个人与集体[1]

《火》共三部。从1938年上半年第一部动笔，到1943年9月第三部脱稿，巴金断断续续写了六年之久。三部之间，场面、情节、人物都有很大变化，唯一贯穿的主题便是“抗战”，所以也被称为“抗战三部曲”。《火》第一部写“八一三”日军进攻上海时，一些进步青年在租界内的抗日活动及几个朝鲜革命人士的恐怖行动。拳头紧握、情绪激动的青年人隔着苏州河眺望对岸日军攻城的大“火”——这就是第一部的核心意象。《火》第二部（又名《冯文淑》）写一群青年学生参加国民党第五战区战地工作团，到前线帮助军队组织、动员民众抗日的情况，有评论者认为：“三部作品比较，差的实际只是第二部。”[2] 因为无论是巴金本人，还是小说中主人公冯文淑的原型萧珊，其实都未曾去过战地工作团，整个小说素材都来自朋友的转述，这和巴金大部分创作源于亲身见闻的情况很不相同。不过我倒觉得《火》第二部相当值得一读。它是比较早描写一群分别有独自背景的个人，合成一个集体后，个人

1　本文是为台北远流出版公司1993年版《巴金小说全集》第10卷《火》所写的引言。编入本书时标题做了修改。

2　汪应果：《巴金论》，上海：上海文艺出版社，1985年，第254页。

与集体的关系怎么冲突和统一，集体中个人与个人间的关系又怎么协调的中国现代小说。这样一个“个人与集体”的模式后来无论在现实中还是在文学中，都有令人触目惊心、眼花缭乱的发展。今天回过头去再看巴金提供的“个人融入集体”模式的早期图形，令人深思之处实在不少。《火》第三部转写抗战后方昆明，主题也从青年人的抗日热情转到一个年老的基督徒的虔诚文化追求（小说又名“田惠世”）。田的原型是林语堂的兄长林憾庐，小说里的杂志《北辰》即《宇宙风》。巴金自己说他“想写一个宗教者和一个非宗教者的思想和感情的交流”（《火 · 第三部后记》），也有评者认为小说其实在谈团结抗日的问题。三部《火》，从语言看，还是巴金一贯的明快流畅。在情感基调上，第一部最激动，第二部较从容，第三部趋于阴沉。

巴金喜欢解说自己的作品，体现在各种序、跋、书信、创作谈和回忆录里。关于《火》，巴金的看法概括起来有二：一、“我想写一本宣传的东西”；二、“《火》三部都是失败之作”。至于这“宣传”动机与“失败”效果是否有必然联系？巴金并没有正面回答。总体说来，巴金是相信艺术当有宣传、战斗功能的。“我要拿起我的笔做武器……向着这垂死的社会发出我坚决的呼声 J' accuse（我控诉）”（《春天里的秋天 · 序》）、“自从我执笔以来就没有停止过对我的敌人的攻击”（《文学生活五十年》）。这些都是巴金真诚的自白，几十年一以贯之，并非偶尔附和潮流。不过这些观念的形成却和 20 世纪二三十年代上海文坛的特定氛围有关。那时很多既想坚守文学园地又很愿意疗救社会的作家，大都赞同鲁迅的一段话：一切艺术都是宣传，但并非一切宣传都是艺术，就如一切花都有颜色（白色也是色），但并非一切颜色都是花。可惜在 20 世纪 40 年代以后，鲁迅的前半句论说被人反复引用，后半句却逐渐被忘却。终于随着文学的宣传作用的级级夸大，文学自身成反比而且日趋萎缩，其极端便是“文革”。所以到“文革”后中国大陆作家首先想到要“拨乱反正”的，便是这文艺与宣传之关系，对这一关系的不同见解，也导致了近十年来大陆文学的不同走向：坚信艺术和宣传可以（甚至必然）统一的作家，仍然以笔为枪，干预生活，批评时政；但更多的作家，如王蒙、汪曾祺、莫言等，则以各种方式推卸文学的“宣传责任”，目的是替文学争取一些独立性。当然在一些后现代主义理论进入中国后，既然一切语言都是宣传都是权力形式，“宣传”一词也就从概念上被消解了。不过相信中国作家在文学与其社会功用的关系上，还会有更持久的困惑。

回到鲁迅的名言，其实我以为颜色与花之喻，仍可进一步推敲。事实上，一切花都有颜色，并不等于一切花就是颜色。一切艺术都可以被用作宣传，并不意味一切艺术品就是宣传品；反过来一切宣传都可以利用艺术，当然并非一切宣传就是艺术。归根到底，艺术是艺术，宣传是宣传，两者之间有着根本的界线和不可避免的冲突。

巴金将《火》的“失败”与其宣传动机放在一起检讨（见《致树基》)，其实已触及了上述界线与冲突问题。在另一篇关于《火》的创作回忆录里巴金说：“我动笔时就知道我的笔下不会生产出完美的艺术品。我想写的也只是打击敌人的东西，也只是向群众宣传的东西，换句话说，也就是为当时斗争服务的东西。”（香港《文汇报》，1980 年 2 月 24 日）这段自白很重要。第一，说明了巴金并不完全相信左联和延安的文艺理论，这种理论认为能够打击敌人、教育群众的文学便必然是完美的文学。第二，又显示了巴金虽然不相信左联的文艺理论，却仍然努力创作激进的作品；他明明知道“宣传”可能导致艺术的失败，但他还是用笔做武器去致力于宣传，为了抗战，为了社会……这实在是一种很值得探讨的文化姿态、文化选择。

鉴于中国现当代文学曾经有过的与“宣传”结缘的极不愉快的经历，“文革”后新起的一批评论家和研究者，在回顾“五四”文学历史过程时，大都从不同角度强调了相似的见解，那就是他们发现20世纪二三十年代以来的重要作品，凡当时刻意要宣传要战斗要唤起民众之作，今天反而鲜有读者；而一些固守艺术园地、甘于寂寞，当时颇受激进潮流冲击的作家作品，现在却仍然耐读且持续对当代新潮小说产生影响。这种对比不仅出现在不同类型的作家之间（如在郭沫若、蒋光慈、茅盾与沈从文、老舍、张爱玲之间），甚至也出现在同一作家的不同时期、不同作品之间（如丁玲的早期与中、后期，如何其芳的文风转变，如巴金的《家》与《火》），这样一种对“五四”以后文学的再认识、再评价，显然也是希望文学摆脱政治干系的“‘文革’后思潮”的一个部分。而且这种对文学的政治功能的反感，迅速发展为一种对纯文学的迫切追求，也对近年中国大陆的新潮实验小说产生了影响。

我大致理解巴金关于《火》是“失败之作”的看法。如果和巴金的《家》《春》《秋》及《寒夜》相比，《火》无论在构思布局、心理探索，还是对人物对语言的处理上，都有不少可议论之处。不过这种种缺陷并非由于巴金的创作力所限。与《火》差不多同期完成的《秋》，就别有一番情调。看来，不同的主题，不同的描写对象，还有不同的创作动因，才导致了作品的不同风貌、不同成绩。时至今日，大概《家》《春》《秋》仍能使青年读者激动，但像《火》这样的长篇，更多的是给人一种对历史的感叹。

我个人以为，《火》三部中，第二部最有意思，因为它提供了“个人融入集体”主题的早期模型。自《狂人日记》起，初期的“五四”文学大都表现一个孤独的个人与全社会与庸众的对抗，对抗结果常是主人公的悒郁沉沦（《沉沦》），或无谓牺牲（《药》）。而在那时的作品里，集体总是一个抽象的存在，一个麻木的背景。以《伤逝》为转折，子君、涓生的失败似乎意味着个性解放之路，要靠社会革命才能走通。从此“革命文学”渐起，具象的集体开始在文学描写中出现。不过细察 20 世纪 20 年代末 30 年代初的“革命文学”，个人与群体在作品中还是分离的。作家要么只写历史事变中的群像（如蒋光慈《短裤党》、萧军《八月的乡村》），要么仍然是孤独、勇敢、狂热的个人在行动或颓丧（如茅盾《蚀》、巴金《灭亡》）……文学中的革命群像与个人英雄（通常是青年学生）后来是怎么被结合成诸如《青春万岁》《大学春秋》等五六十年代流行模式的呢？写于 1941 年的《火》第二部恰恰提供了很重要的过渡痕迹。

小说中的战地工作团是个具体的集体，对其组织形式、行动方式、目标原则等小说都有交代，但小说对集体之中每个成员（个人）的心情、性格及互相关系的描述，又比群像描写更细致。于是我们清晰地看到了一群青年学生，为了一个高尚目标，聚在一个集体中以后，所可能出现的种种情况。按照社会学的划分，我们每个个人所不可避免要生活在其间的社会组织形态基本有两类，即以情感、伦理关系维系的第一集体（primary groups），如家庭、婚姻、朋友等，和以功利原则维系的第二集体（secondary groups），如学校、政党、工厂、军队、俱乐部等。《火》第二部中的战地工作团恰恰是一个基本以情感、伦理原则而维系的社会组织（军队附属机构），每个成员之所以参加该集体，不是作为工作和职业，而是基于个人的道德热忱。于是每个成员在该集体中所要贡献的，也就不只是工作能力，而更重要的是情感世界。这种以第一集体原则（情感、伦理）而维系的第二集体形态（社会组织），后来在中国的现实和文学中都有惊人的发展，异果累累，那是后话。不过巴金当年凭想象，已经勾画了“个人融入集体”

的一些基本程序，那就是：第一，大家为了一个共同的目标，自愿走到一起，所以集体的目标应该高于或者说等同于每个个人的道德追求，于是个人的情感应以集体的道德原则为准绳。（冯文淑："讲多了，我就会哭起来的。哪个又没有家？没有母亲？……""那么还是那个老标语有道理：抗战第一。"周欣说。）第二，既然每个个人都应依照集体的道德原则改造自己，那么人与人之间的性格、习惯差异就很容易被解释为道德作风、思想品质的优劣（如冯文淑说："我也不知道要怎样才能够把自己完全改造过来。"但同时她又和众人一起捉弄、指责王东的生活作风）。第三，因为多数人的看法很容易决定集体的原则，所以保证个人立场正确的捷径便是使自己总是处在多数的范围内（试看第九节关于撤与留的争论和表决,起初众多歧见,但最后"绝大多数"自然形成）。第四，多、少数的概念与道德作风优劣判断两者一混合，集体中各成员间的情感交流也就自然向权术和权力方向转化（请注意不动声色、颇会"做人"的张利英在该集体中的权威地位），其最后结果，便可能导致情感的技巧化和权力的道德化……

当然这最后结果在巴金笔下并未出现。冯文淑等人在《火》中还是很心情舒畅地生活、战斗在他们的集体里，而不像杨绛《洗澡》里的诸位知识分子，已尝甜中之苦。这是因为巴金为冯文淑等人安排的集体是真正自愿参加且可以随时离开的，而且集体的道德原则也还没有变成可以"整人"的道德权力，即使有纷争，大致还是真的"和风细雨"，加上通篇小说，除一些轰炸的场面外，大部分笔调仍是巴金一贯的明朗抒情，山清水秀，这也更使人感到"个人融入集体"是种高尚且愉快的社会体验。从《火》第二部，发展到路翎《财主底儿女们》，到王蒙《青春万岁》，再到杨沫《青春之歌》，金敬迈《欧阳海之歌》，乃至"文革"后的知青小说、校园小说，"青年人融入集体"这一主题几十年的历史变迁，也正是数代青年人从朝气蓬勃、浪漫憧憬，走到痛苦“洗澡”甘愿牺牲，再走到痴迷狂热，集体迷失，最后又沉痛反叛，继续憧憬的情感历程。在这个意义上，《火》可以说是一篇相当重要的作品。

《火》第三部有两个结局：一是1943年版的结尾，二是巴金1960年作的修改。后来海外有人批评巴金的修改，而巴金自己并不接受，他坚持认为：“改得并不坏，改得合情合理……几十年来我不断地修改自己的作品，因为我的思想不断地在变化……作品不是学生的考卷，交出去就不能改动。”我对这两个结尾孰优孰劣并无意见。只是提醒读者，不妨对比其间差异，颇有意思。

1991年1月16日于洛杉矶

（收入《当代小说阅读笔记》）

第三辑

批评

印象：批评中的一种“生气”

我很看重“印象”的意义。对文学批评来说，“印象”首先意味着我们接触作品时的一种情绪体验。当我们手不释卷，或伤感或激奋或烦躁或惆怅时，此刻笼罩我们的印象，已不只是纯感官的，还包容着感受、感知和感悟，包含着联觉、想象和创造，要点是以湿润的心灵去触碰、去拥抱、去撞击艺术。“要点是感动，是爱，是希望，战栗，生活。在做艺术家之前，先要做一个人！”（罗丹语）倘若批评家只习惯于以干燥的理性模式去规范去分解艺术，只习惯于分析、提炼、概括和条理化，那与其说是思辨能力强，不如说是印象与感觉能力在走向迟钝，走向麻木。少年时的我也曾有过捧着《战争与和平》第二卷脸颊滚烫和读着《热爱生命》肌肉紧张的时候，可现在接触作品越来越不易激动了，越来越注意所谓视角、情节、焦点和抒情方式了——这就是理性成熟？这就是批评家？我为之惶然。

其实，“印象”不仅是批评的前提，而且是一种批评能力。既然深邃的思辨必须建筑于独到的印象与坚实的感性基础之上，那么这印象与感性，不也就是一种主体力量吗？声、光、色、味的瞬间效应，主、客体（批评家与作品）的瞬间碰撞，很可能就凝聚了一个人（批评家也是人）几十年的人生阅历、情绪积淀、社会经验和理论储备。在艺术领域,所谓“纯思辨”,常常（甚至必须）是和情绪、感觉乃至感官印象融化在一起的。我承认，我自己正是在各种高深理论与大量翔实资料的重重包围之中，才领悟到印象和感觉的重要性。就像到一处山水胜境，去的机会多了，会乐于回想“初次见面”时的印象一样，其实这是企图追寻、玩味那一瞬间的心情。我逐渐发现，种种理论乃至体系，都不过是在帮助我、推动我去更细更深地捕捉、玩味和体验那种“印象”——那种在我与艺术品之间的心理和情绪的对应关系，而不是相反要使我淡忘、轻视乃至抛弃这种“印象”。因此，我觉得，“印象”事实上伴随着文学批评的全过程。

“印象”作为批评能力中最有“生气”的一种因素，她活泼，生机勃勃，但不一定浮泛；她纤敏多情，但不一定浅薄；她自由自在,但并不任性随意;她无所不往,但也可以有所不为。如果“印象”流于浮泛和随意，那原因也在于主体的浅薄和溺情。“印象”中当有主观好恶、独特趣味乃至个人偏嗜存在，殊不知独到的“偏爱”正构成了“印象”的生命元素。“个性化”，“生气灌注”，与“生命之树常绿”，永远是有联系的概念。只有假定批评只是为了纯客观地接近客体真实价值,才会经常发出“评价太高、评价过低”之类的感叹和警告，才会导致对主观印象的忽视和贬低。事实上，任何艺术批评都不能脱离主体而存在，批评的价值有时就实现在主体观照之中。这就是说，批评在社会形态定义上，主体同时也具有客体的价值。“印象”，也就不仅是批评的一个环节和过程，而且同时也是批评的目的。

在“印象”成为批评前提并渗透批评过程以后，有些批评家还憧憬着第三个层次：化深邃的思辨、深刻的情感为某种可触碰可抚擦的感官印象，为具象化的声、光、色、味效果。在我看来，思辨的感觉化，不仅能加强理性与感情的联系，在思维和批评方式上克服纯知性方法之枯燥和僵硬，而且在批评文体上，也使批评家的表情能生动自然一些，能真诚地和颜悦色，能亲切地激动痉挛。艺术品总是“有模有样”“有滋有味”的，倘能在逻辑地、深刻地分析其模样、体积和容量之后，更能情绪地、感官地玩味其线条和光色叠影，品尝其色、香、味……这难道不也是一种批评境界吗？

我可能一直无法步入这种境界，但至少，我可以表示我的向往。

1985 年 8 月

（原载《中国青年报》，1985 年 10 月 11 日，收入《当代文学印象》）

现代文学研究："拥挤"的学科？

近一二年来，常听到有同志在会上会下谈及现代文学这门学科的"拥挤"："瞧，前后三十年文学，总共四千人研究！"——据说，这是目前全国专职从事现代文学教学和研究的人数，还不包括社会上及大学生中众多的业余研究者。的确，随着研究领域不断开拓，明显的"空白区"越来越少了，讨论某些"热门"课题的论文目录已足以汇集成册，一些佳作名篇也反复为评论家"赏析"，几个较有建树较复杂的作家都被研究者包围着，仅各种各样的现代文学史，就有十几种之多（而且人们还在等待更多更好的），每年，又总有数以千计的现代文学研究论文发表……

然而，也有人这样感慨："热闹，都'凑'在文章篇数和研究对象上了，真正就学术观点特别是研究方法而言，却并不'拥挤'……"

使用了"拥挤"这个字眼，当然是忧虑多于自豪，但这无疑是一种严肃的忧虑。它至少已不安于人云亦云或不断重复那些早已为人们熟悉（大多也还是正确）的结论，它至少已不满于"在大同小异的范围内作些大同小异的研究"。正因为对现代文学研究抱着热情，所以才会有所感慨，正因为急切地呼唤新局面，所以才会对现状表示某种程度的忧虑。

我不否认上面所说的"拥挤"；但我更觉得，现代文学研究，迄今为止还是一片待开发的森林。

现在，大致已经不需要再站在森林的入口处多费口舌了："这是一片植物群落，虽然其间也集生着山竹、杂草和其他乔木，但松树是主流。各种树木，都是生长在土地上的。整片森林东西宽……南北长……总面积大约是……"不必了，这些概述早已清晰地写在道路旁的大牌子上了；也大概不需要再对每棵树进行常识上的分门别类和定性了，尤其是一些较显眼的树木，桠杈上说不定早已悬着小铝片，标明此树的学名、俗称和外文拼法，属什么科，是落叶乔木还是常绿乔木……也不必再抱着胳膊闭着眼睛一味惊呼了："啊，树林，你多美啊！"每个游人都会如此长吁短叹，而开发者的观察切不应如此抽象；也不必竭力挖空心思想突然发现什么新的巨杉，或者标新立异证明秀竹比樟树葳蕤，在最高大的红松下面，早已围着不少仰首翘望的人……

但是，对真正的开发者来说，他当然还是有自己的工作可做的。在研究中，大概只有坚持走自己的路，才不必担心在选题上与别人"撞车"，才不必忧虑在观点上与他人重复，才不会处处感到"拥挤"。

假使有志于植物学的话，那就尽可以选一棵感兴趣的树木，从绿叶、枝丫到树皮，由年轮、躯干及根基，做一番全面深入的考察。"原子小天体"，细胞里也有世界。不必担心这树不够伟大或不够典型，真正理会"个别"，总会从中发现"一般"的；假如是地质或地理学家，当然也可以纵观或鸟瞰树林中各种植物的分布、走向及生长变化趋势，从而获得对地质地貌及气候的某种了解；假如身上背着照相机，那就应当怀着诗人的心情，混合着光色、岚气和露珠去把握那灵动的绿的印象；假如学识再渊博些，胸怀再宽广些，那么，更应该在杂草荆棘、花香虫鸣之间，发现生态平衡的某些规律，或者联想到大漠、重洋及其他许多异域的森林……

任何比喻都是蹩脚的，有缺陷的。不妨把话说得具体些，实在些，看看我们有多少理由不再忧于“拥挤”的现状，看看我们有多少可能性朝新的方向进行探索。

首先，我以为应当改良和开拓社会学方法的研究。

“社会学的方法？！”这个名词很容易使人头皮发麻，其实它却是被“株连”的。“我们的……，难道是这样的吗？”——这是“庸俗社会学”。“揭露旧社会的黑暗，所以是积极的；伤感牢骚？那肯定消沉；描写了革命者，这当然是革命现实主义！”——这是“简单社会学”。（在现代文学研究中，“简单”比“庸俗”更常见。）我们厌恶“庸俗”，也应避免“简单化”，但注重文学与社会的关系的研究方法，却是不能丢弃的。这里，不仅有研究方法的改良问题，还有研究角度的开拓问题。前些日子，我读了赵园同志发表在《中国社会科学》1983年第4期上的《“五四”时期小说中的婚姻爱情问题》，我觉得那就是一篇在文学现象中考察社会历史与伦理问题的有新角度、新看法的文章。这种考察，并未停留在作品“揭露社会黑暗”“表现时代精神”等抽象结论上，而是由题材（社会问题）入手，通过对同一题材范围内相同或不同的作品的归纳、比较和辨析，进而探究在特定历史时期内不同人对同一社会、道德及思想课题的不同思考，以及制约这些思考的社会、历史因素。我们现代文学研究的传统之一，就是特别重视作品的社会性。既然社会制约文学，那我们为什么不能再进一步，通过大量文学现象来研究社会和历史呢？跨学科也没关系，社会科学诸领域之间本来就缺少绝对的界限。难道我们对社会现实（即便是过去的社会现实）的了解已经太多而不再需要发现、补充、验证和重新认识了吗？难道评价昨天与认识今天、展望明天没有紧密关系吗？

何况文学之反映社会，又总有其特殊角度，考察"文学中的社会"，也必然能反过来探究"社会中的文学"，即文学本身的若干规律。用马克思主义指导现代文学的研究不是一句空话，而是要切切实实坚持"历史的和美学的"观点。既不能把文学看作孤立永恒的"空中之阁"，也不能一味把文学与社会的关系简单化。这里，角度问题，其实也包含着方法和观点问题。联想到有同志将许杰的《赌徒吉顺》、柔石的《为奴隶的母亲》、罗淑的《生人妻》及沈从文的《丈夫》等作品连贯起来，以考察"典妻"现象的社会存在与文学反应；再联想到有同志已企图系统地留意许多现代作家笔下对知识分子问题的不同思考，并从中窥测中国现代知识分子精神构架的发展变化轨迹；等等。这是否意味着社会学方法的研究，在重复沉闷之中已出现某种转机呢？人们虽不敢断言，却至少已有了这样的期待。

其次，谈艺术研究。这方面的呼吁近年来已经不少。有同志不满于研究中思想评论与艺术分析的"固定比例"，因而提出宁可让八九篇文章去论思想，也希望有一二篇专谈艺术；有同志在称赞新的研究成果时使用了如下的措辞："这段评论，刚刚开始进入艺术世界……"虽然语气有些偏激，但这种要求重视艺术研究的呼声却不无道理（尤其是联系着我们研究工作的昨天来考虑）。不过我在这个问题上，还想到了两点：一、我觉得我们不应该把思想评论与艺术分析简单对立起来。艺术分析，不仅仅只是技巧分析。无论是探讨主题、人物，还是对情节、氛围感兴趣，我们都应该首先从艺术分析入手，首先要意识到，我们面对着的是活的生气灌注的艺术品，因而必须充分考虑艺术的整体性和复杂性，以及它所特有的角度，而最后，又总要把文学现象上升到艺术理论的层次来探索某些规律性的东西——这样的艺术分析，怎么可能不触及文学的思想倾向、时代意义和社会内容呢？我想，只有这样来理解、来从事艺术分析，才能真正打消一些同志对“艺术分析”所存在的偏见和误解，才能真正解决前面所说的“比例失调”的问题，才能真正避免那种强行的“血肉”分离术……当然，在教学中，这个问题可能更复杂些。但我想，即使是在入门与普及阶段，在强调评论的侧重点时，也应时时提醒同学（也提醒教师本身），不要忘却艺术的整体性。二、艺术分析不仅仅只是技巧分析，但技巧和文体的研究却无疑是艺术分析中的一个重要课题。真正有志于艺术的人，是不会把诸如细节处理、“心理视角”及虚词、语调的讲究等都当作“雕虫小技”而不屑一顾的。最近几年，人们从作家研究入手，对创作个性、艺术风格乃至文学流派等课题，已表现出越来越多的热情。可是，从“文体”上着眼的，却为数不多——假如考察一下 20 世纪 20 年代至 40 年代现代小说心理描写的发展趋势呢？假如谈谈现代作家对情节的不同态度或者现代小说结构的变化呢？假如从现代语言学或本文分析的角度来重读现代名作呢？……噢，森林的这一角，一点也不拥挤，甚至还有点荒芜呢！可是，想走进这一角，却绝不是易事，不仅需要根底，需要识见，更需要虔诚，需要感觉。

再次，我想到了中国现代文学与外国文学的关系。记得不久前，几个教研室的青年同志在会间闲谈起学科的问题，大家对现代文学均不无看法。有人说，古典文学，累积几千年精华，有其独特的宝贵的思想和美学传统。有人说，西方艺术，源远流长，错综复杂，容纳着许多民族对感情的思索。这时，一位现代文学教研室的同志插话“保卫”本行了：“东西方文学，均都伟大。可是，东西方文学真正在中国土地上的接触和碰撞，却正是在‘五四’以后的现代文学中……”“碰撞”！我立刻觉得，这个词精彩极了，这里所谓的“碰撞”，不仅是指在文坛上林琴南、梅光迪与新潮流作家的论争，不仅是指鸳鸯蝴蝶派与郁达夫、老舍等在小说写法上的迥异，更是指发生在几乎每个作家内心里的戈蒂耶与杜少陵、卢梭与嵇康的"碰撞"……我们当前乃至今后的文学，不正是注定了要在"碰撞"中发展吗？如何旁搜远绍、另辟蹊径，如何创造既是开放的又是自己的文学，当我们今天探索这一课题时，难道不应该回过头去，在现代文学这块几乎是绝无仅有的"实验区"里，多寻找、多发掘些经验教训吗？

这种联想，使我对现代文学与外国文学的关系，有了一层新的认识。从这种认识出发，我们当然就不会再忽视现代文学所受到的外来影响，也就不会满足于仅仅罗列现代作家接触过多少外国作品，或将某中国作家与某外国作家做一番浮泛的类比。重要的，是研究"碰撞"——观察西方的人生和美学思想的冲击波，如何与"感时忧国""清静无为"等精神传统互相混合、角逐和消融，这种混合又如何时时刻刻受到中国土壤和空气的现实制约……因为要不断面对新的"碰撞"，所以才更需回顾昨天的最初的"碰撞"。我想，今后若干年内假如出现现代文学与比较文学互相靠拢的发展趋势，那也是不无现实依据的。

最后，我想再谈一个很不成熟的想法：我觉得，现代文学研究可以也应该有一个几乎是全新的研究方向，那就是与当代文学的关系。

我所谓的当代文学，包括"十七年"，但更主要的是指 1978 年以后的文学。我接触过一些搞创作的中青年作家，一般说来，他们对当代艺术比较关心，对中国现代文学，则表现出有选择的兴趣。探究这种选择，我以为就很有意思。研究者尽可以从文学史的角度评价作家们的名声地位、功过得失，指出某人乃文坛耆宿，著作等身，某人当时怎样激动了千万青年的心。可是今天的作家和文学青年，却更习惯于用自己的眼光去看，用自己的情感去"取"。为什么有些德高望重或名噪一时的作家，只为他们尊敬却不为他们喜爱呢？为什么除鲁迅以外（这是例外，鲁迅对中国知识分子的影响是无可争论的），另一些作家如老舍、沈从文、孙犁等却也能引起当代作家的浓厚兴趣，从推崇、热爱到学习、模仿乃至引以为师呢？面对着共同的遗产，作家和研究者的态度显然不尽相同，而研究者难道不应留意这种差异吗？或许，今天的作家不太看重现代作家的思想观点和社会见解，在接受了多次政治风云的洗礼并直接在厂矿乡村磨炼以后，他们觉得他们对中国社会和政治的了解，大致不会幼稚于前辈作家（鲁迅又是一个例外），与此同时，他们却更注意现代作家独异的个性和把握生活的角度的独特性，更赞赏大师们精湛的艺术功力和技巧。也可能，当代的人们看多了描写社会斗争的“重大题材”，反过来又对稚松纯净的乡曲或飘逸清澄的小品产生亲近感了。也许，选择之间还存在着情趣的偏嗜、地方色彩的共鸣及美学观念的变化等，情况当然要比我说得复杂。倘若能结合具体作家，结合具体艺术倾向探索下去，这种透过历史断层的思考，无疑是兴味无穷而且有助于开拓我们思路的。谁能否认这种对当代文学源流的考察，不同时包含着对现代文学的某种重新认识呢？——这一部分林区，虽然目前还是人迹罕见，但它不会一直荒凉下去的。因为，我们文学的创作和研究，都是在今天进行的。

总而言之，现代文学这门学科虽然乍一看有些“拥挤”，其实有许多课题的研究，只是刚刚开始。当然，如此探索，这般尝试，空谈容易。倘要真正做点实事，我恐怕也只能选点小题目，做些“刚刚开始”的工作。

1984 年 1 月 9 日

（原载《中国现代文学研究丛刊》1984 年第 3 期，收入《当代文学印象》）

文学批评中的“入”与“出”

创作与批评是两个分野：一是艺术，一是关于艺术的科学，两者不能等同。但它们之间，却血肉相连，倘若“两栖”一下，人们自然会对创作与批评之间的若干相通之处有所感触。清人周济论创作时说：“非寄托不入，专寄托不出。”我们以为，在文学批评中，同样也存在着“入”与“出”的问题。

这里的“入”，是指批评家对艺术品的欣赏、理解和感觉，是指研究者对作家的某种沉浸、渗透和陶醉；这里的“出”，也就是批评家对艺术品的审视、鉴别和评判，也就是研究者对作家的摆脱、超越和俯察。在文艺批评中，如果没有必要的“入”，没有某种情感接触，没有真正从艺术感受出发的理解和体察，那评论，很难不浮在概念上兜着枯燥的圆圈，很难把握艺术所特有的复杂性和整体性。讲得再苛刻一点，也就是说，很难真正步入“艺术世界”。反之，如果研究者过于沉溺过于痴迷在他的研究对象之中，如果批评家没能站在足够的高度，在赏析中透视、发现，在共鸣里抉剔瑕瑜，那么，这种评论也是缺乏分量的，也不能触探到艺术的堂奥。法朗士也许是强调“入”的，他极端地主张：“优秀的批评家就是这样一个人，他把自己的灵魂在许多杰出的作品中的探险活动，加以叙述。”而勃兰兑斯曾在相反的意义上批评过圣·伯甫，认为他“缺乏那种主要在于概括倾向的哲学精神”。既要俯察品类之盛，又要仰观宇宙之大，在考虑批评家对作品和作家的态度与关系时，我们也该听听托尔斯泰那段“稍稍离开一点”的意见。托翁认为：作家在创作中，应当稍稍离开他笔下的主人公。

如果说，当前创作中存在着某种过于沉浸、缺乏超越、其“入”有余，其“出”不足的倾向，那么，我以为批评界的情况恰恰相反：相当数量的评论和研究，还是过分干燥，过于超脱，无论是同作家的思路、心境还是同作品提供的生活画面，都有一些隔膜。

作家们倘若确是蘸着心血而非只用墨水来写作的话，他们当然无法轻易回避那些令他们感触最深、使他们震动最烈的事件和情绪。在出现了种种“史无前例”的历史现象以后，文学与生活的关系也空前地接近了。在一个短时期内（这个时期正在逐渐过去），作家们仿佛不需要有意去“深入”，去“体验”，也来不及“登楼远眺”，他们只要俯看亲友身上的伤势，便可能感应出社会的神经，他们只需振奋自己臂上的肌肉，也会呼应着历史的弹性。文学与生活的紧密靠拢，作家与表现对象的高度接近，创作主体与艺术客体几乎是自然地甚至是被迫地融合渗透——这就决定了新时期文学的一个基本特点：真实，在真诚、真率、真切之后的真实；同时，也导致一部分创作中的“专寄托不出”，即过分地沉溺于伤感、哀痛和迷惘。于是，“超越”的课题便已不可回避。所谓“超越”，并非站在云端里一味蔑视平庸、细碎和普通的生活现象，或在雾气中任意描绘绚丽夺目的仙阁（那样的“超越”过去有的是，今天在评论中还时有所见）；也不是主张“不动情感”“取消私人性格”，不是要求绝对的冷静和客观。艺术中的“超越”，我以为应是“入后之出”，“入极之出”，应是在对客体对生活的沉醉和狂热之中，渗入某种思想和美学的批判尺度，应是叹息、伤痛中的哲理，泪水、痴迷里的思考。由于作家在“进入”客体时，不可能不产生不依靠属于他个人的独特的情感意志和情感方式，所以，我说的“超越”，就不仅是主体对客体的超越，也不仅是理性对情感的超越，而且同时还包含着作家的某种“自我超越”。

在这个意义上，有人说我们的评论比创作落后了一个层次，恐怕也并不是没有理由的。作家们是不安于咏叹、沉浸，而在考虑哲理和超越，可当前的某些评论，却是其“出”有余，其“入”不足，有的甚至根本尚未“进入”。我们的批评界，常常会呈现这样两种“病容”：有时是软弱无力，缺乏尺度，不敢立论，在错综纷乱且不断变幻的新的文学现象面前似乎有点慌张、困惑，对一些偏颇、错误或值得注意的倾向既不够敏感也不敢批评，一旦赞扬又每每重词轻用，堆着笑脸“跟”在创作后面；有时则是板起面孔，态度生硬，表情枯燥，用干巴巴的概念，用庸俗社会学的方法来对待、来处理极微妙极复杂的艺术问题，指手画脚但常常不得要领，严肃认真而面目并不可亲。两种症状看似不同，主要病因却是一个。我以为那就是“其‘入’不足”——因为对艺术缺乏敏感、欣赏和把握，所以才会在文学的变革面前不知所措；因为对艺术缺乏理解、体察和痴情，所以才会腾空浮云而不着边际。我们有些作家，并不掩饰他们对文艺批评的淡漠乃至轻视，这里固然有误解和偏颇的成分，但不可否认，批评界本身的缺乏生气也是一个重要因素。许多批评界的人士，不是也都注意到了这种状态并为之焦急忧虑吗？当然，理论高度是一个关键，但就当前而论，我以为更突出的问题，恐怕还是同生活的距离和艺术感差。艺术需要用思想来剖析，也当然可以放在社会、政治或历史范畴里考察，但这些剖析和考察，首先应当建筑在对艺术的尊重、理解和欣赏的基础上；评论工作者固然面临着加强理论素养的任务，但与此同时，他们也不应该忽视“艺术感觉”。在艺术中，不仅欣赏、理解、领会需要感觉领路，就是分析、把握和评判也离不开感觉的陪同。批评家不是已在谈论创作中的联想、通感和直觉了吗？何以鉴赏中的印象、直感、联觉等心理因素反而被轻视呢？作家往往是本能地拥有某种“形式感”，而批评家则更应对诸如视角、结构、色调等技巧因素具备自觉的兴趣。倘说艺术感觉是作家赖以生存的基本条件之一，那么它也应当是评论家不可或缺的才能。对作家来说，艺术感觉意味着对生活独特的敏感和某种艺术造诣；在批评家那里，艺术感觉则包括对作品的独特的敏感和某种生活的根底。是的，生活也是批评家思维和感觉的根底。这一点，似乎尤其易于被人忘却。（常听说作家应当“深入生活”，何以很少对批评家提出类似要求？）因此，我所谓批评中的“入”，也包容着“欣赏艺术”和“体察生活”两重含义。事实上，我们在评论中一旦过于“超脱”，那就不仅冷落了艺术，同时也漠视了生活。

如果我们进一步将批评的各个侧面各个领域略做比较，那就还会发现一些耐人寻味的现象。比如，对同一个作家或同一种文学现象，思想或社会学意义上的评论常常比较超脱、俯视，从很高的理论标准出发，谈“局限性”，谈“消极意义”，措辞相当严厉；而观察艺术研究风格时，又每每是仰角的，站在很一般的鉴赏水准上，构思、色彩、文笔、情韵，处处击节，一味陶醉，赞叹有余。再如，我们在评论当前文学时，往往持论较严，苛求较多，有时还不无隔膜和误解；而现代古代文学的专题研究，则又显得太“入”，各自捧着孤立的研究对象，烦琐考证，分工极细，溢美声中，缺乏分寸……

我还想说：批评家，至少在目前，应当离生活、离艺术近些，再近些。接近生活，就是说要避免完全陷在作品里或完全脱离艺术来谈文学。批评家，应当是思想家，也可以是政治家、历史家或社会学家，但首先，他还是生活中的一分子。生活本身，就那么复杂，充满杂色，充满动感。向生活靠拢，无疑是匡正简单化、形而上学的研究方法的一个良方。经常可以看到，一些显然是教条乃至僵化的观点，却为我们评论者、教师所认真地重复着，假如我们把这些嘴里、脑子里的东西与自己的生活和自己的情感触碰一下呢？！是的，批评家应当成为作家的知友、诤友，而不是导师或门客，因为他们共同面对着生活，又共同着眼于艺术；共同上下求索，又共同呼吸着现代的空气，感受着今天的节律。向生活靠拢，不仅有助于改善当代评论那有时不很和悦的形象，而且也可能松弛一下古代文学研究那过于严肃的面容；不仅会使浮在空中的思想评论向艺术土壤沉下去一些，而且也会将陷于资料考据的研究朝理论高度拉出来一点。既然生活保障着创作的生命，那它自然也维系着批评的青春。在批评中，应该存在着某种理论原则，我们当然也必须坚持恩格斯所说的“历史的美学的”观点来从事评论和研究，但这并不妨碍批评家和作家一样，对千姿百态的生活迷宫，拥有自己独特的识见，寻找属于自己的批评支点和视角。否则，人们经常在呼吁的所谓“批评的个性”“批评的风格”“批评家的气质”等，又从何说起呢？

接近艺术，就是说要避免对作品的肢解、误解和曲解。情感之于艺术，犹如水分之于花木，即便是理性的色块或强力的线条，在艺术中也总是以湿润的、生动的、多少有些颤抖的形式而呈现的。批评家接触作品，首先应当怀着一颗像读者一样湿润的心——这一点太重要了，因为我们的批评，甚至许多大体正确的批评，也总有不少麻木和干燥的成分。有的文学（如《子夜》之类），作家自己神清气爽，条理分明，批评家当然也可以冷静透析，理性归纳；但更多的时候，作者是在矛盾、惶惑、痛苦之中写出惊人的形象或情绪的，这时的批评家，就不仅需要用理论用识见，更需要用情感用心灵去触碰作品，在作家的逗号、省略号后面圈上句号，去明察那形象的成就与不足，去发现那情绪中的光泽与灰尘。倘说“艺术感觉”中的某些成分是难以强求的，那至少，对艺术的虔诚和热爱，或者起码尊重，却是可以自觉建立的。

“入”与“出”，看起来似乎有矛盾，太“入”了就不易超脱，太“出”了又缺乏沉浸。但是，从另一个角度看，它们之间，又是相互依存、相互渗透甚至相互层递的。勃兰兑斯的批评不可谓不“入”。他好像能潜伏在作家们的影子里，近观细察，从气质、思路到举止、肖像，外及社会活动、风流轶事，内探心灵痛苦、情感波纹，以自己坦诚湿润的胸怀触碰着一个个卓荦的灵魂；然而，也偏偏就是勃兰兑斯，能站在很少有人登临的高处，统观各国文苑，梳理流派脉络，鸟瞰整个19世纪的文学主潮和发展大势。这又是“出”得何等洒脱，何等有气势！看来，“入”与“出”之间，并不只是反比关系。有许多命题，都不是可逆的。的确，没有“入”便谈不上“出”，但只“入”不“出”又不行。最令人感兴趣的，当是“入极之出”“入透即出”。虽然不能断言“入极”必然意味着“出”，但我想，不“入极”，恐怕总不能达到真正的“出”。

我只是提出一个问题，只是随想，自知没有讲透，愿意和大家一起思考。

1984年1月

（原载《文学评论》1984年第3期，收入《当代文学印象》）

文学批评中的个性色彩

批评中个性色彩、感性因素乃至主体意识的强化，批评方法变革中的科学主义、理性主义倾向，以及社会学批评朝文化、历史研究方向的扩展——这是近年来，尤其是1985年以来中国文学理论批评三个最重要的发展动向。这些或喧闹或微妙的变化，其意义恐怕要过若干年后，才能为人们所充分认识、充分理解。极有趣味的是，这些理论批评探索，尤其是前两种动向，似乎是朝着截然相反的方向而各趋极端，但这些复杂矛盾甚至不无混乱的现象，如果结合特定现实和历史条件看，种种新探索的内在趋向、构架和理论依据，又都不无相通之处。追求风格、重视个性美感经验并呼唤批评中的“我”也好，事实上以灵感为能源进行系统科学批评方法的实践也好，社会学批评构架的开放姿态及其日趋凝重的历史感也好，这些不同的理论评论探索实际上同样都企图在争取和维护文学批评自身的独立性，而且有意无意直接曲折地都在导向批评主体意识、主体力量的强化。恐怕评论家们是有理由记住1985年的，就像小说家们应当记住1979年，年轻诗人们必然会记住1980年一样。

今天，我只能先谈谈上述的第一种批评探索动向。在这一连串不断变化逐步递进的命题中，我们将看到问题是如何提出来的，又是如何发展的：

“文学批评要多样化，再也不能千篇一律、千人一面、枯燥干巴、味同嚼蜡了。”

“所以，批评要讲究文采。”

“批评还要追求独特的风格！”

——显而易见，这样的呼吁立刻赢得了一大片掌声，持各种见解的批评家，凡对新时期文学批评的发展怀着热情和责任感的，几乎都表示赞同；虽然大家对批评中“独特风格”的含义，理解其实并不一致。

“批评中的独特风格，必然根植于独特的审美体验。”

“是的，因此我们的批评现在应该特别强调‘感觉’，强调个人的艺术感受和感性印象，强调经验和实证的意义；如果缺乏批评家个人的审美体验因素的参预，批评就必然是僵硬干燥的。”

“这也就是说，批评和创作一样：不可无我。”

——最后四个字是极有诱惑力和号召力的，所以还是激起了热烈的掌声，不过比刚才少了一些。为什么要把这个在创作中已逐步得到公认的定律移入批评领域呢？有些人面有疑虑，但一下子还提不出有分量的问题，然而就在这时，命题又进一步发展了。

“为什么‘不可无我’呢？因为没有批评主体因素和个性色彩的渗入，不仅批评文章会枯燥乏味，批评过程会有缺陷，而且在批评意义上，文学作品作为客体也是不完整的。”

“文学的本体意义，不仅维系于作家的创造，也存在于被鉴赏、被感知、被批评的过程之中，因此批评家不仅‘借’作品的‘光’，而且也以自己的主体力量照亮作品。”

“是的，很难说批评家在评论中究竟是在谈作品，还是在谈自己。”

“对，我们评论的，就是我自己！”

——一阵短暂而又激动的沉默以后，惊叹、欢呼、质疑、愤怒便一齐涌来了：“是啊，我们评论的，也是我自己！”“可你那个‘我’在批评中，究竟有什么意义呢？”“难道每个从事批评的‘个体’，都有存在价值吗？”“我担心，恐怕并不能真正在批评中表现出‘我’来。”……更多的人，在环视左右，表情惶惑而又兴奋。无论如何，“我”在文学批评中出现，是一个迷人而又令人迷乱的字眼。

显然，近年来人们虽然对文学批评中的个性色彩、主体意识谈得不少，但如上所述，实际上是存在着三个不同层次的认识和理解。对批评中“我”的价值和意义，也有三种不同依据的呼唤和强调。在文采、风格意义上对批评主体意识及其独特性的认同，其下限目的是希望每一个批评家都能以各自不同的漂亮文体、新颖视角和独特风格，来正确揭示作品的内涵和意义，来全面把握文学运动发展的规律，来客观公允地评价历史上许多作家的真正的价值和历史地位。换句话说，就是要以批评中的“个性色彩”来表达群体意识，以批评中的“我”来表达“我们”（或我们革命文艺工作者，或我们无产阶级，或我们人民群众，或我们中国人，或我们人类）对文学尽可能深刻的认识和理解。应该看到，即便是这种以群体认识为归属的对个人批评风格的重视，也是中国当代文学理论批评发展到20世纪七八十年代的一项突破，它是以新时期文学批评挣脱锁链开始出现复兴局面为历史背景，以“风格”已在文学创作中恢复名誉为理论依据，同时又以“八股腔”“说教面孔”引起人们普遍逆反心理为现实理由的。那种连口气都要仗“我们”的声势，处处以“真理”“客观规律”代言人面目出现的似乎不带感情色彩、似乎“公允正确全面深刻”的理论批评，一旦失却由外力支撑的权威性和审判权，一旦缺乏“风向”“火药味”“最新精神”等“言外之意”“意外之象”的背景烘托，其所谓“严肃严谨”就可能褪色为“枯燥僵硬”。“充分的说理”和“大量的论据”也都在读者心目中化为“干巴巴的说教”和“烦琐引证”。这种评论如果宣扬极左、僵化观点自不必谈，就是有时表达的意见大致不错，或正确地重复众所周知的道理，仅仅文风思路和条理笔法上缺乏个性、缺乏色彩，也足以使读者苦于嚼蜡而后却步。应该承认，有一个时期（我甚至还不敢说这个时期今天已经完全过去），我们的文学批评信誉不佳，威信下降，既为作家们所轻视，也得不到广大读者的欢迎——出现这种令人痛心、令人焦虑的情况，帮风帮腔及其后遗症影响是一个原因，人云亦云、求“全”求稳，既缺乏独立品格又缺少个性魅力，也是批评令人倒胃口的原因之一。在这种情况下，每一个对中国文学理论批评怀有责任感乃至使命感的人，都可能在“增加色彩、改善批评形象”的意义上支持各种各样的批评风格探索。这就犹如春日郊游远足，呼吸乡间空气，观赏田野风光，既然人们对拉练行军的统一步伐和劳动锻炼、改造时沾满泥巴打着补丁的衣服已有心理反感，那何不各自穿上自己喜爱的旅行服装并配上多种色彩的旅游装备呢？反正为了观赏广阔的田野（观赏复杂的文学现象），我们都走在一条能抵达名胜风景点（文学规律和本质？）的大道上，人们穿夹克穿西装穿布拉吉甚至穿十七八个口袋的兰博衫也没关系，人们或骑车或漫步或小跑或靠媚眼靠香烟搭车都行，形形色色五花八门不同色调不同风格，这样漫游在文学山野上的批评队伍，不是很有风采很有声势吗？

然而很快人们就发现了（有些人甚至一开始就意识到了），单纯在文字、文体、文采上下功夫的个性色彩、风格追求，既很难做到又没有太大的意义。批评风格的独特性、批评主体的独特性，不仅在于文风，更在于思路和方法。在确立这种认识以后再强调和呼唤文学批评中的“个性色彩”，就自然而然把问题推到了第二个层次，也就是方法论的层次。既然批评家们应该以自己的方式来观照文学世界，犹如旅游者们应该寻找自己观赏田野风光游览名胜古迹的路线和方式一样，那么，人们自然也就可以借助于最新的现代科学技术方法，比如乘直升机鸟瞰大地，或者用仪器对花草稻麦下面的土壤进行定性定量分析；人们自然也可以郊游沿途做社会调查，或者挖掘文物，凭吊古迹，追寻历史；人们更可以离开最平坦最宽阔的“我们的”大道，而另辟种种“我”的小路，田埂、溪边、林间乃至沼泽，割草、扔小石头、拾落叶或者追蒲公英陷入泥坑，路可能走得比大道上或乘车随司机走的人们更曲折更艰难些，但个人的微妙感觉、审美感受、感官印象和感性经验，却是他人所无法替代的。“不管你用什么新的批评方法，印象派也好，系统论也好，重感觉也好，重文化也好，最终你的批评如果能够更准确、更真切、更全面、更深刻地分析和把握文学规律，那你用的就是好方法；反之，对不起了，你的方法可能只是失败的尝试。”——这是方法论讨论中一种经常可以听到的意见。这也就是说，你离开传统的大道自寻乡间小径或者溪边林间到处乱跑，只要能更快到达名胜点目的地，你的“蹊径”也就有意义了；反之，你便是“误入歧途”。换句最简洁的话来讲，就是“殊途同归”——殊途可以，但必须同归；只有同归，“殊途”才有价值。

从同装同步同途同归，到异装独步同途同归，是一个突破；从异装独步同途同归，到异装独步殊途同归，又是一层进展。那么再接下去呢？倘若出现异装独步殊途且不同归的情况，这又意味着什么？是文学批评彻底陷入唯心论和相对主义泥沼呢，还是文学批评中的“我”，即个性化的批评主体意识，在观念、本体论乃至哲学意义上的进一步强化?

“我所评论的，就是我自己。”这本是一句19世纪浪漫主义理论范畴的宣言。法朗士的原话是:“为了真诚坦白，批评家应该说:‘先生们，关于莎士比亚，关于拉辛，我们所讲的就是我自己。’”结合他的另一段名言看:“优秀的批评家就是这样一个人，他把自己的灵魂在许多杰出作品中的探险活动，加以叙述。”法朗士的意思，也就是许雷格尔所谓的“批评即创作”，也就是圣勃夫所谓的“批评须有所发明”。探险活动嘛，首先是去探一个险，但即使无所得，探险过程本身仍有其意义。不过今天中国的评论家接过法朗士的浪漫主义口号，有意无意地总要渗入20世纪的现代哲学理解。“我所评论的，就是我自己。”——首先，这是被迫的，因为“我”极其清醒极其明智地看到，“我”永远无法完全离开完全摆脱“我自己”的主体的个性的因素，去纯客观地把握作为客体的评论对象;不仅法朗士所评论的是他心目中他感觉中的莎士比亚，就是缺乏浪漫激情的钟嵘所品味的曹植，恐怕也非诗人本人“原貌”。正因为“我”知道自己没有能力还某个作家的“完全真实的面目”或给某篇作品以“完全客观的不高也不低的评价”，所以“我”不得不声明在先，在评论中，“我”难免要或直接或隐晦地“表现自己”。然而,这因为批评家“表现自我”不仅是愿望，而且也是不得已，是不可避免的，所以这显然也不值得羞愧，不必引以为耻、引以为非。诚然，批评不同于创作，它有科学的属性。但文学批评正因为对象、方法、目的、过程的制约，本身又具有非科学、准科学的属性。试看古今中外，哪一种文学批评中毫无主体痕迹、毫无批评家的个性印记?哪一种作为批评对象的文学又能具有其完全的客观意义，又能恢复其完全的真实原貌?假使以上两个问号不能推倒,那么声明“我所评论的就是我自己”的批评家就会更加振振有词，就会进一步从洗刷耻辱走向光荣自豪了——既然文学作品的客观属性永远无法绝对界定，那也就意味着，作品在完成以后，在离开创作主体的制约以后，其客观意义仍然包含着种种共时性和历时性的鉴赏、感知、批评等的主体因素，这时，批评家的个人见解即使很独特很偏激，既不够客观，科学性也不强，却依然具有本体的（而不仅仅是过程的）批评意义；至少，这也是人类对这部作品的一种可能的感受，或许，这还是作品内涵的一个新的理解角度、一个可能发挥的意蕴层次。

既然文学作品归根结底存在于五维（立体三维加上时间维再加上人类主体感受维）的动态结构中，那也就是说，文学批评所力图把握和揭示的，不仅仅只是作品的本体内涵，而且还应该包括作品客观意义的第五维，即作品与各种鉴赏、感知、批评力量之间的关系，其间，自然而然，尤其不能排除作品与“我”之间的关系。换言之，“我”所评论的，不仅是作品本体（有没有一个“纯”的本体？），也不仅是我自己（自己也“纯”不了），而应该是（也只能是）两者之间的关系。“我”的独特体验和批评，“我”与作品所建立的独特关系，在诉诸文字的同时，在别人看来也就具有了某种与作品有关的客观意义了。说得再简单一点：既然田野春色、名胜风光的价值和意义也不是纯粹的物质客体，也是有赖于人的观赏感叹的，那么“我”在乡间漫步，独辟蹊径，不仅为了抵达古刹园林，而且这“殊途”本身也是一个美的探险。即使“不同归”，“殊途”仍然有意义，因为“殊途”不仅是过程，同时也是目的，从“殊途同归”到“殊途可以不同归”“殊途本身就是一切”，这不又是批评理论的一介新的发展层次吗？

到此为止，人们对文学批评中个性化主体意识的强调，既是充满激情又是不无困惑的，既导致了迅速的令人兴奋的理论进展，又同时带来了更多新的疑问、新的课题。比方说我自己（按照前面所描述的观点，我也不可能不谈我自己），一向很愿意强调批评中感觉、感官、感受等个人美感体验的意义，一向是赞成批评中“不可无我”的。我觉得对文学批评主体意识的肯定和确认，除了在方法论、文学观念乃至哲学观念上的理论探索意义上，其现实依据也十分重要。若干年来，在“我们认为”“我们要公允地指出”“我们必须全面地考虑这个问题”之类的思维定式下，一个个“我”逐渐逐渐萎缩了——不仅在精神上在理论上遭到“我们”的轻视，而且还在生理上（惰性）、在行为上（不利）遭到自己的压制。久而久之，在学会了重复“我们的”真理以后，“我”的独特的片面也消失了。这种情况，直到最近几年才在文学理论批评界出现了某种变化，这无论如何是很值得注意的动向。

记得一些日子前，在《读书》上看到有读者在讨论论文中“我”与“我们”这两种主体语气的用法问题。有人反对滥用那些根本看不见能代表多少复数的“我们认为”，也有人觉得说“我认为”不够谦虚，赞成论文中多用虚拟的复数主语。在我看来，这两个“主语”自然各有用处，不可任意偏废。谦逊傲慢与否还在其次，更重要的是，如果表达的是人类或某一社会群体共同的理论认识，自然应说“我们认为”；但如果只是表达笔者个人的看法，那也就不必为“我认为”而自怯。如果翻翻近年来的文学批评杂志，大家不难发现，“我认为”“我感到”“我觉得”之类的措辞语气明显增多了（不妨对照一下20世纪五六十年代的理论刊物，那时候“我们认为”远远超过单数形态出现的主语）。即使是在这样微妙的措辞、语气变化中，我们也可看到批评主体意识觉醒与强化的生动迹象（更有趣味的是，20世纪二三十年代鲁迅、周作人、茅盾、郁达夫、闻一多等现代作家评论家的文章里，“我以为”“我觉得”之类的评论主语，也大大多于“我们认为”式的口气）。同“五四”作家那一个个强有力的文学和批评个性相比，今天的“体验派”批评家（有人戏称社会派、科学派、体验派和历史派为当今中国文学批评界的四种基本力量，当然，玩笑而已），在对批评主体意识的理论解释（尤其是哲学意义上的解释）方面，似乎走得更远,但在追求独特批评风格的具体实践上,面临的困难却更多。宣言好发:“我所评论的，就是我自己。”——可是第一，这个“我”究竟是什么呢？第二,“我”在多大程度上能够表现我自己？第三，是否每一个“我”都能成为批评中的“我”？

是的，这也是我目前对批评主体意义的三层困惑。

进入文学批评的“我”，一般都至少要受到两层制约。

第一层非文学的社会制约人们谈得较多，可以说那是每个处在社会历史发展的人(或者说每个人,有谁不处在社会发展之中？)所必须要承受的客观制约。纵向看，所谓民族原始记忆，所谓社会文化心理结构的积淀，种种推也推不掉的道德、精神遗产，还有种种有意去汲取的外来思想文化影响，还有知识分子渗透血液的“感时忧国”精神，或曰忧患意识，或曰入世而不从政的文人群体批判意识等。横向看，制约方式就是“社会关系的总和”，经历因素、家庭因素、环境因素,种种当代的社会、政治、道德、经济、文化力量不仅时刻包围着“我”,而且在某种意义上也改变着“我”,组合着“我”。因此，“我”在文学批评中的发言，不可避免总要包含某种社会群体意识，也总要表达某些人类意识。

第二层制约，我称之为“文学的制约”，人们似乎注意不够。这种制约既来自对象，也来自批评本体自身。批评对象可以是《棋王》的语言技巧，也可以是自然主义创作方法的本质特征，可以是清代古文运动的来龙去脉，也可以是鲁迅某年某月某日请客时桌上有几个人，或徐志摩给陆小曼写过多少情书，但归根结底，批评家所着眼的，却首先是文学，最后也是文学（在这个意义上，现当代和古代和外国文学研究，实在没有理由“老死不相往来”或互相轻视）。文学是世界的一部分，但文学本身又构成一个相对独立、相对完整的世界。托马斯·艾略特的观点或许有些极端，他认为古今中外各种文学无不处在一个共时态的结构中，任何新作品的出现都会导致其他作品在“文学世界”中出现哪怕是极轻微的“位移”——这种“位移”恐怕相当广义而又微观，说《绿化树》挪动了《神曲》的位置，批评仪器可能难以测量，但《绿化树》多少改变了《大墙下的红玉兰》的形象，却是肉眼也容易辨察的。既然每一种具体、特殊形态的文学无不与整个文学世界相联系，那么“我”在批评某种文学现象时，古代、现代、东方、西方的各种作品意趣和文学规范不就必然要同时制约“我”的批评选择吗？不就势必要共同干预“我”与作品所建立的美学关系吗？

对象制约转化为主体制约后，痕迹就更加明显。当“我”在从事批评时，如前所述，有意无意地总要用一些非文学的目光，比如政治、经济、法律、道德或文化、历史的目光来超越文学，同时，又总要用一种“文学的目光”，来进入文学。比方说有夫之妇偷情或落魄文人偷书，在法律、道德尺度下，这是“通奸”是“盗窃”，自然当谴责无疑；在政治、经济、历史的尺度下，偷情窃书行为本身当然“不轨”，但也可能反映出某种社会不安定现象（如背景是新中国成立前或伦敦、巴黎，那就是“揭示资本主义社会的黑暗”，如事件发生在今天，社会风气不好则提醒我们要建设精神文明，如果是“文革”中的事，那么“四人帮”难逃罪责……）。然而“文学的目光”却与众不同，只有它才可能（并非一定）去同情去理解甚至去歌颂那少妇那文人的“勇敢”，才可能不关心事件的性质后果而主要对其过程、对过程中的心理矛盾和情感痛苦感兴趣。

每个批评中的“我”，任何批评实践，恐怕都是在种种非文学尺度与文学目光之间发掘矛盾、谋求统一，正视冲突、寻找协调。一般人们很容易形成一种错觉，以为前者，非文学的社会意识是客观的制约，而后者，文学的目光是属于“我”的，是批评主体的独特性——其实仔细反省一下，批评家的文学目光归根到底不也是来自古今中外他所接触的各种文学吗？这种文学目光里固然包含着“我”个人的性情、气质和生活态度，但形形色色的文学框架不仍是一种根据、一种依托、一种规范、一种先例吗？当“我”自以为独特，撇开种种政治、道德尺度而去赞扬高加林时，拉斯蒂涅的影子是否在潜意识或显意识里出现过？当“我”自认为反世俗，认为马缨花如果真开“美国饭店”其形象会更有血肉时，阿克西妮亚的眼神是否也曾在不自觉间干扰过“我”的视线？……总之，即使是“文学的目光”（文学批评主要靠它区别于其他社会科学批评），即使是“文学目光”中的情感、心理乃至潜意识因素，也不完全属于批评主体“我”，相当程度上，也要受到客观文学世界的制约——在这种情况下，文学批评中“我”的独特性，是否又受到了一层限制？

相比之下，第二种限制恐怕更为“致命”——“我”在批评中，究竟有没有可能完全表现出真正的“我”呢？即使“我”愿意，“我所评论的”，是否就是“我自己”呢？“个性色彩”，是否便是批评者的个性本身呢？撇开政治、道德、法律以及利害考虑等外在干扰因素不谈，撇开“有话不想说”或“有话不便说”或“有话不敢说”等情况不论，就是“词不达意”“言不尽情”这两种语言学现象，便足以使有意“寻找自我”“表现自我”的批评家们感到头痛和困惑了。“我”的感觉可能是个体的、主观的、独特的，可是用以描述（哪怕是自己在心中暗暗描述）感觉的语言和概念，却是社会的、民族的、人类的。于是，当“我”在批评中试图表达自己独特的感觉、体验、情绪、见解时，在“我”和“语言”之间，在“感觉”和“概念”之间，在“个体”与“人类”

之间，在“主观”与“客观”之间，都会同时发生一种互相侵占、互相异化的过程。“我”尽量用大家都理解的名词、动词、形容词等表达我的感觉，这样，人类共有的概念在此时此刻便被赋予了个性的主观的感觉，但与此同时，“我”的感觉也被大家认同的概念、规范所“社会化”“群体化”和“客观化”了——换言之，“我”一旦进入文学批评（这是一种人类的精神活动），便不复为单纯的主观的个体，而是一个必然具有客体意义的主体力量。想到这一点，一方面，独特的“我”会有些沮丧，因为个性意识再强，“我”在评论中所谈的，也永远不完全是、不真正是、不仅仅是“我自己”；但在另一方面，独特的“我”也有理由骄傲，因为“我所评论的我自己”，再古怪再奇异，也仍然具有社会意义，具有批评乃至理论的价值。是的，我们很难说来自语言学方面的障碍，以及来自非文学和文学世界的种种客观制约，究竟是限制了“我”在文学批评中的意义呢，还是反而进一步强调了批评主体力量的价值？

然而接下去的问题可能更大更复杂：既然“我”在批评的过程和目的中都如此重要，既然在批评中个人的感觉本身便具有客观的社会的属性，那么，是不是每一个面对文学作品的人都是批评家？是否任何一种奇特古怪的个人感受都具有文学批评和文学理论研究的意义？

我只能回答：是的，但又不是。

批评不仅是一种职业，也不仅是一种事业，它还是人的一种功能。在这个意义上，人人都能从事批评。事实上，每一个男女老少在文学世界当中的喜怒哀乐，一旦诉诸语言或见诸文字，便已构成批评，有时还可能是出色的批评。

为什么仅仅只是“可能”的？什么才是“出色”呢？显然，在共时态社会中，千千万万个“我”的感受和见解，不计其数的不同的“个性色彩”，只有少数强而有力为人知晓；在历时态的历史演变上，能留下来的“我”的批评，更是寥若晨星。这里毫无疑问存在着淘汰、取消、替代和选择。问题是，谁来淘汰？靠什么选择？靠客观真理标准、靠文学规律来淘汰来选择吗？我们已经讨论过了，关于文学的真理，恐怕永远也离不开主体因素的介入参与，而且真理本身，也不断为人所突破所发展。靠历史和时间来淘汰和选择吗？诚然，这是两位最伟大最公正的审判官。但进一步人们还是不免要捉摸，文学批评中的“我”，怎样才可能经受历史和时间的考验？怎样的批评主体，才可能具有深刻的理论意义呢？

独特性——我只能强调这一点。

独特性与覆盖面有关。人总喜欢人云亦云（惰性、归属感），人又总不满足于人云亦云（好奇心、表现欲）。对同一事物、同一作品的不同看法和不同评论中，首先占统治地位为人们公认的见解所包含的常识成分最多。大多数个性不强的批评主体皆可能消融于其间。重复，哪怕是完美的正确的重复，也意味着被替代被淘汰。不过，人们会自动调整对这一事物这种文学的认识，并不断充实乃至改变这一事物这部作品的本体意义。这种调整过程的一个重要特点就是人们一方面都以极大热忱捍卫已有的传统见解，另一方面又都以极大的兴趣关注种种“标新立异”之说。一般说来，只有“反常规”的独创性批评才能介入上述调整过程。这种独特性批评所包容的真理成分往往并不如传统观念多（以前的大多数人也并非傻子），但它很可能会提供某种前所未有的真理因素，因此它也就可能有助于深化人们对文学对真理的理解和感受。这时候，独特性批评主体的覆盖面（引起人们兴趣、反响和认可的程度）就会大大超过其常识涵盖面（也亏得大多数人不是傻子）。“独异”只是就突破传统思维定式而言，“独异”不等于拒绝“相通”，甚至对文学批评中的“我”来说，只有“独异”，才更有可能与人类群体经验在高层次乃至新的层面上相通。在这个意义上，越是不同于别人的感觉，越是会引起人们重视；越是独特性的批评，得到社会认可经受历史考验的可能性越大。

不可忽略的是，独特性批评对文学对真理的贡献，是必然与传统精神力量逆态结合，而后共同实现的。在互补与深化中，“独特性”批评主体既需要承袭传统，又需要超越传统。有人说“我们可以超越康德，但我们绝不能掠过康德”，此言极是。文学批评与科学及社会科学研究很不相同的一个特点，就是后人的见解可以超越前人，但不能取代前人。凡独创性的东西，不仅在阶段、过程意义上有功绩，而且在目的、本体意义上也有价值。所以从这一角度看，文学批评史也犹如文学作品的世界一样，不仅是条历时态的长河，更是一个共时态的结构。所以有时候，独特，有性格依据的面对文学的独特，甚至比正确、完美、精彩、深刻更重要。当然，文学批评主体的独特性，是不应该而且也无法有意为之、故意为之的。比前面所说的覆盖面、超越性更重要的是，批评主体的真正严肃的追求，不可能不独特——批评并不仅仅取决于理性，它还深深根植于“感觉”，根植于主体的个人气质、性格、情趣乃至生活品格。而在“感觉”领域，那种带功利目的去表现的“独异”，几乎必然会导致一点也不独特的矫饰、苍白。

问题推到这一层次，我们也会发现，追求批评主体的独特性，强调文学评论中“我”的意义，其实践要比宣言艰难得多。批评，有时也和创作一样，重要的不是“我”想怎么说，而且我“不得不”怎么说。如何使这个被迫表现出来的“我”真正具有批评和理论意义，这恐怕不只是一个“凭灵感（？）发挥”或“多读书打基础”的问题。批评的“基础”不仅在于知识（更不只是资料）积累，更在于一种感性能力，一种性格力量；批评的“独特”也不仅在于标新立异，而在于自然而然在气质引导下走出一条探险的“殊途”——哪怕不同归，也没关系。

批评中的“独创性”问题，其实是与文学的“独创性”相联系的。关于后者，我将在别处另行讨论。这里只能先带住了。

讲到最后，我还是担心：不知我是否说清楚了自己的意见？我甚至也没把握：我说的，究竟是不是我自己的想法？但我也没有办法，只能这样说。

1986 年 1 月 19 日

（原载《当代文艺探索》1986 年第 2 期“华东师范大学青年校友专号”，收入《当代文学印象》）

文学批评与读书

一般说来，做工作意图明确、目标具体总是好的，但读书与批评（还有创作）却不尽然。这是否意味着，读书与批评并不仅仅是工作？我常有这样的感觉：同样一部理论书（我主要指哲学、文学、历史等社会科学方面的书），为了查资料找论据而读，同出于兴味自觉地“偏嗜地”去读，效果是不大一样的。前者会促使我记住并抄下一些东西，后者则让我看到、想到（乃至悟到）一些东西，如果为了要在文章或发言或讲课中谈论某个课题，因观点不力、论据不够而急忙去找书读，即使找到大家名著，我也十有八九会不得要领空手而回。而且越是拿着精彩的书，心里越是不安，好像走进艺术大师绚丽夺目的画廊却没有认真观赏仔细品味，只是匆匆忙忙讨一个扇面上或书签上的题字就马上离开一样，心里常有一种“利用”作者、不尊重作者的负疚感。

我以为读“大书”（比方《小逻辑》《文心雕龙》之类）较理想的状态是:第一，与自己目前所接手的课题关系最好不要太直接；第二，舍得用“块状时间”（整个上午、整个下午或整个晚上，但不要整天）。我常节制阅读速度，每次只读一二节，但不节制联想和笔记，想到哪里记到哪里，阅读过程每时每刻也是一种“胆大妄为”的批评过程，事后看看，或好笑或惊讶或感悟，趣味甚浓。好书似一堵“回力墙”，多花一分功夫总能收到一分报酬。读书的“质量”（不仅是“书的质量”）恐怕比“数量”更重要。这“质量”三分赖灵性，七分在态度。古人以“焚香沐浴”显示其开卷之虔诚，我们今天搞批评或读书，能做到的只是“气平心静”。“人之为诗，所入不同，而其所成亦异。从名从才从兴入者，心躁而气浮；……从学入者，心平而气实。”钟惺讲的是为诗，其实做学问道理也一样。读书而后知不足知“局限”，这是避免心躁气浮草率为文的良方；而所谓“心平气实”的“从学入”，也并不仅仅指勤勉仔细，还有一个读书中的品味和性格力量的问题。伟大的艺术自需要用“心灵”方能阅读，方能批评；即便是理论，也不仅诉诸人的思辨，恐怕任何真正的学问，都必将唤起人的生活再体验和心灵再体验，而过于急切的功利需求，则每每容易自觉不自觉局限学问于“知识”“知性”的层次。

现在，每当我自以为“名正言顺”读书其实是难免“急功近利”时，每当我一读理论就想着派什么用处，欣赏作品又处处用所谓“研究”的皮尺去套时，我很容易疲乏劳累，总会回想到读研究生时那种从容不迫、自由自在的读书心态。我还对自己插队时胡乱读书的情景怀着特别美好的回忆：那是1974年，我19岁，已当了四年农民，回城养病期间常跑上海图书馆。承工作人员“破格”照顾我用临时户口条子替代工作证，使我得以在空荡荡的阅览大厅漫无边际地读书，既缺乏规范也没有系统。（谁知道一个农夫读《史记》、读《神曲》今后有什么用？谁知道侯外庐、翦伯赞、杨荣国、任继愈、冯友兰、郭沫若、周谷城他们谁的见解该批判、谁的讲法最有道理？管他呢，只要有趣，先读了再说……）看来，“自读”的书是没有的。辩证逻辑如此有趣：不想到“用”时，气平心静读的书，“用处”反而最大。“先生活而后读书”，这是畸形时代所强加于我们的“反常”的读书方式，它所导致的损失与缺陷有的我至今难以弥补；但先在生活中打几个昏沉的滚，而后再于感性体验因素的干预选择下接受理性启蒙，那时自己定计划自己思想，既无目标也无包袱的读书心态，我却一直不无偏见地表示留恋。

作为对“兴味”的让步，我现在的泛读，常凭情趣领路，通常用非整块的时间（但太零碎的时间边角料也只能用来读外语），拿些杂志乱翻或干脆到图书馆期刊室“漫游”一圈，往往个把小时便高速“浏览”上百篇文章，有的只看目录，有的一目几十行。当然如有兴趣也会坐下来细读。慢要慢足，快也要快足。这样离开期刊室时，脑子会嗡嗡响，一片刺激，一阵压力，一批信息，一种“骑车兜风”的快感。毫无疑问，这种即兴式的“随便翻”与随意的作品欣赏，是对“心静气平”研读的必要补偿——从知识结构上是这样，在读书心情上讲也是如此。

读书和批评一样，同时兼有工作与享受两重性质，既使人紧张、兴奋、负重，又使人愉悦、放松并产生快感。而且读书比任何一种其他精神享受更不会令人厌烦，人越往前走，前面就越宽广、越浩瀚。前几年我读过牛顿的一段话，今天我似乎更加理解了他的心情：

我读书，就像一个在海滩上嬉戏的儿童，不时因发现几个美丽、新奇的贝壳而欣喜异常；至于面前那浩瀚的知识大海，我还没有看见呢。

1986 年 2 月

（原载《文汇报》，1986 年 2 月 8 日，题为《读书：不仅仅是工作》；收入《当代文学印象》）

文学批评与“浅论”“初探”

××同志：

你好！两次来信都收到，迟复为歉！你对我的热情赞扬，实在令我汗颜。我虽然曾经写过几篇被称为“文学批评”的东西，然而写得并不好。关于“写论文的方法”，自然无从谈起。不过你在信中提到“什么样的文章才算是文学批评，什么样的文章才算是学术论文”，这个问题倒引起我不少杂想。或许，这也是我为之困惑的一个课题吧——但愿我们能在这方面直率地交换些意见。

真的，你问得好——文学批评和研究，究竟该有怎样一种格式（或者说，“模式”）？是否总要用些“商榷”“抛砖”之类的措辞并加上几十条注释？是否非得遵循“始、论、辩、证、结”的程序再戴上“浅论……”“……初探”的帽子？

我对文学应该说是早有兴趣的。对“浅论”“初探”呢？回想起来，大致有过三种心情——先是感到陌生和敬畏，继而是不满、轻视，目前，则有一种惶惑感。

说起来，我最早付诸铅字的稿子是小说。学写评论，一开始在相当程度上也是迫于环境——文学专业的研究生嘛，怎能不写论文？给我促动很大的那次契机，至今记忆犹新：那是考入中文系三个月以后，当时我只知道贪婪地钻在图书馆里，笔记也记得杂乱无章。在一次有指导教师参加的研究生读书笔记交流会上，同专业有位学长做中心发言，题目好像是“试论胡适在‘五四’文学革命中的地位”。只见那位同学从容不迫，侃侃而谈，引经据典，翔实细密，尤其是那一连串“论文专有名词”——“如此立论”“不无偏颇”“在一定的意义上”“不敢苟同”“如果我们持论较严的话”……更给我留下了深刻的印象。记得那同学发言后，钱谷融教授插了一句：“你把稿子整理一下，看看是否能送‘学报’？”先生的语气虽平淡，但我们几个同学，都似乎感到某种震动。我好像是在那天刚刚明白：一、大概，这就是学术论文；二、我也不能光看书了，也要学着写这样的论文。

可是“浅论”“初探”，谈何容易！铺开稿纸，一时却不知从哪里下笔。平日那些对作品的新鲜印象，以及有关理论问题的个人体会，都不知如何落成文字才能表达。记得有一段时间，为了使自己的作业尽量能带一点“论文腔”，我便经常跑到阅览室，见了大学学报就翻，看到什么“论”什么“探”的文章就读。读到有些精彩论文，便忍不住叹气：“唉，人家已把问题谈到这个程度，我还能再说什么？”读到有些观点上不理解甚至不以为然的文章，也会对那学术口吻和近百条引文肃然起敬。真是越看越眼花缭乱，越看越手足无措。总之那时我觉得写论文很难，又很神圣。第一篇作业虽然从一个角度汇集了若干资料，但在写法上，则完全是模仿的。一个引子，一段结尾，中间三个方面，再分若干层次……

可我今天一点也不后悔自己当初那种笨拙的模仿（也许至今仍未走出那种模仿境界也未可知）。学写论文，意味着将艺术感受和理论激情条理化、逻辑化，这就不仅逼迫我们锻炼表达能力，同时也在考验我们的思维方式。而我也正是在这过程中，才更强烈地意识到自己学识上的苍白。记得当时有位同学称赞我的作业，说是选题的角度好，所以“成功”。我听了以后不禁脸红，因为这批评太尖刻了。练笔以后，我逐渐发现，在选题上多花脑筋其实是意义不大的。从学术上看，研讨重大课题需要理论功力，谈奇特的或被人遗忘的文学现象，难道就不要独到的识见吗？就算功利一些考虑问题，找冷门选偏题似乎好说话，其实无所凭借很难把握，研究大作家容易引人注意，可前人的学术积累也多呀！……说到底，关键恐怕还在于观点。你在信中多次谈到选题方面的踌躇，所以我无所顾忌多说几句，不知对否？在我看来，评论家与研究对象，颇类似于作家与题材的关系，“写什么”固然重要，但决定因素还在于“怎么写”。鲁迅笔下的无业游民可以比后来许多英雄、将军的形象更有分量；同样，勃兰兑斯即便分析大仲马，也比许多平庸的莎士比亚研究更有深度。如果说在开始学步时，一定要考虑选题问题，那我以为只需顾及两点：一是原则上的考虑——尽量选自己真正有兴趣的课题（这里的兴趣不等于喜欢，有时也包括强烈的反感或某种疑惑），按照钱谷融先生的说法，就是“当你对这个问题真正有话说的时候，才去动笔”。二是技术上的考虑——在论题可大可小时，我尽量把题目定得小一些。譬如挖井，挖掘能力有限，只能缩小半径，以求深一些。

当然，老是缩半径，事实上也是深不了多少的。重要的还是挖掘能力。1980 年，我集中了一段时间专读理论书，其后果至少有两个：一是在第二学期的作业里生吞活剥地塞进了许多来不及消化的大师先哲的论点（借他人利器挖自己的井？），二是“浅论、初探”时，自己的笔稍微放松了一点（有先例嘛，前人也并不都板着面孔探究真理）。第二篇读书笔记（《灵魂奥秘的连续自白：试论郁达夫小说的主观色彩》，载《文学评论丛刊》第 8 辑）在全国性学术刊物的发表，增强了我的自信心，同时也动摇了我对“学报文章”的敬畏感。是啊，仔细读读，有些“论”和“探”，架子很大,“方面”众多,语气庄重,措辞严谨,其实也不过是在重复一些众所周知的持平之论,有时甚至还把湿润的艺术烘干,把复杂现象简单化,又把简单问题复杂化;而有些随笔杂谈和散论,不拘形式,表情轻松,文笔舒展,挥洒自如,其内在的深度仍然会令人折服……当然,眼高了,对常见的论文模式渐渐不满了,可手还是低的,写出来的东西(包括硕士学位论文)依然始、论、辩、证、结,外加若干条注释……这里有功利的考虑(在“学院”里嘛),也有能力的限制(刘西渭、勃兰兑斯毕竟不是可以“学”出来的)。不过这一阶段,对“浅论”“初探”模式的不满乃至轻视,却是越来越强烈,以至于有时忍不住,在自己模仿“论”“探”时,也渗入了不和谐的(既有人指责也有人鼓掌)的东西。

你两次来信,都大谈自己的苦恼和劣势,诸如没机会正规地听课,缺乏名师指导,基础太差,资料不够等,这些我都理解,因为我也都经历过。可我觉得,你对自己的优势认识不足。我们学写论文,只为了文凭、学位以及职称吗?功利考虑固然能使人去做事,但真要做好一件事,恐怕还需要兴趣的陪伴(尤其是做像文学这样不仅靠理性而且还要有感情参与的事)。这兴趣,不仅是对选题、对论文形式,更重要的,还是对文学本身乃至对生活本身——恰恰是在后者,你拥有某种优势。从来信看,你经历坎坷,常遇逆境,你性格直率,易动感情,你有机会从“底层”的特定角度观察生活、了解人性,这些不都是搞文学的生活和心理准备吗?一个情感已凝固,对生活已缺乏兴趣的人,即便书读得很多,也很难想象他会在理论上有什么新的发现。而自学青年,往往先了解人生后接触理论,虽然学识一时“浅陋”,但如果能用感情用心灵真诚地去读书,去“论”、“探”(而不是把文学看作与己无关与生活无关的从课本到考卷的东西),相信是会有属于自己的独到感受甚至创见的,恐怕这,才是论文是否具有学术性的关键所在。

我读研究生时，常拿顾颉刚《古史辨·序》中的一段话来为自己壮胆，大意是说，一个偶然翻墙跳入花园的人，他对花园的鉴赏、了解当然不及主人，花木栽培技术也不如园工，但他很可能凭着新鲜感，看出花园布设中一些为主人和园工熟视无睹因而忽视的问题。是的，新鲜感，在文学批评乃至学术研讨中，这是弱点，更是优势。

也许，对“浅论”“初探”的不满，其实正意味着某种信心——也就是相信批评文体要创新，也以为自己可能做这方面的努力。然而近一二年来，我承认，这种信心又似乎在减退。这是第三个阶段吗？也做园工或者主人了吗？我也说不清。对这个“论”那种“探”，我现在既不一概崇拜，也不敢随意轻视。的确，像古代诗话那样点悟式的谈片，自有其神妙之处，但不可否认，正面阐述某种理论，却还是需要“始论辩证结”，而散论随笔乃至对话散文，又何尝不能容纳理论创见？真正的关键恐怕还在于批评者能看到作品是生命体同时表达批评本身的生命感。中文系确是研究文学的某种机构，但有时弄不好，也会“杀死”或至少“烘干”文学。我总觉得中文系式的学院研究很像医院，当然，作品便是病人。作品在“文学史”“作品分析”“语言研究”“写作方法”“比较文学”“文学理论”等各个领域分别接受解剖分析，不正如患者根据自己的“特症”到“内科”“外科”“放射科”“口腔科”“眼耳鼻喉科”等去接受分门别类的检查吗？所有这些分门别类的解析、化验、切片、手术都是必要的，但极重要的一点是：医院不能忘了它所面对的是人，而中文系不能忘却它所分门别类解析的应该是血肉完整的有生命的作品整体。否则，美女的睫毛和勇士的手臂剪切肢解下来以后是并不迷人也不威风的。可见中文系式的学院评论，有其长，也可能有其短，只有充满“生气”地面对文学，在批评中诉诸“真性情”，那文体才能真正听从气质的驱使而不拘一格。也正是在这层意义上，我近来越来越感到文体问题极为重要。在创作中，有时一种写法就是一种角度，就是一种内容，甚至一种气质，一种性情。艺术如此，评论亦然。同一问题，不同写法完全可能触及不同的层次。在这个意义上，文体、写法，绝不仅是活跃文风的问题，而是直接联系着研究方法乃至整个思维方式。然而，一牵涉到方法论（今年的“热门话题”），问题又复杂了。所谓“新”的方法，如系统论、信息论、控制论及结构主义等，不也需要正儿八经地“论”“探”吗？而19世纪的浪漫主义理论，则又可以是印象式地“灵魂的冒险”，这样说起来，批评即使要创新，写法似乎又不那么重要了……你瞧这思路，紊乱地兜着圈子，不是自相碰撞、自相矛盾了吗？是的，是不无矛盾，所以我才惶惑……但愿这只是探索中的惶惑……

拉杂至此，散乱不堪，于你写作大概也没有多少参考意义。对来信中的一些具体问题，也未能一一作答，祈谅。不管如何，话题还是从你我感兴趣的问题上扯开去的。夜已深，就此带住吧。

很想听听你对这个问题的看法。

即颂

撰祺

1985年1月22日

（原载《中文自修》1985年第3期，收入《当代文学印象》）

文学批评与我

读着手里的作品，想想自己所知道的社会生活（以及社会生活中的自己），再用自己学来的各种文学和非文学的理论来描述、解释、论证自己的感觉、想法——大概，这就是所谓的“批评”了；至少我的批评便是如此。

可我到现在为止，还没有写出一篇真正使自己十分满意的批评文字；甚至，连自己不满意、不太满意的批评文字也写得不多。

写不多的原因，除贪玩、疏懒外，还有就是我总想先生活先读书而后批评，总以为批评之事宜心静气平，匆忙不得。

我比较情愿接受和比较自觉进入的“批评”状态是：手里拿本好书，至少是有点分量的书，理论和作品都可以，我不带明确目的，不负紧迫任务（不是要马上去评他学他），而是随性情趣味引路，从容读去，好像在与那理论家、作家无言对话，在他不断的刺激、诱惑和压迫下时时进行艰难的选择、怀疑和批判，一旦有特别会心之处，一旦有能够激动我震动我的新鲜感念和奇特印象出现，一旦这感念、印象能使我离开沙发站起来踱步，能使我脸红心跳想和人争吵，这时我就马上把这感觉记下来，有时记在笔记本或书上，有时就记在心里（而不光是脑里，或者说，不仅是理性记忆，而且还贮存某种情绪、感性体验的东西）。但我并不马上就写，而是要冷一冷，看一看。如果过了一段时间，几天，几周甚至几个月，这感念和印象并没有淡薄、消失，反而一直在困扰着我、刺激着我、诱惑着我、压迫着我，甚至这感念越来越强烈，这印象越来越立体，这时，我再坐下来把它诉诸批评文字时，心态就比较放松，文笔、思路也更自如一些。

为什么要把很可能转瞬即逝的艺术印象理论感念放一段时间而后再诉诸文章呢？那种能抓住瞬间感觉随即发挥、随即闪出灵感火花的批评才能，我一向极其钦佩，但我恐怕缺乏这种才能。我一方面极其看重“印象”“感觉”“体验”在文学批评中的作用，但一方面又不愿意自己的印象、感觉、体验仅仅泛成泡沫浮成气浪。我只能既全力抓住“瞬间感觉”，又坚持要把这感觉沉淀、冷却一下，说得冠冕堂皇一点，这里恐怕有个“感觉理性化”和“理论感觉化”的“双向逆反过程”。一个新奇的艺术印象或理论感念能在片刻间打动我，这太重要了。但是，若有一个印象或感念长时期激动我，那就更不容轻视不容怠慢了，这既说明这种感觉能经受理论和理性的检验，也证实这种感觉在常识理念规范下没有被淹没其感性形态，很可能，这也正是我目前所能达到的理性思考水平与心理感觉层面的一个交错点——即使这一点很小，即使批评对象相当有限，也不妨碍批评主体力量的深化。反之，假使在一段时间内，那一度令我兴奋不已的感念和印象消失了或淡薄了，我也不会为之感到遗憾。很可能，那感觉虽然真诚真切但过于匆忙浮躁，经不起理性力量的反复考问质疑而自然失却锐气，折去锋芒；也可能那片刻的理论激情只是故意标新立异的自我眩惑，骨子里其实隐含着功利动机，这时“冷处理”来得正好，它能防止那些连自己都还没有真正想透想通的“新命题新见解”被草率抛出。我想，再新再怪的“命题”“模型”，总要自己先说得通，否则弃之忘之也不怎么可惜。

足够强烈的瞬间理论感念与艺术印象，我觉得这是文艺批评的关键要素之一。

从理论建设、文艺批评的现实责任感（或者说得更好听，从“使命感”）出发，我很愿意很希望自己能够正视并回答当代现实所提出来的重大理论课题（“重大”一词，值得推敲，姑且用之）。无视或不关心这种现实而言批评，恐怕既不可能，也不够负责。但是，说我们的理论批评都应该面对现实，并不等于意味着解答当前现实课题就是理论追求的全部目的、全部内涵，就批评而言，面对现实和面对理论之间，也有极微妙但又极重要的界线，我个人的体会，每每为刊物撰文，总有意无意面对国内文艺界评论界的某种流行看法而发言而论辩。这时卢卡契、勃兰兑斯或弗洛伊德的观点都被我拿来，为我（我们）所用；而当我心平气和从容读书时，虽然也不会忘却理论界的现实情况，但有时就会觉得比较超脱一些，好像直接面对着真理，直接与各派各家学说进行艰难的理论对话，这样读书时，自己是否也处在一种批评状态呢？换句话说，当我有意无意借用圣勃夫或歌德的见解来批评某种现当代文学现象时，我是否同时也在有意无意对圣勃夫、歌德的理论进行批评呢？显然这里有两个必然交融又必然有区别的层次，我愿意自己的批评，能不仅浮在（或陷在）前一层次，能逐步走向后一层次——不管这样做是否正确，个人的能力是否允许，至少我想试试。诚然，只有先面对现实，才能面向理论；但也只有面对理论，才能真正面对现实。记得鲁迅在《藤野先生》一文中谈到先生对他的期望时写道：“小而言之，是为中国……大而言之，是为学术……”我以为鲁迅没有把次序搞错。

追求、希望或许太高，落到实处，我对自己批评的要求却很低。不管是理性探索，还是把握感觉，只希望做到三五年后重读自己的文章，不至于过分脸红。

仅此一点，便注定了写不多。没有办法。

为防止误解，还须补充：当然，也可能写不好；当然……当然……

1986 年 1 月 30 日

（原载《文汇报》，1986 年 6 月 1 日，收入《当代文学印象》）

《当代文学印象》后记

我把自己近两年有关当代文学的批评文字集在一起，发现不过是一堆散乱纷杂的“印象”。当然，在阅读观赏、玩味解析具体作品或就某些批评现象发表议论时，我也总是想探究作品的深层意蕴，也总觉得自己是在把握艺术的内在规律。但现在我不得不承认，本书仅仅是表达了一些和当代作品和文学批评有关的个人“偏见”而已。至于这些批评文字，究竟是否能反映“文革”以后中国文学发展的基本走向及其“本质”特征，究竟是否能客观准确地概括新时期作家及其作品的真实风貌，我是毫无把握的。

于是，我以《当代文学印象》为书名。虽然在临时拉来代序的那篇写于 1985 年的题为《印象：批评中的一种“生气”》的短文中，我竭力为“印象式的批评”加了许多溢美之词，但实际上，我也深知瞬间印象、主观感觉和感官体验常常是“不可靠”的、“不科学”的，也常常是不能把握文学“本质”的。我之所以每每将批评诉诸“印象”，实在并不是我一定想这么做，而是没有办法，只会这样去写，写着写着就成了这种样子。今天承认这一点，对我来说，既非骄傲，也并不怎么引以为耻。

我现在也努力在写一些有提纲分章节、力图全面把握中国新时期小说发展脉络的论文，不过，我并不认为那种有系统计划可以纳入教委科研规划的专著一定会比本书中散漫杂乱、凭兴趣引路即兴录下或匆匆赶出的批评文字更有意思。在心理感觉上，我恐怕更偏爱后者——当然，这也只是“偏”爱。

大致上，本书可分成两部分。前面是对文学现象和作家作品的批评，后面是关于批评本身的思考和议论。第六篇《张承志和张辛欣的梦》曾有被焚烧的荣幸，于我是个很难忘却的纪念。从陀氏和张贤亮谈及中俄文学知识分子“忏悔”主题的这篇两万字长文，是1985年秋天在北京大学、深圳大学、香港中文大学联合举办的“比较文学讲习班”上讲演的稿子。直到临行前夜方才搁笔，确实写得（或者说结束得）过于匆忙，在最重要的地方未及展开更充分的讨论。至于这到底算不算比较文学论文，我倒并不关心。我还是感谢乐黛云老师的热情催促，否则我不会赶出这篇虽不完整却很痛快的文章。我仅有的一篇作家专论是为《上海文学》写的《曹冠龙的小说创作》。朋友约的稿，评论对象也是朋友。这篇文章后来接连得奖，实在令我惭愧。后来冠龙去美留学时我为他写推荐信，寥寥数语便比论文讲得更透彻——大概是因为信不必发表的缘故。对于其他几篇应约赶写的作品短评，我没有什么可以再说的话。1985年夏，我在北京《文艺报》召开的“青年文学理论批评工作者座谈会”上，有一个谈及西方现代主义对中国当代文学影响的即兴发言，后来回上海又将该题目写成文章发在《文汇报》上且与人争鸣。我在本书中特地将文章与发言（录音整理）收在一起，因为同一个题目同一个观点，用两种语言形式表达后产生了两种文字效果，我觉得这是很有意思的。评论部分第一篇长文《新时期的三种文学》，也是我为参加1986年9月在北京召开的“新时期文学十年学术讨论会”而赶写的。大概这是本书中形式最规范、“模样”最“正经”的一篇论文了，尽管实际上我还是在谈自己对“文革”以后的中国文学的个人印象。

迄今为止，我不知道，在文学批评中，除了个人印象以外，我还拥有什么——第二部分中的数篇关于批评理论的文字，大致也就是在讨论这个问题。《文学批评中的个性色彩》一文曾以《文学批评中的“我”》为题发表在《当代文艺探索》1986年第2期“华东师范大学青年校友专号”上。其他几篇谈批评的文章在收入本书时题目也做了相应的改动，为了目录的“整齐”。有关批评的思考，在我来说，还刚刚开始。但我觉得自己目前更重要的工作，还是批评实践。

本书中的文章，大都写于1984年到1986年。这几年正是中国文学理论批评（尤其是当代文学批评）开始活跃并出现了令人眼花缭乱的变化的一个时期，在这期间，我先后参加了在杭州、厦门、北京、深圳、海南等地举行的一系列学术会议，我兴奋地看到一个个理论批评热潮的涌现和发展。从“方法论”研讨到“观念更新”的呼吁，从系统论、信息论、控制论以及生物学、医学、量子力学纷纷“侵入”文学研究领地，到心理学、文化学在批评中引人注目的出现，从竞相争谈“我的文学观”到纷纷议论“我的批评观”……有时，我好像觉得自己也置身、投入在这些热潮之中，也在为之推波助澜。但这次编集子，我却又忽然发现自己几年来的批评文字，无论“观念”还是“方法”，均未发生大的“变革”和“更新”。也就是说，我虽然热情投入“方法更新”和“观念变革”的浪潮，但这些热潮对我个人的批评却并未产生非常明显的影响，这是怎么回事呢？我想了一下，想起了我两年前在厦门会议上说过的一段话，大意如下：“在功利的意义上，我赞成、支持并且也愿意参加各种文学批评方法的创新尝试和文学观念的探索，因为我们过去的文艺理论批评实在太封闭、太保守、太偏狭、太僵化了。种种批评和理论的所在，只要有助于动摇、打破那种僵化的理论局面，只要有助于创造学术民主的清新空气，就都是有意义、有价值、有功绩的；但是，在纯学术的意义上，我们又必须对目前的各种理论批评探索持严谨、冷静和清醒的态度。‘方法热’也罢，‘观念年’也好，在理论上我们实际并没有走得很远，远远谈不上‘理论突破’。”今天，我依然坚持这个看法。看别人如此，对自己亦然。而且我现在越来越感到，我实在只能做些平实的批评工作，而并没有什么理论能力。我越来越不敢侈谈“理论”了，至少最近几年是这样。

1987 年 4 月 1 日于上海重华新村

（收入《当代文学印象》，上海：上海三联书店，1987 年）

从方法出发？还是从现象出发？[1]

该说的在论文里已说了，没说透的在此补充也难。出评论小辑需短文一篇，我便谈谈我近来在想的几个问题——与后面的论文或多或少也有些关系。一是从方法出发还是从现象出发的问题，二是评论的“新”与“旧”或曰“革新换代”问题，三是文学研究究竟首先是为了国家还是为了学术的问题。

一

我注意到一个有意思的差异：海外学院式文学研究一般多从方法出发，而中国（此处指大陆——下同）的评论大都从现象出发。

从方法出发，意即行文立论解析作品前先考虑自己使用哪一种批评方法（或结构主义或神话批评或接受美学或新马克思主义等），然后有意无意地留心寻找最适宜该方法施展的评论对象。学者们可以数年乃至大半生坚持某一套方法，也可面对不同对象使

1 《上海文学》1989 年第 6 期刊出“许子东评论小辑”，“小辑”包括两篇文章，一篇是《当代文学中的青年文化心态》，另一篇便是这一篇“评论自己”的评论。

用不同方法，但至少在一书一文中，必须一套方法（及其一整套特定概念、术语）贯彻到底。鲜有在一篇论文里同时混用几种批评方法系统的。当然，这种清醒的“方法意识”意味着研究者对自己将使用的方法先有较完整的了解（而不是为应对紧迫难题急用先学立竿见影只在“用”字上狠下功夫）。方法用“死”时也会削足适履、生搬硬套，用“神”时则能引出多种学科意义上的学术创见（不仅仅只对文学有意义）。但这些学术见解是否符合作品“原貌”和作家“原意”，能否影响作家创作文学潮流，则不是研究者最关心的事。

中国近年来亦有“新方法热”，但大家基本上还是将“新方法”作为手段工具而不是研究的出发点。匆忙急迫、大胆多情地使用种种新方法、新概念、新术语、新批评模式，目的仍为了更好地解读作品、解析文学以及社会文化现象，或为了谋取这种解析的权利。太多文学及非文学的难题在紧迫着中国的评论家，使大家在艰苦而又勇敢应对种种难题时兴奋地急忙抓住一切可以临时借用的新方法（方法碎片？）而无暇顾及（甚至忘却）那些方法的系统性及其各自背景。不管白猫黑猫，抓住老鼠便是好猫。猫即方法，老鼠是作品及文学现象。中国传统文化向来讲究学问要经世致用，好学问定能经世，逆命题便是没“用”的，被“用”的只是方法，“方法论”仍是悠久的“中体”。欧洲文化在19世纪已确立了文学的独立价值，20世纪的批评家反而多对文学做非文学研究（心理学、人类学、语言学等）。文学在中国至今仍有身份危机，难怪批评家要想方设法以非文学热情替文学争取“自主权”。只有创立自己独特的方法才能在20世纪西方评论界成为大师，但中国现在若有伟大批评家，则一定还是如别林斯基般领导文学潮流或如勃兰兑斯般具有卓特的批评风格，一定还会对民族文化振兴（救亡？）起重要作用。倘将文学研究比作外科医生做手术，则海外学人如医学教授的学术示范或医科大学生的临床考试，病人康复程度是医师学术水准（人类医学水准）的证明；而中国评论家们，大概更像火线救护队：什么药、什么刀均可用，目的是快些多救几个人，明知救不活，也要知其不可为而为之……

只有差异，并无高下。重要的不是人们（包括我自己）想做什么，而是他们只能做什么，不得不做什么。比如《当代文学中的青年文化心态》一文，尽管在会议上宣读后也被有的海外学者称为“成长小说”之类研究（通过对某文学形象精神经历的阶段分析，考察一定时代的思潮演变），但就我自己而言，坦白说却只是出于对当代青年“无告”的被审判心态的持久困惑，为了解答“问题”才撰文论《血色黄昏》的，说到底，大概也还是从问题出发。

二

张汉良博士问：“不知道许先生的文章，是否能代表大陆评论界目前的新潮？”我缺乏把握地摇摇头，心想国内时下正时兴福柯、海德格尔，我的方法大概属于“文化评论”。新论乎？旧说乎？我也说不清。

中国传统从来尚古，“五四”后进来的西方观念有很多转瞬即逝，唯“进化论”——新的比旧的好——似乎扎下了根。连最反对“西化”的“马克思主义评论家”也常规劝后生们说：“什么现代主义，在欧洲早过时了！”言下之意在欧洲新起的主义也总比过时的主义要好些！这层言下之意倒是可以跨越“代沟”和“最新的”闯将们建立共同语言：创新者们也在担心罗兰·巴特或姚斯是否已“过时”。黑马奔腾造成紧迫感，各领风骚三五天，从零做起，从我做起……仔细想想，文坛评论界匆忙革新换代的浮躁气氛也不是今天才有的，激烈反传统（包括“从我开始从现在开始”的文化勇气）

也成为20世纪中国文化的一个传统。想想30年代“左联”是怎样批判20年代作家们的？40年代“鲁艺”同志是如何总结30年代文艺的？50年代……60年代……每一代人都希望自己是这种循环中的最后一代，但“江山代有战士出”啊……

在新与旧问题上困惑时，我总想起我的老师钱谷融教授为我那本“新论”写序时所说的话：第一，阳光之下无新事；第二，坚持说出自己独特的声音，便总有新意。这是朴素的旧话，但是有道理。

三

看书看久了，写字写累了，难免会抬头望望窗外的绿树流云及熙熙攘攘的人群，想想我们从事文学研究和评论，究竟为了什么？

显然是个很“旧”的很缺乏现代主义气息的问题。但我确实这样向自己提问，不是每天。

为了稿费？职称？圈子里的名声？社会上的荣誉？自我价值实现的快感？对生命危机的临时补偿？在世人面前证明自我？……

都不错，都有一些，但似乎还有些什么？

再回到方法与问题这两个不同出发点上。如何比较医学教授的临床科研示范与奋不顾身救人的前线军医两者之间，谁的工作更有意义？

将一种批评方法用到最出神入化的境地，最后的成绩是学术意义的：将无法回避的难题作最精彩最大胆的解答，最后的效果是民族意义的，两者的统一自然最好，但如果有矛盾该怎么办？

我在为《新时期文学理论大系·现代主义与中国文学分卷》

写“导言”时提出了上述问题。我们已习惯将我们的评论见解、研究结论与新启蒙思想、解放振兴汉民族文化的“目的”联系起来，有时这神圣目的常常制约了我们的评论与研究。是的，我也希望我对某一文学现象的解析观点能有助于启蒙思想解放潮流，但万一我的研究结论，至少暂时看来不利于“当前文化形势的发展”呢？我应该先坚持这种研究（不管这学问是否“致用”），还是应该先“顾全大局”，自觉或无意识调整我的研究方法、思路及观点呢？

我不知别人是否碰到类似困境？

我记得鲁迅在《藤野先生》里写道：“小而言之，是为中国……大而言之，是为学术……”我过去一直以为这句话把两者的次序弄错了。但现在我更愿意相信，大概这是对的。

1989年3月8日

（收入《当代小说阅读笔记》）

《当代小说阅读笔记》后记

本书分为两辑。第一辑主要是作品阅读。第二辑是文学及文化现象的研讨。当然，两类文章很难绝对划分。将一个或几个作家的不同作品放在一起阅读，文本之间必然会构成某种联系，进而显示出某种文学史的结构框架；而后一种对现象、思潮的探讨，也必须依靠对具体作品的阅读经验。所以，以“阅读笔记”为书名。

本书中相当部分的文章，是20世纪80年代末我作为中英文化基金研究员（Sino-British Fellow）在香港大学英文及比较文学系做访问研究时所写。当时我仍然兼任华东师范大学中文系的副教授，且承担了北京国家教委的一个科研项目（青年科研基金:“新时期小说研究”）。所以，本书也是这项研究计划的成果之一。

1989年我应邀去芝加哥大学东亚研究中心任鲁思研究员（Luce Fellow）。次年转到加州大学洛杉矶分校（UCLA）攻读学位。在美国前后四年，主要的时间都在应付英文的工作环境，几乎完全没有用中文写作。仅发表过两篇文章，即收在本书附录中的为台北远流版《巴金小说全集》（第2卷和第10卷）所写的引言。不过以读书和思索而论，旅美四年是我半生以来第二重要的一个阶段，仅次于青少年时代的六年江西插队——我迄今为止的所有小说创作、文学评论和研究，都只是在解释我插队时候的一些想法。

本书中的另一些文章，则是我在1993年秋应聘来香港岭南学院教书以后才写的。如《论〈红旗谱〉〈灵旗〉〈大年〉和〈白鹿原〉》《重读〈日出〉〈啼笑因缘〉和〈第一炉香〉》《当代华文散文中的动物意象》《读张承志的〈金牧场〉和〈金草地〉》等。这些文章最初都是为了应付海内外不同名目的学术会议，但整理起来我却发现自己的行文方式有一定的规律，那就是将看似不太相关的作品放在一起阅读（文本并置？），以寻找或虚构某种不一样的文学史结构。目前来说，我自己颇喜欢这样的阅读。我当然知道这也许不是最好、最有用或最新的研究方法，只是我没有能力研究种种新潮理论或主义精神，所以只好本分一点，阅读一些具体的文本，讨论一些具体的现象。或许，技术性的阅读过程，比我的结论看法更重要些。

感谢洪本健、王焰诸位老师的支持，使得这本书能在华东师范大学出版社出版。这对我来说，有着很特别的意义。我和华东师大，说来难以置信，有着几十年的渊源。70年代我曾经三次报考华东师大。第一次是在1973年，我在江西广昌插队落户，因劳动表现出色，大队推荐我报考上海师大生物系（“文革”期间华东师大是上海师大的一部分）。在县城考试成绩不错，自以为很有把握被录取时，突然出现了一个张铁生。结果考试成绩作废，录取只看“政治条件”。我家里没有党员，团员也不够多，所以就失去了一次成为“生物学家”的机会。第二次报考师大是1977年底，当时我刚被工厂送到“冶金局七·二一大学”读电气自动化，听说要恢复高考，便偷偷报了名，填的志愿是华东师大中文系和复旦大学中文系。成绩考得也不错，但因为“七·二一大学”迅速转制为正式的工科大专，大学生不能再考大学，所以再次与师大擦肩而过。直到一年半后，1979年夏，直接报考师大的研究生，才终于获得录取。

三年后我在华东师大取得硕士学位，六年后被提升为副教授，校务委员会委员。我是在师大开始涉足文学批评的。后来每次出书发表文章或作讲演，我都会不无骄傲地想到，我是钱谷融教授的学生。

但我和师大的关系，还可以推到更早。

我刚开始懂事，还没有读小学时，每次和父母家人一起去长风公园（昔日的丽娃丽妲）郊游时总会顺道去师大一村看望父亲的一位同乡朋友——我当时叫“许家伯伯”。文学研究会老作家许杰当时是“右派”，住在一间四周长草的小平房里。我记忆中平房里有很多旧书。稍大一点以后知道那些都是文学书，不像我自己家里，满橱都是家父的医学书。我父亲告诉我：“许家伯伯虽然是‘右派’，却是个好人。”我不明白“右派”和好人之间的矛盾关系，只记得有次我说田野里“绿油油的一片”，“许家伯伯”对我父亲说：“子东以后也许能弄文学。”

现在回想起来，自己在“文革”期间读的书，大部分是一次次从许杰先生那里借来的。有的至今还没还，如西谛的《文学大纲》。读研究生时，许先生虽不是我正式的指导老师，却也常关心我的学习写作情况。我在美国几年，他以九十高龄仍给我写了不少长信，问及我的英文论文，也谈起国内的政治、文化气氛。1993 年我一回上海，就打电话说要去看他。到他家时他却不在。过了一会儿许先生慢慢从楼梯走上来，说是到楼下花园过道等我去了，我心里一阵感动和不安——这是我第一次看到许先生真的显得清瘦苍老，声音很弱。这也是我最后一次见到许先生。不久以后我在洛杉矶听到他去世的消息。

我想将我这本小书，献给许杰先生。

记得许先生说过：做学问和做人一样，重要的不是文章多少名气多大，而是若干年后回头看，自己不脸红。

最后，我想借本书出版的机会感谢陈炳良教授和李欧梵教授。我在香港大学的研究和学业，多年来一直得到陈炳良教授的支持。陈教授从1987年起，几乎每年都在港大和岭南发起主办“现当代文学研讨会”，在海外学术界已颇有影响。本书中有好几篇论文都是在陈教授的催促下才得以完成。而如果没有李欧梵教授的帮助，我这几年在美国的学业研究都很难想象。李教授还为本书写序，诸多鼓励。在我看来，近年来海外的中国现代文学（乃至文化）研究中对国内学术及文化界影响最大的两个观点。第一是林毓生关于“五四”启蒙者想以思想文化解决社会政治问题，因而在极端反传统中其实仍发扬了儒家救世传统的看法；第二就是李欧梵教授关于现代性与“五四”时间观念转变的研究：与传统中国崇拜先人强调循环的时间观不同，“五四”文化主潮则认为“时间是线性地从过去向未来发展”，因此凡事越新越好，越年轻越好，越现代越好。（我自己的第一本书，不也称为“新论”吗？我后来才明白钱谷融先生在“序”中为什么提及“阳光之下无新事”。）在李欧梵教授身上，我很受鼓舞地看到了一个浪漫主义者如何在后现代社会中继续生存下去的某种可能性。

1996年4月于马鞍山雅典居

（收入《当代小说阅读笔记》，上海：华东师范大学出版社，1997年）

图书在版编目(CIP)数据

当代小说中的现代史 / 许子东著 . -- 北京 : 九州出版社 , 2025. 7. -- ISBN 978-7-5225-4085-6

Ⅰ . I207.42

中国国家版本馆 CIP 数据核字第 20250ZP943 号

当代小说中的现代史

作　　者	许子东 著
责任编辑	牛　叶
出版发行	九州出版社
地　　址	北京市西城区阜外大街甲35号（100037）
发行电话	（010）68992190/3/5/6
网　　址	www.jiuzhoupress.com
印　　刷	山东临沂新华印刷物流集团有限责任公司
开　　本	965毫米×635毫米　16开
印　　张	24.25
字　　数	304千
版　　次	2025年7月第1版
印　　次	2025年9月第1次印刷
书　　号	ISBN 978-7-5225-4085-6
定　　价	99.00元